◆ 使用图层混合模式制作图像合成效果　　　　◆ 使用文字工具制作艺术字图形

◆ 使用图层蒙版制作图像合成效果

◆ 使用滤镜在图层中制作水晶特效

◆ 设定"混合范围"混合图像

◆ 使用形状工具制作庆典海报效果

◆ 使用图层样式制作PSP产品造型

◆ 使用应用图像命令制作梦幻人物特效

◆ 《爱情城堡》封面设计

◆ 使用画笔工具制作乐器广告

Photoshop CS4
特色功能应用
宝典

数码创意　编著

電子工業出版社

Publishing House of Electronics Industry

北京·BEIJING

内 容 简 介

　　Adobe Photoshop CS4提供了强大的数字艺术制作平台，其软件兼容性相当广泛。本书共分8章内容，前7章结合实例对Photoshop CS4的七大特色功能进行重点介绍，包括提取图像、图像合成创意、艺术图形绘制、修复美化图像、颜色调整制作绚彩视觉、制作立体效果及滤镜创建特效；最后用一章的篇幅学习一些综合实例，详细介绍七大特色功能在实例制作中的作用。书中结合了作者多年从事一线技术工作的心得体会，揭示了图像处理过程中的实用技巧，精心挑选了实战中的诸多典型案例，相信会带给读者与众不同的感受，并能融会贯通Photoshop的操作技巧，灵活地应用Photoshop来完成各种设计工作。

　　本书非常适合Photoshop图像处理初、中级用户阅读，可作为图像处理专业设计人员及Photoshop图像处理爱好者的参考书籍，还可以作为相关专业培训的教学参考用书。

图书在版编目（CIP）数据

Photoshop CS4特色功能应用宝典 / 数码创意编著.北京：电子工业出版社，2010.1
　（宝典丛书）
　ISBN 978-7-121-09938-0

Ⅰ. P… Ⅱ.数… Ⅲ.图形软件，Photoshop CS4 Ⅳ.TP391.41

中国版本图书馆CIP数据核字（2009）第215936号

责任编辑：李云静
印　　刷：中国电影出版社印刷厂
装　　订：三河市皇庄路通装订厂
出版发行：电子工业出版社
　　　　　北京市海淀区万寿路173信箱　　邮编：100036
开　　本：787×1092　　1/16　　印张：24　　字数：745千字　　彩插：2
印　　次：2010年1月第1次印刷
定　　价：88.00元（含DVD光盘一张）

　　凡所购买电子工业出版社图书有缺损问题，请向购买书店调换。若书店售缺，请与本社发行部联系，联系及邮购电话：（010）88254888。
　　质量投诉请发邮件至zlts@phei.com.cn，盗版侵权举报请发邮件到dbqq@phei.com.cn。
　　服务热线：（010）88258888。

PREFACE / 前言

随着电脑科技及设计产业的飞速发展，图像处理越来越广泛地步入我们的生活，Adobe Photoshop以其强大的图像处理功能和不断的更新赢得了行业中的重要地位，成为设计师必备的基本软件之一。除此之外，随着数码科技的普及，越来越多的人需要接触Photoshop，人们对Photoshop的要求也日益增多。为满足人们不断增长的各类图像处理需求，Photoshop不断更新，以便提供给用户更简洁、实用的功能，使用户最大限度地展现自己的创意。

想要真正掌握该软件，成为Photoshop高手，掌握Photoshop的特色功能至关重要。Photoshop中主要有七大特色功能——提取图像、图像合成创意、艺术图形绘制、修复美化图像、颜色调整制作绚彩视觉、制作立体效果、滤镜创建特效。本书将全面深入地剖析这七大特色功能的各项技术，帮助读者快速地进行最核心技术的学习。

本书将基础教程与应用实例相结合，对Photoshop CS4软件的基本知识、功能应用、使用技巧以及实例制作进行全面剖析。全书共分为8章，第1章～第7章主要通过简明的概念论述和实例讲述这七大特色功能的基本操作方法和应用技巧，其中每一章介绍一种特色功能，包括第1章的完美提取图像的技巧、第2章的图像合成创意艺术、第3章的艺术图形视觉表现、第4章的修复美化图像的途径、第5章的绚彩视觉艺术表现、第6章的平面到立体的神奇效果、第7章的特效打造超酷视觉；本书的第8章主要是结合前面7章所介绍的特色功能来制作一些综合性的实例，将软件技术同图像处理与设计紧密联系在一起。

本书作者为业内富有经验的设计师，考虑到各个阶段读者实际的学习需求，精心设计讲解内容，兼顾了基础知识与案例实战两方面，在充分借鉴他人宝贵经验的基础上，推陈出新，形成自身独特的风格和特点。本书非常适合对Photoshop有一定操作基础的读者阅读，还可以作为相关专业的培训参考书使用。在案例设计上，本书选材精美，适合软件各部分功能的效果表现。另外，作者在案例中所展现的独特创意视角和艺术底蕴，能令读者在学习中获得诸多意外的惊喜，提高艺术表现力和对软件的驾驭能力。为了方便读者的学习，本书随书光盘中提供了所有案例的素材和最终效果文件，读者可以参考光盘中的文件进行学习和使用。

在写作过程中笔者力求严谨，但鉴于水平有限，书中难免存在疏漏，敬请读者批评和建议，以共同提高我们的设计水平。

CONTENTS ▶▶▶

Chapter 04 修复美化图像的途径 143

Chapter 05 绚彩视觉艺术表现 171

Chapter 06 平面到立体的神奇效果 203

Chapter 07 特效打造超酷视觉 235

CONTENTS►►►

Chapter 08 综合实例 267

Chapter 01

完美提取图像的技巧

在使用、编辑和处理图像的过程中，经常要选取需要加工处理的图像区域，从而针对不同的图像内容进行不同的操作，以便最终得到所需的图像效果。利用选区工具、通道和路径，可以绘制各种复杂的选区形状以及透明度变化效果。在应用时要根据不同的选择需求，选择不同的操作方法，以达到高效、准确的操作目的。

1.1 选区提取图像技巧

在编辑和处理图像的过程中，经常需要利用选区来选取特定的图像区域内容。用户可以根据不同的图像区域特点和选取要求，使用不同的选取方式。

1.1.1 绘制选区

在Photoshop中，可以用来制作选区的工具有矩形选框工具、椭圆选框工具、套索工具、多边形套索工具、磁性套索工具及魔棒工具等。

1. 绘制规则的选区范围

（1）矩形选框工具

选择"矩形选框工具"，在图像中按住鼠标拖动画框，即可创建出各种矩形选区。也可以配合不同的参数选项和【Shift】快捷键，以制作更多形状的选区范围，如图1-1所示。"矩形选框工具"的工具选项栏如图1-2所示，其中各选项的功能如下所示。

图1-1

图1-2

> **技巧 ○提示**
>
> 在拖动绘制选区时，在拖动的同时按住【Alt】键，会以鼠标单击点为中心向外进行选区的绘制；按住【Shift】键拖动，则可以绘制正方形的选区。

在工具选项栏中选择不同的选区运算模式，可以在现有选区的基础上制作出更多形状的选区，具体选区运算模式如下所示。

新选区 □：该方式是默认的选区创建模式，用鼠标拖动即可创建出新的选区范围。同时，如果原来有选区，则原选区会被取消。

添加到选区 □：选择该模式后，可以在原有选区范围的基础上增加新的选区，与原选区重合的区域会合并在一起。也可以在其他模式下按住【Shift】键进行添加选区的操作，如图1-3所示。

图1-3

从选区减去 📇：选择该模式后，可以在原有的选区基础上减去新绘制的选区形状。也可以按住【Alt】键进行减少选区的操作，如图1-4所示。

图1-4

与选区交叉 📇：选择该模式后，可以在原有的选区基础上，将其与新绘制选区重叠的部分保留下来。按住【Alt＋Shift】快捷键进行选区操作也可以达到同样的效果，如图1-5所示。

图1-5

在工具选项栏中的"羽化"选项可用于设置选区边缘产生柔化的过渡程度，其取值范围在0~250像素之间。数值越高，绘制出的选区的边缘虚化的程度越大，也越柔和。数值为0时，没有柔化效果。例如，选择"矩形选框工具"，在工具选项栏中，分别设置"羽化"值为0、30和50，然后在画面中绘制一个交叉的选区形状，并填充白色，就可以看到不同羽化值所产生的不同效果，如图1-6所示。

图1-6

在工具选项栏中的"样式"选项用于决定以哪种方式来设置选区外形，具体包含如下几种方式。

正常：选择该选项后，选区的形状与用户用鼠标拖动画框的形状相同，这是默认的绘制方式。

固定长宽比：选择该选项后，"样式"选项右侧的"宽度"和"高度"文本框变成可修改状态，可以在该文本框中输入数值来设置创建选区时宽度和高度的比例。默认的数值为1:1。图1-7所示是设置"宽度"为1、"高度"为2时，绘制的选区形状。

固定大小：选择该选项时，可以通过在"宽度"和"高度"文本框中输入数值来精确设置所绘制的选区的大小，单位为px（像素）。设置好后，只要用鼠标在图像中单击即可创建相应大小的选区范围。图1-8所示是设置"宽度"为64px、"高度"为64px时，加选多个选区的效果。

宽度和高度互换 🔁：当选择"固定长宽比"和"固定大小"选项时，可以单击该选项按钮来互换"宽度"和"高度"文本框中的数值。

图1-7

图1-8

(2) 椭圆选框工具

利用"椭圆选框工具"可以绘制正圆、椭圆等形状的选区。该工具的使用方法、工具选项设置及快捷键与"矩形选框工具"相同，用户直接参考使用即可。图1-9所示为绘制正圆形和椭圆形选区的效果。

选择"椭圆选框工具"后，可以看到工具选项栏中的"消除锯齿"复选项变为可用状态。选择该复选项，在绘制选区后，选区边缘会进行半

图1-9

透明处理，以消除弧形边缘所带来的锯齿边，产生平滑的边缘部分效果；不选择该复选项时，在选区填充颜色或复制图像时，在图像的边缘部分会产生较为明显的锯齿效果。

例如，打开一个图片，如图1-10所示。选择工具选项栏中的"消除锯齿"复选项，然后绘制一个圆形选区。按【Ctrl+J】快捷键，复制选区内容并粘贴到新图层中，将背景图层隐藏，并适当地放大画面，这时可以看到图像边缘的效果，如图1-11所示。撤销之前的操作，取消选择"消除锯齿"复选项，再绘制一个圆形选区，将其复制并粘贴到一个新图层中并隐藏背景图层，效果如图1-12所示。

图1-10

图1-11

图1-12

技巧 ● 提示

由于像素是图像的基本单位，而像素块本身是矩形的，因此在绘制选区时，选区及其所包含的图像最小单位，当然是像素。在绘制带有弧形的选区时，选区边缘部分就是由这些矩形像素块连接而成的，所以其实际的边缘并不是平滑的，而呈锯齿状。"消除锯齿"选项就是将这些锯齿进行有规律的半透明处理，这样在视觉上会感觉边缘是平滑的，而实际仍然是那些像素点，只不过是透明度有变化。

2. 绘制不规则的选区

在Photoshop的工具箱中，为用户提供了3种不同的套索工具，有"套索工具"、"多边形套索工具"和"磁性套索工具"。使用这些工具可以制作出各种不规则形状的选区范围。

（1）套索工具

"套索工具"的操作特点是以徒手绘制的方式来绘制选区，其工具选项栏如图1-13所示。该工具选项栏中的"选区运算模式"、"羽化"等选项与"矩形选框工具"中的功能和使用方法相同，这里不再赘述。

图1-13

技巧●提示

在使用"套索工具"操作的过程中，按住【Alt】键，可以临时切换到"多边形套索工具"进行操作，释放【Alt】键后再次单击即可恢复。

选择"套索工具"，在图像中按住鼠标左键进行拖动，形状满意后释放鼠标即可得到选区，如图1-14所示。

（2）多边形套索工具

图1-14

使用"多边形套索工具"可以制作各种规则或不规则的多边形选区范围。其工具选项栏与"套索工具"相同。选择"多边形套索工具"，在图像上用鼠标单击，设置选取范围的起点，然后在接下来要选取的位置单击，两点之间会自动用直线连接起来。最后，将鼠标置于起点处，其右下角就会出现一个小圆圈，这时单击鼠标就可以生成闭合的选区。在选取的过程中，在任意位置双击鼠标，都可以自动将终点与起点用直线连接，形成一个封闭的选区，如图1-15所示。

图1-15

技巧●提示

在绘制选区的过程中，按住【Shift】键，绘制的边缘线条会按水平、垂直或者45°的倍数方向进行绘制。按【Delete】键或退格键，可以删除最近绘制的一条边缘线条；多次按【Delete】键或退格键，可依次删除所有绘制好的边缘线条。如果按【Esc】键，则可以取消当前所绘制的边缘线条。按【Ctrl+D】快捷键，可取消选取范围。

（3）磁性套索工具

使用"磁性套索工具"可以快速准确地选取不规则的选区范围。该工具的工作原理是以鼠标移动的轨迹两侧像素颜色的对比，来确定选区边缘的位置。所以，当选取的选区范围边缘与背景反差较大时，制作的选区范围效果较好。该工具在操作过程中，可以方便地进行工具选项栏设置，使所绘制的选区形状更容易控制。"磁性套索工具"的工具选项栏如图1-16所示。

图1-16

选择"磁性套索工具"，单击鼠标左键确定起始点后，沿着需要被选取的图像的边缘移动光标，Photoshop会自动根据所设置的参数选项，分析图像边缘的颜色状态，确定出选区边缘的位置。在绘制过程中，单击鼠标左键，可以手动增加节点来控制选区边缘的形状。如果自动捕捉产生的边缘形状不理想，可按【Delete】键删除上一个节点。最后将光标放置在起点位置上，单击即可闭合选区。当然，也可以在未闭合选区时双击鼠标，软件会自动将起点和终点连接在一起生成选区。例如，选择"磁性套索工具"，在图像中盘子的上边缘单击确定选区的起点，然后沿着盘子的边缘移动创建选区，回到起点后，单击即可闭合选区，效果如图1-17所示。

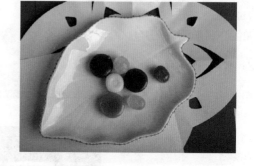

图1-17

在移动鼠标的过程中，有些图像区域边缘对比度不高，自动产生的节点位置可能不合适。用户可以按【Delete】键删除不合适的节点，并手动单击来添加节点，以使选区形状更精确。

"磁性套索工具"中的各参数选项如下所示。

宽度： 在该文本框中可以设置"磁性套索工具"在进行选取时，能够检测到的边缘宽度。其数值可以在1~256之间进行设置。数值越小，检测的范围就越小。

对比度： 在该文本框中，可以设定"磁性套索工具"选取时的灵敏程度，范围在1%~100%之间。数值大时，可用来探测高对比度的图像边缘；数值小时，可用来探测低对比度的图像边缘。

频率： 该文本框用于设置选取范围时所生成的节点数量，数值范围在0~100之间。设定的数值越大，节点就越多，选区形状相对就越精确。

钢笔压力🖋：当该按钮被按下（选择）时，表示使用绘图板的笔刷压力来绘制选区。

（4）魔棒工具

"魔棒工具"是以图像中颜色的相似程度来作为选取的依据。使用"魔棒工具"选取图像时，只需在图像中单击，Photoshop就会自动以鼠标单击点的颜色值为基准，并根据工具选项栏中的具体设置来创建选区形状，如图1-18所示。"魔棒工具"的工具选项栏如图1-19所示，其选项功能如下所示。

图1-18

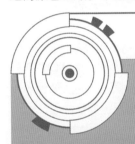

图1-19

容差：通过设置该选项的数值，可以控制所选取颜色的范围大小，从而控制选区的具体范围。其数值范围在0～255之间，默认值为32。输入的数值越小，可以选取到的颜色就会越接近，所选择的范围也就会越小；输入的数值越大，可以选取的颜色范围就会越大。

连续：选中该复选项后，将只选取与鼠标单击点相邻且颜色相近的选区范围。如果不选择该复选项，则可以在整个图像中选取具有相近颜色的选区范围。

对所有图层取样：选择该复选项时，将会选择可见的所有图层中，与鼠标单击点具有相同或相近的颜色区域。不选择此复选项时，"魔棒工具"则只在当前操作的图层中进行选取。

1.1.2 | 使用选区提取图像制作手机广告

制作说明

　　本例是以手机为画面表现主体的广告作品。本例中多次用到使用选区提取图像的技巧，并用提取出来的图像装饰背景，丰富了整体画面。希望读者通过本例能够体会使用选区提取图像这一功能的重要作用。

原始图片

最终效果

制作步骤

 ▶  ▶  ▶  ▶

step **01** 新建文档。执行菜单"文件"/"新建"命令(或按【Ctrl+N】快捷键),设置弹出的"新建"对话框,如图1-20所示,单击"确定"按钮,即可创建一个新的空白文档。

图1-20

step **02** 设置前景色为黑色,选择"矩形工具" ▢,在工具选项栏中单击"形状图层"按钮 ▢,在文档中绘制黑色矩形,得到图层"形状1",如图1-21所示。

图1-21

step **03** 选择"形状1",单击"添加图层样式"按钮 *fx*,在弹出的菜单中选择"渐变叠加"命令,设置弹出的"图层样式"对话框的"渐变叠加"选项,如图1-22所示。

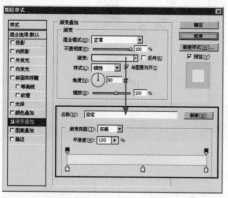

图1-22

step **04** 设置完"图层样式"对话框后,单击"确定"按钮,即可得到如图1-23所示的效果。

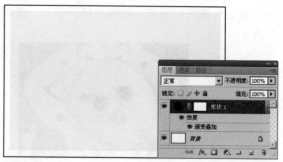

图1-23

step **05** 打开图片。打开随书光盘中的"素材1"图像文件,此时的图像效果和"图层"面板如图1-24所示。

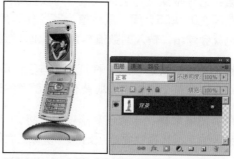

图1-24

step **06** 使用"移动工具" ▶ 将图像拖动到第1步新建的文件中,得到"图层1"。按【Ctrl+T】快捷键,调出自由变换控制框,变换图像到如图1-25所示的状态,按【Enter】键确认操作。

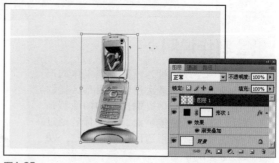

图1-25

step **07** 选择"图层1",按【Ctrl+J】快捷键,复制"图层1",得到"图层1 副本"。按【Ctrl+T】快捷键,调出自由变换控制框,变换图像到如图1-26所示的状态,按【Enter】键确认操作。

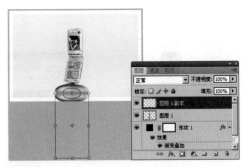

图1-26

step 08 设置"图层 1 副本"的图层不透明度为"30%"，得到如图1-27所示的效果。

图1-27

step 09 按住【Ctrl】键单击"形状 1"的图层缩览图，载入其选区。单击"添加图层蒙版"按钮 ■，为"图层 1 副本"添加图层蒙版，此时选区以外的图像就被隐藏起来了，如图1-28所示。

图1-28

step 10 选择图层"形状 1"，设置前景色的颜色值为（R:194 G:232 B:239），选择"矩形工具" ■，在工具选项栏中单击"形状图层"按钮 ■，在文件中绘制矩形，得到图层"形状 2"，如图1-29所示。

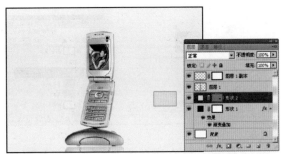

图1-29

step 11 设置前景色的颜色值为（R:163 G:216 B:243），选择"矩形工具" ■，在工具选项栏中单击"形状图层"按钮 ■，在文件中绘制如图1-30所示的矩形，得到图层"形状 3"。

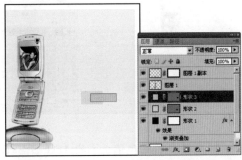

图1-30

step 12 设置"形状 3"的图层不透明度为"39%"，得到如图1-31所示的效果。

图1-31

step 13 设置前景色的颜色值为（R:163 G:216 B:243），选择"矩形工具" ■，在工具选项栏中单击"形状图层"按钮 ■，在文件中绘制如图1-32所示的矩形，得到图层"形状 4"。

图1-32

step 14 使用前面介绍的方法，选择"矩形工具" □并结合图层不透明度的应用，在手机的右侧继续绘制一些矩形形状，得到如图1-33所示的效果。

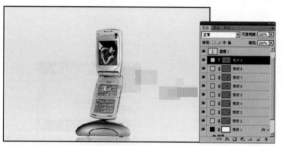

图1-33

step 15 设置前景色的颜色值为（R:163 G:216 B:243），选择"矩形工具" □，在工具选项栏中单击"形状图层"按钮□，在文件中绘制如图1-34所示的矩形，得到图层"形状10"。

图1-34

step 16 设置"形状 10"的图层不透明度为"50%"，得到如图1-35所示的效果。

图1-35

step 17 单击"添加图层蒙版"按钮□，为"形状10"添加图层蒙版，设置前景色为黑色，背景色为白色。使用"渐变工具" □设置渐变类型为从前景色到背景色，在图层蒙版中从上往下绘制渐变，即可得到如图1-36所示的效果。

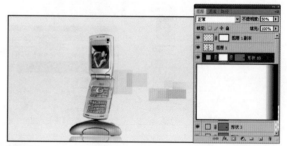

图1-36

step 18 设置前景色的颜色值为（R:172 G:233 B:241），选择"矩形工具" □，在工具选项栏中单击"形状图层"按钮□，在文件中绘制如图1-37所示的矩形，得到图层"形状11"。

图1-37

step 19 单击"添加图层蒙版"按钮□，为"形状11"添加图层蒙版，设置前景色为黑色，背景色为白色。使用"渐变工具" □设置渐变类型为从前景色到背景色，在图层蒙版中从上往下绘制渐变，即可得到如图1-38所示的效果。

图1-38

step 20 设置前景色的颜色值为（R:177 G:226 B:240），选择"矩形工具" ▢，在工具选项栏中单击"形状图层"按钮 ▢，在文件中绘制如图1-39所示的矩形，得到图层"形状12"。

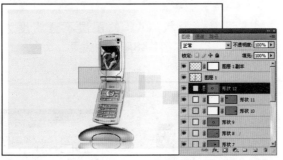

图1-39

step 21 打开图片。打开随书光盘中的"素材 2"图像文件，此时的图像效果和"图层"面板如图1-40所示。

图1-40

step 22 使用"移动工具" ▸✛ 将图像拖动到第1步新建的文件中，得到"图层 2"。按【Ctrl+Alt+G】快捷键，执行"创建剪贴蒙版"操作，按【Ctrl+T】快捷键，调出自由变换控制框，变换图像到如图1-41所示的状态，按【Enter】键确认操作。

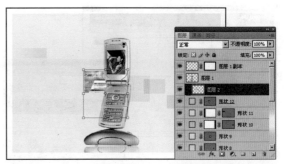

图1-41

step 23 设置"图层 2"的图层混合模式为"正片叠底"，设置其图层的不透明度为"30%"，得到如图1-42所示的效果。

图1-42

step 24 设置前景色的颜色值为（R:226 G:246 B:255），选择"矩形工具" ▢，在工具选项栏中单击"形状图层"按钮 ▢，在文件中绘制如图1-43所示的矩形，得到图层"形状 13"。

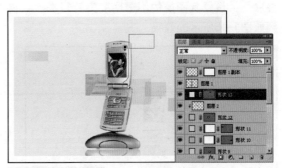

图1-43

step 25 打开图片。打开随书光盘中的"素材 3"图像文件，此时的图像效果和"图层"面板如图1-44所示。

图1-44

step 26 使用"移动工具" ▶+ 将图像拖动到第1步新建的文件中，得到"图层 3"。按【Ctrl+Alt+G】快捷键，执行"创建剪贴蒙版"操作，按【Ctrl+T】快捷键，调出自由变换控制框，变换图像到如图1-45所示的状态，按【Enter】键确认操作。

图1-45

step 27 设置"图层 3"的图层混合模式为"正片叠底"，设置其图层的不透明度为"17%"，得到如图1-46所示的效果。

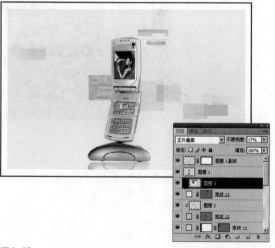

图1-46

step 28 设置前景色的颜色值为（R:73 G:169 B:205），选择"矩形工具" □，在工具选项栏中单击"形状图层"按钮 □，在文件中绘制如图1-47所示的矩形，得到图层"形状 14"。

图1-47

step 29 设置"形状 14"的图层不透明度为"33%"，得到如图1-48所示的效果。

图1-48

step 30 打开图片。打开随书光盘中的"素材4"图像文件，此时的图像效果和"图层"面板如图1-49所示。

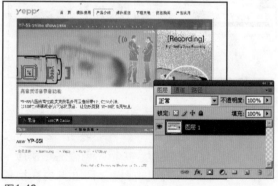

图1-49

step 31 使用"移动工具" ▶⊕ 将图像拖动到第1步新建的文件中，得到"图层 4"。按【Ctrl+Alt+G】快捷键，执行"创建剪贴蒙版"操作，按【Ctrl+T】快捷键，调出自由变换控制框，变换图像到如图1-50所示的状态，按【Enter】键确认操作。

图1-50

step 32 设置"图层 4"的图层混合模式为"明度"，设置其图层的不透明度为"70%"，得到如图1-51所示的效果。

图1-51

step 33 选择"图层 1 副本"，设置前景色的颜色值为（R:244 G:254 B:254），选择"矩形工具" ■，在工具选项栏中单击"形状图层"按钮 ■，在文件中绘制如图1-52所示的矩形，得到图层"形状 15"。

图1-52

step 34 设置"形状 15"的图层不透明度为"60%"，得到如图1-53所示的效果。

图1-53

step 35 设置前景色的颜色值为（R:168 G:226 B:242），选择"矩形工具" ■，在工具选项栏中单击"形状图层"按钮 ■，在文件中绘制如图1-54所示的矩形，得到图层"形状 16"。

图1-54

step 36 选择"图层 4"，按住【Alt】键，在"图层"面板上将选中的图层拖动到"形状16"的上方，以复制和调整图层顺序，得到"图层 4 副本"。按【Ctrl+Alt+G】快捷键，执行"创建剪贴蒙版"操作，然后调整图像的位置到如图1-55所示的效果。

图1-55

step 37 设置前景色的颜色值为（R:200 G:251 B:255），选择"矩形工具" ⬚，在工具选项栏中单击"形状图层"按钮⬚，在文件中绘制如图1-56所示的矩形，得到图层"形状17"。

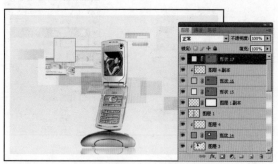

图1-56

step 38 打开图片。打开随书光盘中的"素材5"图像文件，此时的图像效果和"图层"面板如图1-57所示。

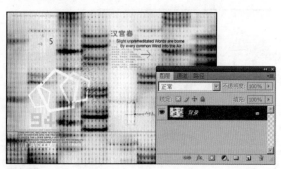

图1-57

step 39 使用"移动工具" ⬚ 将图像拖动到第1步新建的文件中，得到"图层5"。按【Ctrl+Alt+G】快捷键，执行"创建剪贴蒙版"操作，按【Ctrl+T】快捷键，调出自由变换控制框，变换图像到如图1-58所示的状态，按【Enter】键确认操作。

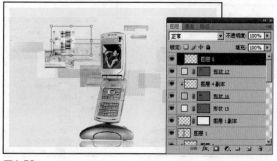

图1-58

step 40 设置"图层5"的图层不透明度为"44%"，得到如图1-59所示的效果。

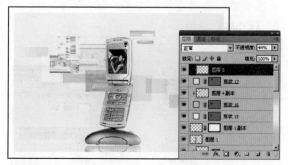

图1-59

step 41 设置前景色为白色，选择"矩形工具" ⬚，在工具选项栏中单击"形状图层"按钮⬚，在文件中绘制如图1-60所示的矩形，得到图层"形状18"。

图1-60

step 42 打开图片。打开随书光盘中的"素材6"图像文件，此时的图像效果和"图层"面板如图1-61所示。

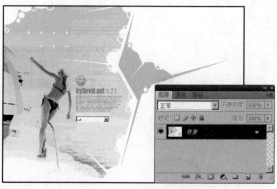

图1-61

step 43 使用"移动工具"▶+将图像拖动到第1步新建的文件中,得到"图层6"。按【Ctrl+Alt+G】快捷键,执行"创建剪贴蒙版"操作,按【Ctrl+T】快捷键,调出自由变换控制框,变换图像到如图1-62所示的状态,按【Enter】键确认操作。

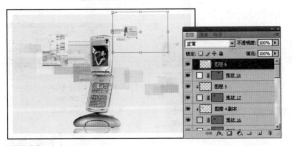
图1-62

step 44 设置"图层6"的图层不透明度为"66%",得到如图1-63所示的效果。

图1-63

step 45 设置前景色的颜色值为(R:226 G:246 B:255),选择"矩形工具"▢,在工具选项栏中单击"形状图层"按钮▢,在文件中绘制如图1-64所示的矩形,得到图层"形状19"。

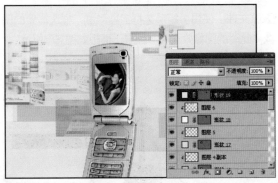
图1-64

step 46 选择"图层3",按住【Alt】键在"图层"面板上将选中的图层拖动到"形状19"的上方,以复制和调整图层顺序,得到"图层3副本"。设置其图层的不透明度为"22%",按【Ctrl+Alt+G】快捷键,执行"创建剪贴蒙版"操作,然后调整图像的位置到如图1-65所示的效果。

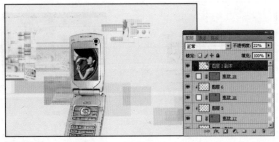
图1-65

step 47 设置前景色的颜色值为(R:178 G:225 B:244),选择"矩形工具"▢,在工具选项栏中单击"形状图层"按钮▢,在文件中绘制如图1-66所示的矩形,得到图层"形状20"。

图1-66

step 48 打开图片。打开随书光盘中的"素材7"图像文件,此时的图像效果和"图层"面板如图1-67所示。

图1-67

step49 使用"移动工具" 将图像拖动到第1步新建的文件中，得到"图层 7"。按【Ctrl+Alt+G】快捷键，执行"创建剪贴蒙版"操作，按【Ctrl+T】快捷键，调出自由变换控制框，变换图像到如图1-68所示的状态，按【Enter】键确认操作。

图1-68

step50 设置"图层 7"的图层混合模式为"明度"，得到如图1-69所示的效果。

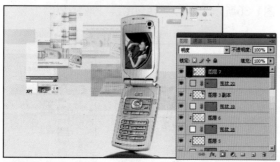

图1-69

step51 打开图片。打开随书光盘中的"素材 8"图像文件，使用"矩形选框工具" ，框选需要的图像，此时的图像效果和"图层"面板如图1-70所示。

图1-70

step52 使用"移动工具" 将选区内的图像拖动到第1步新建的文件中，得到"图层 8"。按【Ctrl+Alt+G】快捷键，执行"释放剪贴蒙版"操作，按【Ctrl+T】快捷键，调出自由变换控制框，变换图像到如图1-71所示的状态，按【Enter】键确认操作。

图1-71

step53 单击"创建新的填充或调整图层"按钮 ，在弹出的菜单中选择"色阶"命令，此时在弹出"调整"面板的同时得到图层"色阶 1"。单击"调整"面板下方的 按钮，将调整影响剪切到下方的图层。在"调整"面板中设置完"色阶"命令的参数后，关闭"调整"面板。此时的效果如图1-72所示。

图1-72

step54 打开图片。打开随书光盘中的"素材 9"图像文件，使用"矩形选框工具" ，框选需要的图像，此时的图像效果和"图层"面板如图1-73所示。

图1-73

step 55 使用"移动工具" 将选区内的图像拖动到第1步新建的文件中，得到"图层 9"。按【Ctrl+Alt+G】快捷键，执行"释放剪贴蒙版"操作，按【Ctrl+T】快捷键，调出自由变换控制框，变换图像到如图1-74所示的状态，按【Enter】键确认操作。

step 58 使用"移动工具" 将选区内的图像拖动到第1步新建的文件中，得到"图层 10"。按【Ctrl+Alt+G】快捷键，执行"释放剪贴蒙版"操作，按【Ctrl+T】快捷键，调出自由变换控制框，变换图像到如图1-77所示的状态，按【Enter】键确认操作。

图1-74

图1-77

step 56 单击"创建新的填充或调整图层"按钮 ，在弹出的菜单中选择"色相/饱和度"命令，此时在弹出"调整"面板的同时得到图层"色相/饱和度 1"。单击"调整"面板下方的 按钮，将调整影响剪切到下方的图层。在"调整"面板中设置完"色相/饱和度"命令的参数后，关闭"调整"面板。此时的效果如图1-75所示。

step 59 单击"创建新的填充或调整图层"按钮 ，在弹出的菜单中选择"曲线"命令，此时在弹出"调整"面板的同时得到图层"曲线 1"。单击"调整"面板下方的 按钮，将调整影响剪切到下方的图层。在"调整"面板中设置完"曲线"命令的参数后，关闭"调整"面板。此时的效果如图1-78所示。

图1-78

图1-75

step 57 打开图片。打开随书光盘中的"素材 10"图像文件，使用"矩形选框工具" ，框选需要的图像，此时的图像效果和"图层"面板如图1-76所示。

step 60 打开图片。打开随书光盘中的"素材 11"图像文件，使用"矩形选框工具" ，框选需要的图像，此时的图像效果和"图层"面板如图1-79所示。

图1-76

图1-79

17

step 61 使用"移动工具" ▶ 将选区内的图像拖动到第1步新建的文件中，得到"图层 11"。按【Ctrl+Alt+G】快捷键，执行"释放剪贴蒙版"操作，按【Ctrl+T】快捷键，调出自由变换控制框，变换图像到如图1-80所示的状态，按【Enter】键确认操作。

图1-80

step 62 单击"创建新的填充或调整图层"按钮 ，在弹出的菜单中选择"曲线"命令，此时在弹出"调整"面板的同时得到图层"曲线 2"。单击"调整"面板下方的 按钮，将调整影响剪切到下方的图层。在"调整"面板中设置完"曲线"命令的参数后，关闭"调整"面板。此时的效果如图1-81所示。

图1-81

step 63 打开图片。打开随书光盘中的"素材12"图像文件，使用"矩形选框工具" ，框选需要的图像，此时的图像效果和"图层"面板如图1-82所示。

图1-82

step 64 使用"移动工具" ▶ 将选区内的图像拖动到第1步新建的文件中，得到"图层 12"。按【Ctrl+Alt+G】快捷键，执行"释放剪贴蒙版"操作，按【Ctrl+T】快捷键，调出自由变换控制框，变换图像到如图1-83所示的状态，按【Enter】键确认操作。

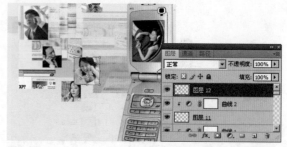

图1-83

step 65 单击"创建新的填充或调整图层"按钮 ，在弹出的菜单中选择"曲线"命令，此时在弹出"调整"面板的同时得到图层"曲线 3"。单击"调整"面板下方的 按钮，将调整影响剪切到下方的图层。在"调整"面板中设置完"曲线"命令的参数后，关闭"调整"面板。此时的效果如图1-84所示。

图1-84

step 66 打开图片。打开随书光盘中的"素材13"图像文件，使用"矩形选框工具" ，框选需要的图像，此时的图像效果和"图层"面板如图1-85所示。

图1-85

step 67 使用"移动工具" ▸₊ 将选区内的图像拖动到第1步新建的文件中，得到"图层 13"。按【Ctrl+Alt+G】快捷键，执行"释放剪贴蒙版"操作，按【Ctrl+T】快捷键，调出自由变换控制框，变换图像到如图1-86所示的状态，按【Enter】键确认操作。

图1-86

step 68 单击"创建新的填充或调整图层"按钮 ◉，在弹出的菜单中选择"色相/饱和度"命令，此时在弹出"调整"面板的同时得到图层"色相/饱和度2"。单击"调整"面板下方的◉按钮，将调整影响剪切到下方的图层。在"调整"面板中设置完"色相/饱和度"命令的参数后，关闭"调整"面板。此时的效果如图1-87所示。

图1-87

step 69 打开图片。打开随书光盘中的"素材14"图像文件，使用"矩形选框工具" ▣，框选需要的图像，此时的图像效果和"图层"面板如图1-88所示。

图1-88

step 70 使用"移动工具" ▸₊ 将选区内的图像拖动到第1步新建的文件中得到"图层 14"。按【Ctrl+Alt+G】快捷键，执行"释放剪贴蒙版"操作，按【Ctrl+T】快捷键，调出自由变换控制框，变换图像到如图1-89所示的状态，按【Enter】键确认操作。

图1-89

step 71 单击"创建新的填充或调整图层"按钮 ◉，在弹出的菜单中选择"曲线"命令，此时在弹出"调整"面板的同时得到图层"曲线 4"。单击"调整"面板下方的◉按钮，将调整影响剪切到下方的图层，然后在"调整"面板中设置"曲线"命令的参数，如图1-90所示。

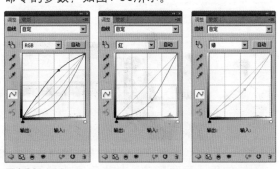

图1-90

step 72 在"调整"面板中设置完"曲线"命令的参数后，关闭"调整"面板。此时的图像效果和"图层"面板如图1-91所示。

图1-91

step 73 单击"创建新的填充或调整图层"按钮 ⬛，在弹出的菜单中选择"通道混合器"命令，此时在弹出"调整"面板的同时得到图层"通道混合器1"。单击"调整"面板下方的 ⬛ 按钮，将调整影响剪切到下方的图层。在"调整"面板中设置完"通道混合器"命令的参数后，关闭"调整"面板。此时的效果如图1-92所示。

图1-92

step 74 打开图片。打开随书光盘中的"素材15"图像文件，使用"矩形选框工具" ⬚，框选需要的图像，此时的图像效果和"图层"面板如图1-93所示。

图1-93

step 75 使用"移动工具" ⬛ 将选区内的图像拖动到第1步新建的文件中，得到"图层15"。按【Ctrl+Alt+G】快捷键，执行"释放剪贴蒙版"操作，按【Ctrl+T】快捷键，调出自由变换控制框，变换图像到如图1-94所示的状态，按【Enter】键确认操作。

图1-94

step 76 单击"创建新的填充或调整图层"按钮 ⬛，在弹出的菜单中选择"曲线"命令，此时在弹出"调整"面板的同时得到图层"曲线5"。单击"调整"面板下方的 ⬛ 按钮，将调整影响剪切到下方的图层，然后在"调整"面板中设置"曲线"命令的参数，如图1-95所示。

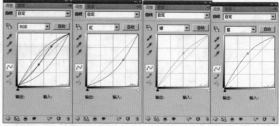

图1-95

step 77 在"调整"面板中设置完"曲线"命令的参数后，关闭"调整"面板。此时的图像效果和"图层"面板如图1-96所示。

图1-96

step 78 单击"创建新的填充或调整图层"按钮 ⬛，在弹出的菜单中选择"通道混合器"命令，此时在弹出"调整"面板的同时得到图层"通道混合器2"。单击"调整"面板下方的 ⬛ 按钮，将调整影响剪切到下方的图层，然后在"调整"面板中设置"通道混合器"命令的参数，如图1-97所示。

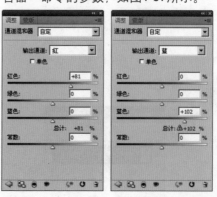

图1-97

step 79 在"调整"面板中设置完"通道混合器"命令的参数后，关闭"调整"面板。此时的图像效果和"图层"面板如图1-98所示。

图1-98

step 80 打开图片。打开随书光盘中的"素材16"图像文件，使用"矩形选框工具" ，框选需要的图像，此时的图像效果和"图层"面板如图1-99所示。

图1-99

step 81 使用"移动工具" 将选区内的图像拖动到第1步新建的文件中，得到"图层 16"。按【Ctrl+Alt+G】快捷键，执行"释放剪贴蒙版"操作，按【Ctrl+T】快捷键，调出自由变换控制框，变换图像到如图1-100所示的状态，按【Enter】键确认操作。

图1-100

step 82 单击"创建新的填充或调整图层"按钮 ，在弹出的菜单中选择"曲线"命令，此时在弹出"调整"面板的同时得到图层"曲线 6"。单击"调整"面板下方的 按钮，将调整影响剪切到下方的图层，然后在"调整"面板中设置"曲线"命令的参数，如图1-101所示。

图1-101

step 83 在"调整"面板中设置完"曲线"命令的参数后，关闭"调整"面板。此时的图像效果和"图层"面板如图1-102所示。

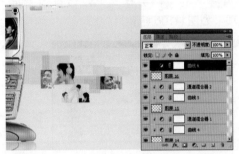

图1-102

step 84 单击"创建新的填充或调整图层"按钮 ，在弹出的菜单中选择"色相/饱和度"命令，此时在弹出"调整"面板的同时得到图层"色相/饱和度 3"。单击"调整"面板下方的 按钮，将调整影响剪切到下方的图层。在"调整"面板中设置完"色相/饱和度"命令的参数后，关闭"调整"面板。此时的效果如图1-103所示。

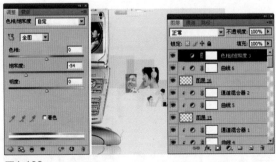

图1-103

step 85 设置前景色的颜色值为（R:41 G:100 B:126），选择"圆角矩形工具" ，设置工具选项栏后，在文件中绘制如图1-104所示的圆角矩形并得到图层"形状 21"。

图1-104

step 86 选择"形状 21"，单击"添加图层样式"按钮 fx，在弹出的菜单中选择"描边"命令，设置弹出的"图层样式"对话框的"描边"选项，如图1-105所示。

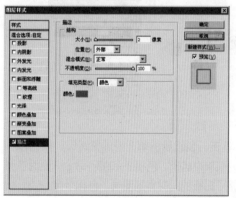

图1-105

step 87 设置完"图层样式"对话框后，单击"确定"按钮，设置"形状 21"的图层填充值为"0%"，即可得到如图1-106所示的效果。

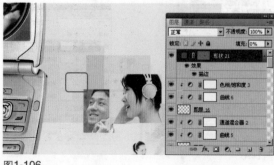

图1-106

step 88 设置前景色的颜色值为（R:41 G:100 B:126），选择"自定形状工具" ，设置工具选项栏后，在图像中绘制如图1-107所示的形状，得到图层"形状 22"。

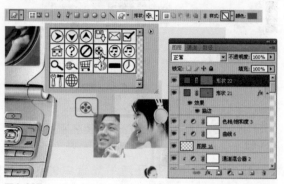

图1-107

step 89 选择"形状 21"，按住【Alt】键，在"图层"面板上将选中的图层拖动到"形状 22"的上方，以复制和调整图层顺序，得到图层"形状 21 副本"，然后向右移动图像到如图1-108所示的位置。

图1-108

step 90 设置前景色的颜色值为（R:41 G:100 B:126），选择"自定形状工具" ，设置工具选项栏后，在图像中绘制如图1-109所示的形状，得到图层"形状 23"。

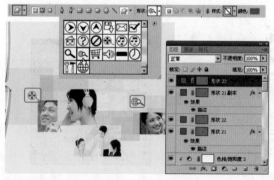

图1-109

step 91 打开图片。打开随书光盘中的"素材17"图像文件,此时的图像效果和"图层"面板如图1-110所示。

图1-110

step 92 使用"移动工具" 将图像拖动到第1步新建的文件中,得到"图层17"。按【Ctrl+T】快捷键,调出自由变换控制框,变换图像到如图1-111所示的状态,按【Enter】键确认操作。

图1-111

step 93 设置前景色为白色,使用"横排文字工具" ,设置适当的字体和字号,在画面中输入一行"W"文字,得到相应的文字图层,如图1-112所示。

图1-112

step 94 设置上一步输入的文字图层的图层不透明度为"71%",得到如图1-113所示的效果。

图1-113

step 95 选择文字图层,按【Ctrl+J】快捷键两次,得到其副本图层,然后分别选择这两个复制的文字图层,结合自由变换命令,变换文字图像到如图1-114所示的效果。

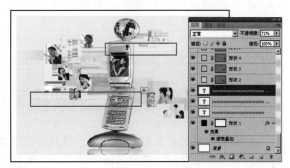

图1-114

step 96 打开图片。打开随书光盘中的"素材18"图像文件,此时的图像效果和"图层"面板如图1-115所示。

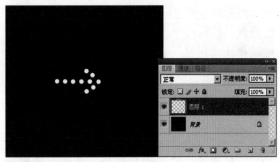

图1-115

step 97 使用"移动工具" 将图像拖动到第1步新建的文件中，得到"图层18"。按【Ctrl+T】快捷键，调出自由变换控制框，变换图像到如图1-116所示的状态，按【Enter】键确认操作。

图1-116

step 98 选择"图层18"，按【Ctrl+J】快捷键3次，得到其副本图层，然后分别选择这3个复制的图层，结合自由变换命令，变换图像到如图1-117所示的效果。

图1-117

step 99 使用"横排文字工具" T，设置适当的字体和字号，在画面中输入文字，得到相应的文字图层，如图1-118所示。

图1-118

1.2 路径提取图像技巧

在提取一些形状复杂的图像时，使用普通的选区绘制工具很难得到令人满意的结果。如果利用路径来勾画选区形状，再将其转换为选区，就可以达到既准确又快速绘制所需选区形状的目的。

1.2.1 绘制路径

绘制路径的方法有很多，可以利用钢笔工具、形状工具及从选区创建等。创建路径后，利用"路径"面板或快捷键即可将路径转换为选区。

利用路径绘制和编辑工具，绘制一个路径形状，然后单击"路径"面板中的"将路径作为选区载入"按钮 ，即可将路径转换为选区。也可以单击"路径"面板右上方的 按钮，在弹出的菜单中选择"建立选区"命令，之后在弹出的"建立选区"对话框中进行设置，如图1-119所示，单击"确定"按钮，即可将路径转换为选区。该对话框中部分选项的功能如下所示。

羽化半径：此选项功能与"选择"菜单中"羽化"命令的功能相同，其用于控制选区边缘的羽化程度。

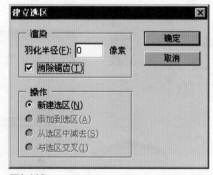

图1-119

消除锯齿：选择此复选项，可以使转换后选区范围的边缘光滑。

例如，打开一个图像文件，选择钢笔工具，在画面中沿着对象的边缘绘制一个工作路径，效果如图1-120所示。打开"路径"面板，选中刚绘制的工作路径，如图1-121所示。单击"路径"面板右上方的 按钮，在弹出的菜单中选择"建立选区"命令，之后在弹出的"建立选区"对话框中，设置"羽化半径"为10，单击"确定"按钮，路径就被转换为选区范围，如图1-122所示。

图1-120

图1-121

图1-122

新建一个空白图层，在选区中填充渐变色，效果如图1-123所示，可以看到明显的羽化边缘效果。也可以在选中工作路径后，按【Ctrl+Enter】快捷键，软件会将路径直接按默认设置转换为选区，如图1-124所示。在选区中填充渐变色，可以看到清晰的边缘效果，如图1-125所示。

图1-123

图1-124

图1-125

技巧 提示

若图像中已经绘制了选区，则在"建立选区"对话框中关于选区运算操作的选项组中的所有选项都会被激活，这些选项的功能与选区工具中对应选项的功能相同。

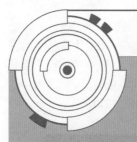
1.2.2 │ 使用路径提取图像制作怀旧风格特效

🎛 制作说明

  本例给人的感觉是以怀旧为主题的艺术作品。在本例中通过使用路径工具将人物图像提取出来，并将提取出来的图像与其他素材图像进行融合，制作画面的整体效果。希望读者通过本例能够体会路径提取图像的精确性这一特色功能的重要作用。

原始图片   最终效果

🎛 制作步骤

 ▶ ▶  ▶  ▶

step 01 打开随书光盘中的"素材 1"图像文件，此时的图像效果和"图层"面板如图1-126所示。

图1-126

图1-127

step 02 打开图片。打开随书光盘中的"素材 2"图像文件，此时的图像效果和"图层"面板如图1-127所示。

step 03 使用"移动工具" 将图像拖动到第1步打开的文件中，得到"图层 1"。按【Ctrl+T】快捷键，调出自由变换控制框，变换图像到如图1-128所示的状态，按【Enter】键确认操作。

图1-128

step 04 设置"图层 1"的图层混合模式为"叠加",将图像融入到背景中,得到如图1-129所示的效果。

图1-129

step 05 单击"添加图层蒙版"按钮回,为"图层 1"添加图层蒙版,设置前景色为黑色。选择"画笔工具"✍️,设置适当的画笔大小和透明度后,在图层蒙版中涂抹,将不需要的部分隐藏起来,即可得到如图1-130所示的效果。

图1-130

step 06 打开图片。打开随书光盘中的"素材3"图像文件,此时的图像效果和"图层"面板如图1-131所示。

图1-131

step 07 使用"移动工具"➔将图像拖动到第1步打开的文件中,得到"图层 2"。按【Ctrl+T】快捷键,调出自由变换控制框,变换图像到如图1-132所示的状态,按【Enter】键确认操作。

图1-132

step 08 单击"创建新的填充或调整图层"按钮❷,在弹出的菜单中选择"渐变"命令,设置弹出的"渐变填充"对话框,如图1-133所示。在该对话框的编辑渐变颜色选择框中单击,可以弹出"渐变编辑器"对话框,在此可以编辑渐变的颜色。

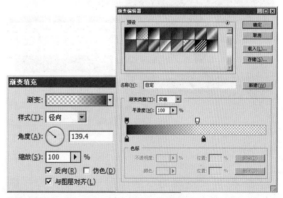

图1-133

step 09 设置完该对话框中的渐变颜色和参数值后,在"渐变填充"对话框中单击"确定"按钮,得到图层"渐变填充 1",此时的效果如图1-134所示。

图1-134

step 10 打开图片。打开随书光盘中的"素材 4"图像文件，此时的图像效果和"图层"面板如图1-135所示。

图1-135

step 11 使用"移动工具" ▶⊕ 将图像拖动到第1步打开的文件中，得到"图层 3"。按【Ctrl+T】快捷键，调出自由变换控制框，变换图像到如图1-136所示的状态，按【Enter】键确认操作。

图1-136

step 12 设置"图层 3"的图层混合模式为"滤色"，得到如图1-137所示的效果。

图1-137

step 13 打开图片。打开随书光盘中的"素材 5"图像文件，此时的图像效果和"图层"面板如图1-138所示。

图1-138

step 14 使用"移动工具" ▶⊕ 将图像拖动到第1步打开的文件中，得到"图层 4"。按【Ctrl+T】快捷键，调出自由变换控制框，变换图像到如图1-139所示的状态，按【Enter】键确认操作。

图1-139

step 15 设置"图层 4"的图层混合模式为"叠加"，将图像融入到背景中，得到如图1-140所示的效果。

图1-140

step 16 打开图片。打开随书光盘中的"素材 6"图像文件,此时的图像效果和"图层"面板如图1-141所示。

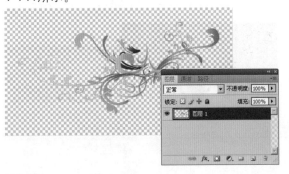

图1-141

step 17 使用"移动工具" 将图像拖动到第1步打开的文件中,得到"图层 5"。按【Ctrl+T】快捷键,调出自由变换控制框,变换图像到如图1-142所示的状态,按【Enter】键确认操作。

图1-142

step 18 设置"图层 5"的图层混合模式为"叠加",将图像融入到背景中,得到如图1-143所示的效果。

图1-143

step 19 打开图片。打开随书光盘中的"素材 7"图像文件,此时的图像效果和"图层"面板如图1-144所示。

图1-144

step 20 使用"移动工具" 将图像拖动到第1步打开的文件中,得到"图层 6"。按【Ctrl+T】快捷键,调出自由变换控制框,变换图像到如图1-145所示的状态,按【Enter】键确认操作。

图1-145

step 21 设置"图层 6"的图层混合模式为"叠加",得到如图1-146所示的效果。

图1-146

step 22 打开图片。打开随书光盘中的"素材 8"图像文件，此时的图像效果和"图层"面板如图1-147所示。

图1-147

step 23 使用"移动工具" ⊹ 将图像拖动到第1步打开的文件中，得到"图层 7"。按【Ctrl+T】快捷键，调出自由变换控制框，变换图像到如图1-148所示的状态，按【Enter】键确认操作。

图1-148

step 24 单击"锁定透明像素"按钮 ▨ ，设置前景色的颜色值为（R:255 G:210 B:0），按【Alt+Delete】快捷键，用前景色填充"图层7"，得到如图1-149所示的效果。

图1-149

step 25 设置"图层 7"的图层混合模式为"正片叠底"，得到如图1-150所示的效果。

图1-150

step 26 选择"背景"，按【Ctrl+J】快捷键，复制"背景"，得到"背景 副本"。按【Shift+Ctrl+]】快捷键，将其置于图层的最上方。选择"钢笔工具" ⊉ ，在工具选项栏中单击"路径"按钮 ▨ ，沿人物的轮廓绘制一条路径，如图1-151所示。

图1-151

step 27 按【Ctrl+Enter】快捷键将路径转换为选区，按【Shift+F6】快捷键调出"羽化选区"对话框，设置该对话框中的参数后，得到如图1-152所示的选区效果。

图1-152

step 28 单击"添加图层蒙版"按钮■，为"背景副本"添加图层蒙版，此时选区以外的图像就被隐藏起来了，如图1-153所示。

图1-153

step 29 设置"背景 副本"的图层混合模式为"叠加"，得到如图1-154所示的效果。

图1-154

step 30 打开图片。打开随书光盘中的"素材 9"图像文件，此时的图像效果和"图层"面板如图1-155所示。

图1-155

step 31 切换到"路径"面板，新建一个路径，得到"路径 1"。选择"钢笔工具"■，在工具选项栏中单击"路径"按钮■，沿最上方鸽子的轮廓绘制一条路径，如图1-156所示。

图1-156

step 32 按【Ctrl+Enter】快捷键，将路径转换为选区。使用"移动工具"■将选区内的图像拖动到第1步打开的文件中，得到"图层 8"。按【Ctrl+T】快捷键，调出自由变换控制框，变换图像到如图1-157所示的状态，按【Enter】键确认操作。

图1-157

step 33 切换到"素材 9"文件中，新建一个路径，得到"路径 2"。选择"钢笔工具" ■，在工具选项栏中单击"路径"按钮■，沿左侧的鸽子轮廓绘制一条路径，如图1-158所示。

图1-158

step 34 按【Ctrl+Enter】快捷键，将路径转换为选区。使用"移动工具" 将选区内的图像拖动到第1步打开的文件中，得到"图层 9"。按【Ctrl+T】快捷键，调出自由变换控制框，变换图像到如图1-159所示的状态，按【Enter】键确认操作。

图1-159

step 35 切换到"素材 9"文件中，新建一个路径，得到"路径 3"。选择"钢笔工具" ，在工具选项栏中单击"路径"按钮 ，沿右侧的鸽子轮廓绘制一条路径，如图1-160所示。

图1-160

step 36 按【Ctrl+Enter】快捷键，将路径转换为选区。使用"移动工具" 将选区内的图像拖动到第1步打开的文件中，得到"图层 10"。按【Ctrl+T】快捷键，调出自由变换控制框，变换图像到如图1-161所示的状态，按【Enter】键确认操作。

图1-161

step 37 新建一个图层，得到"图层 11"，设置前景色为黑色。选择铅笔工具 ，设置适当的画笔大小后，在人物的下方按住【Shift】键绘制一条直线，得到如图1-162所示的效果。

图1-162

step 38 执行"滤镜"/"模糊"/"动感模糊"命令，在弹出的"动感模糊"对话框中进行参数设置后，单击"确定"按钮，得到如图1-163所示的效果。

图1-163

step 39 设置前景色为黑色，使用"横排文字工具" ，设置适当的字体和字号，在直线上方和下方输入文字，得到相应的文字图层，如图1-164所示。

图1-164

step 40 按【Ctrl+Shift+Alt+E】快捷键，执行"盖印"操作，得到"图层 12"，如图1-165所示。

图1-165

step 41 选择"图层 12"下方的文字图层，隐藏"图层 12"。单击"创建新的填充或调整图层"按钮 ⚫，在弹出的菜单中选择"渐变映射"命令，此时在弹出"调整"面板的同时得到图层"渐变映射 1"。单击"调整"面板下方的 ⚫按钮，将调整影响剪切到下方的图层，然后设置"渐变映射"的颜色，如图1-166所示。在该对话框的编辑渐变颜色选择框中单击，可以弹出"渐变编辑器"对话框，在此可以编辑渐变映射的颜色。

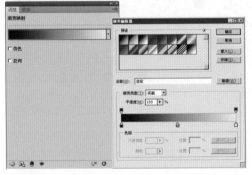

图1-166

step 42 在"调整"面板中设置完"渐变映射"的颜色后，关闭"调整"面板。此时的图像效果和"图层"面板如图1-167所示。

图1-167

step 43 选择并显示"图层 12"，设置其图层混合模式为"柔光"，图层的不透明度为"73%"，得到如图1-168所示的效果。

图1-168

step 44 选择"图像"/"复制"命令，在弹出的对话框中进行复制文件的设置，单击"确定"按钮，即可复制文件。执行"图像"/"模式"/"灰度"命令，在弹出的对话框中单击"扔掉"按钮，即可得到如图1-169所示的黑白效果。

图1-169

step 45 执行"图像"/"模式"/"位图"命令，在弹出的"位图"对话框中进行参数设置，如图1-170所示。

图1-170

33

step 46 设置完"位图"对话框后，单击"确定"按钮，即可将灰度图像转换为位图图像，如图1-171所示。

图1-171

step 47 执行"图像"/"模式"/"灰度"命令，在弹出的"灰度"对话框中进行参数设置，单击"确定"按钮，即可得到如图1-172所示的效果。

图1-172

step 48 使用"移动工具" ，在按住【Shift】键的同时，将灰度图像拖动到第1步打开的文件中，得到"图层 13"，如图1-173所示。

图1-173

step 49 设置"图层 13"的图层混合模式为"柔光"，图层的填充值为"30%"，得到如图1-174所示的最终效果。

图1-174

1.3 通道提取图像技巧

利用通道可以得到各种复杂的形状和透明度的选区。在提取一些形状和透明度复杂的图像时，利用通道可以使操作更容易；同时对于提取具有复杂透明度层次的图像，利用通道操作会更容易得到所需的图像内容。

1.3.1 通道提取选区概述

在Photoshop中，图像本身就具有颜色；同时，可以通过多种操作方式来创建Alpha通道。用户可以利用选区来创建Alpha通道，也可以在"通道"面板中绘制Alpha通道。无论是颜色通道还是Alpha通道，都可以用来创建选区。

1. 将颜色通道转换为选区

图像的颜色模式决定了其颜色通道属性的数量。用户可以利用这些颜色通道来生成一些具有特定的形状和透明度的选区。在"通道"面板中选中某个颜色通道（非复合通道），然后单击面板中的"将通道作为选区载入"按钮 ⊙ ，或者按住【Ctrl】键单击颜色通道的缩略图，即可以用颜色通道的灰度层次来生成选区。

　　例如，打开一个图像文件，如图1-175所示。打开"通道"面板，选中其中的"红"通道，如图1-176所示，然后单击"将通道作为选区载入"按钮 ⊙ ，生成选区，效果如图1-177所示。选择颜色复合通道，返回到"图层"面板中，新建一个空白图层并填充白色，效果如图1-178所示。

图1-175

图1-176

图1-177

图1-178

2. 将Alpha通道转换为选区

　　如果在图像中已经创建了Alpha通道，则可以随时将Alpha通道转换为选区。例如，打开一个图像文件，绘制一个选区范围，如图1-179所示。在"通道"面板中，单击"将选区存储为通道"按钮 ▣ ，将其存储为Alpha通道，如图1-180所示。选择Alpha1通道，执行"滤镜"/"扭曲"/"玻璃"命令，为其添加一个玻璃滤镜，修改Alpha通道的效果，如图1-181所示。

图1-179

图1-180

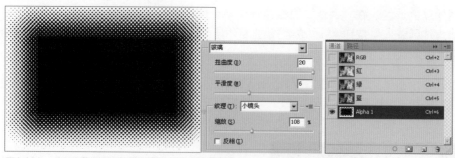

图1-181

然后按住【Ctrl】键单击该Alpha通道，载入选区。返回到"图层"面板中，创建新图层并填充白色，效果如图1-182所示。

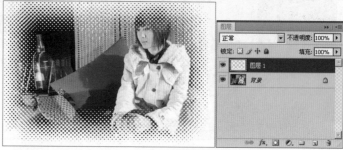

图1-182

1.3.2 │ 使用通道提取透明的玻璃图像

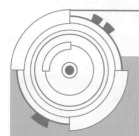

🎛 制作说明

在本例中，将一张普通的玻璃杯和玻璃瓶照片，通过使用Photoshop中的通道功能提取出来，并将提取出来的图像重新更换一个背景。希望读者通过本例能够体会通道提取透明图像这一特色功能的重要作用。

原始图片　　　　最终效果

🎛 制作步骤

 ▶  ▶  ▶  ▶

step 01 打开图片。打开随书光盘中的"素材1"图像文件,此时的图像效果和"图层"面板如图1-183所示。

图1-183

step 02 切换到"路径"面板,新建一个路径,得到"路径 1"。选择"钢笔工具" ,在工具选项栏中单击"路径"按钮 ,沿玻璃器具的轮廓绘制一条路径,如图1-184所示。

图1-184

step 03 选择"图像"/"复制"命令,在弹出的对话框中进行复制文件的设置,单击"确定"按钮,即可复制文件。按【Ctrl+Enter】快捷键,将路径转换为选区,如图1-185所示。

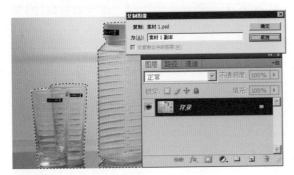

图1-185

step 04 按【Ctrl+Shift+I】快捷键执行"反选"操作,设置前景色为白色,按【Alt+Delete】快捷键用前景色填充选区,按【Ctrl+D】快捷键取消选区,得到如图1-186所示的效果。将文件进行保存,文件名为"素材 1 副本"。

图1-186

step 05 切换到第1步打开的"素材 1"文件中。按【Ctrl+Enter】快捷键,将路径转换为选区。切换到"通道"面板,单击"绿"通道,将其拖动到面板底部的"创建新通道"按钮 上,以复制通道,得到"绿 副本"通道,如图1-187所示。

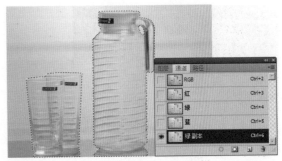

图1-187

step 06 按【Ctrl+Shift+I】快捷键执行"反选"操作,设置前景色为黑色,按【Alt+Delete】快捷键用前景色填充选区,得到如图1-188所示的效果。

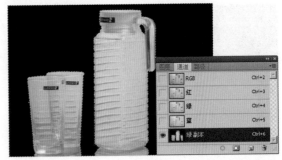

图1-188

step 07 单击"绿 副本"通道,将其拖动到面板底部的"创建新通道"按钮 🔲 上,以复制通道,得到"绿 副本 2"通道。按【Ctrl+Shift+I】快捷键执行"反选"操作,执行"图像"/"调整"/"色阶"命令或按【Ctrl+L】快捷键,调出"色阶"对话框,在该对话框中进行参数设置,如图1-189所示。

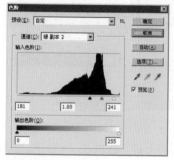

图1-189

step 08 设置完"色阶"对话框中的参数后,单击"确定"按钮,即可得到如图1-190所示的效果。

图1-190

step 09 选择"绿 副本"通道,按【Ctrl+I】快捷键,执行"反相"操作,得到如图1-191所示的效果。

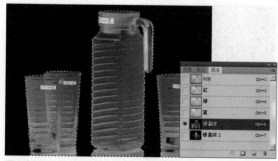

图1-191

step 10 执行"图像"/"调整"/"色阶"命令或按【Ctrl+L】快捷键,调出"色阶"对话框,在该对话框中进行参数设置,如图1-192所示。

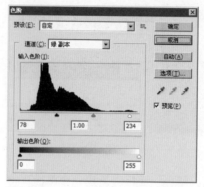

图1-192

step 11 设置完"色阶"对话框中的参数后,单击"确定"按钮,即可得到如图1-193所示的效果。

图1-193

step 12 切换到"图层"面板,新建一个图层,得到"图层 1"。设置前景色为白色。按【Alt+Delete】快捷键用前景色填充选区,按【Ctrl+D】快捷键取消选区,得到如图1-194所示的效果。

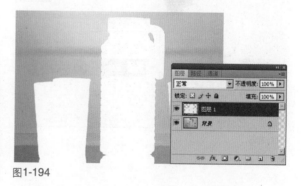

图1-194

step 13 设置"图层 1"的图层不透明度为"20%",得到如图1-195所示的效果。

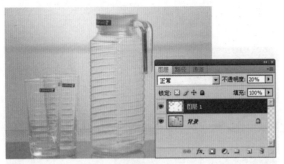

图1-195

step 14 打开图片。打开随书光盘中的"素材 2"图像文件,此时的图像效果和"图层"面板如图1-196所示。

图1-196

step 15 使用"移动工具" 将图像拖动到第1步新建的文件中,得到"图层 2"。将其调整到"图层 1"的下方,然后调整图像的位置到如图1-197所示的效果。

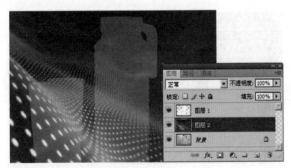

图1-197

step 16 切换到"通道"面板,按住【Ctrl】键,单击通道"绿 副本"的通道缩览图,载入其选区,如图1-198所示。

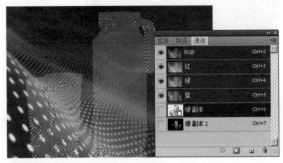

图1-198

step 17 切换到"图层"面板,在"图层 1"的上方新建一个图层,得到"图层 3",设置前景色为黑色。按【Alt+Delete】快捷键用前景色填充选区,按【Ctrl+D】快捷键取消选区,得到如图1-199所示的效果。

图1-199

step 18 选择"图层 3",按【Ctrl+J】快捷键,复制"图层 3",得到"图层 3 副本"。设置其图层的不透明度为"30%",得到如图1-200所示的效果。

图1-200

step 19 切换到"通道"面板，按住【Ctrl】键，单击通道"绿 副本 2"的通道缩览图，载入其选区，如图1-201所示。

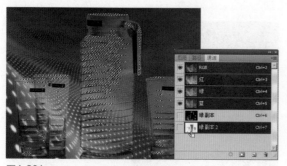

图1-201

step 20 切换到"图层"面板，新建一个图层，得到"图层 4"，设置前景色为白色。按【Alt+Delete】快捷键用前景色填充选区，按【Ctrl+D】快捷键取消选区，得到如图1-202所示的效果。

图1-202

step 21 选择"图层 4"，按【Ctrl+J】快捷键，复制"图层 4"，得到"图层 4 副本"，得到如图1-203所示的效果。

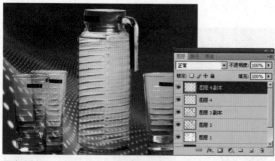

图1-203

step 22 单击"添加图层蒙版"按钮，为"图层 4 副本"添加图层蒙版，设置前景色为黑色。选择"画笔工具"，设置适当的画笔大小和透明度后，在图层蒙版中涂抹，将不需要的部分隐藏起来，即可得到如图1-204所示的效果。

图1-204

step 23 按住【Ctrl】键单击"图层 1"的图层缩览图，载入其选区，选择"背景"图层，如图1-205所示。

图1-205

step 24 按【Ctrl+J】快捷键，复制选区内的图像，得到"图层 5"，然后将"图层 5"调整到所有图层的最上方，如图1-206所示。

图1-206

step 25 单击"添加图层蒙版"按钮◻，为"图层 5"添加图层蒙版，设置前景色为黑色。选择"画笔工具"，设置适当的画笔大小和透明度后，在图层蒙版中涂抹，将不需要的部分隐藏起来，即可得到如图1-207所示的效果。

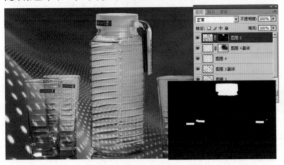

图1-207

step 26 选择"图层 2"上方的所有图层，按【Ctrl+Alt+E】快捷键，执行"盖印"操作，将得到的新图层重命名为"图层 6"。隐藏"图层 6"与"图层 2"之间的图层，如图1-208所示。

图1-208

step 27 单击"创建新的填充或调整图层"按钮，在弹出的菜单中选择"通道混合器"命令，此时在弹出"调整"面板的同时得到图层"通道混合器 1"。单击"调整"面板下方的按钮，将调整影响剪切到下方的图层，然后在"调整"面板中设置"通道混合器"命令的参数，如图1-209所示。

图1-209

step 28 在"调整"面板中设置完"通道混合器"命令的参数后，关闭"调整"面板。此时的图像效果和"图层"面板如图1-210所示。

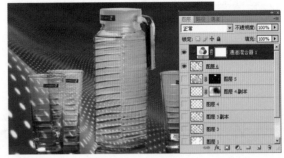

图1-210

step 29 选择"图层 2"，按【Ctrl+J】快捷键，复制"图层 2"，得到"图层 2 副本"。执行"滤镜"/"扭曲"/"玻璃"命令，在弹出的对话框中单击按钮，载入前面存储的"素材 1 副本"文件，设置完其他参数后，单击"确定"按钮，得到如图1-211所示的效果。

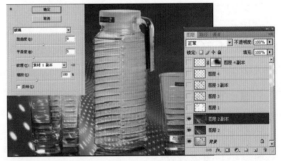

图1-211

step 30 使用"移动工具"，将"图层 2 副本"中的图像移动调整到如图1-212所示的效果，使扭曲的效果和玻璃器具重合。

图1-212

step 31 按住【Ctrl】键单击"图层 1"的图层缩览图,载入其选区。单击"添加图层蒙版"按钮 ◉,为"图层 2 副本"添加图层蒙版,此时选区以外的图像就被隐藏起来了,如图1-213所示。

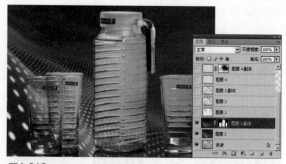

图1-213

1.4 使用"计算"命令提取图像

使用"计算"命令可以将同一图像中的两个通道或不同图像中的两个通道进行合成。合成后的结果可以保存到一个新的图像或新通道中,也可以直接将合成后的结果转换成选取范围。

1.4.1 使用"计算"命令得到选区

"计算"命令的使用方法与"应用图像"命令基本相同,但"计算"命令可将运算的结果放置到通道内。而"应用图像"命令产生的运算结果则体现在图层上。打开一个图像文件,执行"图像"/"计算"命令,打开"计算"对话框,如图1-214所示。该对话框中各选项的功能如下所示。

源: 可以从中选择一幅图像作为参与计算的源图像。在其下拉列表中,会列出当前已经打开的符合条件的图像文件名称,此项的默认设置为当前编辑的图像文件。

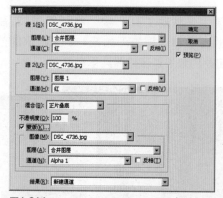

图1-214

图层: 用于设置使用源文件中的哪一个层或"合并图层"来进行运算。如果图像中只有背景图层,则只能选取背景层;如果有多个层,则该

选项的下拉列表中会列出源文件中的各个图层。此时会显示"合并图层"选项,选择该选项表示是选定源文件的所有图层来作为混合计算图层。

通道: 该选项指定使用源文件中的哪一个通道来进行计算,默认为复合通道(RGB)。选择"反相"复选项,可以将选择的通道反相处理后再进行计算。

混合: 该选项的下拉列表中列出了可以用于混合图像的运算模式,与图层混合模式的工作原理相同。

不透明度: 设置运算结果对源文件的影响程度,与"图层"面板中的"不透明度"选项功能相同,默认为100%。

蒙版: 选择该复选项后,对话框中会显示蒙版的设置选项。在"图像"选项中可以选择用做蒙版的图像文件。

混合栏中的"图层"选项的功能及设置与源文件的设置相同。在该栏的"通道"选项中除了可以选择文件的颜色通道外,还可以选择"灰度"选项来控制图像的整体亮度。

结果: 用于设置运算结果是保存在一个新建文档中,还是在当前编辑图像中新建通道来保存,或者将合成的结果直接转换成选区。

例如，打开一个图像文件，如图1-215所示。执行"图像"／"计算"命令，在弹出的"计算"对话框中进行设置，如图1-216所示。单击"确定"按钮，将运算结果生成新通道，如图1-217所示。将通道载入选区，将其填充渐变色并设置图层混合模式，效果如图1-218所示。

图1-215

图1-216

图1-217

图1-218

> **技巧 ● 提示**
>
> 　　用于"计算"命令的图像也必须具有相同的图像尺寸、色彩模式及分辨率大小。在应用"计算"命令合成图像时，"源1"和"源2"选项组中的顺序安排，将会影响图像最终的合成效果，这是由于Photoshop计算时用"源2"和"源1"后，再进行其他的运算处理。

1.4.2 ｜ 使用"计算"命令提取图像制作婚纱艺术照

🔳 制作说明

　　在本例中，将一张普通的人物婚纱照片，通过使用Photoshop中的"计算"命令功能将婚纱人物图像提取出来，并将提取出来的图像结合其他的素材图像制作出艺术照的效果。希望读者通过本例能够体会"计算"命令提取图像这一特色功能的重要作用。

原始图片

最终效果

43

🔡 制作步骤

step 01 打开图片。打开随书光盘中的"素材1"图像文件，此时的图像效果和"图层"面板如图1-219所示。

图1-219

step 02 选择"画笔工具" 🖌，按【F5】键调出"画笔"面板。分别在"画笔"面板中设置"画笔笔尖形状"、"形状动态"及"散布"等选项，如图1-220所示。

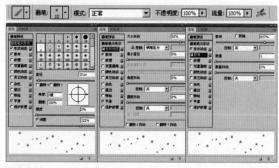

图1-220

step 03 新建一个图层，得到"图层1"。选择"画笔工具" 🖌，设置前景色为白色，在画面下方绘制虚圆点，如图1-221所示。

图1-221

step 04 打开图片。打开随书光盘中的"素材2"图像文件，此时的图像效果和"图层"面板如图1-222所示。

图1-222

step 05 使用"移动工具" ▶⊕将图像拖动到第1步打开的文件中，得到"图层2"。按【Ctrl+T】快捷键，调出自由变换控制框，变换图像到如图1-223所示的状态，按【Enter】键确认操作。

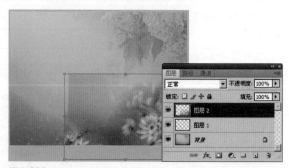

图1-223

step 06 单击"添加图层蒙版"按钮 ⬜，为"图层2"添加图层蒙版，设置前景色为黑色。选择"画笔工具" 🖌，设置适当的画笔大小和透明度后，在图层蒙版中涂抹，将不需要的部分隐藏起来，即可得到如图1-224所示的效果。

图1-224

step 07 设置"图层 2"的图层混合模式为"强光"，得到如图1-225所示的效果。

图1-225

step 08 选择"图层 1"，单击"创建新的填充或调整图层"按钮 ，在弹出的菜单中选择"色相/饱和度"命令，此时在弹出"调整"面板的同时得到图层"色相/饱和度 1"。在"调整"面板中设置完"色相/饱和度"命令的参数后，关闭"调整"面板。此时的效果如图1-226所示。

图1-226

step 09 选择"图层 2"，单击"创建新的填充或调整图层"按钮 ，在弹出的菜单中选择"色相/饱和度"命令，此时在弹出"调整"面板的同时得到图层"色相/饱和度 2"。单击"调整"面板下方的 按钮，将调整影响剪切到下方的图层。在"调

整"面板中设置完"色相/饱和度"命令的参数后，关闭"调整"面板。此时的效果如图1-227所示。

图1-227

step 10 打开图片。打开随书光盘中的"素材 3"图像文件，此时的图像效果和"图层"面板如图1-228所示。

图1-228

step 11 使用"移动工具" 将图像拖动到第1步打开的文件中，得到"图层 3"。按【Ctrl+Alt+G】快捷键，执行"释放剪贴蒙版"操作，按【Ctrl+T】快捷键，调出自由变换控制框，变换图像到如图1-229所示的状态，按【Enter】键确认操作。

图1-229

step 12 设置"图层 3"的图层混合模式为"线性加深",得到如图1-230所示的效果。

图1-230

step 13 打开图片。打开随书光盘中的"素材 4"图像文件,此时的图像效果和"图层"面板如图1-231所示。

图1-231

step 14 使用"移动工具" ▶ 将图像拖动到第1步打开的文件中,得到"图层 4"。按【Ctrl+T】快捷键,调出自由变换控制框,变换图像到如图1-232所示的状态,按【Enter】键确认操作。

图1-232

step 15 设置"图层 4"的图层混合模式为"滤色",得到如图1-233所示的效果。

图1-233

step 16 打开图片。打开随书光盘中的"素材 5"图像文件,此时的图像效果和"图层"面板如图1-234所示。

图1-234

step 17 切换到"通道"面板,执行"图像"/"计算"命令,在弹出的"计算"对话框中进行参数设置,如图1-235所示。

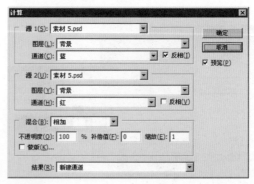

图1-235

step 18 设置完"计算"对话框中的参数后,单击"确定"按钮,得到"Alpha 1"通道。通道中的效果和"通道"面板如图1-236所示。

图1-236

step 19 执行"图像"/"计算"命令,在弹出的"计算"对话框中进行参数设置,如图1-237所示。

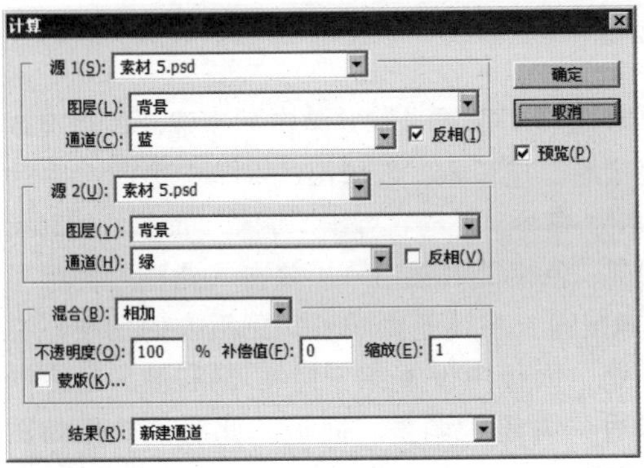

图1-237

step 20 设置完"计算"对话框中的参数后,单击"确定"按钮,得到"Alpha 2"通道。通道中的效果和"通道"面板如图1-238所示。

图1-238

step 21 执行"图像"/"计算"命令,在弹出的"计算"对话框中进行参数设置,如图1-239所示。

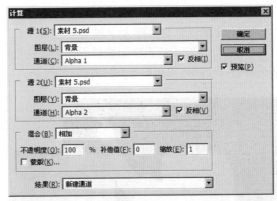

图1-239

step 22 设置完"计算"对话框中的参数后,单击"确定"按钮,得到"Alpha 3"通道。通道中的效果和"通道"面板如图1-240所示。

图1-240

step 23 选择"Alpha 3"通道,按【Ctrl+I】快捷键,执行"反相"操作,将通道中黑白图像的颜色进行颠倒(将图像中的颜色变成该颜色的补色),如图1-241所示。

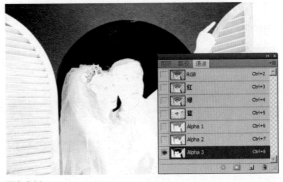

图1-241

step 24 设置前景色为黑色，选择"画笔工具" ✐.，设置适当的画笔大小和透明度后，在"Alpha 3"通道中将人物图像周围不需要的部分进行涂抹，即可得到如图1-242所示的效果。

图1-242

step 25 设置前景色为白色，选择"画笔工具" ✐.，设置适当的画笔大小和透明度后，在"Alpha 3"通道中将人物图像内部需要选择的部分进行涂抹，即可得到如图1-243所示的效果。

图1-243

step 26 按住【Ctrl】键单击通道"Alpha 3"的通道缩览图，载入其选区。切换到"图层"面板，选择"背景"图层，按【Ctrl+J】快捷键，复制选区内的图像，得到"图层1"，如图1-244所示。

图1-244

step 27 在"背景"图层的上方新建一个图层，得到"图层2"，设置前景色为白色。按【Alt+Delete】快捷键，用前景色填充"图层2"，得到如图1-245所示的效果。

图1-245

step 28 选择"图层1"，单击"创建新的填充或调整图层"按钮 ●.，在弹出的菜单中选择"色相/饱和度"命令，此时在弹出"调整"面板的同时得到图层"色相/饱和度1"。单击"调整"面板下方的 ● 按钮，将调整影响剪切到下方的图层。在"调整"面板中设置完"色相/饱和度"命令的参数后，关闭"调整"面板。此时的效果如图1-246所示。

图1-246

step 29 选择"图层1"和"色相/饱和度1"，按【Ctrl+Alt+E】快捷键，执行"盖印"操作，将得到的新图层重命名为"图层3"，如图1-247所示。

图1-247

step 30 使用"移动工具" ⊕+ ，将"素材 5"文件中的"图层 3"图像拖动到第1步打开的文件中，得到"图层 5"。按【Ctrl+T】快捷键，调出自由变换控制框，变换图像到如图1-248所示的状态，按【Enter】键确认操作。

图1-248

step 31 单击"添加图层蒙版"按钮 ◙ ，为"图层 5"添加图层蒙版，设置前景色为黑色。选择"画笔工具" ✎ ，设置适当的画笔大小和透明度后，在图层蒙版中涂抹，将不需要的部分隐藏起来，即可得到如图1-249所示的效果。

图1-249

step 32 单击"创建新的填充或调整图层"按钮 ⊘ ，在弹出的菜单中选择"通道混合器"命令，此时在弹出"调整"面板的同时得到图层"通道混合器 1"。单击"调整"面板下方的 ⬤ 按钮，将调整影响剪切到下方的图层，然后在"调整"面板中设置"通道混合器"命令的参数，如图1-250所示。

图1-250

step 33 在"调整"面板中设置完"通道混合器"命令的参数后，关闭"调整"面板。此时的图像效果和"图层"面板如图1-251所示。

图1-251

step 34 选择"图层 5"和"通道混合器 1"，按【Ctrl+Alt+E】快捷键，执行"盖印"操作，将得到的新图层重命名为"图层 6"。按住【Alt】键，在"图层"面板上拖动"图层 6"到"图层 5"的下方，以复制和调整图层顺序，得到"图层 6 副本"。按【Ctrl+T】快捷键，调出自由变换控制框，变换图像到如图1-252所示的状态，按【Enter】键确认操作。

图1-252

step 35 设置"图层 6 副本"的图层混合模式为"明度",设置其图层的不透明度为"15%",得到如图1-253所示的效果。

图1-253

step 36 按住【Ctrl】键单击"图层 6 副本"的图层缩览图,载入其选区。选择"图层 4",按住【Alt】单击"添加图层蒙版"按钮 ,选择"画笔工具" ,设置适当的画笔大小和透明度后,在图层蒙版中进行编辑,即可得到如图1-254所示的效果。

图1-254

step 37 选择"图层 6",执行"滤镜"/"模糊"/"高斯模糊"命令,设置弹出对话框中的参数后,单击"确定"按钮,得到如图1-255所示的效果。

图1-255

step 38 设置"图层 6"的图层混合模式为"柔光",得到如图1-256所示的效果。

图1-256

step 39 按住【Ctrl】键单击"图层 6"的图层缩览图,载入其选区,此时的选区效果如图1-257所示。

图1-257

step 40 切换到"通道"面板,单击面板底部的"创建新通道"按钮 ,新建一个通道"Alpha 1",设置前景色为白色。按【Alt+Delete】快捷键用前景色填充选区,按【Ctrl+D】快捷键取消选区,得到如图1-258所示的效果。

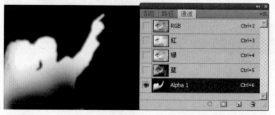

图1-258

step 41 执行"滤镜"/"模糊"/"高斯模糊"命令，设置弹出对话框中的参数后，单击"确定"按钮，得到如图1-259所示的效果。

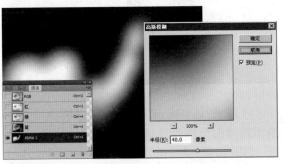

图1-259

step 42 单击"Alpha 1"通道，将其拖动到面板底部的"创建新通道"按钮 上，以复制通道，得到"Alpha 1 副本"通道。按【Ctrl+I】快捷键，执行"反相"操作，将通道中黑白图像的颜色进行颠倒，如图1-260所示。

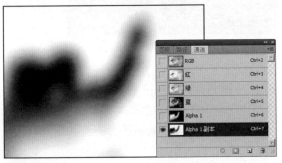

图1-260

step 43 执行"滤镜"/"像素化"/"色彩半调"命令，设置弹出对话框中的参数后，单击"确定"按钮，得到如图1-261所示的效果。

图1-261

step 44 按【Ctrl+I】快捷键，执行"反相"操作，将通道中黑白图像的颜色进行颠倒，如图1-262所示。

图1-262

step 45 按住【Ctrl】键单击通道"Alpha 1 副本"的通道缩览图，载入其选区，切换到"图层"面板，效果如图1-263所示。

图1-263

step 46 在"图层 4"的上方新建一个图层，得到"图层 7"，设置前景色为白色。按【Alt+Delete】快捷键用前景色填充选区，按【Ctrl+D】快捷键取消选区，得到如图1-264所示的效果。

图1-264

step 47 设置"图层 7"的图层混合模式为"叠加"，得到如图1-265所示的效果。

图1-265

step 48 切换到"通道"面板，选择"Alpha 1"通道，按【Ctrl+I】快捷键，执行"反相"操作，将通道中黑白图像的颜色进行颠倒，如图1-266所示。

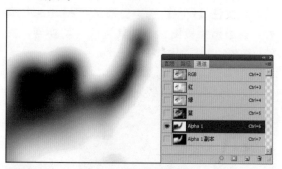

图1-266

step 49 执行"滤镜"/"像素化"/"色彩半调"命令，设置弹出对话框中的参数后，单击"确定"按钮，得到如图1-267所示的效果。

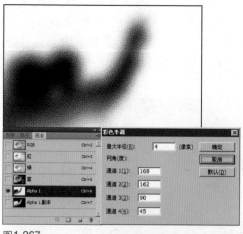

图1-267

step 50 按【Ctrl+I】快捷键，执行"反相"操作，将通道中黑白图像的颜色进行颠倒，如图1-268所示。

图1-268

step 51 按住【Ctrl】键单击通道"Alpha 1"的通道缩览图，载入其选区，切换到"图层"面板，效果如图1-269所示。

图1-269

step 52 在"图层 7"的上方新建一个图层，得到"图层 8"，设置前景色为白色。按【Alt+Delete】快捷键用前景色填充选区，按【Ctrl+D】快捷键取消选区，得到如图1-270所示的效果。

图1-270

step 53 设置"图层 8"的图层混合模式为"叠加"，得到如图1-271所示的效果。

图1-271

图1-273

step 54 选择"图层 6"为当前操作图层，打开随书光盘中的"素材 6"图像文件，此时的图像效果和"图层"面板如图1-272所示。

step 56 使用"直排文字工具" T，设置适当的字体和字号，在"纯爱"文字的下方输入一段文字，得到相应的文字图层，如图1-274所示。

图1-272

step 55 使用"移动工具" 将图像拖动到第1步打开的文件中，得到"图层 9"。按【Ctrl+T】快捷键，调出自由变换控制框，变换图像到如图1-273所示的状态，按【Enter】键确认操作。

图1-274

1.5 使用"色彩范围"命令提取图像

使用"色彩范围"命令可以产生与"魔棒工具"类似的效果，不同的是"色彩范围"命令是通过图像窗口中的指定颜色来设置选择区域的。另外，还可以通过指定其他颜色来增加或减少选择区域，以更改预览选区的显示状态等。

1.5.1 使用"色彩范围"命令得到选区

打开一个图像，执行"选择"/"色彩范围"命令，弹出"色彩范围"对话框，如图1-275所示。该对话框中各选项的功能如下所示。

选择：在该选项的下拉列表中，可以选择颜色的选取方式和范围。默认设置为"取样颜色"选项。

颜色容差：用于设置选取颜色与取样颜色的相似程度。数值越大，颜色变化越大，绘制的选区范围就越大。

范围：用于设置选取颜色的范围。数值越大，所包含的颜色数量就越多，绘制的选区范围就越大。

图1-275

选区预览：在该选项的下拉列表中可以进行预览方式的选择。其中，"无"选项表示在图像窗口中没有变化；"灰度"选项表示在图像窗口中用黑色显示未被选择的区域，用白色和灰色调显示被选取的区域；"黑色杂边"选项表示在图像窗口中用黑色显示未被选择的区域，用彩色显示被选取的区域；"白色杂边"选项表示在图像窗口中用白色显示未被选择的区域，用彩色显示被选取的区域；"快速蒙版"选项表示在图像窗口中以预设蒙版颜色显示未被选择的区域，用彩色调显示被选取的区域。

在该对话框中有一个预览区域，用来显示当前已选取的图像范围。选择"选择范围"选项时，在预览中以黑白图像显示，黑色部分为未被选取的范围，白色部分是被选取的范围，灰色调表示部分被选取。当选择"图像"选项时，预览栏中会显示彩色图像，不显示选取的范围。按【Ctrl】键可以在两个预览选项显示方式之间切换。

添加到取样：使用"添加到取样"工具，可以在图像中进行多次选取来增加选取范围。

从取样中减去：使用"从取样中减去"工具，可以在图像中进行多次选取，以从已有的选区中减去多选的像素。

反相：选择该复选项，可以将当前的未选取范围转换为选取范围，其功能类似于"选择"菜单中的"反相"命令。

"载入"和"存储"按钮：可以用来保存或载入"色彩范围"对话框中的各项参数设置。

例如，打开一个图像文件，执行"选择"/"色彩范围"命令，打开"色彩范围"对话框，在图像中单击提取颜色，如图1-276所示。然后调整该对话框中的选项设置，如图1-277所示。单击"确定"按钮，得到一个选区，效果如图1-278所示。

图1-276

图1-277

图1-278

1.5.2 │ 使用"色彩范围"命令制作单色艺术特效

▓ 制作说明

　　在本例中，将一张普通的人物照片，通过使用Photoshop中的"色彩范围"命令功能将人物周围的树叶图像提取出来，并将提取出来的图像进行调色，制作单色艺术效果。希望读者通过本例能够体会"色彩范围"命令提取图像这一特色功能的重要作用。

原始图片

最终效果

▓ 制作步骤

 ▶  ▶  ▶  ▶

step 01 打开图片。打开随书光盘中的"素材1"图像文件，此时的图像效果和"图层"面板如图1-279所示。

图1-279

55

step **02** 执行"图像"/"色彩范围"命令,在弹出的"色彩范围"对话框中进行参数设置。设置完该对话框中的参数后,单击"确定"按钮,得到如图1-280所示的选区效果。

图1-280

step **03** 单击"创建新的填充或调整图层"按钮 ◢,在弹出的菜单中选择"曲线"命令,此时在弹出"调整"面板的同时得到图层"曲线1"。在"调整"面板中设置"曲线"命令的参数,如图1-281所示。

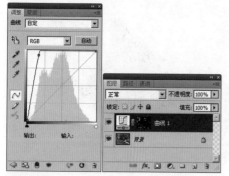

图1-281

step **04** 在"调整"面板中设置完"曲线"命令的参数后,关闭"调整"面板。此时的图像效果如图1-282所示。

图1-282

step **05** 选择"曲线1",按【Ctrl+J】快捷键,复制"曲线1",得到"曲线1副本"。设置其图层的不透明度为"50%",得到如图1-283所示的效果。

图1-283

step **06** 单击"曲线1"的图层蒙版缩览图,执行"滤镜"/"模糊"/"高斯模糊"命令,设置弹出对话框中的参数后,单击"确定"按钮,得到如图1-284所示的效果。

图1-284

step **07** 选择"曲线1副本",按【Ctrl+Shift+Alt+E】快捷键,执行"盖印"操作,得到"图层1"。执行"图像"/"色彩范围"命令,在弹出的"色彩范围"对话框中进行参数设置,如图1-285所示。

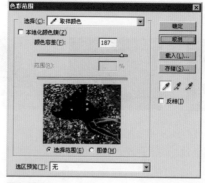

图1-285

step **08** 设置完"色彩范围"对话框中的参数后,单击"确定"按钮,得到如图1-286所示的选区效果。

图1-286

step 09 按【Ctrl+J】快捷键，复制选区内的图像，得到"图层 2"。按住【Ctrl】键单击"图层 2"的图层缩览图，载入其选区，隐藏"图层 1"，如图1-287所示。

图1-287

step 10 单击"创建新的填充或调整图层"按钮 ⊘，在弹出的菜单中选择"曲线"命令，此时在弹出"调整"面板的同时得到图层"曲线 2"。单击"调整"面板下方的 ⬤ 按钮，将调整影响剪切到下方的图层。在"调整"面板中设置"曲线"命令的参数，如图1-288所示。

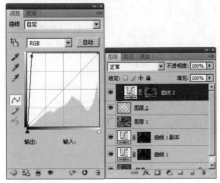

图1-288

step 11 在"调整"面板中设置完"曲线"命令的参数后，关闭"调整"面板。此时的图像效果如图1-289所示。

图1-289

step 12 选择"曲线 2"，按【Ctrl+Shift+Alt+E】快捷键，执行"盖印"操作，得到"图层 3"。执行"图像"/"色彩范围"命令，在弹出的"色彩范围"对话框中进行参数设置，如图1-290所示。

图1-290

step 13 设置完"色彩范围"对话框中的参数后，单击"确定"按钮，得到如图1-291所示的选区效果。

图1-291

step 14 按【Ctrl+J】快捷键，复制选区内的图像，得到"图层 4"。按住【Ctrl】键单击"图层 4"的图层缩览图，载入其选区，隐藏"图层 3"，如图1-292所示。

图1-292

step 15 单击"创建新的填充或调整图层"按钮 ⬛，在弹出的菜单中选择"曲线"命令，此时在弹出"调整"面板的同时得到图层"曲线3"。单击"调整"面板下方的 ⬛ 按钮，将调整影响剪切到下方的图层。在"调整"面板中设置"曲线"命令的参数，如图1-293所示。

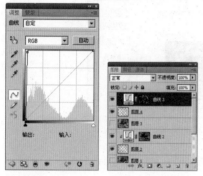

图1-293

step 16 在"调整"面板中设置完"曲线"命令的参数后，关闭"调整"面板。此时的图像效果如图1-294所示。

图1-294

step 17 选择"图层 4"，单击"添加图层蒙版"按钮 ⬛，为"图层 4"添加图层蒙版，设置前景色为黑色。选择"画笔工具" ✏，设置适当的画笔大小和透明度后，在图层蒙版中涂抹，将不需要的部分隐藏起来，即可得到如图1-295所示的效果。

图1-295

step 18 选择"曲线 3"，单击"创建新的填充或调整图层"按钮 ⬛，在弹出的菜单中选择"色相/饱和度"命令，此时在弹出"调整"面板的同时得到图层"色相/饱和度 1"。在"调整"面板中设置"色相/饱和度"命令的参数，如图1-296所示。

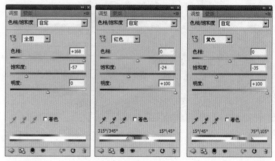

图1-296

step 19 在"调整"面板中设置完"色相/饱和度"命令的参数后，关闭"调整"面板。此时的图像效果和"图层"面板如图1-297所示。

图1-297

step 20 单击"色相/饱和度 1"的图层蒙版缩览图，设置前景色为黑色。选择"画笔工具" ✏，设置适当的画笔大小和透明度后，在图层蒙版中涂抹，得到如图1-298所示的效果。

图1-298

step 21 单击"创建新的填充或调整图层"按钮 ![icon], 在弹出的菜单中选择"色相/饱和度"命令,此时在弹出"调整"面板的同时得到图层"色相/饱和度 2"。在"调整"面板中设置"色相/饱和度"命令的参数,如图1-299所示。

图1-301

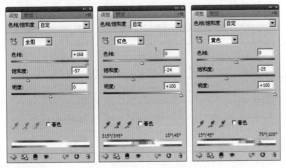

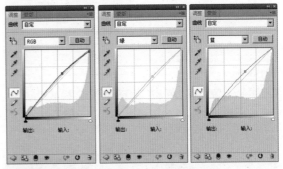

图1-299

step 22 在"调整"面板中设置完"色相/饱和度"命令的参数后,关闭"调整"面板。此时的图像效果和"图层"面板如图1-300所示。

图1-302

step 25 单击"创建新的填充或调整图层"按钮 ![icon], 在弹出的菜单中选择"曲线"命令,此时在弹出"调整"面板的同时得到图层"曲线 4"。在"调整"面板中设置"曲线"命令的参数,如图1-303所示。

图1-300

step 23 单击"色相/饱和度 2"的图层蒙版缩览图,设置前景色为黑色。选择"画笔工具" ![icon], 设置适当的画笔大小和透明度后,在图层蒙版中涂抹,得到如图1-301所示的效果。

step 24 设置"色相/饱和度 2"的图层不透明度为"70%",得到如图1-302所示的效果。

图1-303

step 26 在"调整"面板中设置完"曲线"命令的参数后,关闭"调整"面板。此时的图像效果和"图层"面板如图1-304所示。

图1-304

step 27 按住【Alt】键，在"图层"面板上，将"色相/饱和度 2"的图层蒙版缩览图拖动到"曲线 4"的图层名称上释放，以复制图层蒙版，得到如图1-305所示的效果。

图1-305

step 28 设置前景色的颜色值为（R:168 G:187 B:194），新建一个图层，得到"图层 5"。按【Alt+Delete】快捷键用前景色填充"图层 5"，得到如图1-306所示的效果。

图1-306

step 29 设置"图层 5"的图层混合模式为"颜色"，设置其图层的不透明度为"35%"，得到如图1-307所示的效果。

图1-307

step 30 按住【Alt】键，在"图层"面板上，将"色相/饱和度 2"的图层蒙版缩览图拖动到"图层 5"的图层名称上释放，以复制图层蒙版，得到如图1-308所示的效果。

图1-308

step 31 单击"创建新的填充或调整图层"按钮，在弹出的菜单中选择"通道混合器"命令，此时在弹出"调整"面板的同时得到图层"通道混合器 1"。在"调整"面板中设置"通道混合器"命令的参数，如图1-309所示。

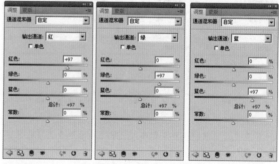

图1-309

step 32 在"调整"面板中设置完"通道混合器"命令的参数后，关闭"调整"面板。此时的图像效果和"图层"面板如图1-310所示。

图1-310

Chapter 02
图像合成创意艺术

■■■图像的合成最主要的方法是图层混合模式，混合模式决定了当前图层中的像素与下面图层像素的混合方式。通过设置不同的混合模式可以制作出各种图像色彩的变化效果。除了图层混合模式外，还可采用图层蒙版、剪贴蒙版等一些其他方法对图像进行合成。本章将对这些方法进行具体的讲解。

2.1　使用图层混合模式合成图像

在进行图层之间的操作时，尤其在进行图像的合成时，Photoshop有一个重要的图层功能是不可忽视的，那就是图层混合模式。

在Photoshop中，我们经常要用到图层的模式，它对影像的合成起着很大的作用。系统默认状态为正常模式。灵活地运用各种图层模式，可使我们创作出美妙的、意想不到的图像效果。

2.1.1　图层混合模式概述

什么是图层混合模式呢？简单来说就是当前图层与下面图层的颜色进行混合的方式。图层的混合模式确定了其像素如何与图像中的下层像素进行混合。使用混合模式可以创建各种特殊效果。

1. 基础型混合模式

此类混合模式包括"正常"和"溶解"两种混合模式，其共同点在于都是利用图层的"不透明度"以及"填充不透明度"来控制与下面的图像进行混合。这两种不透明度的参数值越低，就越能显示下方图层的图像。

正常模式： 它是系统的默认模式。当选择此模式后，上一图层完全覆盖下一图层。当然，也可以通过调节"不透明度"选项来不同程度地显示下层内容，如图2-1所示。从"图层"面板中选取正常模式，然后用鼠标拖动"不透明度"选项右侧的三角按钮来设定不同的透明度。

溶解模式： 这种模式是根据每个像素点所在位置透明度的不同，随机以当前图层的颜色取代下层。透明度越大，溶解效果越明显，如图2-2所示。

图2-1　　　　　　　　　　　　　　　　　　图2-2

2. 降暗图像型混合模式

此类混合模式包括"变暗"、"正片叠底"、"颜色加深"、"线性加深"和"深色"5种混合模式，它们主要通过滤除图像中的亮调图像，从而达到使图像变暗的目的，如图2-3所示。

变暗模式： 在此模式下，当前图层中的较暗像素将会代替下层中与之相应的较亮像素，而且下层中较暗部分将会代替当前图层中的较亮部分，因此叠加后整体图像呈暗色调。

正片叠底模式： 在此模式下，会将当前图层颜色的像素值与下一图层同一位置颜色的像素值相乘，然后再除以255，之后得到的结果就是最终的效果。出现效果的颜色通常保留了当前图层和下方图层颜色较深的部分。这样我们便可以导出一个公式：最终效果=下一图层的像素值×当前图层的像素值÷255。

颜色加深模式：主要是查看每个通道的颜色信息，通过增加其对比度，使下一图层的颜色变暗以反映上一图层的颜色。上一图层如果是白色时，对下一图层没有影响。

线性加深模式：主要是查看每个通道的颜色信息，通过降低其亮度，使下一图层的颜色变暗以反映当前图层的颜色，下一图层与白色混合时没有变化。

深色模式：混合时将当前图层与下方图层之间的明暗色进行比较，较暗一层的像素取代较亮一层的像素。

变暗　　　　　　　　正片叠底　　　　　　　颜色加深　　　　　　　线性加深　　　　　　　深色

图2-3

3. 提亮图像型混合模式

此类混合模式包括"变亮"、"滤色"、"颜色减淡"、"线性减淡"和"浅色"5种混合模式。与上面的降暗图像型混合模式刚好相反，此类混合模式主要通过滤除图像中的暗调图像，从而达到使图像变亮的目的。图2-4为原始图像，图2-5为设置不同混合模式后的效果。

变亮模式：与变暗模式相反，混合时取当前图层颜色与下方图层颜色中较亮的颜色。下一图层中较暗的像素被当前图层中较亮的像素所取代，而较亮的像素不变，因此叠加后的图像整体为亮色调。

滤色模式：与正片叠底模式刚好相反，它将当前图层颜色与下一图层颜色的互补色相乘，然后再除以255，得到的结果就是最终的效果。该模式转换后的颜色一般比较浅，通常能够得到一种漂白图像中颜色的效果。我们可以导出这样一个公式：最终效果=下一图层互补色的像素值×当前层互补色的像素值÷255。下一图层与黑色混合时没有变化。

颜色减淡模式：主要是查看每个通道的颜色信息，通过增加其对比度，使下一图层的颜色变亮来反映当前图层的颜色。若当前图层为白色时，下一图层变白；若上一图层为黑色时，下一图层无变化。

线性减淡模式：主要是查看每个通道的颜色信息，加亮所有通道的基色，并通过降低其他颜色的亮度来反映混合颜色。该模式对于黑色无效。

浅色模式：选择浅色模式，与深色模式正好相反，较亮一层的像素将取代较暗一层的像素。

图2-4

变亮　　　　　　　　　　　　　　　　滤色

颜色减淡　　　　　　　　线性减淡　　　　　　　　浅色

图2-5

4. 融合图像型混合模式

此类混合模式包括"叠加"、"柔光"、"强光"、"亮光"、"线性光"、"点光"和"实色混合"7种混合模式，主要用于不同程度地对上、下两图层中的图像进行融合。另外，此类混合模式还可以在一定程度上提高图像的对比度。图2-6为设置不同混合模式后的效果。

叠加模式：是将当前图层的颜色与下方图层的颜色叠加，保留下方图层颜色的高光和阴影部分。下方图层的颜色没有被取代，而是和当前图层的颜色混合来体现原图的亮度和暗部。

柔光模式：是根据当前图层颜色的明暗程度来决定最终的效果变亮还是变暗。如果当前图层的颜色比50%的灰要亮，那么原图像变亮；如果当前图层的颜色比50%的灰要暗，原图像就会变暗；如果当前图层有纯黑和纯白色，生成的最终色不是黑色或白色，而是稍微变暗或变亮。

强光模式：当前图层的颜色比50%的灰要亮，则选取该模式后原图像变亮，就可增加图像的高光；若当前图层的颜色比50%的灰要暗，则该模式可使图像的暗部更暗。前层如果有纯黑或纯白色时，此时会产生明显变暗或变亮的区域，但不会出现纯黑或纯白色。

亮光模式：根据当前图层的颜色，通过增加或降低对比度来加深或减淡颜色。如果当前图层的颜色比50%的灰亮，图像通过降低对比度被照亮；如果当前图层的颜色比50%的灰暗，图像通过增加对比度变暗。

线性光模式：根据当前图层的颜色，通过增加或降低亮度来加深或减淡颜色。若当前图层的颜色比50%的灰亮，图像通过增加亮度被照亮；若当前图层的颜色比50%的灰暗，图像通过降低亮度变暗。

点光模式：根据当前图层的颜色替换颜色。若当前图层的颜色比50%的灰亮，当前图层的颜色被替换，比当前图层颜色亮的像素不变化。若当前图层颜色比50%的灰暗，比当前图层颜色暗的像素被替换，比当前图层颜色暗的像素不变化。

实色混合模式：将混合颜色的红色、绿色和蓝色通道值添加到基色的 RGB 值。如果通道的结果总和大于或等于 255，则值为 255；如果小于 255，则值为 0。因此，所有混合像素的红色、绿色和蓝色通道值要么是 0，要么是 255。这会将所有像素更改为原色：红色、绿色、蓝色、青色、黄色、洋红、白色或黑色。

叠加　　　　　　　　　　　柔光　　　　　　　　　　　强光

亮光　　　　　　线性光　　　　　　点光　　　　　　实色混合

图2-6

5. 变异图像型混合模式

此类混合模式包括"差值"和"排除"两种混合模式，主要用于制作各种异象效果。图2-7为原始图像，图2-8为设置不同混合模式后的效果。

其中，差值模式是比较当前图层颜色与下方图层的颜色的亮度，以较亮颜色的像素值减去较暗颜色的像素值，差值为最后效果的像素值。当前图层的颜色为白色，可使下方图层的颜色反相；当前图层的颜色为黑色，则原图的亮度降低。

排除模式与差值模式的效果相类似，但更柔和。

原始图像　　　　　　　　　差值　　　　　　　　　　　排除
图2-7　　　　　　　　　　　图2-8

6. 色彩叠加型混合模式

此类混合模式包括"色相"、"饱和度"、"色彩"和"明度"4种混合模式，它们主要是依据图像的色相、饱和度等基本属性，完成与下面图像之间的混合。图2-9为设置不同混合模式后的效果。

●选择色相模式，最终图像的像素值是由下方图层的亮度和饱和度值及当前图层的色相值构成的。混合后的亮度及饱和度与下方图层相同，但色相则由当前图层的颜色决定。

●选择饱和度模式，最终图像的像素值是由下方图层的亮度和色相值及当前图层的饱和度值构成。若当前图层的饱和度为零，则原图的饱和度也为零。混合后的色相及明度与下方图层相同。

●选择色彩模式，最终图像的像素值是由下方图层的亮度及当前图层的色相和饱和度值构成的。混合后的明度与下方图层相同，混合后的颜色由当前图层的颜色决定。

●选择明度模式，最终图像的像素值是由下方图层的色相和饱和度值及当前图层的亮度构成的。

色相

饱和度

色彩

明度

图2-9

2.1.2 | 使用图层混合模式制作图像合成效果

🔳 制作说明

本例是将一个斑驳的墙壁背景和一张美女图像结合在一起，制作出一幅怀旧主题的创意设计作品。在本例的制作过程中，充分展示了图层混合模式合成图像的特点，希望读者通过本例能够体会图层混合模式这一特色功能的重要作用。

原始图片

最终效果

制作步骤

step 01 新建文档。执行菜单"文件"/"新建"命令(或按【Ctrl+N】快捷键)，设置弹出的"新建"对话框，如图2-10所示，单击"确定"按钮，即可创建一个新的空白文档。

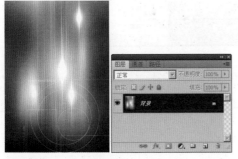

图2-10

step 02 打开图片。打开随书光盘中的"素材 1"图像文件，此时的图像效果和"图层"面板如图2-11所示。

图2-12

图2-11

step 03 使用"移动工具" 将图像拖动到第1步新建的文件中，得到"图层 1"。按【Ctrl+T】快捷键，调出自由变换控制框，变换图像到如图2-12所示的状态，按【Enter】键确认操作。

step 04 打开图片。打开随书光盘中的"素材 2"图像文件，此时的图像效果和"图层"面板如图2-13所示。

图2-13

step 05 使用"移动工具" 将图像拖动到第1步新建的文件中，得到"图层 2"。按【Ctrl+T】快捷键，调出自由变换控制框，变换图像到如图2-14所示的状态，按【Enter】键确认操作。

图2-14

step 06 单击"添加图层蒙版"按钮□，为"图层2"添加图层蒙版，设置前景色为黑色，背景色为白色。选择"渐变工具"■，设置渐变类型为从前景色到背景色，在图层蒙版中从上往下绘制渐变，添加渐变图层蒙版后的图像效果如图2-15所示。

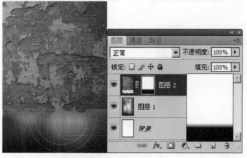

图2-15

step 07 选择"图层 2"为当前操作图层，按【Ctrl+J】快捷键，复制"图层 2"，得到"图层 2 副本"。设置其图层混合模式为"叠加"，得到如图2-16所示的效果。

图2-16

step 08 打开图片。打开随书光盘中的"素材 3"图像文件，此时的图像效果和"图层"面板如图2-17所示。

图2-17

step 09 使用"移动工具"▶₊将图像拖动到第1步新建的文件中，得到"图层 3"。按【Ctrl+T】快捷键，调出自由变换控制框，变换图像到如图2-18所示的状态，按【Enter】键确认操作。

图2-18

step 10 单击"添加图层蒙版"按钮□，为"图层 3"添加图层蒙版，设置前景色为黑色。选择"画笔工具"✐，设置适当的画笔大小和透明度后，在图层蒙版中涂抹，将不需要的部分隐藏起来，即可得到如图2-19所示的效果。

图2-19

step 11 选择"图层 3"为当前操作图层。按【Ctrl+J】快捷键，复制"图层 3"，得到"图层 3副本"。设置其图层混合模式为"柔光"，得到如图2-20所示的效果。

图2-20

step 12 打开图片。打开随书光盘中的"素材4"图像文件，此时的图像效果和"图层"面板如图2-21所示。

图2-21

step 13 使用"移动工具" 将图像拖动到第1步新建的文件中，得到"图层4"。按【Ctrl+T】快捷键，调出自由变换控制框，变换图像到如图2-22所示的状态，按【Enter】键确认操作。

图2-22

step 14 设置图层混合模式。设置"图层4"的图层混合模式为"叠加"，将人物融合到背景中，得到如图2-23所示的效果。

图2-23

step 15 选择"图层4"为当前操作图层。按【Ctrl+J】快捷键，复制"图层4"，得到"图层4副本"。设置其图层混合模式为"正片叠底"，得到如图2-24所示的效果。

图2-24

step 16 单击"添加图层蒙版"按钮，为"图层4副本"添加图层蒙版，设置前景色为黑色，背景色为白色。使用"渐变工具" 设置渐变类型为从前景色到背景色，在图层蒙版中从左往右绘制渐变，添加渐变图层蒙版后的图像效果如图2-25所示。

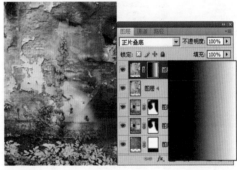

图2-25

step 17 选择"图层4副本"为当前操作图层。按【Ctrl+J】快捷键，复制"图层4副本"，得到"图层4副本2"。设置其图层混合模式为"柔光"，得到如图2-26所示的效果。

图2-26

step 18 打开图片。打开随书光盘中的"素材 5"图像文件，此时的图像效果和"图层"面板如图2-27所示。

图2-27

step 19 使用"移动工具" ▶♦ 将图像拖动到第1步新建的文件中，得到"图层 5"。按【Ctrl+T】快捷键，调出自由变换控制框，变换图像到如图2-28所示的状态，按【Enter】键确认操作。

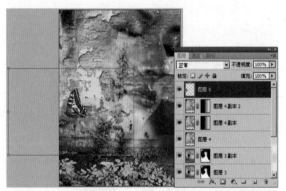

图2-28

step 20 打开图片。打开随书光盘中的"素材 6"图像文件，此时的图像效果和"图层"面板如图2-29所示。

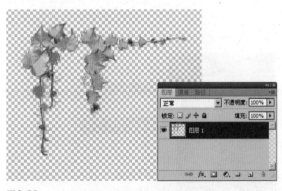

图2-29

step 21 使用"移动工具" ▶♦ 将图像拖动到第1步新建的文件中，得到"图层 6"。按【Ctrl+T】快捷键，调出自由变换控制框，变换图像到如图2-30所示的状态，按【Enter】键确认操作。

图2-30

step 22 打开图片。打开随书光盘中的"素材 7"图像文件，此时的图像效果和"图层"面板如图2-31所示。

图2-31

step 23 使用"移动工具" ▶♦ 将图像拖动到第1步新建的文件中，得到"图层 7"。按【Ctrl+T】快捷键，调出自由变换控制框，变换图像到如图2-32所示的状态，按【Enter】键确认操作。

图2-32

step 24 打开图片。打开随书光盘中的“素材 8”图像文件，此时的图像效果和“图层”面板如图2-33所示。

图2-33

step 25 使用“移动工具” 将图像拖动到第1步新建的文件中，得到“图层 8”。按【Ctrl+T】快捷键，调出自由变换控制框，变换图像到如图2-34所示的状态，按【Enter】键确认操作。

图2-34

step 26 单击“创建新的填充或调整图层”按钮 ，在弹出的菜单中选择“通道混合器”命令，此时在弹出“调整”面板的同时得到图层“通道混合器 1”。在“调整”面板中设置“通道混合器”命令的参数，如图2-35所示。

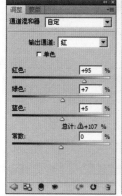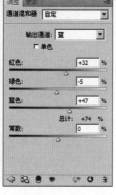

图2-35

step 27 在“调整”面板中设置完“通道混合器”命令的参数后，关闭“调整”面板。此时的图像效果和“图层”面板如图2-36所示。

图2-36

step 28 单击“创建新的填充或调整图层”按钮 ，在弹出的菜单中选择“色相/饱和度”命令，此时在弹出“调整”面板的同时得到图层“色相/饱和度 1”。在“调整”面板中设置完“色相/饱和度”命令的参数后，关闭“调整”面板。此时的效果如图2-37所示。

图2-37

step 29 按【Ctrl+Shift+Alt+E】快捷键，执行“盖印”操作，得到“图层 9”。设置其图层的不透明度为60%，图层混合模式为“柔光”，得到如图2-38所示的效果。

图2-38

2.2 使用图层蒙版合成图像

图层蒙版是Photoshop图层的精华，更是混合图像时的首选技术。使用图层蒙版可以创建出多种梦幻般的图像。图层蒙版相当于一个8位灰阶的Alpha通道。在图层蒙版中，蒙版是黑色的，表示全部蒙住，图层中的图像不显示；蒙版是白色的，表示图像全部显示；不同程度的灰色蒙版表示图像以不同程度的透明度进行显示。使用图层蒙版的优点是只对图层蒙版做编辑，而不影响图层的像素。当对蒙版所做的效果不满意时，可以随时去掉蒙版，即可恢复到图像原来的样子。

2.2.1 图层蒙版概述

使用蒙版来隐藏部分图层并显示下面的部分图层是非破坏性的，这表示以后可以返回并重新编辑蒙版，而不会丢失蒙版隐藏的像素。在"图层"面板中，图层蒙版和矢量蒙版都显示为图层缩览图右边的附加缩览图。对于图层蒙版，此缩览图代表添加图层蒙版时创建的灰度通道。也可以编辑图层蒙版，以便向蒙版区域中添加内容或从中减去内容。

1. 建立图层蒙版

选中要加蒙版的图层，如图2-39所示，在"图层"面板上单击"添加图层蒙版"按钮，当前图层的后面就会显示蒙版图标，如图2-40所示，这样就建立了图层蒙版。

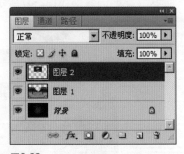

图2-39

图2-40

建立图层蒙版也可以通过执行"图层"/"图层蒙版"命令中相应的命令操作，如图2-41所示。如果选择"图层蒙版"/"显示全部"命令，生成的是白色蒙版；如果执行"图层蒙版"/"隐藏全部"命令，生成的就是黑色蒙版。当在图层中有选择范围时，可将"显示选区"和"隐藏选区"两项选中。

图2-41

2. 编辑图层蒙版

在图层的蒙版内进行编辑时，可以使用工具箱中的各种绘图工具，例如毛笔、喷枪及铅笔、油漆桶和渐变等工具。

下面以渐变工具为例来进行编辑。通过渐变工具在所选图层的蒙版区域进行编辑，使用黑白渐变，黑色渐变就会将图层内的像素遮住，这样就会将下面一个图层内的内容显示出来。细节部分可以用画笔绘制。大面积的部分使用大笔触进行绘制，然后在"画笔"面板内将笔触缩小，进行细部描绘。图2-42和图2-43分别为对蒙版区域进行编辑前后的效果图。

图2-42

图2-43

技巧●提示

要在背景图层中创建图层蒙版，应首先将此图层转换为常规图层（可选择 " 图层" / "新建" / "图层背景" 命令）。

3. 停用和重新启用蒙版

在介绍停用和重新启用蒙版前，先讲一下蒙版的表示方法。双击 "图层" 面板上的蒙版图标，此时弹出如图2-44所示的对话框。该对话框可以设定蒙版的表示方法，默认是用50％的红色来表示。你可以根据自己的需要来改变颜色，这些操作对图像没有任何影响。

在操作时，如果想暂时关闭蒙版，可以执行菜单 "图层" / "停用图层蒙版" 命令，或按住【Shift】键的同时单击 "图层" 面板中的图层蒙版缩览图，此时图层蒙版上就会出现一个红叉（如图2-45所示），并且图层恢复到原来的状态，效果如图2-46所示。

图2-44

图2-45

图2-46

继续按住【Shift】键，用鼠标在红叉上单击，或执行 "图层" / "图层蒙版" / "启用" 命令，就可使红叉消失，此时就会自动恢复蒙版状态。

4. 删除蒙版

如果对所做的蒙版不喜欢，可以将其删除。执行 "图层" / "图层蒙版" / "删除" 命令，就可以将蒙版完全删除。若执行 "图层" / "图层蒙版" / "应用" 命令，则会将蒙版效果合并到图层上。

另一种删除蒙版的方法是选中被蒙版的图层，然后将其拖到 "图层" 面板的垃圾桶图标上；或选中"图层"面板中的蒙版图标后，直接单击垃圾桶图标，此时会弹出如图2-47所示的对话框。若单击"应用"按钮，蒙版效果就会应用到图层内；若单击"取消"按钮，当前操作会被取消；若单击"删除"按钮，蒙版效果（见图2-48）就会被删除，如图2-49所示。

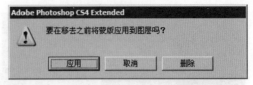

图2-47

图2-48

图2-49

5. 图层与图层蒙版的链接

在系统默认下，图层与图层蒙版是被链接在一起的，因此图层与图层蒙版可以同时移动或变形。在"图层"面板中，图层与图层蒙版之间出现链接图标⑧，表示两者已被链接。单击链接图标⑧，可以取消链接，如图2-50所示，这样我们就可以分别编辑图层与图层蒙版。图2-51所示为单独移动图层蒙版后的效果。若要恢复链接，则可再单击图层与图层蒙版之间的链接图标⑧，此时图层与图层蒙版又会被链接在一起了。

我们一定要注意是选中了图层还是蒙板，当选中蒙板时，所有的操作都是针对蒙版进行的，对原图像毫无损失。

图2-50

图2-51

技巧 ●提示

在图像蒙版的编辑过程中，最快捷方便的方法是先用选择工具将要修改的部分选中，然后确认选中蒙版，再填充相应的灰阶。

2.2.2 | 使用图层蒙版制作图像合成效果

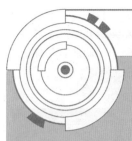   

原始图片　　　　　　　　　　　　　　　　　　　最终效果

🎛 制作说明

　　本例是将一辆汽车和人物的腿部巧妙地结合在一起，而制作的一幅创意类型的汽车广告作品。在将人物腿部和汽车融合到一起的过程中，充分地应用了图层蒙版功能进行图像的混合，希望读者能掌握这一功能。

🎛 制作步骤

 ▶  ▶  ▶  ▶

step 01 新建文档。执行菜单"文件"/"新建"命令(或按【Ctrl+N】快捷键)，设置弹出的"新建"对话框，如图2-52所示，单击"确定"按钮，即可创建一个新的空白文档。

图2-52

step 02 打开图片。打开随书光盘中的"素材1"图像文件，此时的图像效果和"图层"面板如图2-53所示。

图2-53

step 03 使用"移动工具" ▶♣ 将图像拖动到第1步新建的文件中，得到"图层1"。按【Ctrl+T】快捷键，调出自由变换控制框，变换图像到如图2-54所示的状态，按【Enter】键确认操作。

图2-54

75

step 04 打开图片。打开随书光盘中的"素材 2"图像文件，此时的图像效果和"图层"面板如图2-55所示。

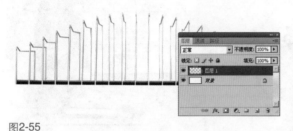

图2-55

step 05 使用"移动工具" ▶ 将图像拖动到第1步新建的文件中，得到"图层 2"。按【Ctrl+T】快捷键，调出自由变换控制框，变换图像到如图2-56所示的状态，按【Enter】键确认操作。

图2-56

step 06 选择"图层 2"为当前操作图层。按【Ctrl+J】快捷键，复制"图层 2"，得到"图层 2 副本"。按【Ctrl+T】快捷键，调出自由变换控制框，变换图像到如图2-57所示的状态，按【Enter】键确认操作。

图2-57

step 07 单击"锁定透明像素"按钮 ▣，设置前景色的颜色值为黑色，按【Alt+Delete】快捷键，用前景色填充"图层 2 副本"，如图2-58所示。

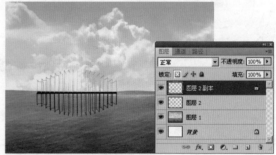

图2-58

step 08 单击"添加图层蒙版"按钮 ◉，为"图层 2 副本"添加图层蒙版，设置前景色为黑色，背景色为白色。使用"渐变工具" ▣ 设置渐变类型为从前景色到背景色，在图层蒙版中从下往上绘制渐变，添加渐变图层蒙版后的图像效果如图2-59所示。

图2-59

step 09 设置前景色为白色，选择"钢笔工具" ✎，在工具选项栏中单击"形状图层"按钮 ▣，在画面中绘制形状，得到图层"形状1"，如图2-60所示。

图2-60

step 10 选择"形状 1"为当前操作图层,设置其图层的不透明度为28%,此时的效果如图2-61所示。

图2-61

step 11 设置前景色为白色,选择"钢笔工具" ,在工具选项栏中单击"形状图层"按钮,在画面中绘制形状,得到图层"形状2",如图2-62所示。

图2-62

step 12 选择"形状 2"为当前操作图层,设置其图层的不透明度为35%,此时的效果如图2-63所示。

图2-63

step 13 设置前景色为白色,选择"钢笔工具" ,在工具选项栏中单击"形状图层"按钮,在画面中绘制形状,得到图层"形状 3",如图2-64所示。

图2-64

step 14 选择"形状 3"为当前操作图层,设置其图层的不透明度为19%,此时的效果如图2-65所示。

图2-65

step 15 设置前景色为白色,使用"横排文字工具" ,设置适当的字体和字号,在画面上输入文字"1"。按【Ctrl+T】快捷键,调出自由变换控制框,变换文字到画面的左侧,按【Enter】键确认操作,设置其图层的不透明度为50%,此时的效果如图2-66所示。

图2-66

step 16 继续使用"横排文字工具" T，在画面上输入文字"2"、"3"。结合自由变换命令将文字调整到画面的左侧，设置两个文字图层的图层不透明度为50%，此时的效果如图2-67所示。

图2-67

step 17 打开图片。打开随书光盘中的"素材3"图像文件，此时的图像效果和"图层"面板如图2-68所示。

图2-68

step 18 使用"移动工具" ▶+，将第17步打开的素材图像中的"图层1"拖动到第1步新建的文件中，得到"图层3"。按【Ctrl+T】快捷键，调出自由变换控制框，变换图像到如图2-69所示的状态，按【Enter】键确认操作。

图2-69

step 19 选择"图层3"为当前操作图层，按【Ctrl+J】快捷键，复制"图层3"，得到"图层3副本"。按【Ctrl+T】快捷键，调出自由变换控制框，变换图像到如图2-70所示的状态，按【Enter】键确认操作。

图2-70

step 20 单击"锁定透明像素"按钮 ，设置前景色的颜色值为黑色，按【Alt+Delete】快捷键，用前景色填充"图层3副本"，如图2-71所示。

图2-71

step 21 单击"添加图层蒙版"按钮 ，为"图层3副本"添加图层蒙版，设置前景色为黑色，背景色为白色。使用"渐变工具" 设置渐变类型为从前景色到背景色，在图层蒙版中从下往上绘制渐变，添加渐变图层蒙版后的图像效果如图2-72所示。

图2-72

step 22 使用"移动工具"▶╂，将第17步打开的素材图像中的"图层 2"拖动到第1步新建的文件中，得到"图层 4"。按【Ctrl+T】快捷键，调出自由变换控制框，变换图像到如图2-73所示的状态，按【Enter】键确认操作。

图2-73

step 23 选择"图层 4"为当前操作图层，按【Ctrl+J】快捷键，复制"图层 4"，得到"图层 4 副本"。按【Ctrl+T】快捷键，调出自由变换控制框，变换图像到如图2-74所示的状态，按【Enter】键确认操作。

图2-74

step 24 单击"锁定透明像素"按钮▣，设置前景色的颜色值为黑色，按【Alt+Delete】快捷键，用前景色填充"图层 4 副本"，如图2-75所示。

图2-75

step 25 单击"添加图层蒙版"按钮▢，为"图层 4 副本"添加图层蒙版，设置前景色为黑色，背景色为白色。使用"渐变工具"▣设置渐变类型为从前景色到背景色，在图层蒙版中从下往上绘制渐变，添加渐变图层蒙版后的图像效果如图2-76所示。

图2-76

step 26 使用"移动工具"▶╂，将第17步打开的素材图像中的"图层 3"拖动到第1步新建的文件中，得到"图层 5"。按【Ctrl+T】快捷键，调出自由变换控制框，变换图像到如图2-77所示的状态，按【Enter】键确认操作。

图2-77

step 27 选择"图层 5"为当前操作图层，按【Ctrl+J】快捷键，复制"图层 5"，得到"图层 5 副本"。按【Ctrl+T】快捷键，调出自由变换控制框，变换图像到如图2-78所示的状态，按【Enter】键确认操作。

图2-78

step 28 单击"锁定透明像素"按钮□，设置前景色为黑色，按【Alt+Delete】快捷键，用前景色填充"图层 5 副本"，如图2-79所示。

图2-79

step 29 单击"添加图层蒙版"按钮□，为"图层5 副本"添加图层蒙版，设置前景色为黑色，背景色为白色。使用"渐变工具"□设置渐变类型为从前景色到背景色，在图层蒙版中从下往上绘制渐变，添加渐变图层蒙版后的图像效果如图2-80所示。

图2-80

step 30 打开图片。打开随书光盘中的"素材4"图像文件，此时的图像效果和"图层"面板如图2-81所示。

图2-81

step 31 使用"移动工具"▶将图像拖动到第1步新建的文件中，得到"图层 6"。按【Ctrl+T】快捷键，调出自由变换控制框，变换图像到如图2-82所示的状态，按【Enter】键确认操作。

图2-82

step 32 打开图片。打开随书光盘中的"素材 5"图像文件，此时的图像效果和"图层"面板如图2-83所示。

图2-83

step 33 使用"移动工具"▶将图像拖动到第1步新建的文件中，得到"图层 7"。按【Ctrl+T】快捷键，调出自由变换控制框，变换图像到如图2-84所示的状态，按【Enter】键确认操作。

图2-84

step 34 单击"添加图层蒙版"按钮□，为"图层 7"添加图层蒙版，设置前景色为黑色。选择"画笔工具" ✐，设置适当的画笔大小和透明度后，在图层蒙版中涂抹，将不需要的部分隐藏起来，即可得到如图2-85所示的效果。

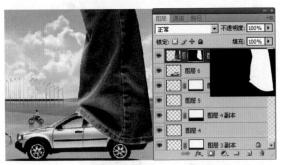

图2-85

step 35 单击"添加图层样式"按钮 ƒx，在弹出的菜单中选择"投影"命令，设置弹出的"图层样式"对话框的"投影"选项参数后，单击"确定"按钮，得到如图2-86所示的效果。

图2-86

step 36 打开图片。打开随书光盘中的"素材 6"图像文件，此时的图像效果和"图层"面板如图2-87所示。

图2-87

step 37 使用"移动工具" ⊕ 将图像拖动到第1步新建的文件中，得到"图层 8"。按【Ctrl+T】快捷键，调出自由变换控制框，变换图像到如图2-88所示的状态，按【Enter】键确认操作。

图2-88

step 38 选择"图层 8"，单击"添加图层样式"按钮 ƒx，在弹出的菜单中选择"外发光"命令，设置弹出的"图层样式"对话框的"外发光"选项后，单击"渐变叠加"选项，然后设置弹出的"图层样式"对话框的"渐变叠加"选项参数，具体设置如图2-89所示。

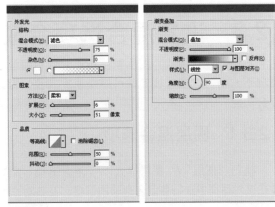

图2-89

step 39 设置完"图层样式"对话框后，单击"确定"按钮，即可得到如图2-90所示的效果。

图2-90

step 40 设置前景色的颜色值为（R:0 G:15 B:107），选择"横排文字工具" T，设置适当的字体和字号，在标志的右下方输入文字，得到相应的文字图层，如图2-91所示。

图2-91

step 41 选择文字图层，单击"添加图层样式"按钮 fx，在弹出的菜单中选择"外发光"命令，设置弹出的"图层样式"对话框的"外发光"选项后，单击"确定"按钮，得到如图2-92所示的效果。

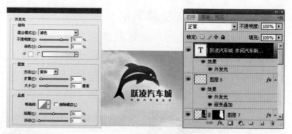

图2-92

step 42 设置前景色的颜色值为（R:0 G:15 B:107），选择"横排文字工具" T，设置的适当字体和字号，在画面中输入其他信息文字，得到相应的文字图层，如图2-93所示。

图2-93

2.3 设置混合选项合成图像

与图层混合模式、图层蒙版相比，使用图层混合选项来合成图像的频率较低；但在一些特殊的情况下，借助这些选项参数可以快速完成我们需要得到的效果。下面将针对几个常用且好用的高级混合功能，例如"填充不透明度"、混合颜色带以及"挖空"选项等进行详细讲解。

2.3.1 图层混合选项

执行"图层"/"图层样式"/"混合选项"命令，如图2-94所示，弹出如图2-95所示的对话框，可以在该对话框中进行各混合选项的设定。在该对话框右侧提供了"常规混合"和"高级混合"选项。

图2-94

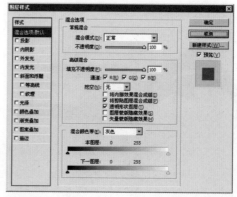

图2-95

82

1. 高级混合设定

在"高级混合"栏中，可以分别对图像的通道进行更详细的图层混合设定，具体如下所示。

"填充不透明度"选项：此选项只对图层中的图像设定不透明度，对图层中的图层样式特效不起作用。

"通道"选项：可以对不同通道进行混合。

"挖空"选项：用来设定穿透某图层是否看到其他图层的内容。选择"无"表示没有挖空效果；"浅"表示图像向下挖空到"图层组"最下方的一个图层为止；选择"深"表示图像向下挖空到所有图层。图2-96所示是"填充不透明度"为0%，"挖空"为"无"和"浅"的两种效果。

图2-96

2. 混合颜色带设定

混合颜色带可以用来设定图层上图像像素的色阶显示范围，或是设定该图层下面的图像被覆盖像素的色阶显示范围。

在混合颜色带下面可以看到两个灰色渐变条，用来表示图层的色阶从0～255，灰色条下方有两个三角滑块。在"本图层"中，可以通过拖动三角滑块来显示或隐藏当前图层的图像像素。在"下一图层"中，可以通过拖动三角滑块来调整下面图层的图像像素的亮部或暗部而不让上面图层覆盖。黑色三角滑块代表图层的暗部像素，白色三角滑块代表图层的亮部像素。我们可以移动"本图层"灰色条上的白色三角滑块。另外，还可以通过按住【Alt】键的同时拖动三角滑块，这样三角滑块被分开，可使图像上下两层颜色的过渡更平滑，如图2-97所示。

移动白色三角滑块　　　　"图层"面板　　　　分开白色三角滑块

图2-97

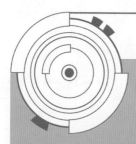

2.3.2 | 使用混合选项制作图像合成效果

制作说明

本例是将一页发黄的纸张和一张古典建筑图通过使用混合选项融合在一起，制作出一幅古典风格的合成艺术作品。希望读者通过本例能够体会混合选项这一特色功能的重要作用。

原始图片　　　　　　最终效果

制作步骤

 ▶  ▶  ▶  ▶

step 01 新建文档。执行菜单"文件"/"新建"命令(或按【Ctrl+N】快捷键)，设置弹出的"新建"对话框，如图2-98所示，单击"确定"按钮，即可创建一个新的空白文档。

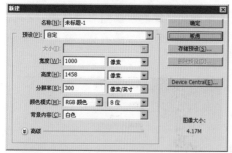

图2-98

step 02 打开图片。打开随书光盘中的"素材 1"图像文件，此时的图像效果和"图层"面板如图2-99所示。

step 03 使用"移动工具" ⏶ 将图像拖动到第1步新建的文件中，得到"图层 1"。按【Ctrl+T】

快捷键，调出自由变换控制框，变换图像到如图2-100所示的状态，按【Enter】键确认操作。

图2-99

图2-100

step 04 打开图片。打开随书光盘中的"素材 2"图像文件，此时的图像效果和"图层"面板如图2-101所示。

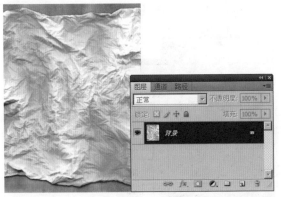

图2-101

step 05 使用"移动工具" 将图像拖动到第1步新建的文件中，得到"图层 2"。按【Ctrl+T】快捷键，调出自由变换控制框，变换图像到如图2-102所示的状态，按【Enter】键确认操作。

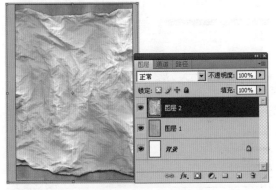

图2-102

step 06 单击"添加图层样式"按钮 ，在弹出的菜单中选择"混合选项"命令，在弹出的对话框中，按住【Alt】键拖动混合颜色带下方的滑块，得到如图2-103所示的效果。

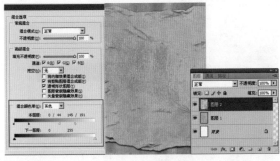

图2-103

step 07 设置图层混合模式。设置"图层 2"的图层填充值为44%，图层混合模式为"线性加深"，如图2-104所示。

图2-104

step 08 打开图片。打开随书光盘中的"素材 3"图像文件，此时的图像效果和"图层"面板如图2-105所示。

图2-105

step 09 使用"移动工具" 将图像拖动到第1步新建的文件中，得到"图层 3"。按【Ctrl+T】快捷键，调出自由变换控制框，变换图像到如图2-106所示的状态，按【Enter】键确认操作。

图2-106

step **10** 选择"图层 3",单击"添加图层样式"按钮 *fx*,在弹出的菜单中选择"混合选项"命令,在弹出的对话框中拖动混合颜色带下方的白色滑块,得到如图2-107所示的效果。

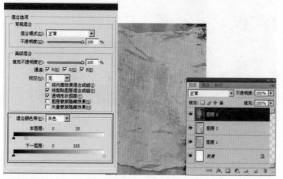

图2-107

step **11** 设置图层混合模式。设置"图层 3"的图层混合模式为"叠加",如图2-108所示。

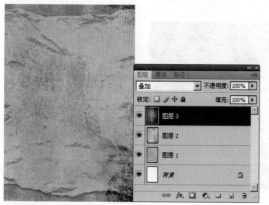

图2-108

step **12** 打开图片。打开随书光盘中的"素材4"图像文件,此时的图像效果和"图层"面板如图2-109所示。

图2-109

step **13** 使用"移动工具" ▶ 将图像拖动到第1步新建的文件中,得到"图层 4"。按【Ctrl+T】快捷键,调出自由变换控制框,变换图像到如图2-110所示的状态,按【Enter】键确认操作。

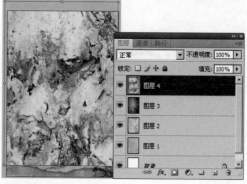

图2-110

step **14** 选择"图层 4",单击"添加图层样式"按钮 *fx*,在弹出的菜单中选择"混合选项"命令,之后在弹出的对话框中,按住【Alt】键拖动混合颜色带下方的滑块,得到如图2-111所示的效果。

图2-111

step **15** 选择"图层 4"为当前操作图层,设置其图层不透明度为49%,得到如图2-112所示的效果。

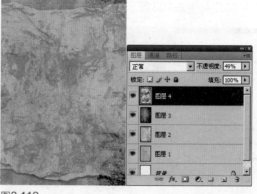

图2-112

step 16 打开图片。打开随书光盘中的"素材5"图像文件，此时的图像效果和"图层"面板如图2-113所示。

图2-113

step 17 使用"移动工具" 将图像拖动到第1步新建的文件中，得到"图层5"。按【Ctrl+T】快捷键，调出自由变换控制框，变换图像到如图2-114所示的状态，按【Enter】键确认操作。

图2-114

step 18 选择"图层5"，单击"添加图层样式"按钮 fx，在弹出的菜单中选择"混合选项"命令，之后在弹出的对话框中，按住【Alt】键拖动混合颜色带下方的滑块，得到如图2-115所示的效果。

图2-115

step 19 打开图片。打开随书光盘中的"素材6"图像文件，此时的图像效果和"图层"面板如图2-116所示。

图2-116

step 20 使用"移动工具" 将图像拖动到第1步新建的文件中，得到"图层6"。按【Ctrl+T】快捷键，调出自由变换控制框，变换图像到如图2-117所示的状态，按【Enter】键确认操作。

图2-117

step 21 选择"图层6"，单击"添加图层样式"按钮 fx，在弹出的菜单中选择"混合选项"命令，之后在弹出的对话框中，按住【Alt】键拖动混合颜色带下方的滑块，得到如图2-118所示的效果。

图2-118

step 22 打开图片。打开随书光盘中的"素材7"图像文件，此时的图像效果和"图层"面板如图2-119所示。

图2-119

step 23 使用"移动工具" ▶+ 将图像拖动到第1步新建的文件中，得到"图层7"。按【Ctrl+T】快捷键，调出自由变换控制框，变换图像到如图2-120所示的状态，按【Enter】键确认操作。

图2-120

step 24 设置图层混合模式。设置"图层7"的图层混合模式为"明度"，如图2-121所示。

图2-121

step 25 打开图片。打开随书光盘中的"素材8"图像文件，此时的图像效果和"图层"面板如图2-122所示。

图2-122

step 26 使用"移动工具" ▶+ 将图像拖动到第1步新建的文件中，得到"图层8"，按【Ctrl+T】快捷键，调出自由变换控制框，变换图像到如图2-123所示的状态，按【Enter】键确认操作。

图2-123

step 27 单击"创建新的填充或调整图层"按钮 ●.，在弹出的菜单中选择"色相/饱和度"命令，此时在弹出"调整"面板的同时得到图层"色相/饱和度1"。在"调整"面板中设置完"色相/饱和度"命令的参数后，关闭"调整"面板。此时的效果如图2-124所示。

图2-124

step 28 单击"创建新的填充或调整图层"按钮 , 在弹出的菜单中选择"色相/饱和度"命令, 此时在弹出"调整"面板的同时得到图层"色相/饱和度 2"。在"调整"面板中设置完"色相/饱和度"命令的参数后, 关闭"调整"面板。此时的效果如图2-125所示。

step 30 单击"创建新的填充或调整图层"按钮 , 在弹出的菜单中选择"色彩平衡"命令, 此时在弹出"调整"面板的同时得到图层"色彩平衡 1", 在"调整"面板中设置"色彩平衡"命令的参数, 如图2-127所示。

图2-125

图2-127

step 29 单击"创建新的填充或调整图层"按钮 , 在弹出的菜单中选择"曲线"命令, 此时在弹出"调整"面板的同时得到图层"曲线 1"。在"调整"面板中设置完"曲线"命令的参数后, 关闭"调整"面板。此时的效果如图2-126所示。

step 31 在"调整"面板中设置完"色彩平衡"命令的参数后, 关闭"调整"面板。此时的图像效果和"图层"面板如图2-128所示。

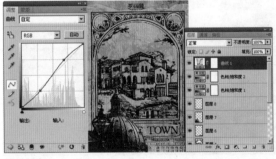

图2-126

图2-128

2.4　通过剪贴蒙版混合图像

在图层与图层之间, Photoshop提供了"创建剪贴蒙版"功能。当图像文件有多个图层时, 也可形成一组具有剪贴关系的图层。剪贴组中最下面的一个图层可成为它上面的一个或多个图层的"蒙版"。剪贴组必须是连续的图层才能有作用。

2.4.1　剪贴蒙版概述

下面就以"图层 1"和"图层 2"这两个图层(如图2-129所示)为例来进行"创建剪贴蒙版"的操作。在图层剪贴组的操作中, 最简单的方法是利用快捷键。具体操作是在按住【Alt】键时, 将鼠标移到"图层"面板中两个图层之间的细线处, 此时鼠标变为 形状, 单击鼠标后, 两图层之间的细线变为虚线，并在"图层 2"下出现一条横线，此时"图层 2"和"图层 1"这两个图层形成了剪贴的关系，如图2-130所示。若想取消剪贴组的关系，可以在按住【Alt】键的同时将鼠标移到虚线处，当鼠标变成 ⬤ 形状时，单击鼠标就会取消剪贴组的关系。

图2-129

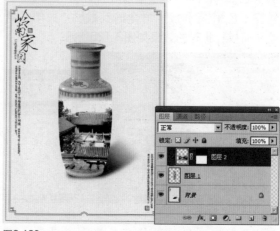

图2-130

当然，我们也可以通过菜单命令来实现剪贴组的操作：首先选中被剪贴的图层，执行"图层"/"创建剪贴蒙版"命令，即可使两图层之间形成剪贴关系。若想取消两图层间的剪贴关系，在"图层"菜单下选择"释放剪贴蒙版"命令即可。

现在我们已经了解了对两个图层进行剪贴的过程，接下来讲解如何对多图层建立剪贴组关系。

step 01 首先打开想要剪贴的多图层图像，在要发生剪贴关系的图层中任意选定一个图层，然后把要剪贴的多个图层链接起来。

step 02 执行"图层"/"创建剪贴蒙版"命令，就可以使链接的图层呈现剪贴效果，如图2-131所示。

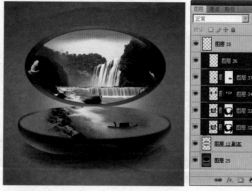

图2-131

在图层形成剪贴关系后，我们可以取消图层的链接状态、移动图层的位置、调整图层的不透明度，以达到图像合成的最佳效果。

技巧 ○提示

要实现图层剪贴组的功能，需要有几个前提条件：

● 要有一个做蒙版的外形图层，也就是说此图层一定要有透明区域，输入文字外形或是物体的外形均可，并且处在所有要有剪贴关系图层的最下方。

● 在执行剪贴命令前，一定要先选择作为蒙版的外形图层。

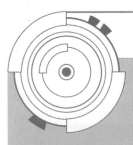

2.4.2 │ 使用剪贴蒙版制作图像合成效果

🔠 制作说明

本例是将一个风车和多张建筑图像通过剪贴蒙版结合在一起,制作出的一幅旅游主题的广告创意设计作品。在本例的制作过程中,充分展示了剪贴蒙版合成图像的特点,希望读者通过本例能够体会剪贴蒙版这一特色功能的重要作用。

原始图片　　　　　　最终效果

🔠 制作步骤

 ▶  ▶  ▶  ▶

step 01 新建文档。执行菜单"文件"/"新建"命令(或按【Ctrl+N】快捷键),设置弹出的"新建"对话框,如图2-132所示,单击"确定"按钮,即可创建一个新的空白文档。

图2-132

step 02 打开图片。打开随书光盘中的"素材 1"图像文件,此时的图像效果和"图层"面板如图2-133所示。

step 03 使用"移动工具" 将图像拖动到第1步新建的文件中,得到"图层 1"。按【Ctrl+T】快捷键,调出自由变换控制框,变换图像到如图2-134所示的状态,按【Enter】键确认操作。

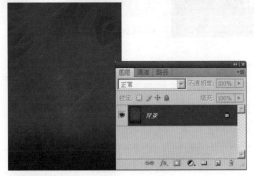

图2-133

图2-134

step 04 单击"创建新的填充或调整图层"按钮 ⬛，在弹出的菜单中选择"曲线"命令，此时在弹出"调整"面板的同时得到图层"曲线 1"。在"调整"面板中设置"曲线"命令的参数，如图2-135所示。

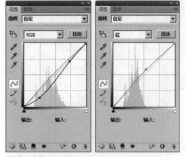

图2-135

step 05 在"调整"面板中设置完"曲线"命令的参数后，关闭"调整"面板。此时的图像效果和"图层"面板如图2-136所示。

图2-136

step 06 单击"创建新的填充或调整图层"按钮 ⬛，在弹出的菜单中选择"色相/饱和度"命令，此时在弹出"调整"面板的同时得到图层"色相/饱和度 1"。在"调整"面板中设置完"色相/饱和度"命令的参数后，关闭"调整"面板。此时的效果如图2-137所示。

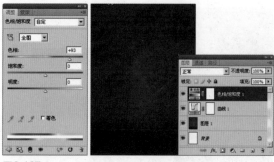

图2-137

step 07 打开图片。打开随书光盘中的"素材 2"图像文件，此时的图像效果和"图层"面板如图2-138所示。

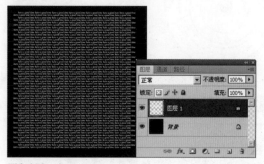

图2-138

step 08 使用"移动工具" ⬛ 将图像拖动到第1步新建的文件中，得到"图层 2"。按【Ctrl+T】快捷键，调出自由变换控制框，变换图像到如图2-139所示的状态，按【Enter】键确认操作。

图2-139

step 09 设置图层混合模式。设置"图层 2"的图层不透明度为30%，图层混合模式为"柔光"，如图2-140所示。

图2-140

step 10 打开图片。打开随书光盘中的"素材3"图像文件，此时的图像效果和"图层"面板如图2-141所示。

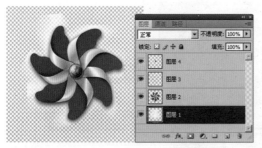

图2-141

step 11 使用"移动工具" 将图像拖动到第1步新建的文件中，得到"图层3"、"图层4"、"图层5"和"图层6"。将新得到的图层选中，按【Ctrl+T】快捷键，调出自由变换控制框，变换图像到如图2-142所示的状态，按【Enter】键确认操作。

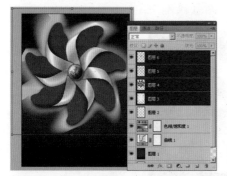

图2-142

step 12 设置图层混合模式。设置"图层3"的图层混合模式为"叠加"，得到如图2-143所示的效果。

图2-143

step 13 设置前景色为白色，选择"钢笔工具" ，在工具选项栏中单击"形状图层"按钮 ，在画面中绘制形状，得到图层"形状1"，如图2-144所示。

图2-144

step 14 选择"形状1"为当前操作图层，按【Ctrl+J】快捷键，复制"形状1"，得到"形状1副本"。按【Ctrl+T】快捷键，调出自由变换控制框，变换图像到如图2-145所示的状态，按【Enter】键确认操作。

图2-145

step 15 选择"形状1副本"为当前操作图层，按【Ctrl+J】快捷键，复制"形状1副本"，得到"形状1副本2"。按【Ctrl+T】快捷键，调出自由变换控制框，变换图像到如图2-146所示的状态，按【Enter】键确认操作。

图2-146

step 16 继续复制"形状 1"的副本图层，结合自由变换命令，制作如图2-147所示的效果。

图2-147

step 17 打开图片。选择"形状 1"为当前操作图层，打开随书光盘中的"素材 4"图像文件，此时的图像效果和"图层"面板如图2-148所示。

图2-148

step 18 使用"移动工具" 将图像拖动到第1步新建的文件中，得到"图层 7"。按【Ctrl+Alt+G】快捷键，执行"创建剪贴蒙版"操作，按【Ctrl+T】快捷键，调出自由变换控制框，变换图像到如图2-149所示的状态，按【Enter】键确认操作。

图2-149

step 19 打开图片。选择"形状 1 副本"为当前操作图层，打开随书光盘中的"素材 5"图像文件，此时的图像效果和"图层"面板如图2-150所示。

图2-150

step 20 使用"移动工具" 将图像拖动到第1步新建的文件中，得到"图层 8"。按【Ctrl+Alt+G】快捷键，执行"创建剪贴蒙版"操作，按【Ctrl+T】快捷键，调出自由变换控制框，变换图像到如图2-151所示的状态，按【Enter】键确认操作。

图2-151

step 21 打开图片。选择"形状 1 副本 2"为当前操作图层，打开随书光盘中的"素材 6"图像文件，此时的图像效果和"图层"面板如图2-152所示。

图2-152

step 22 使用"移动工具" ▶┿ 将图像拖动到第1步新建的文件中，得到"图层9"。按【Ctrl+Alt+G】快捷键，执行"创建剪贴蒙版"操作，按【Ctrl+T】快捷键，调出自由变换控制框，变换图像到如图2-153所示的状态，按【Enter】键确认操作。

图2-153

step 23 打开图片。选择"形状1副本3"为当前操作图层，打开随书光盘中的"素材7"图像文件，此时的图像效果和"图层"面板如图2-154所示。

图2-154

step 24 使用"移动工具" ▶┿ 将图像拖动到第1步新建的文件中，得到"图层10"。按【Ctrl+Alt+G】捷键，执行"创建剪贴蒙版"操作，按【Ctrl+T】快捷键，调出自由变换控制框，变换图像到如图2-155所示的状态，按【Enter】键确认操作。

图2-155

step 25 打开图片。选择"形状1副本4"为当前操作图层，打开随书光盘中的"素材8"图像文件，此时的图像效果和"图层"面板如图2-156所示。

图2-156

step 26 使用"移动工具" ▶┿ 将图像拖动到第1步新建的文件中，得到"图层11"。按【Ctrl+Alt+G】快捷键，执行"创建剪贴蒙版"操作，按【Ctrl+T】快捷键，调出自由变换控制框，变换图像到如图2-157所示的状态，按【Enter】键确认操作。

图2-157

step 27 打开图片。选择"形状1副本5"为当前操作图层，打开随书光盘中的"素材9"图像文件，此时的图像效果和"图层"面板如图2-158所示。

图2-158

step 28 使用"移动工具" 将图像拖动到第1步新建的文件中，得到"图层12"。按【Ctrl+Alt+G】快捷键，执行"创建剪贴蒙版"操作，按【Ctrl+T】快捷键，调出自由变换控制框，变换图像到如图2-159所示的状态，按【Enter】键确认操作。

图2-159

step 29 打开图片。选择"形状1副本6"为当前操作图层，打开随书光盘中的"素材10"图像文件，此时的图像效果和"图层"面板如图2-160所示。

图2-160

step 30 使用"移动工具" 将图像拖动到第1步新建的文件中，得到"图层13"。按【Ctrl+Alt+G】快捷键，执行"创建剪贴蒙版"操作，按【Ctrl+T】快捷键，调出自由变换控制框，变换图像到如图2-161所示的状态，按【Enter】键确认操作。

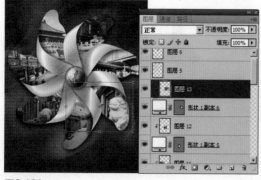

图2-161

step 31 选择"图层7"，单击"创建新的填充或调整图层"按钮 ，在弹出的菜单中选择"渐变映射"命令，此时在弹出"调整"面板的同时得到图层"渐变映射1"。单击"调整"面板下方的 按钮，将调整影响剪切到下方的图层，然后设置"渐变映射"的颜色，得到如图2-162所示的效果。在该对话框的编辑渐变颜色选择框中单击，将弹出"渐变编辑器"对话框，在此可以编辑渐变映射的颜色。

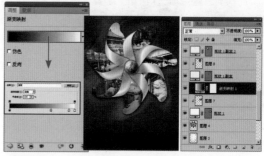

图2-162

step 32 选择"渐变映射1"，按住【Alt】键，在"图层"面板上将选中的图层拖动到"图层8"的上方，以复制和调整图层顺序，得到图层"渐变映射1副本"。按【Ctrl+Alt+G】快捷键，执行"创建剪贴蒙版"操作，如图2-163所示。

图2-163

step 33 继续复制"渐变映射1"到"图层9"至"图层13"的上方并创建图层剪贴蒙版，为这5个图层调色，得到如图2-164所示的效果。

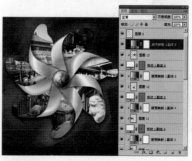

图2-164

step 34 打开图片。选择"图层 6"为当前操作图层，打开随书光盘中的"素材 11"文字图像文件。使用"移动工具" 将图像拖动到第1步新建的文件中，得到"图层 14"。按【Ctrl+T】快捷键，调出自由变换控制框，变换图像到如图2-165所示的状态，按【Enter】键确认操作。

图2-165

step 35 设置图层混合模式。设置"图层 14"的图层混合模式为"叠加"，得到如图2-166所示的效果。

图2-166

step 36 设置前景色的颜色值为（R:123 G:49 B:26），选择"矩形工具" ，在工具选项栏中单击"形状图层"按钮 ，在画面的中间绘制矩形，得到图层"形状 2"，如图2-167所示。

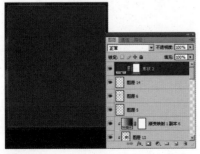

图2-167

step 37 使用"路径选择工具" ，选择"形状 2"矢量蒙版中的路径，在工具选项栏中单击"从形状区域减去"按钮 ，即可得到如图2-168所示的效果。

图2-168

step 38 打开图片。打开随书光盘中的"素材 12"文字图像文件。使用"移动工具" 将图像拖动到第1步新建的文件中，得到"图层 15"。按【Ctrl+T】快捷键，调出自由变换控制框，变换图像到画面的下方，按【Enter】键确认操作，得到如图2-169所示的效果。

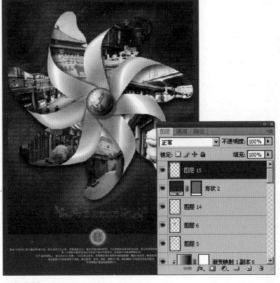

图2-169

读书笔记

Chapter 03

艺术图形视觉表现

在Photoshop中制作各种艺术图形效果时，最常用的是使用钢笔工具和形状工具来进行绘制，特别是在制作一些特殊形状时其具有不可比拟的优势。当制作文字外形图形效果时，利用文字工具来进行绘制是最简单、最直接的操作方式。

3.1 使用钢笔工具创建艺术图形

在Photoshop中，由于路径的形状多样及其灵活的可编辑性，所以经常用于创建各种艺术图形效果。其中，钢笔工具是绘制路径时最为常用的一个工具。

3.1.1 钢笔工具概述

使用"钢笔工具"可以绘制多种多样的路径形状，绘制的路径分为开放路径和闭合路径。当路径的起点和终点连接在一起时绘制的是闭合路径；否则，绘制的是开放路径。

1. 绘制直线路径

选择"钢笔工具"，在工具选项栏中单击"路径"按钮，在图像窗口中单击鼠标，绘制路径的起点，如图3-1所示。然后在另一点的位置单击鼠标，两个锚点之间就会连成一条直线，如图3-2所示。继续在其他位置单击添加锚点。最后当终点和起点重合时，光标右下角便会出现一个圆圈，表示在此处单击鼠标会创建闭合路径，如图3-3所示。单击起点位置，完成路径的绘制，路径形状如图3-4所示。

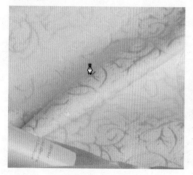
图3-1

图3-2

图3-3

如果要绘制成开放路径，则可以在按住【Ctrl】键的同时，单击路径外的任意位置或选择工具栏中的其他工具，路径形状如图3-5所示。

图3-4

图3-5

2. 绘制曲线路径

选择"钢笔工具"，将鼠标光标放在窗口中单击，确定形状的起点位置，如图3-6所示。然后将光标移动到起点的右上方，单击并拖动鼠标，可以看到又添加了一个锚点，并且锚点两端出现方向线和方向点，两个锚点之间形成了一条曲线，如图3-7所示。将光标移动到心形下端的尖端位置单击，再添加一个锚点，此时可以看到心形一半的形状。接着在左上方单击并拖动鼠标，绘制心形的另一半曲线，如图3-8所示。最后闭合路径，路径形状如图3-9所示。

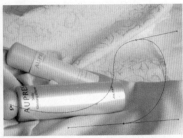

图3-6　　　　　　图3-7　　　　　　　　图3-8　　　　　　　　图3-9

3. "钢笔工具"选项栏

"钢笔工具"选项栏中集合了所有路径绘制工具的选项功能，如图3-10所示。下面详细介绍各选项的功能。

形状图层 ：单击该按钮后，"钢笔工具"选项栏如图3-11所示。在这种方式下，使用"钢笔工具"绘制的路径是形状图层，如图3-12所示。路径中填充的是默认的前景色，单击颜色块可以修改颜色。

图3-10

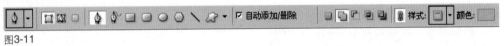

图3-11

路径 ：单击该按钮后，"钢笔工具"选项栏如图3-10所示。在这种方式下，使用"钢笔工具"绘制的是工作路径，只产生路径轮廓，如图3-13所示。

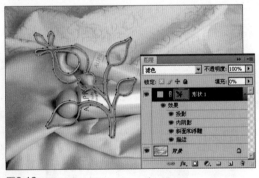

图3-12

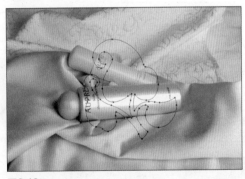

图3-13

填充像素 ：单击该按钮后，"钢笔工具"选项栏如图3-14所示。在这种方式下，该按钮在"钢笔工具"和"自由钢笔工具"状态下不可使用，只有在选择形状工具后才可用。使用这种方式绘制形状时，不会产生工作路径和形状图层，只在当前图层中绘制一个由前景色填充的形状，如图3-15所示。

图3-14

钢笔工具和自由钢笔工具：用来切换到"钢笔工具"或"自由钢笔工具"绘制状态。

形状工具组：包括矩形工具、圆角矩形工具、椭圆工具、多边形工具、直线工具和自定形状工具。单击其中的某个按钮，可以方便地绘制出对应的形状路径。

自动添加／删除： 选择此复选项后，使用 "钢笔工具" 绘制时，可以具有添加和删除锚点的功能。将 "钢笔工具" 放在选中的路径线段上，光标右下角带有一个加号，表示可以增加锚点；将钢笔工具放在选中的路径锚点上，光标右下角带有一个减号，表示可以删除此锚点。这与工具栏中的 "添加锚点工具" 和 "删除锚点工具" 功能相同，默认为选中状态。

图3-15

创建新的形状图层 ▢： 此选项只有在选择

"形状图层" 方式后才会显示，表示每次绘制的路径形状都会产生新的形状图层。

添加到形状区域（添加到路径区域）▣： 此选项表示在原路径的基础上，增加新的形状（路径）区域。

从形状区域减去（从路径区域减去）▣： 此选项是在原路径的基础上，减去新绘制的形状（路径）区域与原路径相交的部分。

交叉形状区域（交叉路径区域）▣： 此选项表示保留新的形状（路径）区域与原来的形状（路径）区域相重叠的部分。

重叠形状区域除外（重叠路径区域除外）▣： 此选项是在原路径的基础上，增加新的形状（路径）区域，然后再减去新旧相交的部分。

样式： 单击右侧的箭头，弹出 "图层样式" 面板，可根据需要选择不同的图层样式。

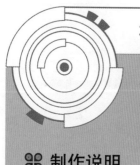

3.1.2 │ 使用钢笔工具制作滴眼液包装

🔡 制作说明

本例将通过钢笔工具绘制出一些艺术图形作为画面的主体，来制作一个滴眼液包装。在本例的制作过程中，充分展示了钢笔工具绘制特殊艺术形状这一特点，希望读者通过本例能够体会钢笔工具的作用。

平面效果

立体效果

制作步骤

step 01 新建文档。执行菜单"文件"/"新建"命令(或按【Ctrl+N】快捷键),设置弹出的"新建"对话框,如图3-16所示,单击"确定"按钮,即可创建一个新的空白文档。

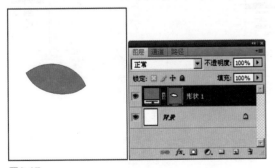

图3-16

step 02 设置前景色的颜色值为（R:0 G:140 B:223）,选择"钢笔工具" ，在工具选项栏中单击"形状图层"按钮 ，在图像中绘制如图3-17所示的形状,得到图层"形状 1"。

step 03 选择"形状 1",单击"添加图层样式"按钮 ，在弹出的菜单中选择"外发光"命令,设置弹出的"图层样式"对话框的"外发光"选项后,继续选择"内发光"、"渐变叠加"选项,在右侧的对话框中进行参数设置,具体设置如图3-18所示。

图3-17

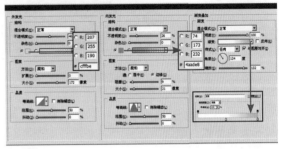

图3-18

step 04 设置完以上参数后,单击"确定"按钮,即可得到如图3-19所示的效果。

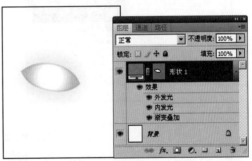

图3-19

step 05 设置前景色的颜色值为（R:124 G:197 B:235）,选择"直线工具" ，在工具选项栏中单击"形状图层"按钮 ，在图像中绘制如图3-20所示的直线形状,得到图层"形状 2"。

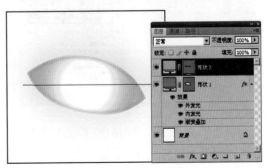

图3-20

step 06 使用"路径选择工具" ▶ 选择"形状 2"矢量蒙版中的路径，按【Ctrl+Alt+T】快捷键，调出自由变换复制框，旋转变换到如图3-21所示的状态，按【Enter】键确认操作。

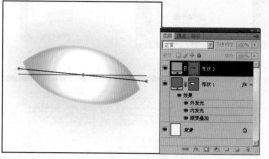

图3-21

step 07 按【Ctrl+Shift+Alt+T】快捷键多次，复制并变换图像，将图像旋转一周，得到如图3-22所示的效果。

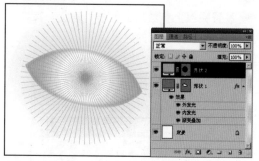

图3-22

step 08 按住【Ctrl】键单击"形状 1"的图层缩览图，载入其选区，单击"添加图层蒙版"按钮 ■，为"形状 2"添加图层蒙版，此时选区以外的图像就被隐藏起来了，如图3-23所示。

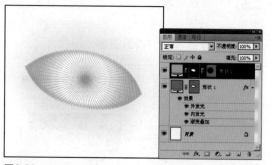

图3-23

step 09 选择"形状 1"，按住【Alt】键，在"图层"面板上将选中的图层拖动到"形状 2"的上方，以复制和调整图层顺序，得到图层"形状 1副本"。将其图层样式删除，按【Ctrl+T】

快捷键，调出自由变换控制框，变换图像到如图3-24所示的状态，按【Enter】键确认操作。

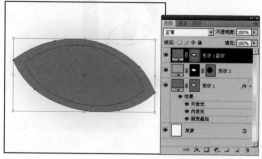

图3-24

step 10 使用"路径选择工具" ▶ 选择"形状 1副本"，单击"从形状区域减去"按钮 ■，得到如图3-25所示的效果。

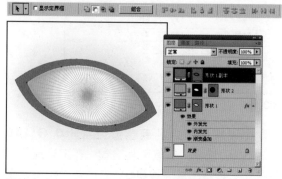

图3-25

step 11 单击"添加图层样式"按钮 fx，在弹出的菜单中选择"光泽"命令，设置弹出的"图层样式"对话框的"光泽"选项，如图3-26所示。

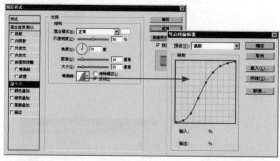

图3-26

step 12 设置完"图层样式"对话框后，单击"确定"按钮，即可得到如图3-27所示的效果。

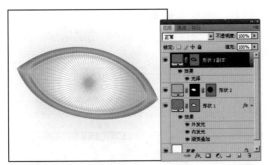

图3-27

step 13 设置前景色的颜色值为（R:0 G:168 B:231），选择"钢笔工具" ，在工具选项栏中单击"形状图层"按钮 ，在图像中绘制如图3-28所示的形状，得到图层"形状3"。

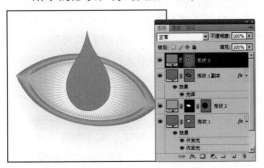

图3-28

step 14 选择"形状3"，按【Ctrl+J】快捷键，复制"形状3"，得到"形状3副本"，设置前景色的颜色值为（R:107 G:190 B:235）。按【Alt+Delete】快捷键，用前景色填充"形状3副本"，使用"直接选择工具" 编辑"形状3副本"到如图3-29所示的状态。

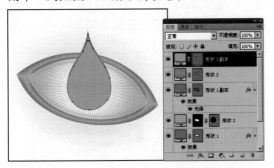

图3-29

step 15 选择"形状3副本"，单击"添加图层样式"按钮 ，在弹出的菜单中选择"内阴影"命令，设置弹出的"图层样式"对话框的"内阴影"选项后，继续选择"斜面和浮雕"、"渐变

叠加"选项，在右侧的对话框中进行参数设置，具体设置如图3-30所示。

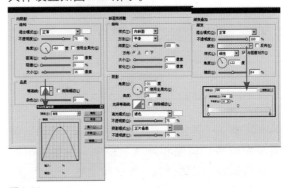

图3-30

step 16 设置完以上参数后，单击"确定"按钮，即可得到如图3-31所示的效果。

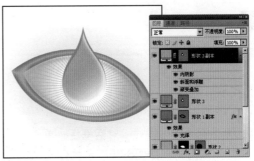

图3-31

step 17 单击"添加图层蒙版"按钮 ，为"形状3副本"添加图层蒙版，设置前景色为黑色。选择"画笔工具" ，设置适当的画笔大小和透明度后，在图层蒙版中涂抹，将不需要的部分隐藏起来，即可得到如图3-32所示的效果。

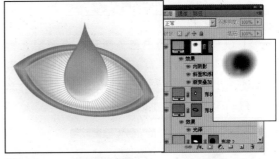

图3-32

step 18 选择"形状3副本"，按【Ctrl+J】快捷键，复制"形状3副本"，得到"形状3副本2"。设置其图层填充值为"0%"，将其图层蒙版和图层样式删除，如图3-33所示。

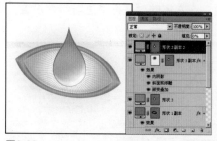

图3-33

step 19 单击"添加图层样式"按钮 *fx*，在弹出的菜单中选择"斜面和浮雕"命令，设置弹出的"图层样式"对话框的"斜面和浮雕"选项，如图3-34所示。

图3-34

step 20 设置完"图层样式"对话框后，单击"确定"按钮，即可得到如图3-35所示的效果。

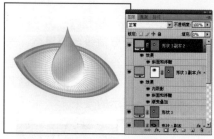

图3-35

step 21 设置前景色为白色，新建一个图层，得到"图层 1"。选择"画笔工具" ，设置适当的画笔大小和透明度后，在"图层 1"中进行涂抹，得到如图3-36所示的效果。

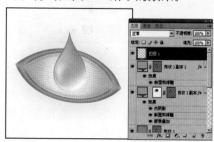

图3-36

step 22 将"形状 1 副本"上方的所有图层选中，按【Ctrl+G】快捷键，将选中的图层编组，将生成的图层组重命名为"水珠"，如图3-37所示。

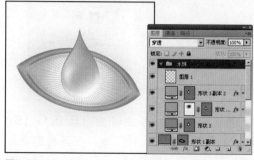

图3-37

step 23 选中图层组"水珠"，按【Ctrl+Alt+E】快捷键，执行"盖印"操作，将得到的新图层重命名为"图层 2"。按【Ctrl+T】快捷键，调出自由变换控制框，变换图像到如图3-38所示的状态，按【Enter】键确认操作。

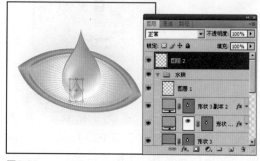

图3-38

step 24 按【Ctrl+J】快捷键，复制"图层 2"，得到"图层 2 副本"。按【Ctrl+T】快捷键，调出自由变换控制框，变换图像到如图3-39所示的状态，按【Enter】键确认操作。

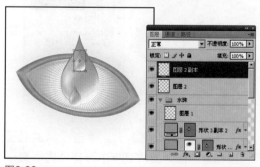

图3-39

step 25 使用上面介绍的方法，继续复制变换水珠图像，制作出如图3-40所示的效果。

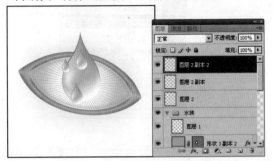

图3-40

step 26 设置前景色的颜色值为（R:185 G:226 B:254），选择"钢笔工具" ，在工具选项栏中单击"形状图层"按钮 ，在图像中绘制如图3-41所示的形状，得到图层"形状 4"。

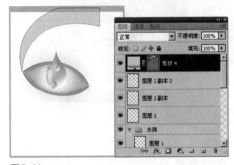

图3-41

step 27 单击"添加图层样式"按钮 ，在弹出的菜单中选择"外发光"命令，设置弹出的"外发光"选项，如图3-42所示。

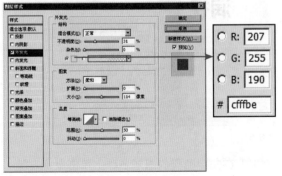

图3-42

step 28 设置完"图层样式"对话框后，单击"确定"按钮，即可得到如图3-43所示的效果。

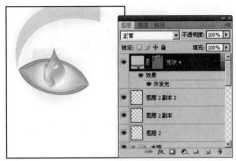

图3-43

step 29 选择"形状 4"，按【Ctrl+J】快捷键，复制"形状 4"，得到"形状 4 副本"。将其图层样式删除。选择图层"形状 4 副本"，单击"添加图层样式"按钮 ，在弹出的菜单中选择"混合选项"命令，在弹出的对话框中勾选图层蒙版隐藏效果选项，继续选择"内阴影"、"内发光"选项，在右侧的对话框中进行参数设置，具体设置如图3-44所示。

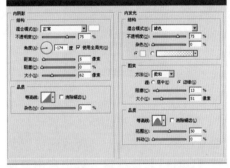

图3-44

step 30 设置完以上参数后，单击"确定"按钮，即可得到如图3-45所示的效果。

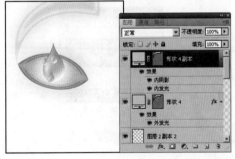

图3-45

step 31 单击"添加图层蒙版"按钮 ，为"形状 4 副本"添加图层蒙版，设置前景色为黑色。选择"画笔工具" ，设置适当的画笔大小和透明度后，在图层蒙版中涂抹，将不需要的部分隐藏起来，即可得到如图3-46所示的效果。

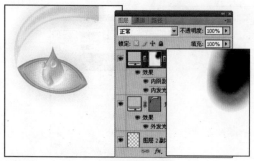

图3-46

step 32 设置前景色的颜色值为（R:0 G:142 B:224），选择"钢笔工具" ，在工具选项栏中单击"形状图层"按钮 ，在图像中绘制如图3-47所示的形状，得到图层"形状5"。

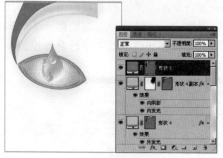

图3-47

step 33 选择"形状4"、"形状4 副本"和"形状5"，在"图层"面板中拖动选中的图层到"创建新图层"按钮 上，释放鼠标以复制图层。按【Ctrl+T】快捷键，调出自由变换控制框，变换图像到如图3-48所示的状态，按【Enter】键确认操作。

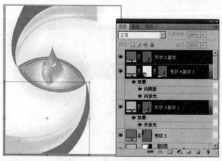

图3-48

step 34 设置前景色的颜色值为（R:25 G:6 B:95），选择"矩形工具" ，在工具选项栏中单击"形状图层"按钮 ，在图像中绘制如图3-49所示的矩形形状，得到图层"形状6"。

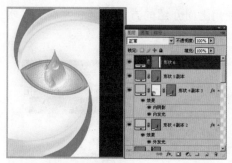

图3-49

step 35 设置前景色的颜色值为（R:57 G:39 B:121），在"背景"图层的上方，新建一个图层，得到"图层3"。选择"画笔工具" ，设置适当的画笔大小和透明度后，在"图层3"中进行涂抹，得到如图3-50所示的效果。

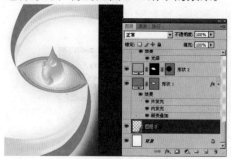

图3-50

step 36 设置前景色为黑色，使用"横排文字工具" ，设置适当的字体和字号，在画面上方输入文字，得到相应的文字图层，如图3-51所示。

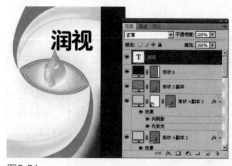

图3-51

step 37 在文字图层的图层名称上单击鼠标右键，在弹出的菜单中选择"转换为形状"命令。使用"直接选择工具" 选择部分节点，将其删除，得到如图3-52所示的效果。

图3-52

step 38 选择"润视"文字图层，单击"添加图层样式"按钮*fx*，在弹出的菜单中选择"外发光"命令，设置弹出的"外发光"选项后，继续选择"描边"选项，在右侧的对话框中进行参数设置，具体设置如图3-53所示。

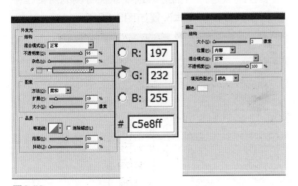

图3-53

step 39 设置完以上参数后，单击"确定"按钮，即可得到如图3-54所示的效果。

图3-54

step 40 设置前景色为黑色，选择"钢笔工具"，在工具选项栏中单击"形状图层"按钮，在删除的文字部分处绘制如图3-55所示的笔画形状，分别得到图层"形状 7"和"形状 8"。

图3-55

step 41 在"润视"的图层名称上单击鼠标右键，在弹出的菜单中选择"拷贝图层样式"命令，然后用鼠标右键单击"形状 7"的图层名称，在弹出的菜单中选择"粘贴图层样式"命令，得到如图3-56所示的效果。

图3-56

step 42 单击"添加图层样式"按钮*fx*，在弹出的菜单中选择"渐变叠加"命令，设置弹出的"渐变叠加"选项，如图3-57所示。

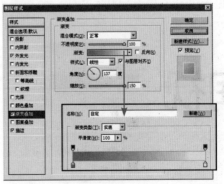

图3-57

step 43 设置完以上参数后，单击"确定"按钮，即可得到如图3-58所示的效果。

图3-58

step **44** 在"形状 7"的图层名称上单击鼠标右键，在弹出的菜单中选择"拷贝图层样式"命令，然后用鼠标右键单击"形状 8"的图层名称，在弹出的菜单中选择"粘贴图层样式"命令，然后在打开的"图层样式"对话框的"描边"选项中，对其进行重新设置，如图3-59所示。

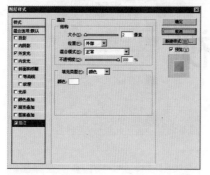

图3-59

step **45** 设置完"图层样式"对话框后，单击"确定"按钮，即可得到如图3-60所示的效果。

图3-60

step **46** 设置前景色为黑色，选择"圆角矩形工具" ▢，在工具选项栏中进行参数设置，然后在文字的下方绘制圆角矩形，得到图层"形状9"，如图3-61所示。

图3-61

step **47** 选择"形状 9"，单击"添加图层样式"按钮 **fx**，在弹出的菜单中选择"渐变叠加"命令，设置弹出的"图层样式"对话框的"渐变叠加"选项后，继续选择"描边"选项，在右侧的对话框中进行参数设置，具体设置如图3-62所示。

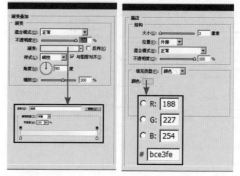

图3-62

step **48** 设置完"图层样式"对话框后，单击"确定"按钮，即可得到如图3-63所示的效果。

图3-63

step **49** 设置前景色为黑色，使用"横排文字工具" **T**，设置适当的字体和字号，在圆角矩形内输入文字，得到相应的文字图层，如图3-64所示。

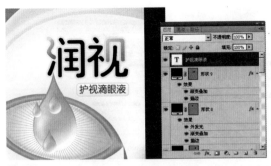

图3-64

step 50 设置前景色的颜色值为（R:255 G:250 B:0），选择"矩形工具" ，在工具选项栏中单击"形状图层"按钮 ，在图像中绘制如图3-65所示的矩形形状，得到图层"形状 10"。

图3-65

step 51 按住【Shift+Ctrl】快捷键，依次单击"形状 1 副本"、"形状 3"、"图层 2 副本"、"图层 2 副本 2"、"形状 4"、"形状 5"、"形状 4副本 2"和"形状 5 副本"的图层缩览图，载入其选区，设置前景色的颜色值为（R:25 G:6 B:95）。新建一个图层，得到"图层 4"。按【Alt+Delete】快捷键用前景色填充选区，按【Ctrl+D】快捷键取消选区，得到如图3-66所示的效果。

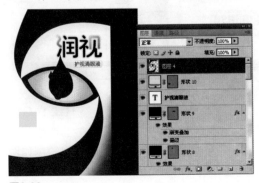

图3-66

step 52 选择"图层 4"为当前操作图层，按【Ctrl+Alt+G】快捷键，执行"创建剪贴蒙版"操作，按【Ctrl+T】快捷键，调出自由变换控制框，变换图像到如图3-67所示的状态，按【Enter】键确认操作。

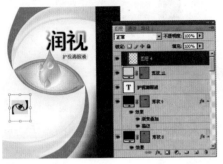

图3-67

step 53 选择"图层 4"，单击"添加图层样式"按钮 ，在弹出的菜单中选择"描边"命令，设置弹出的"图层样式"对话框的"描边"选项，如图3-68所示。

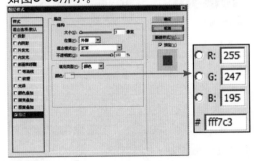

图3-68

step 54 设置完"图层样式"对话框后，单击"确定"按钮，即可得到如图3-69所示的效果。

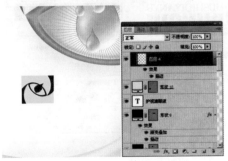

图3-69

step 55 设置前景色的颜色值为（R:0 G:142 B:224），选择"直线工具" ，在工具选项栏中进行参数设置，然后在图像中绘制两条如图3-70所示的直线形状，得到图层"形状 11"。

图3-70

step **56** 使用"横排文字工具" **T**, 设置适当的字体和字号, 在画面中的标志周围输入文字, 得到相应的文字图层, 如图3-71所示。

图3-71

step **57** 设置前景色的颜色值为 (R:219 G:19 B:13), 选择"矩形工具" **□**, 在工具选项栏中单击"形状图层"按钮 **□**, 在图像中绘制如图3-72所示的矩形形状, 得到图层"形状12"。

图3-72

step **58** 使用"横排文字工具" **T**, 设置适当的字体和字号, 在红色矩形内部和下方输入文字, 得到相应的文字图层, 如图3-73所示。

图3-73

step **59** 设置前景色的颜色值为 (R:21 G:5 B:78), 选择"圆角矩形工具" **□**, 在工具选项栏中进行参数设置, 然后在画面下方绘制圆角矩形, 得到图层"形状13", 如图3-74所示。

图3-74

step **60** 使用"横排文字工具" **T**, 设置适当的字体和字号, 在圆角矩形内部输入文字, 得到相应的文字图层, 如图3-75所示。

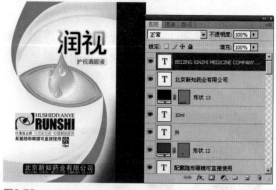

图3-75

step **61** 设置前景色的颜色值为 (R:21 G:2 B:97), 选择"钢笔工具" **◊**, 在工具选项栏中单击"形状图层"按钮 **□**, 在图像中绘制如图3-76所示的形状, 得到图层"形状14"。

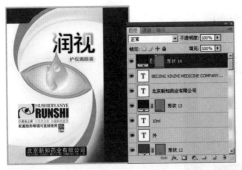

图3-76

step 62 打开图片。打开随书光盘中的"素材1"图像文件，此时的图像效果和"图层"面板如图3-77所示。

图3-77

step 63 使用"移动工具" ⊕ 将图像拖动到第1步新建的文件中，得到"图层5"。按【Ctrl+T】快捷键，调出自由变换控制框，变换图像到如图3-78所示的状态，按【Enter】键确认操作。

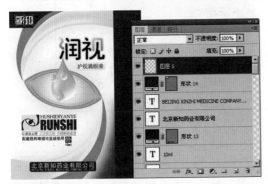

图3-78

step 64 使用"横排文字工具" T ，设置适当的字体和字号，在包装盒上输入其他信息文字，得到相应的文字图层，如图3-79所示。其中，侧面的文字可以结合自由变换命令进行制作。

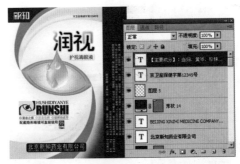

图3-79

step 65 选择"形状10"和"图层4"，按【Ctrl+Alt+E】快捷键，执行"盖印"操作，将得到的新图层重命名为"图层6"。将"图层6"调整到所有图层的最上方，按【Ctrl+T】快捷键，调出自由变换控制框，变换图像到如图3-80所示的状态，按【Enter】键确认操作。

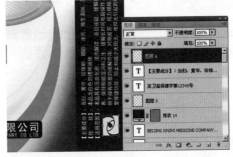

图3-80

step 66 打开图片。打开随书光盘中的"素材2"图像文件，此时的图像效果和"图层"面板如图3-81所示。

图3-81

step 67 使用"移动工具" ⊕ 将图像拖动到第1步新建的文件中，得到"图层7"。按【Ctrl+T】快捷键，调出自由变换控制框，变换图像到如图3-82所示的状态，按【Enter】键确认操作，此时包装就制作完成了。图3-83为本例的最终效果图。

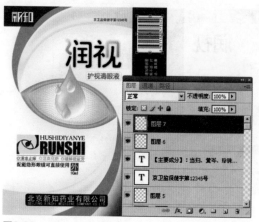

图3-82

图3-83

3.2 使用形状工具创建艺术图形

Photoshop为用户提供了很多制作好的图形形状。在绘制图形时，利用这些图形形状，用户可以快速地制作出所需的图形形状；也可以在这些图形形状的基础上进行编辑修改，以得到最终的图形效果。

3.2.1 形状工具概述

在形状工具组中，有矩形工具、圆角矩形工具及椭圆工具等，利用这些工具，可以直接绘制出各种规则的图形形状。也可以使用自定形状工具，绘制出各种预设的图形形状。

1. 矩形工具

"矩形工具"可以用于绘制各种形状的矩形或正方形路径。单击工具选项栏中的"几何选项"按钮 ，弹出"矩形工具"的选项设置，如图3-84所示。其中的选项功能如下所示。

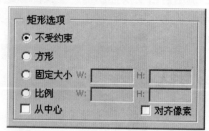

图3-84

不受约束：选择此单选项时，可以绘制任意大小和比例的矩形或正方形路径。

方形：选择此单选项后，绘制的形状总是正方形。

固定大小：选择此单选项后，可在选项右侧的"W"和"H"文本框中输入矩形的宽度和高度的具体数值。

比例：选择此单选项后，可在选项右侧的"W"和"H"文本框中输入所绘矩形的宽度和高度比例关系。

从中心：选择此复选项后，绘制的矩形以鼠标单击点为中心，随着鼠标的拖动向四周扩大矩形的大小。

对齐像素：选择此复选项后，所绘矩形的边缘自动与像素边缘重合。

2. 圆角矩形工具和椭圆工具

利用"圆角矩形工具"和"椭圆工具"可以绘制出圆角矩形、正圆和椭圆形的路径形状。其选项设置与"矩形工具"基本相同，不同的是，选择"圆角矩形工具"时，选项栏多了"半径"选项，该选项用于设置圆角矩形的圆角半径大小。数值越大，则所绘制的圆角矩形的4个角越圆滑。设置"半径"分别为0厘米、2厘米、5厘米时的圆角矩形效果，如图3-85所示。

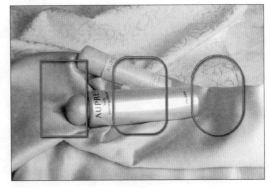

图3-85

3. 多边形工具

"多边形工具"用于绘制各种正多边形和星形的路径形状。单击工具选项栏中的"几何选项"按钮，可进行"多边形工具"的选项设置，如图3-86所示。各选项的功能如下所示。

半径：用于设置多边形半径的长度。

平滑拐角：选择此复选项后，绘制的多边形具有平滑的顶角。

图3-86

星形：选择此复选项后，绘制的多边形由外向中心缩进成星形。此时，"缩进边依据"和"平滑缩进"复选项变成可用状态。

缩进边依据：用于星形内角向中心缩进的程度。数值越大，星形内缩程度越大。

平滑缩进：选择此复选项后，多边形的边平滑地向中心缩进。

4. 直线工具

"直线工具"可以用来绘制出直线或带有箭头的路径形状。单击工具选项栏中的"几何选项"按钮，可进行"直线工具"的选项设置，如图3-87所示。各选项的功能如下所示。

起点：选择此复选项后，绘制线段时起点位置会添加箭头。

终点：选择此复选项后，绘制线段时终点位置会添加箭头。

宽度：用于设置箭头的宽度，取值范围为10%～1000%。

长度：设置箭头长度和线段宽度的比例值，取值范围为10%～5000%。

凹度：设置箭头凹陷的程度，取值范围为−50%～50%。例如，绘制一个箭头图形效果，如图3-88所示。

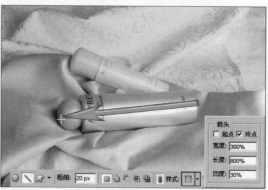

图3-87　　　　　图3-88

5. 自定形状工具

　　"自定形状工具"可以绘制各种已经定义好的不规则的路径形状。单击工具选项栏中的"几何选项"按钮 ，可进行"自定形状工具"的选项设置，如图3-89所示。其选项功能与"矩形工具"基本相同。决定绘制效果的主要是"形状"选项。

　　单击"形状"选项 右侧的箭头按钮，打开自定义形状下拉列表，如图3-90所示。在该下拉列表中列出了当前预设的路径形状的缩略图。单击下拉列表中右上角的 按钮，弹出快捷菜单，如图3-91所示。在该快捷菜单的下半部分列出了Photoshop自带的形状预设。用户可以根据需要载入不同的形状预设文件。

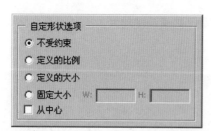

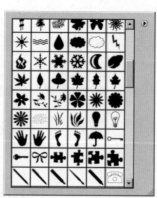

图3-89　　　　　　　　　　图3-90　　　　　　　　　　图3-91

6. 新增自定义形状

　　利用"编辑"/"定义自定形状"命令，用户可以将绘制好的路径形状保存为自定义形状，以方便以后使用时进行调用。

　　选择"钢笔工具"或"形状工具"，绘制工作路径，然后使用"路径选择工具"选中路径，如图3-92所示。执行"编辑"/"定义自定形状"命令，打开"形状名称"对话框，在"名称"文本框中输入名称，如图3-93所示，单击"确定"按钮，即可将选中的路径形状定义为形状预设。单击打开"形状"下拉列表框，可以看到刚才定义的路径形状，如图3-94所示。

图3-92

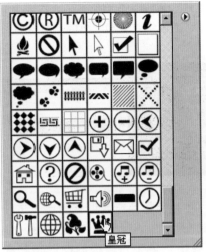

图3-93

图3-94

如果想要将其保存为文件形式，就可以从"形状"选项的弹出菜单中选择"存储形状"命令，将新定义的形状存储为当前形状库的一部分。以后需要时，执行菜单中的"载入形状"命令即可将保存好的形状文件载入。

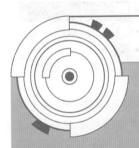

3.2.2 | 使用形状工具制作庆典海报

▥ 制作说明

　　本例是以周年庆典为画面表现主体的海报作品。本例中多次用到形状工具绘制形状，来装饰背景以丰富整体画面，希望读者通过本例能够体会Photoshop中不同形状工具的功能。

原始图片

最终效果

▥ 制作步骤

 ▶  ▶  ▶  ▶

step 01 打开图片。打开随书光盘中的"素材 1"图像文件，此时的图像效果和"图层"面板如图3-95所示。

图3-95

step 02 单击"创建新的填充或调整图层"按钮 ⊘.，在弹出的菜单中选择"通道混合器"命令，此时在弹出"调整"面板的同时得到图层"通道混合器 1"。在"调整"面板中设置"通道混合器"命令的参数，如图3-96所示。

图3-96

step 03 在"调整"面板中设置完"通道混合器"命令的参数后，关闭"调整"面板。此时的图像效果和"图层"面板如图3-97所示。

图3-97

step 04 设置前景色为白色，选择"椭圆工具" ◯，在工具选项栏中单击"形状图层"按钮 ⬚，按住【Shift】键在画面的右下方绘制圆形，得到图层"形状 1"，如图3-98所示。

图3-98

step 05 使用"路径选择工具" ▶ 选择上一步绘制的圆形，按【Ctrl+Alt+T】快捷键，调出自由变换复制框，将变换复制框缩小调整到如图3-99所示的位置，按【Enter】键确认操作。

图3-99

step 06 使用"路径选择工具" ▶ 选择上一步变换得到的圆形路径，在工具选项栏中单击"从形状区域减去"按钮 ⬚，得到如图3-100所示的圆环效果。

图3-100

step 07 使用"路径选择工具" ▶ 选择所绘的圆环，按【Ctrl+Alt+T】快捷键，调出自由变换复制框，将变换复制框缩小调整到如图3-101所示的位置，按【Enter】键确认操作。

图3-101

step 08 单击"添加图层样式"按钮 *fx*，在弹出的菜单中选择"渐变叠加"命令，设置弹出的"图层样式"对话框的"渐变叠加"选项，如图3-102所示。在该对话框的编辑渐变颜色选择框中单击，可以弹出"渐变编辑器"对话框，在此可以编辑渐变的颜色。

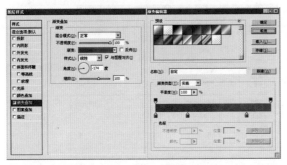

图3-102

step 09 设置完"图层样式"对话框后，单击"确定"按钮，即可得到如图3-103所示的效果。

图3-103

step 10 选择"形状 1"为当前操作图层，按【Ctrl+J】快捷键，复制"形状 1"，得到"形状 1 副本"。按【Ctrl+T】快捷键，调出自由变换控制框，变换图像到如图3-104所示的状态，按【Enter】键确认操作。

图3-104

step 11 继续复制"形状 1"的圆环图像，然后结合自由变换命令将复制的图像变换到如图3-105所示的效果，将"形状 1"及其副本图层选中，按【Ctrl+G】快捷键，将选中的图层编组，将生成的图层组重命名为"圆环"。

图3-105

step 12 设置前景色为黑色，选择"自定形状工具" ，在工具选项栏中单击"形状图层"按钮 ，在图像中绘制星形，得到图层"形状 2"，如图3-106所示。

图3-106

step 13 在"形状 2"的图层名称上单击鼠标右键，在弹出的菜单中选择"栅格化图层"命令，按住【Ctrl】键单击"形状 2"，载入其选区。执行菜单"编辑"/"定义画笔预设"命令，弹出"画笔名称"对话框，设置好画笔的名称后，单击"确定"按钮，将形状定义为画笔，如图3-107所示。

图3-107

step 14 选择"画笔工具" ，在其工具选项栏中选择上一步定义的星形画笔，然后进行其他参数的设置，如图3-108所示。

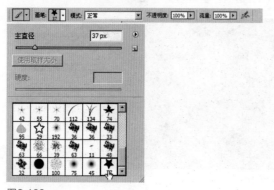

图3-108

step 15 按【F5】键调出"画笔"面板，分别在"画笔"面板中设置"画笔笔尖形态"、"形状动态"及"散布"等选项，如图3-109所示。

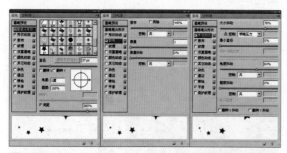

图3-109

step 16 新建一个图层，得到"图层2"。隐藏"形状2"，选择"画笔工具" ，设置前景色的颜色值为白色，在画面中绘制如图3-110所示的星形效果。

图3-110

step 17 单击"添加图层样式"按钮 ，在弹出的菜单中选择"渐变叠加"命令，设置弹出的"图层样式"对话框的"渐变叠加"选项，如图3-111所示。在该对话框的编辑渐变颜色选择框中单击，可以弹出"渐变编辑器"对话框，在此可以编辑渐变的颜色。

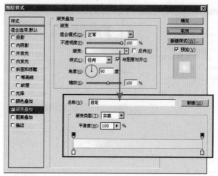

图3-111

step 18 设置完"图层样式"对话框后，单击"确定"按钮，即可得到如图3-112所示的效果。

图3-112

step 19 设置前景色为白色，选择"圆角矩形工具" ，设置工具选项栏后，在画面中间绘制圆角矩形，得到图层"形状3"，如图3-113所示。

图3-113

step 20 选择"椭圆工具" ，在工具选项栏中单击"添加到形状区域"按钮 ，按住【Shift】键在"形状 3"图层中绘制圆形，如图3-114所示。

图3-114

step 21 选择"椭圆工具" ，在工具选项栏中单击"添加到形状区域"按钮 ，继续按住【Shift】键在"形状 3"图层中绘制圆形，如图3-115所示。

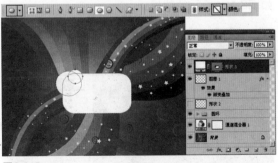

图3-115

step 22 选择"钢笔工具" ，在工具选项栏中单击"添加到形状区域"按钮 ，在圆角矩形的左侧绘制一个如图3-116所示的形状。

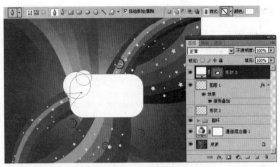

图3-116

step 23 选择"自定形状工具" ，在工具选项栏中单击"添加到形状区域"按钮 ，在图像中绘制如图3-117所示的形状。

图3-117

step 24 继续选择"自定形状工具" ，在工具选项栏中单击"添加到形状区域"按钮 ，在图像中继续绘制上一步绘制的形状，如图3-118所示。

图3-118

step 25 选择"形状 3"，单击"添加图层样式"按钮 ，在弹出的菜单中选择"渐变叠加"命令，设置弹出的"图层样式"对话框的"渐变叠加"选项后，单击"描边"选项，然后设置弹出的"描边"选项，具体设置如图3-119所示。

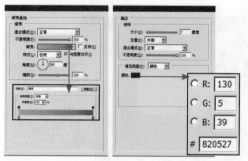

图3-119

step 26 设置完"图层样式"对话框后，单击
"确定"按钮，设置"形状3"的图层填充值为
"0%"，即可得到如图3-120所示的效果。

图3-120

step 27 设置前景色的颜色值为（R:255 G:255
B:178），选择"自定形状工具" ，在工具选
项栏中进行设置，在图像中绘制如图3-121所示
的形状，得到"形状4"。

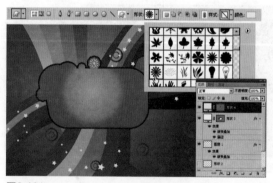

图3-121

step 28 选择"自定形状工具" ，在工具选项
栏中进行设置。设置完工具选项栏后，在图像中
绘制如图3-122所示的形状。

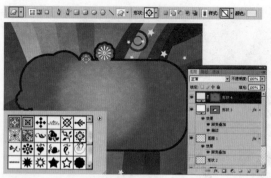

图3-122

step 29 选择"自定形状工具" ，在工具选项
栏中进行设置。设置完工具选项栏后，在图像中
绘制如图3-123所示的形状。

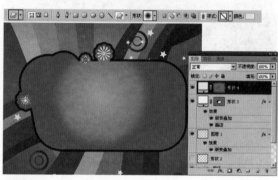

图3-123

step 30 选择"形状3"，按住【Alt】键，在
"图层"面板上将选中的图层拖动到"形状4"
的上方，以复制和调整图层顺序，得到图层"形
状3副本"。然后将多余的形状路径删除，得到
如图3-124所示的效果。

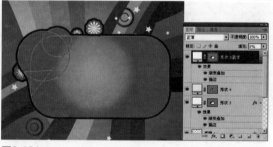

图3-124

step 31 按住【Ctrl】键单击"形状3副本"的图
层缩览图，载入其选区，然后隐藏"形状3副
本"，如图3-125所示。

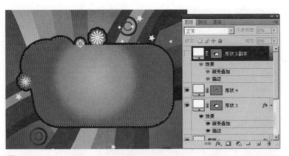

图3-125

step 32 新建一个图层, 得到"图层 2"。执行
"选择"/"修改"/"收缩"命令, 调出"收缩
选区"对话框, 设置该对话框中的参数后得到如
图3-126所示的选区效果。

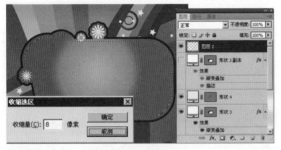

图3-126

step 33 执行"编辑"/"描边"命令, 调出"描
边"对话框, 设置相关选项, 如图3-127所示, 设
置描边的颜色值为 (R:255 G:255 B:178)。

图3-127

step 34 设置完"描边"对话框后, 单击"确定"
按钮, 即可得到如图3-128所示的描边效果。

图3-128

step 35 打开图片。打开随书光盘中的"素材 2"
图像文件, 此时的图像效果和"图层"面板如图
3-129所示。

图3-129

step 36 使用"移动工具" 将图像拖动到第1步打
开的文件中, 得到"图层 3"。按【Ctrl+T】快捷
键, 调出自由变换控制框, 变换图像到如图3-130
所示的状态, 按【Enter】键确认操作。

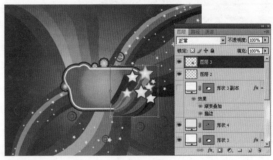

图3-130

step 37 设置前景色为白色, 选择"椭圆工
具" , 在工具选项栏中单击"形状图层"按
钮 , 按住【Shift】键在画面中绘制圆形, 得
到图层"形状 5", 如图3-131所示。

图3-131

step 38 单击"添加图层样式"按钮 , 在弹出
的菜单中选择"渐变叠加"命令, 设置弹出的

"图层样式"对话框的"渐变叠加"选项，如图3-132所示。在其中的编辑渐变颜色选择框中单击，可以弹出"渐变编辑器"对话框，在此可以编辑渐变的颜色。

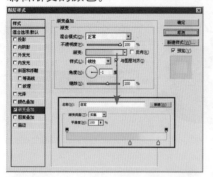

图3-132

step 39 设置完"图层样式"对话框后，单击"确定"按钮，即可得到如图3-133所示的效果。

图3-133

step 40 选择"形状 5"为当前操作图层，按【Ctrl+J】快捷键，复制"形状 5"，得到"形状 5 副本"。将其图层样式删除，按【Ctrl+T】快捷键，调出自由变换控制框，变换图像到如图3-134所示的状态，按【Enter】键确认操作。

图3-134

step 41 设置前景色的颜色值为（R:183 G:20 B:106），按【Alt+Delete】快捷键，用前景色填充"形状 5 副本"，得到如图3-135所示的效果。

图3-135

step 42 选择"形状 5 副本"为当前操作图层，按【Ctrl+J】快捷键，复制"形状 5 副本"，得到"形状 5 副本 2"，设置前景色的颜色值为（R:255 G:255 B:178）。按【Alt+Delete】快捷键，用前景色填充"形状 5 副本 2"，按【Ctrl+T】快捷键，调出自由变换控制框，变换图像到如图3-136所示的状态，按【Enter】键确认操作。

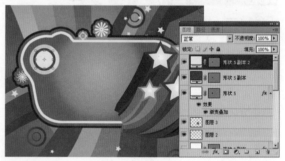

图3-136

step 43 选择"形状 5 副本 2"为当前操作图层，按【Ctrl+J】快捷键，复制"形状 5 副本 2"，得到"形状 5 副本 3"。按【Ctrl+T】快捷键，调出自由变换控制框，变换图像到如图3-137所示的状态，按【Enter】键确认操作。

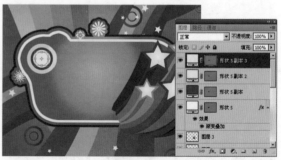

图3-137

step44 单击"添加图层样式"按钮 *fx*，在弹出的菜单中选择"渐变叠加"命令，设置弹出的"图层样式"对话框的"渐变叠加"选项，如图3-138所示。在其中的编辑渐变颜色选择框中单击，可以弹出"渐变编辑器"对话框，在此可以编辑渐变的颜色。

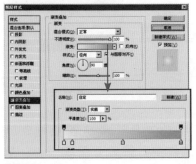

图3-138

step45 设置完"图层样式"对话框后，单击"确定"按钮，即可得到如图3-139所示的效果。

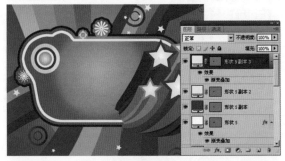

图3-139

step46 将"形状 5"及其副本图层选中，按【Ctrl+Alt+E】快捷键，执行"盖印"操作，将得到的新图层重命名为"图层4"。将其调整到"图层3"上方，按【Ctrl+T】快捷键，调出自由变换控制框，变换图像到如图3-140所示的状态，按【Enter】键确认操作。

图3-140

step47 选择"图层 4"为当前操作图层，按【Ctrl+J】快捷键，复制"图层4"，得到"图层 4 副本"。按【Ctrl+T】快捷键，调出自由变换控制框，变换图像到如图3-141所示的状态，按【Enter】键确认操作。

图3-141

step48 继续复制"图层 4"，然后结合自由变换命令，将复制的图像变换到如图3-142所示的效果。将"图层 4"及其副本图层选中，按【Ctrl+G】快捷键，将选中的图层编组，将生成的图层组重命名为"圆圈"。

图3-142

step49 打开图片。打开随书光盘中的"素材 3"图像文件，此时的图像效果和"图层"面板如图3-143所示。

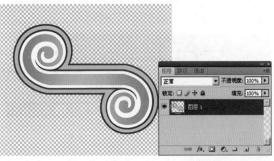

图3-143

step 50 使用"移动工具" ▶ 将图像拖动到第1步打开的文件中，得到"图层5"。按【Ctrl+T】快捷键，调出自由变换控制框，变换图像到如图3-144所示的状态，按【Enter】键确认操作。

图3-144

step 51 单击"创建新的填充或调整图层"按钮 ●，在弹出的菜单中选择"通道混合器"命令，此时在弹出"调整"面板的同时得到图层"通道混合器2"。单击"调整"面板下方的 ● 按钮，将调整影响剪切到下方的图层，然后在"调整"面板中设置"通道混合器"命令的参数，如图3-145所示。

图3-145

step 52 在"调整"面板中设置完"通道混合器"命令的参数后，关闭"调整"面板。此时的图像效果和"图层"面板如图3-146所示。

图3-146

step 53 打开图片。打开随书光盘中的"素材4"图像文件，此时的图像效果和"图层"面板如图3-147所示。

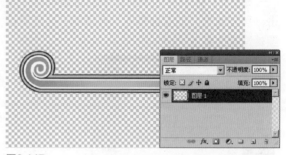

图3-147

step 54 使用"移动工具" ▶ 将图像拖动到第1步打开的文件中，得到"图层6"。按【Ctrl+Alt+G】快捷键，执行"释放剪贴蒙版"操作，按【Ctrl+T】快捷键，调出自由变换控制框，变换图像到如图3-148所示的状态，按【Enter】键确认操作。

图3-148

step 55 单击"添加图层蒙版"按钮 ●，为"图层6"添加图层蒙版，设置前景色为黑色。选择"画笔工具" ✐，设置适当的画笔大小和透明度后，在图层蒙版中涂抹，将不需要的部分隐藏起来，即可得到如图3-149所示的效果。

图3-149

step 56 选择"通道混合器 2",按住【Alt】键,在"图层"面板上将选中的图层拖动到"图层 6"的上方,以复制和调整图层顺序,得到图层"通道混合器 2 副本"。按【Ctrl+Alt+G】快捷键,执行"创建剪贴蒙版"操作,如图3-150所示。

图3-150

step 57 设置前景色为白色,选择"自定形状工具" ,在工具选项栏中单击"形状图层"按钮 ,在图像中绘制星形,得到图层"形状 6",如图3-151所示。

图3-151

step 58 单击"添加图层样式"按钮 ,在弹出的菜单中选择"渐变叠加"命令,设置弹出的"图层样式"对话框的"渐变叠加"选项,如图3-152所示。在其中的编辑渐变颜色选择框中单击,可以弹出"渐变编辑器"对话框,在此可以编辑渐变的颜色。

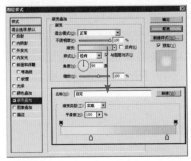

图3-152

step 59 设置完"图层样式"对话框后,单击"确定"按钮,即可得到如图3-153所示的效果。

图3-153

step 60 选择"形状 6"为当前操作图层,按【Ctrl+J】快捷键,复制"形状 6",得到"形状 6 副本"。按【Ctrl+T】快捷键,调出自由变换控制框,变换图像到如图3-154所示的状态,按【Enter】键确认操作。

图3-154

step 61 继续复制"形状 6"的星形图像,然后结合自由变换命令,将复制的图像变换到如图3-155所示的效果。将"形状 6"及其副本图层选中,按【Ctrl+G】快捷键,将选中的图层编组,将生成的图层组重命名为"星星"。

图3-155

step 62 设置前景色为白色，使用"横排文字工具" T，设置适当的字体和字号，在画面中输入文字"60"，得到相应的文字图层，如图3-156所示。

图3-156

step 63 选择文字图层"60"，单击"添加图层样式"按钮 fx，在弹出的菜单中选择"描边"命令，设置弹出的"图层样式"对话框的"描边"选项，如图3-157所示，设置描边的颜色值为（R:109 G:9 B:91）。

图3-157

step 64 设置完"图层样式"对话框后，单击"确定"按钮，即可得到如图3-158所示的效果。

图3-158

step 65 按【Ctrl+J】快捷键，复制文字图层"60"，得到"60 副本"。选择文字图层"60"，单击"添加图层样式"按钮 fx，在弹出的菜单中选择"渐变叠加"命令，设置弹出的"图层样式"对话框的"渐变叠加"选项后，继续选择"描边"选项，在右侧的对话框中进行参数设置，具体设置如图3-159所示。

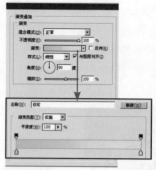
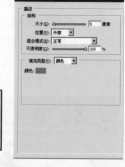

图3-159

step 66 设置完"图层样式"对话框后，单击"确定"按钮，即可得到如图3-160所示的效果。

图3-160

step 67 选择"背景"图层为当前操作图层，打开随书光盘中的"素材 5"图像文件，此时的图像效果和"图层"面板如图3-161所示。

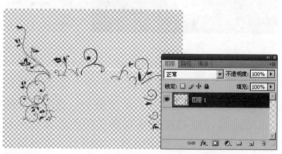

图3-161

step 68 使用"移动工具" 将图像拖动到第1步打开的文件中，得到"图层 7"。按【Ctrl+T】快捷键，调出自由变换控制框，变换图像到如图3-162所示的状态，按【Enter】键确认操作。

图3-162

step 69 选择"60 副本"图层为当前操作图层，打开随书光盘中的"素材 6"图像文件，此时的图像效果和"图层"面板如图3-163所示。

图3-163

step 70 使用"移动工具" ▶₊ 将图像拖动到第1步打开的文件中，得到"图层 8"。按【Ctrl+T】快捷键，调出自由变换控制框，变换图像到如图3-164所示的状态，按【Enter】键确认操作。

图3-164

step 71 单击"添加图层样式"按钮 fx，在弹出的菜单中选择"外发光"命令，设置弹出的"图层样式"对话框的"外发光"选项，如图3-165所示。

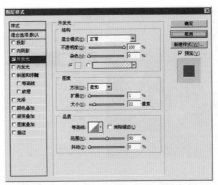

图3-165

step 72 设置完"图层样式"对话框后，单击"确定"按钮，即可得到如图3-166所示的效果。

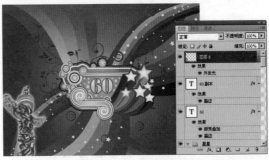

图3-166

step 73 单击"创建新的填充或调整图层"按钮 ⊘，在弹出的菜单中选择"通道混合器"命令，此时在弹出"调整"面板的同时得到图层"通道混合器 3"。单击"调整"面板下方的 ● 按钮，将调整影响剪切到下方的图层，然后在"调整"面板中设置"通道混合器"命令的参数，如图3-167所示。

图3-167

step 74 在"调整"面板中设置完"通道混合器"命令的参数后，关闭"调整"面板。此时的图像效果和"图层"面板如图3-168所示。

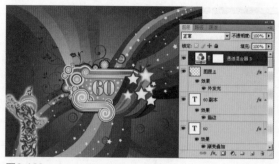

图3-168

图3-170

step 75 设置前景色的颜色值为（R:255 G:241 B:0），选择"自定形状工具" 🖋，在工具选项栏中进行设置，在图像中绘制如图3-169所示的鸽子形状，得到"形状7"。

图3-169

图3-171

step 76 使用"自定形状工具" 🖋，在工具选项栏中单击"添加到形状区域"按钮，继续在"形状7"图层中绘制鸽子图形，如图3-170所示。

step 77 设置"形状7"的图层混合模式为"柔光"，将图像融入到背景中，得到如图3-171所示的效果。

step 78 使用"直排文字工具" ，设置适当的字体和字号，在画面的左上方输入文字，得到相应的文字图层，如图3-172所示。

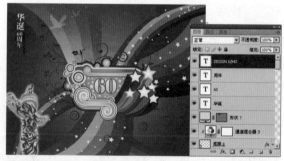

图3-172

3.3 使用文字工具创建艺术字图形

在制作各种特效和艺术效果时，文字外形的特效是经常使用和制作的内容之一。在很多设计作品中，需要制作特定形状和效果的艺术字。有效地利用文字工具，可以更快、更好地制作出炫丽的艺术文字效果。

3.3.1 文字工具概述

在Photoshop中，文字的编辑处理与一些文字处理软件的操作方法类似。文字工具包括横排文字工具、直排文字工具以及文字蒙版工具，如图3-173所示。利用文字工具，可以帮助用户快速地创建各种类型的文字图层或文字外形。

1.横排文字工具

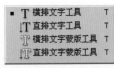

图3-173

选择"横排文字工具"后，在图像窗口中单击就可以创建文本图层，并在单击的位置出现插入光标，输入需要的文字内容，之后选择其他工具即可。这种方式创建的文字属性为点文字，如图3-174所示。"横排文字工具"选项栏如图3-175所示。在工具选项栏中可以设置文字的字体、大小、颜色等各项属性。

更改文本方向 ：单击该按钮，可以将文字在水平方向和垂直方向之间进行转换。

字体 ：单击该选项的三角按钮，可以在下拉列表中为当前选中的文字内容或文本图层设置一种字体。列表中会自动将字体按语言来分类，并在字体名字后显示字体的样例效果，如图3-176所示。

图3-174

图3-175

字体样式 ：在选择了某些英文字体后，可以再选择一种字体自带的字体样式。不是每一种字体都会有字体样式，尤其是中文字体，一般是没有字体样式的。

字体大小 ：单击该选项右侧的三角按钮，可以在弹出的下拉列表中选择预设字体大小，也可以在该下拉列表框中直接输入数值来指定字体大小。

消除锯齿 ：在该选项中可以设置文字的平滑效果，其选项下拉列表框中包括如下几项内容，如图3-177所示。

"无"，表示不应用抗锯齿，这时文字边缘会出现锯齿状；"锐利"可使文字显得更清晰；"犀利"可使文字显得更鲜明；"浑厚"可使文字显得更粗重；"平滑"则使文字显得更平滑。选择"锐利"、"犀利"、"浑厚"、"平滑"时，文字的边缘会依照底色而补充不同程度的过渡像素。

图3-176

文字颜色 ：用于设置文字的颜色。单击颜色框会弹出拾色器对话框，在该对话框中选择需要的颜色，单击"确定"按钮，选择的颜色就会出现在颜色框中。

在选择"横排文字工具"后，在图像窗口中拖动，释放鼠标后，会出现段落定界框，在段落框中出现插入光标，输入需要的文字内容，之后选择其他工具即可。这种方式创建的文字属性为段落文字，如图3-178所示。

图3-177   图3-178

如果要修改其中的文字内容，则可以直接用文字工具单击对应的位置，随后出现插入点光标，这时就可以对文字内容进行编辑修改。

2. 直排文字工具

"直排文字工具"的操作方法与"横排文字工具"完全相同；不同的是，"直排文字工具"创建的文字内容都是沿垂直方向纵向排列的。

3. 文字蒙版工具

"文字蒙版工具"的操作方法与"横排文字工具"相同；不同的是，"文字蒙版工具"创建的是文字外形的选区范围，而不是文本图层。

选择"横排文字蒙版工具"或"直排文字蒙版工具"，在图像窗口单击或拖动画框，然后输入文字内容，单击工具选项栏中的"确认"按钮✓，即可得到文字外形的选区范围。在输入文字时，图像窗口会进入图像蒙版编辑状态，此时整个窗口显示为半透明的红色，输入的文字则显示为透明状态。"文字蒙版工具"的选项栏与"横排文字工具"基本相同，只是没有"颜色"设置选项。

"字符"面板

除了使用"文字工具"选项栏来设置文字格式外，还可以执行"窗口"／"字符"命令，或单击工具选项栏中的"显示／隐藏字符和段落面板"按钮，打开"字符"面板，如图3-179所示。在该面板中可以对文字的字符属性进行更加详细的设置。具体选项设置如下所示。

字体、字体样式、字体大小、消除锯齿、字体颜色等选项功能与"文字工具"选项栏中的选项功能相同，这里就不再重复介绍了。

调整水平或垂直缩放比例：用于设置文字的宽度和高度的缩放比例。选取文字内容后，在文本框内输入数值即可。

行距：行距是指文字基线的位置到下一行文字基线位置之间的距离。可在选取文字后，在该下拉列表框中输入数值，或在其下拉列表中选择要预设的数值。选择"自动"，行距会调整为字体大小的120%。

图3-179

字符比例间距调整：字符比例间距调整是在所选的字符间按照字符大小的比例关系来插入一定的间隔。选取需要调整的文字，在该选项的下拉列表中选择预设的数值即可。数值范围为0%~100%，数值越大字符的间距越小。

所选字符间距调整：字距间距调整可用来控制两个字符的间距。使用"文字工具"在两个字符间单击，再在该下拉列表框中输入数值，或其其下拉列表中选择要预设的数值。数值为正值时，两个字符的间距会加大；数值为负值时，两个字符的间距会缩小。该选项必须在没有选中文字的状态下才可使用。

两个字符间的字距微调：字距微调是指在所选的字符间插入一定的间隔。选取需要调整的文字，在该选项的下拉列表中选择预设的数值或输入数值均可。输入正值表示字距增加，输入负值表示字距缩小。

指定文字基线移动：文字基线移动可以控制文字与文字基线之间的距离。选中文字，在该选项的文本框中输入数值即可调整文字的基线。输入正值，文字上移；输入负值，文字则会下移。

文字加粗：单击该按钮或在面板右上方的按钮上单击，在弹出菜单中选择"粗体"命令，可将选取的文字加粗。

文字斜体：单击该按钮或在面板右上方的按钮上单击，在弹出菜单中选择"仿斜体"命令，可使选取的文字变为倾斜状态。

全部大写与全部小型大写：单击该按钮或在面板右上方的按钮上单击，在弹出菜单中选择"全部大写字母"或"小型大写字母"命令，可将所选的小写英文文字全部转换成大写文字，或将所选的小写英文文字转换成小一号的大写文字。

文字的上标与下标：单击该按钮或在面板右上方的按钮上单击，在弹出菜单中选择"上标"或"下标"命令，可将所选文字转换为上标或下标文字，文字大小会按一定比例缩小。

文字加下画线与删除线：单击该按钮或在面板右上方的按钮上单击，在弹出菜单中选择"下画线"或"删除线"命令，可将所选文字加上一条下画线或删除线。

旋转直排文字：当处理直排英文文字时，可以将字符方向旋转90°，旋转后的字符是直立的，未旋转的字符是横向的。在"字符"面板右上方的按钮上单击，在弹出菜单中选择"标准垂直罗马对齐方式"选项即可。

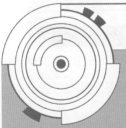

3.3.2 使用文字工具制作艺术字图形

制作说明

本例将通过输入文字，并将文字转换为形状，然后对形状文字进行编辑，从而制作艺术化的文字效果，以装饰和丰富整体画面。希望读者通过本例能够体会使用文字工具制作艺术字图形的功能。

原始图片

最终效果

🔠 制作步骤

 ▶  ▶  ▶  ▶

step 01 新建文档。执行菜单"文件"/"新建"命令(或按【Ctrl+N】快捷键)，设置弹出的"新建"对话框，如图3-180所示，单击"确定"按钮，即可创建一个新的空白文档。

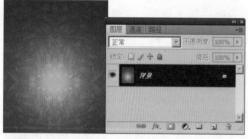

图3-180

step 02 打开图片。打开随书光盘中的"素材 1"图像文件，此时的图像效果和"图层"面板如图3-181所示。

图3-181

step 03 使用"移动工具" ▶╋将图像拖动到第1步新建的文件中，得到"图层 1"。按【Ctrl+T】快捷键，调出自由变换控制框，变换图像到如图3-182所示的状态，按【Enter】键确认操作。

图3-182

step 04 单击"创建新的填充或调整图层"按钮 ◑.，在弹出的菜单中选择"色相/饱和度"命令，此时在弹出"调整"面板的同时得到图层"色相/饱和度 1"。在"调整"面板中设置完"色相/饱和度"命令的参数后，关闭"调整"面板。此时的效果如图3-183所示。

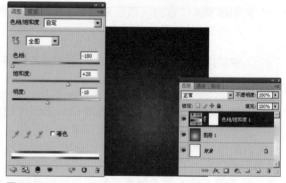

图3-183

step 05 打开图片。打开随书光盘中的"素材 2"图像文件，此时的图像效果和"图层"面板如图3-184所示。

图3-184

step 06 使用"移动工具" ▶╋将图像拖动到第1步新建的文件中，得到"图层 2"。按【Ctrl+T】快捷键，调出自由变换控制框，变换图像到如图3-185所示的状态，按【Enter】键确认操作。

图3-185

step 07 设置"图层 2"的图层混合模式为"柔光"，将图像融入到背景中，得到如图3-186所示的效果。

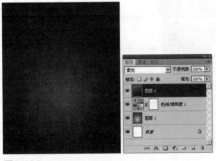

图3-186

step 08 单击"创建新的填充或调整图层"按钮 ，在弹出的菜单中选择"色相/饱和度"命令，此时在弹出"调整"面板的同时得到图层"色相/饱和度 2"。单击"调整"面板下方的 按钮，将调整影响剪切到下方的图层，在"调整"面板中设置完"色相/饱和度"命令的参数后，关闭"调整"面板。此时的效果如图3-187所示。

图3-187

step 09 打开图片。打开随书光盘中的"素材 3"图像文件，此时的图像效果和"图层"面板如图3-188所示。

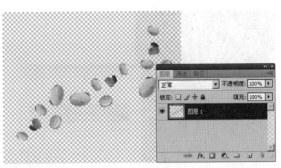

图3-188

step 10 使用"移动工具" 将图像拖动到第1步新建的文件中，得到"图层 3"。按【Ctrl+Alt+G】快捷键，执行"释放剪贴蒙版"操作，按【Ctrl+T】快捷键，调出自由变换控制框，变换图像到如图3-189所示的状态，按【Enter】键确认操作。

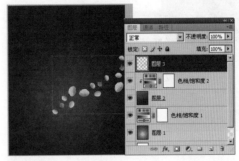

图3-189

step 11 设置"图层 3"的图层混合模式为"强光"，图层的不透明度为"60%"，得到如图3-190所示的效果。

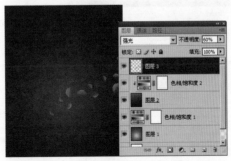

图3-190

step 12 打开图片。打开随书光盘中的"素材 4"图像文件，此时的图像效果和"图层"面板如图3-191所示。

图3-191

step 13 使用"移动工具" ▶♦ 将图像拖动到第1步新建的文件中，得到"图层 4"。按【Ctrl+T】快捷键，调出自由变换控制框，变换图像到如图3-192所示的状态，按【Enter】键确认操作。

图3-192

step 14 单击"添加图层样式"按钮 fx，在弹出的菜单中选择"混合选项"命令，之后在弹出的"图层样式"对话框中对混合颜色带进行设置，如图3-193所示。

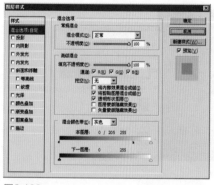

图3-193

step 15 设置完"图层样式"对话框后，单击"确定"按钮，即可得到如图3-194所示的效果。

图3-194

step 16 设置"图层 4"的图层混合模式为"变亮"，得到如图3-195所示的效果。

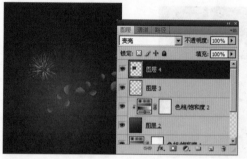

图3-195

step 17 打开图片。打开随书光盘中的"素材 5"图像文件，此时的图像效果和"图层"面板如图3-196所示。

图3-196

step 18 使用"移动工具" ▶♦ 将图像拖动到第1步新建的文件中，得到"图层 5"。按【Ctrl+T】快捷键，调出自由变换控制框，变换图像到如图3-197所示的状态，按【Enter】键确认操作。

图3-197

step 19 设置"图层 5"的图层混合模式为"变亮",将图像中的黑色部分隐藏,得到如图3-198所示的效果。

图3-198

step 20 打开图片。打开随书光盘中的"素材 6"图像文件,此时的图像效果和"图层"面板如图3-199所示。

图3-199

step 21 使用"移动工具" ▶ 将图像拖动到第1步新建的文件中,得到"图层 6"。按【Ctrl+T】快捷键,调出自由变换控制框,变换图像到如图3-200所示的状态,按【Enter】键确认操作。

图3-200

step 22 设置"图层 6"的图层混合模式为"变亮",将图像中的黑色部分隐藏,得到如图3-201所示的效果。

图3-201

step 23 打开图片。打开随书光盘中的"素材 7"图像文件,此时的图像效果和"图层"面板如图3-202所示。

图3-202

step 24 使用"移动工具" ▶ 将图像拖动到第1步新建的文件中,得到"图层 7"。按【Ctrl+T】快捷键,调出自由变换控制框,变换图像到如图3-203所示的状态,按【Enter】键确认操作。

图3-203

step 25 打开图片。打开随书光盘中的"素材 8"图像文件，此时的图像效果和"图层"面板如图3-204所示。

图3-204

step 26 使用"移动工具" ⊕将图像拖动到第1步新建的文件中，得到"图层 8"。按【Ctrl+T】快捷键，调出自由变换控制框，变换图像到如图3-205所示的状态，按【Enter】键确认操作。

图3-205

step 27 单击"创建新的填充或调整图层"按钮 ⊘，在弹出的菜单中选择"色彩平衡"命令，此时在弹出"调整"面板的同时得到图层"色彩平衡 1"。单击"调整"面板下方的 ⬛按钮，将调整影响剪切到下方的图层，然后在"调整"面板中设置"色彩平衡"命令的参数，如图3-206所示。

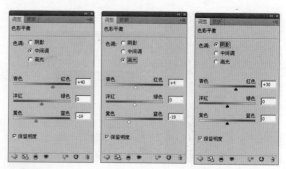

图3-206

step 28 在"调整"面板中设置完"色彩平衡"命令的参数后，关闭"调整"面板。此时的图像效果和"图层"面板如图3-207所示。

图3-207

step 29 选择"图层 8"，按住【Alt】键，在"图层"面板上将选中的图层拖动到"图层 7"的上方，以复制和调整图层顺序，得到"图层 8 副本"。按【Ctrl+T】快捷键，调出自由变换控制框，变换图像到如图3-208所示的状态，按【Enter】键确认操作。

图3-208

step 30 设置"图层 8 副本"的图层不透明度为"48%"，得到如图3-209所示的效果。

图3-209

step 31 单击"添加图层蒙版"按钮 ◎，为"图层8 副本"添加图层蒙版，设置前景色为黑色，背景色为白色。选择"渐变工具" ■，设置渐变类型为从前景色到背景色，在图层蒙版中从下往上绘制渐变，添加渐变图层蒙版后的图像效果如图3-210所示，此时的图像与背景有了一定的过渡效果。

图3-210

step 32 打开图片。打开随书光盘中的"素材9"图像文件，此时的图像效果和"图层"面板如图3-211所示。

图3-211

step 33 使用"移动工具" ▶ 将图像拖动到第1步新建的文件中，得到"图层9"。按【Ctrl+Alt+G】快捷键，执行"释放剪贴蒙版"操作，按【Ctrl+T】快捷键，调出自由变换控制框，变换图像到如图3-212所示的状态，按【Enter】键确认操作。

图3-212

step 34 设置"图层9"的图层混合模式为"线性光"，得到如图3-213所示的效果。

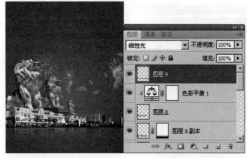

图3-213

step 35 选择"图层9"，按【Ctrl+J】快捷键，复制"图层9"，得到"图层9 副本"。按【Ctrl+T】快捷键，调出自由变换控制框，变换图像到如图3-214所示的状态，按【Enter】键确认操作。

图3-214

step 36 单击"添加图层蒙版"按钮 ◎，为"图层9 副本"添加图层蒙版，设置前景色为黑色，背景色为白色。选择"渐变工具" ■，设置渐变类型为从前景色到背景色，在图层蒙版中从下往上绘制渐变，添加渐变图层蒙版后的图像效果如图3-215所示，此时的图像与背景有了一定的过渡效果。

图3-215

step 37 设置"图层 9 副本"的图层不透明度为 "70%",得到如图3-216所示的效果。

图3-216

step 38 设置前景色为白色,选择"横排文字工具" [T],设置适当的字体和字号,在画面的上方输入文字"盛世5载",得到相应的文字图层,如图3-217所示。

图3-217

step 39 在文字图层的图层名称上单击鼠标右键,在弹出的菜单中选择"转换为形状"命令,使用"路径选择工具" [k]逐个选择转换为形状的文字,并结合自由变换命令对其进行放缩、移动编辑,得到如图3-218所示的效果。

图3-218

step 40 选择图层"盛世5载",使用"直接选择工具" [k],编辑文字形状的节点到如图3-219所示的状态。

图3-219

step 41 设置前景色为白色,选择"钢笔工具" [d],在工具选项栏中单击"添加到形状区域"按钮[d],在图像中绘制如图3-220所示的翅膀形状。

图3-220

step 42 选择"钢笔工具" [d],在工具选项栏中单击"从形状区域减去"按钮[d],在翅膀形状的下方绘制如图3-221所示的形状。

图3-221

step 43 使用"路径选择工具" ▶ 选择翅膀形状，按【Ctrl+Alt+T】快捷键，调出自由变换复制框，将形状向右移动，水平翻转到如图3-222所示的状态，按【Enter】键确认操作。

图3-222

step 44 设置前景色为白色，选择"横排文字工具" T，设置适当的字体和字号，在画面中输入文字"星海国际"，得到相应的文字图层，如图3-223所示。

图3-223

step 45 在文字图层的图层名称上单击鼠标右键，在弹出的菜单中选择"转换为形状"命令。按【Ctrl+T】快捷键，调出自由变换控制框，变换图像到如图3-224所示的状态，按【Enter】键确认操作。

图3-224

step 46 选择图层"星海国际"和"盛世五载"，按【Ctrl+Alt+E】快捷键，执行"盖印"操作，将得到的图层重命名为"图层 10"。隐藏"星海国际"和"盛世五载"图层，然后选择"图层10"，单击"添加图层样式"按钮 fx，在弹出的菜单中选择"渐变叠加"命令，此时会弹出"图层样式"对话框，在该对话框中分别设置"渐变叠加"、"描边"选项的参数，具体设置如图3-225所示。

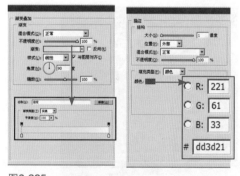

图3-225

step 47 设置完"图层样式"对话框后，单击"确定"按钮，即可得到如图3-226所示的效果。

图3-226

step 48 打开随书光盘中的"素材 10"和"素材 11"文字图像文件。使用"移动工具" ▶ 将素材中的文字图像拖动到第1步新建的文件中，得到"图层 11"、"图层 12"。结合自由变换命令，将文字图像调整到如图3-227所示的效果。

图3-227

step 49 选择"图层 11"，单击"添加图层样式"按钮 fx，在弹出的菜单中选择"投影"命令，设置完弹出的"图层样式"对话框的"投影"选项后，单击"确定"按钮，即可得到如图3-228所示的效果。

图3-228

step 50 设置前景色的颜色值为（R:189 G:141 B:76），选择"矩形工具" ▢，在工具选项栏中单击"形状图层"按钮，在画面的中间绘制黄色矩形，得到图层"形状 1"，如图3-229所示。

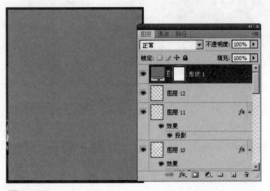

图3-229

step 51 使用"路径选择工具" ▶ 选择上一步绘制的矩形，在工具选项栏中单击"从形状区域减去"按钮，即可得到如图3-230所示的最终效果。

图3-230

Chapter 04
修复美化图像的途径

Photoshop CS4的强大绘图功能，可让用户不需要花费太多的时间和精力，就能创作出满意的艺术效果。利用修图工具和画笔工具及灵活的选项设置，可使图像修复功能更加完美、快捷。

4.1　使用画笔工具美化图像

利用"画笔工具"，可以在图像中绘制出各种笔触效果的线条，可以绘制出类似于实际生活中使用水彩笔或毛笔绘画时绘制的笔触效果。这些笔触效果，可以用于美化图像效果。

4.1.1　画笔工具概述

"画笔工具"是绘图工具中最具有代表性的工具，其使用方法和选项设置与其他绘图工具具有很多相同或相似之处。如果想要很好地使用"画笔工具"，首先要掌握与"画笔工具"相关的选项功能设置。

1. 画笔工具选项栏

在Photoshop中，绘图工具和修图工具的工具选项栏都具有一些相同的参数选项，包括"画笔"选项、"模式"和"不透明度"等。选择工具箱中的"画笔工具"，其工具选项栏如图4-1所示。其中各选项的功能如下所示。

图4-1

画笔：单击工具选项栏中"画笔"选项右侧的三角按钮，弹出"画笔"选项面板，如图4-2所示。在"画笔"选项面板中可以设置各种绘图工具的画笔大小、笔尖形状以及画笔边缘的软硬程度等，以产生不同的绘画效果。

在"画笔"选项面板中，可在"主直径"选项的文本框中输入数值或拖动滑块来修改画笔笔尖的直径大小，数值范围是1～2500像素。而在"硬度"选项的文本框中输入数值或拖动滑块可修改画笔笔尖的硬度值，即柔化程度。数值范围在0%～100%之间，数值越大，笔尖的柔化程度越大。

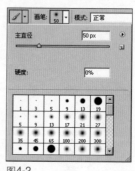

图4-2

在预设画笔区域中，可以看到当前预置的画笔内容。这部分内容与用户选择的画笔库文件有关，按笔尖形状可分为规则的圆头画笔和任意形状的不规则画笔两种。

模式：可以在绘画时选择不同的混合模式，通过色彩的混合来产生特殊的绘画效果。

不透明度：设置画笔在绘图时所产生的透明效果。可以通过输入数值或拖动滑块来进行设置。

流量：设置"画笔工具"绘图时颜色扩散的速度，其产生效果的强弱与"喷枪"选项有关。

> **技巧 ● 提示**
>
> 使用"画笔工具"时，按住【Shift】键并拖动，可以绘制水平、垂直和45°角的直线。按住【Ctrl】键，则可以将当前工具切换为"移动工具"；按住【Alt】键，则可以将当前工具切换为"吸管工具"。

喷枪 ⚷：单击喷枪按钮 ⚷ 后，"画笔工具"将变为"喷枪工具"，在绘制时会产生喷射的绘画效果；再次单击该按钮，表示取消喷枪效果。喷出的颜色浓度是根据"流量"选项的设置来自动加深的。如果在绘画过程中停顿，在停顿处就会出现一个由颜色堆积出的色点。停顿的时间越长，色点的颜色也就越深，所占的面积也越大。

2. 使用画笔库

在使用画笔时，除了默认的预设画笔笔触，Photoshop CS4还为用户提供了丰富的画笔笔触样式。将这些预设画笔载入到当前的"画笔"选项中，即可通过画笔工具来进行绘制。单击"画笔"选项面板弹出菜单下半部分的画笔库文件名称，如图4-3所示，从中选择一个画笔名称，即可打开替换对话框，如图4-4所示。在其中选择需要的画笔预设，该预设中的画笔样式就会显示到"画笔"选项面板中，原来的画笔样式消失。

如果单击"追加"按钮，则可以将所选择的画笔库文件装载到当前"画笔"选项面板中画笔样式的后面，原来的画笔样式不消失。

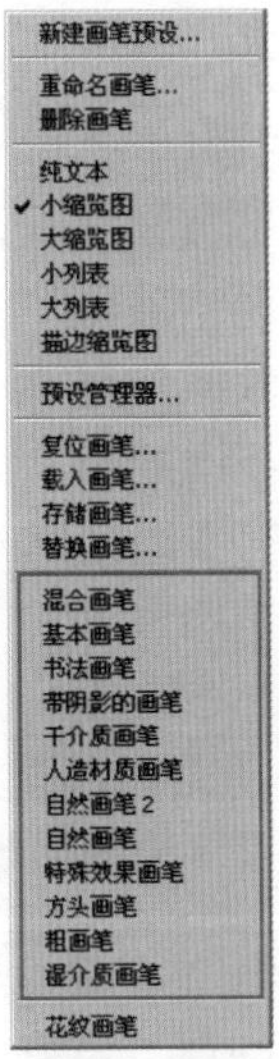

3. 自定义画笔

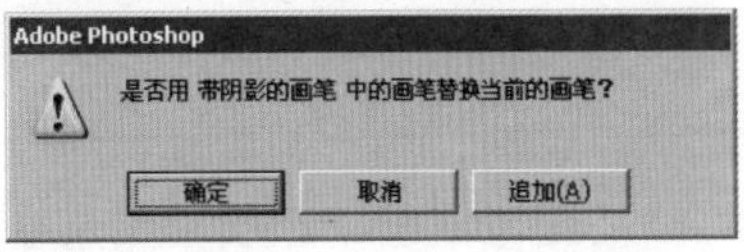

当预设的画笔不能满足绘画要求时，可以利用已有的画笔预设，调整选项设置后定义为新的画笔预设。也可以将所需的图像直接定义为画笔预设。

（1）新画笔预设

在"画笔"选项面板中，选择某个画笔预设，并对其选项进行设置，如图4-5所示。然后在面板弹出菜单中选择"新建画笔预设"命令，在弹出的"画笔名称"对话框中设置画笔的名称，如图4-6所示，单击"确定"按钮，新建的画笔就会出现在当前的"画笔"选项面板中，如图4-7所示。

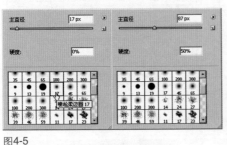

图4-5

图4-6

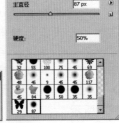

图4-7

（2）自定义画笔预设

如果用户希望将图像中的某部分内容作为画笔预设，则可以首先绘制好要作为画笔预设的选区范围，如图4-8所示，然后执行"编辑"/"定义画笔预设"命令，弹出"画笔名称"对话框，如图4-9所示。设置好画笔的名称后，单击"确定"按钮，新建的画笔就会出现在当前"画笔"选项面板中，如图4-10所示。

图4-8

图4-3

图4-4

4. "画笔"面板

在Photoshop CS4中，使用"画笔"面板，可以定制和编辑各种画笔，实现各种特殊的笔触效果和图像效果。用户可以根据需要创建不同的画笔。"画笔"面板具有实时预览画笔的功能，可以参照预览效果，快速地调整画笔的各项设置，包括形状、间距、散布、变化、直径、材质、阴影等，制作出具有独特风格的画笔笔触。

图4-9

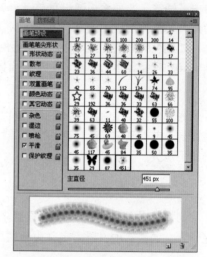
图4-10

执行"窗口"/"画笔"命令，或单击工具选项栏右侧的"切换画笔面板"按钮，打开"画笔"面板，如图4-11所示。其中的部分选项含义如下所示。

（1）画笔预设

"画笔预设"选项主要是显示Photoshop已经预置好的画笔样式。选择"画笔预设"选项后，在"画笔"面板右侧的窗口可以看到当前载入到"画笔"面板中的画笔样式，其内容与"画笔"选项面板中列出的内容是同步的，如图4-11所示。在"画笔"面板中选取需要编辑的画笔样式后，拖动"主直径"选项滑块，可以改变画笔的大小。

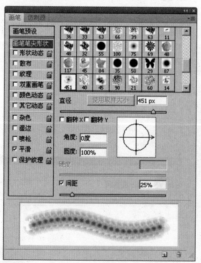
图4-11

（2）画笔笔尖形状

"画笔笔尖形状"选项用于设置画笔的直径、形状、角度、间距及画笔边缘的软硬程度等，其参数面板如图4-12所示。

（3）形状动态画笔

"形状动态"选项面板用于设置画笔绘制

图4-12

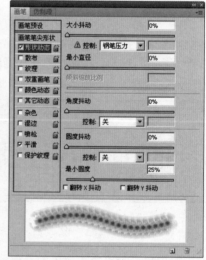
图4-13

时笔尖的变化情况。在"画笔笔尖形状"选项面板中选择一个画笔样式后，对其进行设置，然后选择"形状动态"复选项，在面板右侧就会显示其相关的选项设置，如图4-13所示。

（4）散布画笔

"散布"选项可以使画笔在绘制过程中，产生沿画笔轨迹分散成点状的笔画效果。在"画笔笔尖形状"选项面板中选择一个画笔样式，然后选择"散布"复选项，在面板右侧就会显示其相关的选项设置，如图4-14所示。

（5）纹理画笔

在"画笔"面板中选择"纹理"复选项，面板上就会显示与纹理相关的各项设置，如图4-15所示。通过对该选项的设置可以使画笔产生纹理的效果，这有些类似于在不同的帆布上或其他介质上作画的效果。

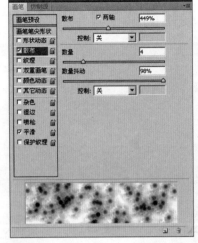

图4-14

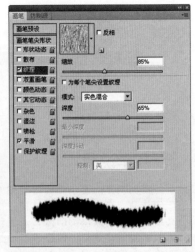

图4-15

单击"纹理"选项面板中的"图案"图标，即可选择需要的纹理图案，同时在画笔轨迹预览框中就会显示出纹理画笔的效果。

（6）双重画笔

"双重画笔"用于将两个画笔的形状特性结合起来，产生新的画笔样式效果。首先在"画笔笔尖形状"选项面板中选择一个画笔样式作为原始画笔，然后选择"双重画笔"复选项，其选项面板如图4-16所示。在该面板中选择某画笔样式作为第二个画笔，在画笔轨迹预览框中可以看到两个画笔混合后的效果。

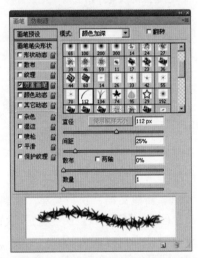

图4-16

（7）颜色动态

"颜色动态"选项控制在使用绘图工具绘画时，所绘线条颜色的动态变化情况，如图4-17所示。

（8）其他动态

"其他动态"选项用于控制绘制线条时"不透明度"和"溢出"的动态变化情况。可以设置水墨画般的笔触，其选项面板如图4-18所示。

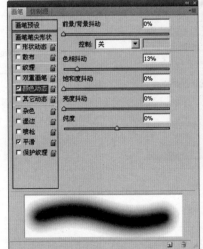

图4-17

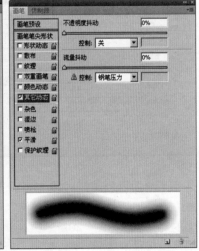

图4-18

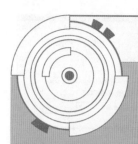
| 4.1.2 | 使用画笔工具制作乐器广告 |

🔲 制作说明

本例制作的是以乐器为主体的宣传广告作品。在本例中，通过使用画笔工具绘制出不同效果的图像，来美化和点缀画面的整体效果。希望读者通过本例能够体会使用画笔工具美化图像这一特色功能的重要作用。

原始图片　　　最终效果

🔲 制作步骤

 ▶  ▶  ▶

step 01 新建文档。执行菜单"文件"/"新建"命令(或按【Ctrl+N】快捷键)，设置弹出的"新建"对话框，如图4-19所示，单击"确定"按钮，即可创建一个新的空白文档。

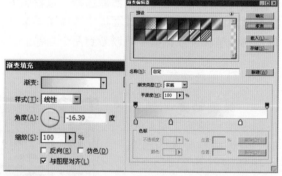

图4-19

step 02 单击"创建新的填充或调整图层"按钮 ◯，在弹出的菜单中选择"渐变"命令，设置弹出的对话框，如图4-20所示。在其中的编辑渐变颜色选择框中单击，可以弹出"渐变编辑器"对话框，在该对话框中可以编辑渐变的颜色。

图4-20

step 03 设置完该对话框后，单击"确定"按钮，得到图层"渐变填充1"。此时的效果如图4-21所示。

图4-21

step 04 打开图片。打开随书光盘中的 "素材 1" 图像文件，此时的图像效果和 "图层" 面板如图 4-22所示。

图4-22

step 05 使用 "移动工具" 将图像拖动到第1步新建的文件中，得到 "图层 1"。按【Ctrl+T】快捷键，调出自由变换控制框，变换图像到如图4-23所示的状态，按【Enter】键确认操作。

图4-23

step 06 选择 "渐变填充 1" 为当前操作图层。打开随书光盘中的 "素材 2" 图像文件，此时的图像效果和 "图层" 面板如图4-24所示。

图4-24

step 07 使用 "移动工具" 将图像拖动到第1步新建的文件中，得到 "图层 2"。按【Ctrl+T】快捷键，调出自由变换控制框，变换图像到如图4-25所示的状态，按【Enter】键确认操作。

图4-25

step 08 选择 "图层 1" 为当前操作图层。打开随书光盘中的 "素材 3" 图像文件，此时的图像效果和 "图层" 面板如图4-26所示。

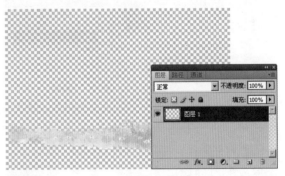

图4-26

step 09 使用 "移动工具" 将图像拖动到第1步新建的文件中，得到 "图层 3"。按【Ctrl+T】快捷键，调出自由变换控制框，变换图像到如图4-27所示的状态，按【Enter】键确认操作。

图4-27

step **10** 打开图片。打开随书光盘中的"素材 4"图像文件，此时的图像效果和"图层"面板如图4-28所示。

图4-28

step **11** 使用"移动工具" ▶ 将图像拖动到第1步新建的文件中，得到"图层 4"。按【Ctrl+T】快捷键，调出自由变换控制框，变换图像到如图4-29所示的状态，按【Enter】键确认操作。

图4-29

step **12** 打开图片。打开随书光盘中的"素材 5"图像文件，此时的图像效果和"图层"面板如图4-30所示。

图4-30

step **13** 使用"移动工具" ▶ 将素材图像中的两只鸟图像，拖动到第1步新建的文件中，得到"图层 5"和"图层 6"。结合自由变换命令，将图像变换到适合的位置，得到如图4-31所示的效果。

图4-31

step **14** 打开图片。打开随书光盘中的"素材 6"图像文件，此时的图像效果和"图层"面板如图4-32所示。

图4-32

step **15** 使用"移动工具" ▶ 将图像拖动到第1步新建的文件中，得到"图层 7"。按【Ctrl+T】快捷键，调出自由变换控制框，变换图像到如图4-33所示的状态，按【Enter】键确认操作。

图4-33

step **16** 打开图片。打开随书光盘中的"素材 7"图像文件，此时的图像效果和"图层"面板如图4-34所示。

图4-34

step 17　使用"移动工具" ⊕ 将图像拖动到第1步新建的文件中，得到"图层 8"。按【Ctrl+T】快捷键，调出自由变换控制框，变换图像到如图4-35所示的状态，按【Enter】键确认操作。

图4-35

step 18　按【F5】键调出"画笔"面板，分别在"画笔"面板中设置"画笔笔尖形状"、"形状动态"、"散布"等选项，如图4-36所示。

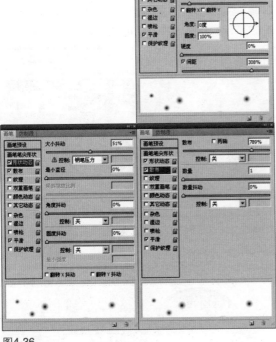

图4-36

step 19　新建一个图层，得到"图层 9"。选择"画笔工具" ✎，设置前景色为白色，在画面的下方绘制虚圆点，如图4-37所示。（图中的黑色背景图片用于显示白色虚圆点所在的位置）。

图4-37

step 20　选择"图层 9"，单击"添加图层样式"按钮 fx，在弹出的菜单中选择"外发光"命令，设置弹出的"图层样式"对话框的"外发光"选项后，选择"渐变叠加"选项，在右侧的对话框中进行参数设置，具体设置如图4-38所示。

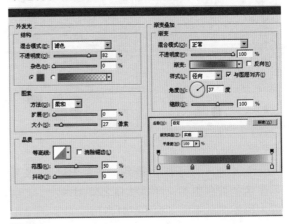

图4-38

step 21　设置完"图层样式"对话框后，单击"确定"按钮，即可得到如图4-39所示的效果。

图4-39

step 22　选择"画笔工具" ✎，按【F5】键调出"画笔"面板，分别在"画笔"面板中设置"画笔笔尖形状"、"形状动态"、"散布"、"其他动态"等选项，如图4-40所示。

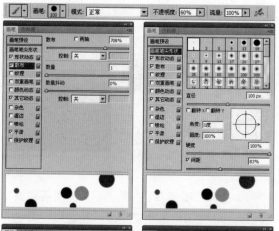

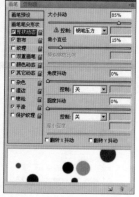

图4-40

step 23 新建一个图层，得到"图层10"。设置前景色的颜色值为（R:204 G:222 B:4），在画面中绘制圆点图像，如图4-41所示。

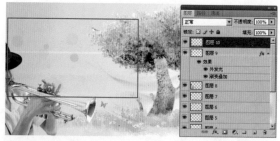

图4-41

step 24 新建一个图层，得到"图层 11"。继续使用设置好的"画笔工具"，设置前景色为白色，在画面的右下方绘制圆点，如图4-42所示。（图中的黑色背景图片用于显示白色圆点所在的位置）。

图4-42

step 25 打开图片。打开随书光盘中的"素材 8"图像文件，此时的图像效果和"图层"面板如图4-43所示。

图4-43

step 26 使用"移动工具"将图像拖动到第1步新建的文件中，得到"图层 12"。按【Ctrl+T】快捷键，调出自由变换控制框，变换图像到如图4-44所示的状态，按【Enter】键确认操作。

图4-44

step 27 打开图片。打开随书光盘中的"素材 9"图像文件，此时的图像效果和"图层"面板如图4-45所示。

图4-45

step 28 执行菜单"编辑"/"定义画笔预设"命令，弹出"画笔名称"对话框，设置好画笔的名称后，单击"确定"按钮，将素材图像定义为画笔，如图4-46所示。

step 29 新建一个图层，得到"图层 13"。选择"画笔工具" ，设置前景色为白色，在画面中绘制不同大小的气泡图像，得到如图4-47所示的最终效果。

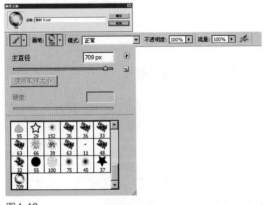

图4-46

图4-47

4.2 使用修图工具修复图像

Photoshop为用户提供了很多功能强大的图像修复工具以及相关的辅助制作工具，利用这些工具，可以很好地修复图像中的各种缺陷、瑕疵，以及实现图像的各种修补操作等。

4.2.1 修图工具概述

常用的图像修饰和修复工具有修复画笔工具、修补工具、颜色替换工具、模糊工具、锐化工具和涂抹工具等，以及用于快速抠图的魔术橡皮擦工具。

1. 魔术橡皮擦工具

"魔术橡皮擦工具"具有"魔棒工具"和"橡皮擦工具"的特点。选择"魔术橡皮擦工具"后，只需用鼠标在要擦除的色彩范围内单击，如图4-48所示，即可自动地将与之颜色相近的区域擦除成透明或半透明状态，如图4-49所示。如果擦除的图层是背景层，则该图层会自动转换为普通图层。其工具选项栏及选项功能与"魔棒工具"类似，如图4-50所示。其工具选项栏中各选项的功能如下所示。

图4-48

图4-49

容差： 用于设置擦除图像时颜色的范围，数值范围是0～255之间。数值越大，选取的色彩范围越大。

图4-50

消除锯齿： 选择此复选项后，图像在擦除后会保持较平滑的边缘。

连续： 选择此复选项，将只会擦除与鼠标单击点处颜色相近且相邻的颜色范围；否则，会擦除图层中所有与鼠标单击点处颜色相近的颜色。

对所有图层取样： 选择此复选项时，将对图像中的所有可见图层进行取样，然后在当前选择的图层中进行擦除操作。

不透明度： 设置被擦除区域的透明程度。

2. 仿制图章工具

"仿制图章工具"用于将一幅图像的局部或部分复制到同一幅图像或另一幅图像中。该工具经常用于图像合成和修复，其工具选项栏如图4-51所示。其中的部分选项功能如下所示。

图4-51

对齐： 选择此复选项后，系统会自动记录原仿制图像上的相对位置。在复制图像的过程中，无论中间停顿多少次，再次操作时，图像都始终以鼠标起画点处的同一幅图像作为参考。若不选择此项，则在绘制图像停笔后，再次操作时，系统将会以新的单击点作为复制样本的起点。

样本： 在此选项中，可以设置在图像取样时，使用"当前图层"、"当前和下方图层"，还是"所有图层"。默认为"当前图层"，即只对当前图层取样。

下面举例说明该工具的使用方法。打开一个图像文件，如图4-52所示。选择"仿制图章工具"，把鼠标移到佩饰上，按住【Alt】键单击，设置仿制源（取样点），如图4-53所示。释放【Alt】键后，将光标移动到图像的右侧，单击并拖动复制，如图4-54所示。绘制完成后得到一个新的佩饰图像，效果如图4-55所示。

图4-52

图4-53

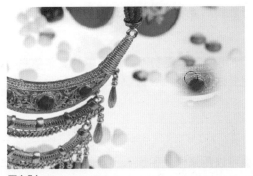

图4-54

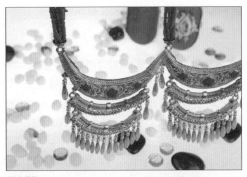

图4-55

 技巧 提示

在修复图像时，应根据图像的特点和位置，反复设置取样点，这样复制的图像整体的光线和形状会比较自然。另外，取样点定义好后，可以反复使用。如果用户希望定义多个取样点，可以使用"仿制源"面板来保存取样点信息。在复制过程中，如果在目标图像中设置了选区范围，则只能在选区内复制出图像。

"仿制源"面板

在"仿制源"面板中最多可以存放5个仿制源（取样点），并可以对取样图像的位置、大小和角度进行设置。还可以通过"显示叠加"选项来控制复制过程中的显示信息，从而更为灵活、清晰地对图像进行修饰。该面板可以配合"仿制图章工具"和"修复画笔工具"使用。选择"窗口"/"仿制源"命令，打开"仿制源"面板，如图4-56所示。该面板中各选项的功能如下所示。

仿制源：在"仿制源"面板中，提供了5个存放仿制源（取样点）信息的设置。用户可以在选择其中某一个图标后，选择"仿制图章工具"，在图像中按住【Alt】键的同时单击设置仿制源（取样点），该信息就会自动记录到选择的仿制源（取样点）信息中。下次再单击该图标时，在图标下面会自动显示该仿制源的文件信息。如果仿制源图标没有设置取样信息，则选中该图标，图标下面没有任何提示。

图4-56

仿制源的位置：当用户在图像中设置取样点后，选中该仿制源（取样点）所对应的图标，在"位移"选项中的"X"，"Y"文本框中会自动显示该仿制源（取样点）的位置信息。也可以直接在文本框中输入数值来修改和设置仿制源（取样点）的精确位置。

仿制源的大小：当用户在图像中设置仿制源后，选中该取样点所对应的图标，在仿制源位置中的"W"，"H"文本框中会自动显示该仿制源的缩放比例信息，默认情况下是100%。可以直接在文本框中输入数值缩放仿制源的大小。选项中的链接图标 按下时，表示等比例缩放仿制源的大小；链接图标 弹起时，表示可以分别设置"W"，"H"选项的数值，不受比例约束控制。

仿制源的旋转角度：默认情况下，仿制源保持在原始的图像状态。可以在设置取样点后，选中该取样点所对应的图标，然后在仿制源位置的文本框中设置旋转的角度。在使用该仿制源（取样点）复制图像时，图像会自动按照所设置的角度进行旋转后复制。单击该选项后面的图标 🔄 ，可以将设置的旋转角度清零。

显示叠加： 该选项下方的参数选项用于控制在使用仿制源复制图像过程中的显示信息。选择该复选项后，该选项下方的参数将变成可用状态。需要注意的是，该选项下方的参数只影响观看效果，对复制出来的图像没有影响。

3. 修复画笔工具

"修复画笔工具"与"仿制图章工具"类似，也可以用来修复图像；不同的是，"修复画笔工具"在把图像复制到指定的位置后，会对图像进行处理，使复制的图像在纹理、亮度和透明度上与被遮盖的图像保持一致，从而自然地融入到背景图像中，产生更加理想的效果。其工具选项栏如图4-57所示，各选项的功能如下所示。

图4-57

画笔： 用于设置画笔的大小和形状，但只能选择圆形的画笔，并只能调节画笔的粗细、硬度、间距、角度和圆度的数值，如图4-58所示。

模式： 用于控制复制或填充的像素和底图的混合方式。

源： 设置"修复画笔工具"复制图像的来源。选择"取样"选项时，与"仿制图章工具"相似，需要按住【Alt】键在图像上单击，设置仿制源（取样点），然后再进行单击或拖动复制，对图像进行修复操作。

当选择"图案"选项时，与"图案图章工具"相似，在其弹出面板中选择不同的图案或自定义图案即可进行图案填充。

对齐： 选择此选项，复制时图案是整齐排列的；若不选择此复选项，在下次操作时将重新复制图案。

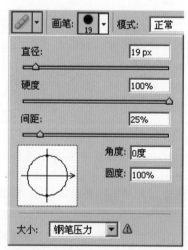

图4-58

下面举例说明该工具的使用方法。打开一个图像文件，选择"修复画笔工具"，在工具选项栏中设置"源"为"取样"，在人物脸部痘痘周围皮肤比较平滑的区域，按住【Alt】键单击进行取样，如图4-59所示。然后在痘痘上单击进行修复，"画笔"大小比要修复的区域大一些，如图4-60所示。重复进行取样和复制，将人物脸部修复平滑，效果如图4-61所示。

图4-59

图4-60

图4-61

当然，也可以利用"修复画笔工具"在两个图像之间进行修复工作，但两个图像文件必须具有相同的图像模式才能进行修复。

4. 修补工具

"修补工具"可以从图像的其他区域或使用图案来修补当前选中的区域，并在修复的同时保留图像原来的纹理、亮度、层次等信息。其工具选项栏中的部分选项功能如下所示。

修补：用于设置修补的方式。选择"源"选项时，在图像中首先要在需要修补的位置创建适当的选择区域，然后在选区内单击，并将其拖动到要复制图像的位置，释放鼠标后会自动用该图像来修复需要修补的位置。若选择"目标"选项，则首先要在图像中用来修复图像的位置创建适当的选择区域，然后在选区内单击，并将其拖动到需要修补的区域，释放鼠标后，"修补工具"会自动用开始选择区域中的图像来修复当前需要修补的位置。

使用图案：单击此按钮，将在图像文件中的选择区域内填充选择的图案，并且与原位置的图像产生融合效果。

下面举例说明该工具的使用方法。打开一个图像文件，选择"修补工具"，在其工具选项栏中选择"修补"方式为"源"。然后利用"修补工具"或其他选取工具，绘制要被修补的图像范围，如图4-62所示。将"修补工具"光标放到选区范围，拖动选区范围至要复制到选区范围内的图像区域，如图4-63所示。释放鼠标后，选区内的图像被修补，并与背景图像融合，取消选区后的效果如图4-64所示。

图4-62

图4-63

如果将"修补"方式设置为"目标",则拖动选区后,可以看到选区范围中的图像内容随着鼠标移动,即用当前选区范围中的图像去修补其他部分的图像内容,效果如图4-65所示。

图4-64

图4-65

技巧 ○提示

当从图像中选择像素修补其他区域时,应尽量选择较小的区域,这样修补的效果会好一些。如果希望修补后的图像效果更加柔和,可以通过"选择"/"修改"/"羽化"命令为选区设置一定的羽化值,然后再使用"修补工具"进行操作。

5. 颜色替换工具

"颜色替换工具"可以置换图像中的特殊颜色。但是该工具在"位图"、"索引颜色"或"多通道颜色"模式的图像中不起作用。"颜色替换工具"选项栏如图4-66所示。其工具选项栏中的选项与"背景色橡皮擦工具"基本相同。

图4-66

其中的"模式"下拉列表框用于设置颜色替换过程中所使用的混合模式,有"色相"、"饱和度"、"颜色"和"亮度"等几个选项,其替换颜色时产生的效果会有所不同。

下面举例说明该工具的使用方法。打开一个图像文件,如图4-67所示。选择"颜色替换工具",在其工具选项栏中设置"模式"为"颜色","限制"为"连续","容差"值为100%,其他选项保持默认状态。设置前景色为(R:248 G:202 B:90),然后在图像中拖动涂抹,效果如图4-68所示。

图4-67

图4-68

6. 模糊工具

利用"模糊工具"，可以通过降低相邻像素之间的对比度来柔化模糊图像。其工具选项栏如图4-69所示。其中的部分选项功能如下所示。

图4-69

强度：设置"模糊工具"每次对图像涂抹时产生的模糊程度。

对所有图层取样：选择此复选项后，将对所有图层起作用，不选择时只对当前图层起作用。

下面举例说明该工具的使用方法。打开一个图像文件，如图4-70所示。选择"模糊工具"，在人物的背景区域进行拖动涂抹，并适当调整"强度"值，模糊背景以突出人物主体图像处理效果，如图4-71所示。

图4-70　　　　　　　　　图4-71

7. 锐化工具

"锐化工具"与"模糊工具"相反，可以用来增加图像色彩边缘对比度，使图像更加清晰。"锐化工具"选项栏与"模糊工具"完全相同，这里就不再重复介绍了。

下面举例说明该工具的使用方法。打开一个图像文件，如图4-72所示。选择"锐化工具"，在人物脸部区域进行拖动涂抹，并适当调整"强度"值，图像处理效果如图4-73所示。

图4-72

> **技巧 提示**
>
> 在进行图像处理时，"锐化工具"通常不宜多用，否则可能会使图像产生失真效果。在使用"锐化工具"和"模糊工具"时，若同时按下【Alt】键，则可在这两个工具之间切换。

图4-73

8. 涂抹工具

"涂抹工具"可以以涂抹的方式，将图像的像素随笔触一起移动并相互融合在一起，产生类似于用手指在湿的颜料中涂抹的效果。"涂抹工具"选项栏与"模糊工具"基本相同，只是多了一个"手指绘画"复选项，如图4-74所示。

图4-74

选择"手指绘画"复选项后，涂抹效果相当于用手指蘸着前景色在图像中进行涂抹；不选择此复选项时，则"涂抹工具"使用的颜色取自鼠标最初单击处。

下面举例说明该工具的使用方法。打开一个图像文件，如图4-75所示。选择"涂抹工具"，在图像中进行拖动涂抹，并适当调整"强度"值，图像处理效果如图4-76所示。

> **技巧 ● 提示**
>
> "涂抹工具"不能使用于"位图"和"索引颜色"色彩模式的图像。

图4-75

图4-76

9. 减淡工具

"减淡工具"可以对图像中的暗调、中间调和亮调区域进行加光处理以加亮图像中的局部。与摄影中所用到的暗室一样，可通过提高图像或选取区域的亮度来校正曝光。"减淡工具"选项栏如图4-77所示。其中的部分选项功能如下所示。

范围：用于选择要处理的图像区域，包括"阴影"、"中间调"和"高光"3个选项。当

图4-77

选择"阴影"选项时，该工具只对图像中较暗的区域及阴影区域起作用；选择"中间调"时，只对图像中的中间色调区域起作用；选择"高光"选项时，只对图像中较亮的区域起作用。

曝光度：通过拖动滑块或直接输入数值设置图像减淡的程度。

下面举例说明该工具的使用方法。打开一个图像文件，如图4-78所示。选择"减淡工具"，在其工具选项栏中进行设置。然后在图像中人物的脸部区域进行涂抹，使该区域的图像变亮，效果如图4-79所示。

图4-78

图4-79

10. 加深工具

"加深工具"可对图像的阴影、中间调和高光部分进行变暗的处理。该工具的操作方法及其工具选项栏与"减淡工具"类似，在此不再赘述。

下面举例说明该工具的使用方法。打开一个图像文件，如图4-80所示。选择"加深工具"，在工具选项栏中进行设置。在图像中人物的头发和衣服等处进行涂抹，将图像变暗，效果如图4-81所示。

图4-80   图4-81

11. 海绵工具

"海绵工具"可用于调整图像的色彩饱和度，其工具选项栏与"减淡工具"基本相同，如图4-82所示。

图4-82

其中的"模式"下拉列表框用于设置色彩饱和度调整的方式。选择"降低饱和度"选项时，使用"海绵工具"可以降低图像颜色的饱和度，使图像中的灰度色调增加；选择"饱和"选项时，会提高图像颜色的饱和度，使图像中的灰度色调减少。

下面举例说明该工具的使用方法。打开一个图像文件，如图4-83所示。选择"海绵工具"，分别设置"饱和"和"降低饱和度"选项后，在图像中进行涂抹，效果如图4-84和图4-85所示。

图4-83   图4-84   图4-85

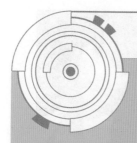

4.2.2 │ 使用修图工具修复人物照片

制作说明

　　本例将一张普遍的光线暗淡的照片，通过多次运用不同的修图工具对其进行修复，来对照片中瑕疵的部分进行弥补。希望读者通过本例能够体会Photoshop中不同修图工具的功能。

原始图片　　　　　　　最终效果

制作步骤

step 01 打开图片。打开随书光盘中的"素材 1"图像文件，此时的图像效果和"图层"面板如图4-86所示。

图4-86

图4-87

step 02 在"图层"面板中拖动"背景"到"创建新图层"按钮上，释放鼠标，得到"背景 副本"，将其混合模式改为"滤色"，得到如图4-87所示的效果。

step 03 按【Ctrl+Shift+Alt+E】快捷键，执行"盖印"操作，得到"图层 1"。选择"修复画笔工具"，设置其工具选项栏后，按住【Alt】键，在人物右脸上没有瑕疵的地方单击一个取样点，然后在人物右脸的黑痣上涂抹，以消除黑痣，如图4-88所示。

图4-88

step 04 继续使用"修复画笔工具"，对人物脸上其他有瑕疵的地方进行修复，得到如图4-89所示的效果。

图4-89

step 05 按【Ctrl+J】快捷键，复制"图层 1"，得到"图层 1 副本"。切换到"通道"面板，在"通道"面板中选择"蓝"通道，按住【Ctrl】键单击"蓝"通道的通道缩览图，载入其选区，此时的选区效果如图4-90所示。

图4-90

step 06 执行"滤镜"/"模糊"/"表面模糊"命令，设置弹出对话框中的参数后，单击"确定"按钮，按【Ctrl+D】快捷键取消选区，得到如图4-91所示的效果。

图4-91

step 07 在"通道"面板中选择"绿"通道，按住【Ctrl】键单击"绿"通道的通道缩览图，载入其选区，此时的选区效果如图4-92所示。

图4-92

step 08 执行"滤镜"/"模糊"/"表面模糊"命令，设置弹出对话框中的参数后，单击"确定"按钮，按【Ctrl+D】快捷键取消选区，得到如图4-93所示的效果。

图4-93

step 09 切换到"图层"面板，显示图层中的图像，发现人物脸部的斑点去除了，如图4-94所示。

图4-94

step 10 单击 "添加图层蒙版" 按钮 ▣ ，为 "图层 1 副本" 添加图层蒙版，设置前景色为黑色。选择 "画笔工具" ✎ ，设置适当的画笔大小和透明度后，在图层蒙版中涂抹，将不需要的部分隐藏起来，即可得到如图4-95所示的效果。

图4-95

step 11 选择 "锐化工具" △ ，设置其工具选项栏后，在人物的嘴唇上进行涂抹，得到如图4-96所示的效果。

图4-96

step 12 选择 "减淡工具" ✎ ，设置其工具选项栏后，在人物脸部高光的位置上进行涂抹，得到如图4-97所示的效果。

图4-97

step 13 按【Ctrl+J】快捷键，复制 "图层 1 副本" ，得到 "图层 1 副本 2" 。选择 "海绵工具" ✎ ，设置其工具选项栏后，在人物的脸部进行涂抹，降低脸部部分局部的饱和度，得到如图4-98所示的效果。

图4-98

step 14 单击 "创建新的填充或调整图层" 按钮 ◑ ，在弹出的菜单中选择 "曲线" 命令，此时在弹出 "调整" 面板的同时得到图层 "曲线 1" 。在 "调整" 面板中设置 "曲线" 命令的参数，如图4-99所示。

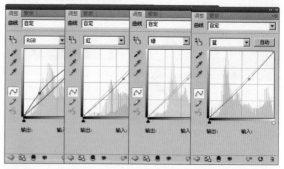

图4-99

step 15 在 "调整" 面板中设置完 "曲线" 命令的参数后，关闭 "调整" 面板。此时的图像效果和 "图层" 面板如图4-100所示。

图4-100

step16 单击"创建新的填充或调整图层"按钮 ，在弹出的菜单中选择"色彩平衡"命令，此时在弹出"调整"面板的同时得到图层"色彩平衡 1"。在"调整"面板中设置"色彩平衡"命令的参数，如图4-101所示。

图4-101

step17 在"调整"面板中设置完"色彩平衡"命令的参数后，关闭"调整"面板。此时的图像效果和"图层"面板如图4-102所示。

图4-102

step18 单击"创建新的填充或调整图层"按钮 ，在弹出的菜单中选择"色阶"命令，此时在弹出"调整"面板的同时得到图层"色阶1"。在"调整"面板中设置"色阶"命令的参数，如图4-103所示。

图4-103

step19 在"调整"面板中设置完"色阶"命令的参数后，关闭"调整"面板。此时的图像效果如图4-104所示。

图4-104

step20 按【Ctrl+Shift+Alt+E】快捷键，执行"盖印"操作，得到"图层 2"。选择"海绵工具" ，设置其工具选项栏后，在人物的脸部进行涂抹，降低脸部部分局部的饱和度，得到如图4-105所示的效果。

图4-105

step21 设置前景色的颜色值为（R:255 G:60 B:0），选择"颜色替换工具" ，设置其工具选项栏后，在人物的脸部进行涂抹，得到如图4-106所示的效果。

图4-106

step 22 设置"图层 2"的图层不透明度为"50%"，得到如图4-107所示的效果。

图4-107

step 23 按【Ctrl+Shift+Alt+E】快捷键，执行"盖印"操作，得到"图层 3"。使用"套索工具"，在人物左眼的眼袋部分绘制类似如图4-108所示的不规则选区。选择"修补工具"，将鼠标移动到选区内，按住鼠标左键向下拖动到如图4-108所示的位置。

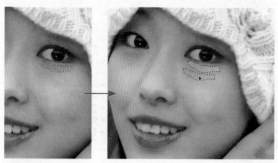

图4-108

step 24 释放鼠标左键，用该位置的图像替换人物的左眼眼袋，即可得到如图4-109所示的效果。

图4-109

step 25 继续使用"套索工具"和"修补工具"，修复人物右眼的眼袋，得到如图4-110所示的效果。

图4-110

step 26 单击"创建新的填充或调整图层"按钮，在弹出的菜单中选择"色相/饱和度"命令，此时在弹出"调整"面板的同时得到图层"色相/饱和度 1"。在"调整"面板中设置"色相/饱和度"命令的参数，如图4-111所示。

图4-111

step 27 在"调整"面板中设置完"色相/饱和度"命令的参数后，关闭"调整"面板。此时的图像效果如图4-112所示。

图4-112

step 28 单击"创建新的填充或调整图层"按钮 ◯ ，在弹出的菜单中选择"可选颜色"命令，此时在弹出"调整"面板的同时得到图层"选取颜色 1"。在"调整"面板中设置"可选颜色"命令的参数，如图4-113所示。

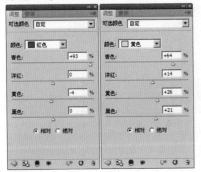

图4-113

step 29 在"调整"面板中设置完"可选颜色"命令的参数后，关闭"调整"面板。此时的图像效果和"图层"面板如图4-114所示。

图4-114

step 30 单击"选取颜色 1"的图层蒙版缩览图，设置前景色为黑色，选择"画笔工具" ✎，设置适当的画笔大小和透明度后，在图层蒙版中涂抹，得到如图4-115所示的效果。

图4-115

step 31 单击"创建新的填充或调整图层"按钮 ◯ ，在弹出的菜单中选择"色相/饱和度"命令，此时在弹出"调整"面板的同时得到图层"色相/饱和度 2"。在"调整"面板中设置"色相/饱和度"命令的参数，如图4-116所示。

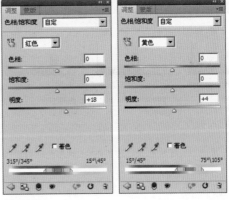

图4-116

step 32 在"调整"面板中设置完"色相/饱和度"命令的参数后，关闭"调整"面板。此时的图像效果和"图层"面板如图4-117所示。

图4-117

step 33 按住【Alt】键，在"图层"面板上拖动"选取颜色 1"的图层蒙版缩览图到"色相/饱和度 2"的图层名称上释放鼠标，以复制图层蒙版，得到如图4-118所示的效果。

图4-118

step **34** 单击"创建新的填充或调整图层"按钮 ◢，在弹出的菜单中选择"色阶"命令，此时在弹出"调整"面板的同时得到图层"色阶 2"。在"调整"面板中设置"色阶"命令的参数，如图4-119所示。

step **37** 单击"创建新的填充或调整图层"按钮 ◢，在弹出的菜单中选择"曲线"命令，此时在弹出"调整"面板的同时得到图层"曲线 2"。在"调整"面板中设置"曲线"命令的参数，如图4-122所示。

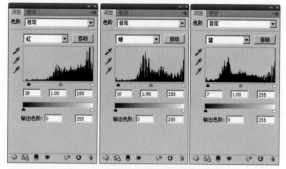

图4-119

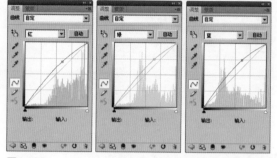

图4-122

step **35** 在"调整"面板中设置完"色阶"命令的参数后，关闭"调整"面板。此时的图像效果和"图层"面板如图4-120所示。

step **38** 在"调整"面板中设置完"曲线"命令的参数后，关闭"调整"面板。此时的图像效果和"图层"面板如图4-123所示。

图4-120

图4-123

step **36** 单击"色阶 2"的图层蒙版缩览图，设置前景色为黑色，选择"画笔工具" ✎，设置适当的画笔大小和透明度后，在图层蒙版中涂抹，得到如图4-121所示的效果。

step **39** 单击"曲线 2"的图层蒙版缩览图，设置前景色为黑色，选择"画笔工具" ✎，设置适当的画笔大小和透明度后，在图层蒙版中涂抹，得到如图4-124所示的效果。

图4-121

图4-124

step 40 按【Ctrl+Shift+Alt+E】快捷键，执行"盖印"操作，得到"图层 4"。执行"滤镜"/"杂色"/"添加杂色"命令，设置弹出对话框中的参数后，单击"确定"按钮，得到如图4-125所示的效果。

图4-125

step 41 选择"图层 4"，按【Ctrl+J】快捷键，复制"图层 4"，得到"图层 4 副本"。设置其图层混合模式为"正片叠底"，图层不透明度为"50%"，得到如图4-126所示的效果。

图4-126

step 42 单击"添加图层蒙版"按钮，为"图层 4 副本"添加图层蒙版，设置前景色为黑色。选择"画笔工具"，设置适当的画笔大小和透明度后，在图层蒙版中涂抹，将不需要的部分隐藏起来，即可得到如图4-127所示的效果。

图4-127

step 43 单击"创建新的填充或调整图层"按钮，在弹出的菜单中选择"曲线"命令，此时在弹出"调整"面板的同时得到图层"曲线 3"。在"调整"面板中设置"曲线"命令的参数，此时的图像效果和"图层"面板如图4-128所示。

图4-128

step 44 设置前景色为黑色，选择"矩形工具"，在工具选项栏中单击"形状图层"按钮，在画面的中间绘制黑色矩形，得到图层"形状 1"，如图4-129所示。

图4-129

step 45 使用"路径选择工具"选择上一步绘制的矩形，在工具选项栏中单击"从形状区域减去"按钮，即可得到如图4-130所示的最终效果。

图4-130

读书笔记

Chapter 05

绚彩视觉艺术表现

一幅作品的色彩，在很大程度上决定了作品的最终效果。对于一个照片类的图像，色彩和色调显得尤为重要。在Photoshop中，利用各种色彩和色调调整命令，可以快速、准确地制作出高品质的图像效果，轻松、灵活地实现各种色彩与色调的特效制作。

5.1 使用调色命令调整特殊颜色效果

在Photoshop中，可以很方便地对图像的色彩、色调、饱和度、亮度和对比度进行调节，从而弥补图像中的色彩失衡、曝光不足或过度等缺陷；同时，还可以创作出多种色彩效果的图像。

5.1.1 调色命令概述

执行"图像"/"调整"命令，在弹出的子菜单中，为用户提供了很多调整命令，如图5-1所示。利用这些命令，可以对图像的色彩、色调进行调整。也可以执行"窗口"/"调整"命令，打开

"调整"面板，在该面板中包括了常用的调整命令功能，不同的是，用"调整"面板添加的是调整图层，并不会对图像进行调整，如图5-2所示。

1. 调整图像色调

调整图像色调指的是对图像的明暗度进行的调整控制。例如，当一幅图像的明暗层次表现不佳时，可以通过不同的调整命令将其变亮、变暗，或者进行局部处理。

（1）"色阶"命令

使用"色阶"命令，可以通过调整图像的高光、阴影和中间调的强度级别来校正图像的色调范围。该命令是针对图像整体或颜色通道的明暗层次来进行调整的。执行"图像"/"调整"/"色阶"命令，打开"色阶"对话框，如图5-3所示。该对话框中各选项的功能如下所示。

通道： 设置要进行色调调整的颜色通道，可以对RGB或CMYK颜色模式中的颜色通道或复合通道进行调整。

输入色阶： 在该选项区域中，是图像像素分布的直方图，直方图下面有3个滑块，从左至右分别对应着图像的阴影、中间调和高光部分的色调值。拖动滑块或在文本框中输入数值，即可调整滑块的位置。

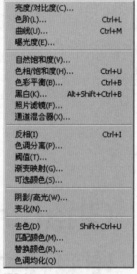

图5-1

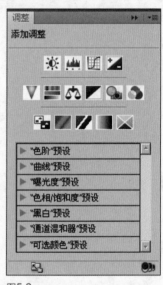

图5-2

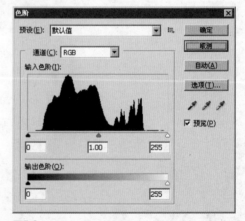

图5-3

技巧 ◦提示

需要注意的是，使用调整命令调整图像后，会丢失一些颜色数据，因为所有色彩调整的操作都是在原始图像的基础上进行的，并不能产生更多的色彩。如果不希望损失原图中的颜色细节，则可以使用调整图层来控制图像的色彩，但图像的原始效果不会发生改变。

其中，阴影滑块用于设置图像暗调部分的色调，数值范围为0～253。可以将原图像中该值范围内的像素都改为输出色阶中阴影滑块对应的数值，图像也由此变暗。

高光滑块用于设置图像亮调部分的色调，数值范围为2～255。可以将原图像中该值范围内的像素都改为输出色阶中高光滑块对应的数值。

中间调滑块用于设置图像中间色调的范围，也就是图像明暗比例系数。数值范围为0.10～9.99，默认值为1.00。当数值大于1.00时，使图像变亮；当数值小于1.00时，使图像变暗。在改变阴影和高光滑块的位置时，中间调滑块的位置也会随之调整改变。

输出色阶：用于设置图像输出时的亮度层次变化。颜色条左侧的滑块用于控制图像阴影部分的色调调整，颜色条右侧的滑块控制图像高光部分的色调调整，取值范围均为0～255。拖动滑块，或在文本框中输入数值，滑块的位置会随之改变。通过设置输出色阶，可以减少图像的对比度。

设置黑场/设置白场/设置灰场：选择设置黑场吸管，在图像中单击，则会将图像中单击点的颜色亮度设置为图像中最暗的色调，所有比它更暗的像素都将变为黑色。图像中的像素会按照新的设置重新分配亮度层次。同理，选择设置白场吸管，在图像中单击，则会将图像中单击点的颜色亮度设置为图像中最亮的色调，所有比它更亮的像素都将变为白色。而选择设置灰场吸管，在图像中单击后，则会将图像中单击点的颜色亮度设置为图像中中间色调范围的平均亮度。

预览：选择此复选项后，即可在图像窗口中实时预览调节结果。

自动：单击该按钮，可以对图像的色阶做自动调节，具体的调整参数可以通过其下的"选项"按钮进行设置。

选项：单击该按钮，将弹出"自动颜色校正选项"对话框，如图5-4所示。在进行自动色阶调节之前，可以先在该对话框中进行参数选项设置。

> **技巧●提示**
>
> 在对图像进行色彩调整时，用户主要是根据显示器屏幕的显示来进行判断的。所以，如果显示器本身的颜色就不准确，那么对色彩调整的意义就不大了。所以，通常会对显示器的色彩进行校正，这样才能保证调节后的色彩与实际所需的色彩基本一致。

> **技巧●提示**
>
> 在该对话框中，若按下【Alt】键，则对话框中的"取消"按钮会变成"复位"按钮，单击后可以将该对话框中的参数还原为默认的参数设置，图像也会恢复到未调整前的效果。

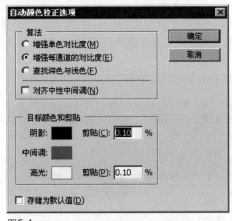

图5-4

例如，打开一个图像文件，如图5-5所示，图像整体明暗层次较亮。打开"色阶"对话框，拖动左侧滑块向右侧移动，增加图像的暗调区域，单击"确定"按钮，图像效果如图5-6所示。

图5-5

图5-6

(2) "自动色调"命令

"自动色调"命令可以自动调整图像中的黑场和白场，剪切每个通道中的阴影和高光部分，并将每个颜色通道中最亮和最暗的像素映射到纯白（色阶为255）和纯黑（色阶为0），而中间像素值会按比例重新分布。因此，使用"自动色调"命令会增强图像中的对比度，同时，由于"自动色调"命令会分别调整每个颜色通道，所以可能会移去颜色或产生色痕。

打开上例中的图像文件，如图5-5所示。执行"图像"/"自动色调"命令，软件会扔掉图像信息并且自动完成图像调整操作，图像效果如图5-7所示。

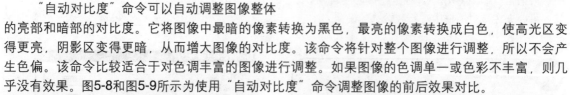
图5-7

(3) "自动对比度"命令

"自动对比度"命令可以自动调整图像整体的亮部和暗部的对比度。它将图像中最暗的像素转换为黑色，最亮的像素转换成白色，使高光区变得更亮，阴影区变得更暗，从而增大图像的对比度。该命令将针对整个图像进行调整，所以不会产生色偏。该命令比较适合于对色调丰富的图像进行调整。如果图像的色调单一或色彩不丰富，则几乎没有效果。图5-8和图5-9所示为使用"自动对比度"命令调整图像的前后效果对比。

图5-8

图5-9

（4）"自动颜色"命令

"自动颜色"命令可以对图像的色相、饱和度、亮度和对比度进行自动调整。其原理是将中间调均化并修正白色和黑色像素区域，调整后的图像可能会丢失一些颜色信息。当图像有色偏或是色彩的饱和度过高时，可以使用该命令进行简单的自动调整。图5-10所示是在图5-8的基础上，使用"自动颜色"命令调整的图像效果。

图5-10

（5）"曲线"命令

"曲线"命令是在实际运用中使用得较多的调整命令。"曲线"命令与"色阶"命令类似，都是用来调整图像的整体色调范围的。不同的是，"曲线"命令的调节更为精确、细致，可以调整灰阶曲线中的任意一点。执行"图像"/"调整"/"曲线"命令，弹出"曲线"对话框，单击"曲线显示选项"前面的 按钮，打开所有的显示选项，如图5-11所示。也可以利用"调整"面板，打开"曲线"选项面板进行调整，如图5-12所示。该对话框中各选项的功能如下所示。

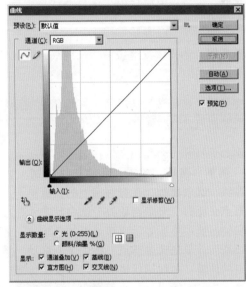

图5-11

预设：在该选项的下拉列表框中，Photoshop为用户预置了一些针对常见图像问题的调整方案，用户可以直接选择这些方案，从而快速地对图像进行调整。这些预置方案基本上能满足大部分的图片调整要求，如图5-13所示。

通道：在该选项中可以设置要调节色调的通道。对某个颜色通道进行色调调节时，不会影响其他颜色通道的色调分布，在实际的图像处理过程中经常会用到。

曲线调整区域：用于控制曲线形状。默认为45°直线状态，表示输入色阶与输出色阶相同，即默认状态。其中，水平色调带，表示原图像中像素的亮度分布，即输入色阶；垂直色调带表示调整后图像中的像素亮度分布，即输出色阶，其

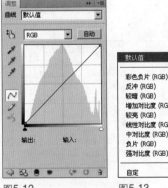

图5-12

图5-13

变化范围在0~255之间（CMYK颜色模式时为0~100%）。用曲线调整图像色阶的过程，也就是通过调整曲线的形状来改变像素的输入输出亮度，从而改变图像像素的色阶分布。

在曲线调整区域下方的黑场吸管、灰场吸管和白场吸管的功能和使用方法与"色阶"对话框中相同，这里就不再介绍了。

显示修剪：选择该复选项时，可以显示出图像中发生修剪的位置。

"曲线显示选项"组的选项用于控制"曲线"对话框中的显示方式，以方便用户更好地查看曲线的调整效果，其中各选项的功能如下所示。

显示数量：用于设置色调的显示方式。通常RGB颜色模式的图像选择"光（0～255）"选项，CMYK颜色模式的图像选择"颜料/油墨%"选项。单击该选项右侧的两个方格按钮▣和▣，可以切换曲线调整区域中格线的显示方式，对应为4×4的格线和10×10的格线两种。在按住【Alt】键的同时，在曲线调整区域中进行单击，同样可以在两种格式显示方式之间进行切换。

通道叠加：选择该复选项时，在复合通道显示状态下，可看到每个通道单独调整的曲线形状。

基线：选择该复选项时，调整曲线形状后，在看到曲线调整形状变化的同时，可看到原始的直线状态，方便进行对比。

直方图：选择该复选项后，在曲线调整区域背景中，会显示出图像的直方图，供用户在调整曲线时参考使用。

交叉线：选择该复选项后，在编辑曲线形状、拖动节点位置时，会以节点为中心产生十字交叉线，帮助用户进行精确定位。

例如，打开一个图像文件，如图5-14所示。打开"调整"面板，单击"曲线"按钮▣，打开"曲线"选项面板，在直线偏上的位置单击，添加节点。此时，节点自动处于选中状态，并在输入和输出选项下面显示出该节点的色阶值，如图5-15所示。单击选中节点，按住鼠标拖动，调整节点的位置，曲线形状也会随之改变。也可以在"输入"和"输出"文本框中输入数值来进行精确控制。调整节点后的图像效果及曲线形状如图5-16所示。

图5-14

如果要控制更复杂的曲线形状，可以继续在曲线上添加节点，并拖动改变位置，直到达到满意的效果为止。在曲线上再添加一个节点并调整位置，图像效果及曲线形状如图5-17所示。

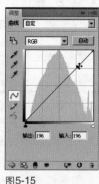

图5-15　　　图5-16

如果要去掉曲线上多余的节点，在按住【Ctrl】键的同时单击节点，或将节点拖动到曲线调整区域之外即可。

默认情况下，曲线形状是以曲线和节点方式编辑的。如果想更加自由地创建曲线形状，可以单击"曲线"对话框或"曲线"选项面板中的"用绘制来修改曲线"按钮 ✎，然后在曲线调整区域中绘制曲线形状即可。例如，打开一个图像文件，如图5-18所示。在"曲线"选项面板中，选择 ✎ 按钮，在曲线区域中进行绘制，图像效果及曲线形状如图5-19所示。如果曲线变化过于剧烈，可以单击"平滑曲线值"按钮 ↺（可多次单击），让曲线自动平滑。

图5-17

图5-18

图5-19

（6）"曝光度"命令

"曝光度"命令可以调整HDR（高动态范围）图像的色调，也可以用于调整8位和16位的图像。使用"曝光度"命令调整图像时，使用的是线性颜色空间，而不是图像本身的颜色空间。

执行"图像"/"调整"/"曝光度"命令，弹出"曝光度"对话框，如图5-20所示。也可以利用"调整"面板，打开"曝光度"选项面板进行调整，如图5-21所示。该对话框中各选项的功能如下所示。

曝光度：用于调整色调范围中的高光区域，对极限阴影部分的影响很小。

位移：控制图像中阴影和中间调部分的明暗变化，对高光区域影响较小。

灰度系数校正：用于设置图像中以颜色中点（灰场）为分界的亮部和暗部的比例系数。数值越小时，暗部像素所占图像色阶区域越多；数值越大时，亮部像素所占图像色阶区域越多。

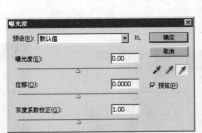

图5-20

图5-21

例如，打开上例的图像文件，如图5-18所示。打开"调整"面板，单击"曝光度"按钮 ☑，打开"曝光度"选项面板，对"曝光度"和"位移"选项的值进行调整，图像效果及参数设置如图5-22所示。

图5-22

2. 调整图像色彩

在Photoshop CS4中，为用户提供了很多可用于对图像的色彩进行调整的命令。利用这些命令，可以很方便地对图像的色相、饱和度、亮度和对比度进行调节，从而修改图像在色彩方面的各种问题，以及制作特殊的色彩效果图像。

（1）"色彩平衡"命令

"色彩平衡"命令可以进行简单的色彩校正，快速地调整图像的整体颜色，并混合各种色彩，以达到需要的图像效果。该命令对于偏色的图像具有很好的调整效果。执行"图像"/"调整"/"色彩平衡"命令，弹出"色彩平衡"对话框，如图5-23所示。也可以利用"调整"面板，打开"色彩平衡"选项面板进行调整，如图5-24所示。该对话框中各选项的功能如下所示。

色彩平衡：在该选项组中，有3对互补色，可以拖动滑块或在文本框中输入-100～+100之间的数值来进行调节。例如，当向右移动滑块时，增加红色，同时也减少图像中的青色。反之，向左移动滑块时，增加青色，同时也减少图像中的红色。

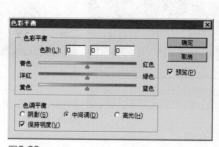

图5-23

图5-24

色调平衡：用于设置色彩调整所作用的图像色调范围，包括"阴影"、"中间调"和"高光"3部分，默认为"中间调"。选择不同色调范围时，图像调整后产生的效果会有所不同。

保持明度：勾选此复选项后，在调节色彩平衡的过程中，可以保持图像的亮度值不变。如果不选择"保持明度"复选项，则图像的亮度会发生改变。

例如，打开一个图像文件，如图5-25所示。打开"调整"面板，单击"色彩平衡"按钮 ，打开"色彩平衡"选项面板，选择"中间调"，并对颜色滑块进行调整，图像效果及参数设置如图5-26所示。

图5-25

图5-26

技巧·提示

在对图像进行色彩校正时，应避免反复进行色彩模式的转换，因为不同的颜色有不同的色域，当从一种模式转换为另一种模式时，会丢失许多图像信息。建议采用RGB模式进行大多数的编辑，最后再转为其他要输出的颜色模式进行细微调整。

（2）"亮度/对比度"命令

"亮度/对比度"命令可以简单、直观地对图像的亮度和对比度进行调整，特别是对亮度、对比度差异相对不太大的图像，调整后的效果较为明显。该命令不能对图像进行单一通道的调整，也不能对图像的细节部分进行调整。

执行"图像"/"调整"/"亮度/对比度"命令，弹出"亮度/对比度"对话框。也可以利用"调整"面板，打开"亮度/对比度"选项面板进行调整。该对话框中各选项的功能如下所示。

亮度：拖动滑块或在其文本框内输入−150～＋150之间的数字来调整图像的亮度。正值时增加亮度，负值时降低亮度。

对比度：拖动滑块或在其文本框内输入−50～＋100之间的数字来调整图像的对比度。正值时增加对比度，负值时降低对比度。

使用旧版：选择该复选项后，会使用旧版本中的"亮度/对比度"调整功能。旧版的调整功能与当前命令相比，会丢失更多的细节，调整后的图片会变得很粗糙，亮度和对比度的变化更为剧烈。

例如，打开一个图像文件，如图5-27所示。打开"调整"面板，单击"亮度/对比度"按钮，打开"亮度/对比度"选项面板，拖动"亮度"和"对比度"滑块，图像效果及参数设置如图5-28所示。

图5-27

图5-28

（3）"色相/饱和度"命令

"色相/饱和度"命令可用于改变图像的色相、饱和度和明度。通过"着色"复选项，可以将图像转换为单色调图像效果。如果配合图层蒙版或选区使用，则可以为灰度图像上色。

执行"图像"/"调整"/"色相/饱和度"命令，弹出"色相/饱和度"对话框，如图5-29所示。也可以利用"调整"面板，打开"色相/饱和度"选项面板进行调整，如图5-30所示。该对话框中各选项的功能如下所示。

编辑：在该选项的下拉列表框中，可以选择要进行调整的色

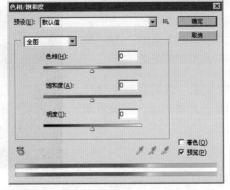

图5-29

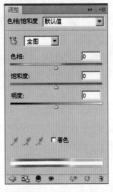

图5-30

彩范围。默认为"全图"，表示对图像中的所有
像素起作用。若选择某种颜色选项时，则颜色的
调整只对当前选中的颜色范围的像素起作用。

色相： 拖动滑块或在文本框中输入数值，可
以调整图像的色相，数值范围是－180～＋180。

饱和度： 可拖动滑块或在文本框中输入
数值来增加或降低图像的饱和度，数值范围
是－100～＋100。

明度： 可拖动滑块或在文本框中输入数
值来增加或降低图像的明度，数值范围
是－100～＋100。

例如，打开一个图像文件，如图5-31所示。
打开"调整"面板，单击"色相/饱和度"按钮
，打开"色相/饱和度"选项面板，选择"全
图"选项，并对其他选项进行设置，效果及参数
设置如图5-32所示。

图5-31

图5-32

当在"编辑"选项中选择某种颜色后，颜色条和吸管工具将变成可用状态。通过调整颜色滑块
的位置或使用吸管工具提取、增加或减少颜色，可以任意地控制颜色调整范围。

颜色条： 在面板下部有两个颜色条，上面的颜色条显示的是调整前的颜色，下面的颜色条显示
的是调整以后的颜色。三角滑块中间的颜色区域为当前选择的颜色调整范围。其中，中间的深灰色
部分表示要调整的色彩范围；两边的三角滑块是用来控制颜色变化时的过渡范围，可以通过拖动来
调整其在色谱间的位置。如果想使调整的颜色呈比较均匀的状态，则可设置较大的颜色过渡范围。
而在两条色谱的上方有两对数值，分别表示两条色谱间4个滑块的位置。

吸管工具： 选择普通吸管工具后，在图像中单击可以设置选择的调整范围。选择带"＋"号的
吸管工具可以增加所调整的范围，选择带"－"号的吸管工具则能减少所调整的范围。

例如，在"色相/饱和度"选项面板中选择"红色"选项，并调整"饱和度"的值，图像效果及
选项设置如图5-33所示。

着色： 选择该复选项后，图像会自动转换
为单色调调整状态，并以前景色的颜色作为图像
的色调。通过调整"色相"、"饱和度"和"明
度"选项的值，可以控制图像的颜色效果。

例如，在"色相/饱和度"选项面板中选择
"着色"复选项，并调整各选项的值，图像效果
及选项设置如图5-34所示。

图5-33

图5-34

(4)"自然饱和度"命令

"自然饱和度"命令可以调整颜色的饱和度，并在颜色接近最大饱和度时最大限度地减少修剪，产生自然的饱和度效果，防止颜色过度饱和。

执行"图像"/"调整"/"自然饱和度"命令，弹出"自然饱和度"对话框，如图5-35所示。也可以利用"调整"面板，打开"自然饱和度"选项面板进行调整，如图5-36所示。该对话框中各选项的功能如下所示。

自然饱和度： 拖动滑块可以增加或减少颜色饱和度，但不会使颜色发生过度饱和的情况。

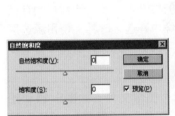

图5-35　　　　　　　　图5-36

饱和度： 拖动滑块可以将相同的饱和度调整量用于所有的颜色（不考虑其当前饱和度）。该选项在某些情况下，可能会比"色相/饱和度"选项面板中的"饱和度"选项产生更少的带宽。

例如，打开一个图像文件，如图5-37所示。打开"调整"面板，单击"自然饱和度"按钮 **Ⅴ**，打开"自然饱和度"选项面板，分别设置"自然饱和度"的值为+100和-100，效果及选项设置如图5-38和图5-39所示。

图5-37

图5-38

图5-39

(5)"匹配颜色"命令

"匹配颜色"命令可以在多个图像、图层或者色彩选区之间对颜色进行匹配，该命令仅在RGB模式下可用。

执行"图像"/"调整"/"匹配颜色"命令,弹出"匹配颜色"对话框,如图5-40所示。该对话框中各选项的功能如下所示。

目标图像:该选项中显示的是当前要进行匹配颜色操作的图像,即当前操作的图像文件。当图像中有选区时,"应用调整时忽略选区"复选项变为可用。

图像选项:在该选项组中,可以利用"明亮度"、"颜色强度"和"渐隐"选项来调整图像的颜色效果。

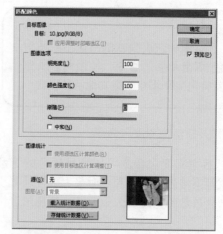

图5-40

图像统计:在该选项组中,可以选择作为匹配源的图像文件和图层设置,及统计数据的存储和载入操作。当图像中有选区时,"使用源选区计算颜色"和"使用目标选区计算调整"复选项变为可用。

例如,打开两个图像文件,如图5-41和图5-42所示。执行"图像"/"调整"/"匹配颜色"命令,弹出"匹配颜色"对话框。在"源"下拉列表框中选择另外一个打开的文件名选项,单击"确定"按钮,图像匹配颜色的效果及选项设置如图5-43所示。

图5-41

图5-42

图5-43

(6)"替换颜色"命令

"替换颜色"命令可以像"色彩范围"命令那样在图像中选取一定的颜色范围,然后对该颜色范围内的图像进行"色相"、"饱和度"及"明度"的调整,以替换原来的颜色。

执行"图像"/"调整"/"替换颜色"命令,弹出"替换颜色"对话框,如图5-44所示。该对话框中的上半部分选项用于设置替换颜色的图像范围,这与"色彩范围"对话框中相同;而下半部分为颜色调整选项区域,用于对要替换的颜色进行调整。

例如,打开一个图像文件,如图5-45所示。执行"图像"/"调整"/"替换颜色"命令,弹出"匹配颜色"对话框。在图像中的人物衣服部分单击,设置颜色范围并调整"颜色容差"值,然后在"替换"选项组中对颜色进行调整,单击"确定"按钮,图像效果及选项设置如图5-46所示。

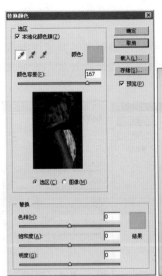

图5-44　　　　　　　图5-45　　　　　　　　图5-46

（7）　"可选颜色"命令

"可选颜色"命令可以有选择性地在图像中增加或减少某一主色调印刷颜色的含量，同时还不影响该印刷色在其他主色调中的表现，从而达到校正颜色或调整颜色平衡的效果。

执行"图像"/"调整"/"可选颜色"命令，弹出"可选颜色"对话框，如图5-47所示。也可以利用"调整"面板，打开"可选颜色"选项面板进行调整，如图5-48所示。该对话框中各选项的功能如下所示。

颜色：设置所要调整的颜色，可以选择红色、黄色、绿色、青色、蓝色、洋红、白色、中性色和黑色。选择某种颜色后，在下面的四色选项中，可以调整所选颜色中这4种印刷基本色的比重，从而调整各印刷网点的增益和色偏。

方法：设置色彩值的调整方法。选择"相对"复选项，表示依据原有印刷色的总数量的百分比来计算。

图5-47　　　　　　　图5-48

例如，打开一个图像文件，如图5-49所示。打开"可选颜色"选项面板，选择"黄色"选项，并调整颜色值，图像效果及选项设置如图5-50所示。

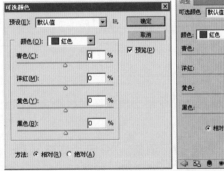

图5-49　　　　　　　图5-50

183

(8) "通道混合器"命令

"通道混合器"命令主要用于通过混合当前颜色通道中的像素与其他颜色通道中的像素来改变主通道的颜色。该命令还可以从每种颜色通道中选择一定的百分比来创作出高质量的灰度图像或其他色调的图像。

执行"图像"/"调整"/"通道混合器"命令，弹出"通道混合器"对话框，如图5-51所示。也可以利用"调整"面板，打开"通道混合器"选项面板进行调整，如图5-52所示。该对话框中各选项的功能如下所示。

预设： 在该下拉列表框中，可以选择已经设置好的几种颜色滤镜，将图像处理成不同效果的黑白图像，图像会以灰度方式调整。默认为"无"，表示以彩色方式处理通道。

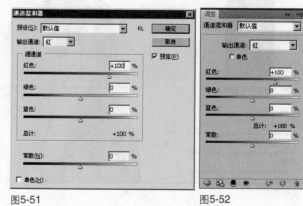

图5-51　　　　　　　　图5-52

输出通道： 设置要调节的颜色通道，可以在其中混合一个或多个现有的颜色通道。不同的颜色模式会对应不同的通道选项。

源通道： 拖动滑块或者在文本框中输入数值，即可增加或减少该通道颜色在输出通道中所占的百分比，数值范围为−200%～+200%。当数值为负值时，源通道会在反转后加入到输出通道中。

常数： 该选项可以用于添加具有各种不透明度的黑色或白色通道。负值表示黑色通道，正值表示白色通道。当同时选中"单色"复选项时，负值表示逐渐增加黑色，正值表示逐渐增加白色。

单色： 若选择该复选项，则对所有通道使用相同的设置，可将彩色图像变成灰度图像，而颜色模式保持不变。

(9) "照片滤镜"命令

"照片滤镜"命令用于模拟在相机镜头前加上各种颜色的滤镜，从而控制胶卷曝光光线的色彩平衡和色彩温度。

执行"图像"/"调整"/"照片滤镜"命令，弹出"照片滤镜"对话框，如图5-53所示。也可以利用"调整"面板，打开"照片滤镜"选项面板进行调整，如图5-54所示。该对话框中各选项的功能如下所示。

滤镜： 在该下拉列表框中可以选择一种预设的滤镜类型。

颜色： 单击颜色块，可在弹出的"拾色器"对话框中选择一种颜色来自定义滤镜的颜色。

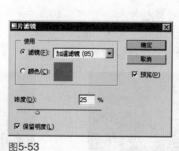

图5-53　　　　　　　　图5-54

浓度： 用来调整应用到图像中的色彩量。可拖动滑块或直接在文本框中输入数值。数值越高，滤镜色彩效果越明显。

保留明度：选择该复选项，可以使图像不会因为添加了色彩滤镜而改变明度。

（10）"阴影/高光"命令

"阴影/高光"命令可以用来校正强逆光或发白的照片。利用该命令可以对图像的局部进行加亮或变暗处理，快速地修复曝光过度或曝光不足图像中的细节。

执行"图像"/"调整"/"阴影/高光"命令，弹出"阴影/高光"对话框，如图5-55所示。该对话框中各选项的功能如下所示。

在"阴影"和"高光"选项组中都有"数量"、"色调宽度"和"半径"选项，用于控制图像的阴影和高光部分的细节。

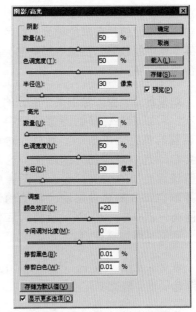

图5-55

数量：设置光线调整的校正量。数值越大，阴影区域越亮而高光区域越暗。

色调宽度：设置所要修改的阴影或高光中的色调范围。调节阴影时，数值越小，所做的调整会限定在越暗的区域中；调节高光时，数值越小，所做的调整会限定在越亮的区域中。

半径：设置受影响像素的邻近范围。每个像素的修改取决于其邻近颜色的亮度。半径越大，计算亮度平均值所包含的范围就越大。

颜色校正：可以微调彩色图像中已被改变区域的颜色。通常情况下，增加该数值可以产生更饱和的颜色，减少该数值会产生较不饱和的颜色。

中间调对比度：调节中间色调中的对比度。数值越小，对比度越弱；数值越大，对比度越强。

修剪黑色和修剪白色：用来指定有多少阴影和高光会被修剪到图像中新的极端阴影(0色阶)和极端高光(255色阶)颜色中。数值越大则产生的对比度越强，但是相应的阴影或高光中的细节就会减少。

存储为默认值：单击该按钮，可以将当前设置存储为"阴影/高光"命令的默认设置。

（11）"黑白"命令

"黑白"命令可以将图像转换成高品质的灰度图像，在转换过程中可以精确地控制图像的明暗层次。选择系统提供的预设选项，可以快速地将图像转换为特定状态的黑白图像，并且还可以为转换后的灰度图像上色。

执行"图像"/"调整"/"黑白"命令，弹出"黑白"对话框，如图5-56所示。也可以利用"调整"面板，打开"黑白"选项面板进行调整，如图5-57所示。该对话框中各选项的功能如下所示。

预设：在该下拉列表框中，可以选择系统预设的几种参数设置方案，选择不同的参数设置方案可以得到不同的图像效果。默认选项为"无"。

颜色调整选项：在该选项区域中有"红色"、"黄色"、"绿色"、"青色"、"蓝色"、

"洋红"6个颜色调整选项，每个颜色选项对应着图像转换前彩色部分的颜色。调整某个颜色的数值，图像中对应部分的亮度会随之改变。

如果希望调整图像中某个部分的亮度层次，可以将光标移到图像窗口中，在要调整的颜色上单击，"黑白"对话框中会自动选中对应部分的颜色，这时再调整该颜色项的数值，会改变图像中所选择颜色部分的亮度层次。数值的调整范围为－200%～300%，负值时降低亮度，正值时增加亮度。

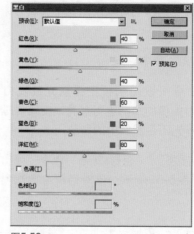

图5-56

图5-57

单击"自动"按钮，Photoshop会根据图像的颜色进行不同色彩通道的适配调整图像，6个颜色控制选项也会随之变化。

色调：在该选项组中，可以为转换后的黑白图像添加颜色。选择该复选项后，"色相"和"饱和度"选项变成可用状态。通过调整这两个选项的数值，可以给图像添加单色调效果。

例如，打开一个图像文件，如图5-58所示。打开"调整"面板，单击"黑白"按钮▨，打开"黑白"选项面板，调整各选项的值，效果及选项设置如图5-59所示。

图5-58

图5-59

（12）"变化"命令

使用"变化"命令可以很直观地调整图像的色彩平衡、对比度和饱和度。如果要平均图像的色调或不要求很精确的调节时，可以使用"变化"命令快速地完成图像处理。"变化"命令不适用于索引颜色模式的图像。执行"图像"/"调整"/"变化"命令，弹出"变化"对话框，如图5-60所示。

在该对话框左上角的两个缩略图是"原稿"和"当前挑选"，显示了原始图像和调整以后的图像。第一次打开"变化"对话框时，"原稿"和"当前挑选"是相同的。调整参数选项时，"当前挑选"会随着调整的变化而变化，可以很直观地查看和对比调整前后的图像效果。单击"原稿"缩略图，可将"当前挑选"的缩略图恢复为原始图像效果。

该对话框中的左下方区域有7个缩略图，中间的"当前挑选"缩略图与左上角的"当前挑选"缩略图的作用相同，用于显示调整后的图像效果。其他6个缩略图对应着3对互补色，单击其中任一缩略图，就可以增加与该缩略图相对应的颜色。该对话框右侧的3个缩略图用来调整图像的亮度，单击"较亮"或"较暗"缩略图时可以增加或降低图像的亮度。

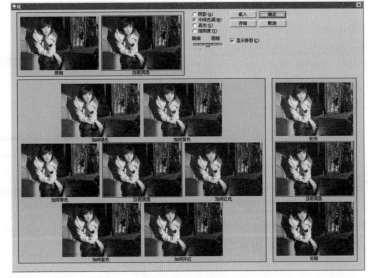

图5-60

3.特殊色调调整

（1）"反相"命令

"反相"命令可以反转图像的颜色。在反相图像时，通道中每个像素的亮度值都将转换为与之互补的亮度值。执行"图像"/"调整"/"反相"命令，或者单击"调整"面板的

"反相"按钮，即可应用"反相"命令，应用前后的效果对比如图5-61和图5-62所示。

图5-61

图5-62

（2）"色调均化"命令

"色调均化"命令可以重新分配图像像素的亮度值，使其更均匀地表现所有的亮度级别。应用该命令时，Photoshop会查找图像中最亮和最暗的像素，将其中最暗的像素填充为黑色，最亮的像素填充为白色，并根据这些值，重新将图像中的亮度值进行映射处理，让其他颜色平均分布到所有的色阶上。图像执行"图像"/"调整"/"色调均化"命令后的效果如图5-63所示。

（3）"阈值"命令

图5-63

"阈值"命令可以将灰度或彩色图像转换为高对比度的黑白图像效果。执行"图像"/"调整"/"阈值"命令，会弹出"阈值"对话框，如图5-64所示。或者单击"调整"面板的"阈值"按钮，打开"阈值"选项面板进行调整，如图5-65所示。

通过调整"阈值"选项的数值，可以调整转换后图像中白色区域和黑色区域的比例，其变化范围是1～255。图像中所有亮度值小于"阈值"选项数值的像素都将变成黑色，所有亮度值大于"阈值"选项数值的像素都将变为白色。

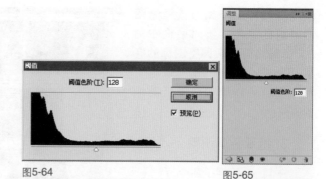

图5-64　　　　　　　　　　　　　　图5-65

（4）"色调分离"命令

"色调分离"命令，可以指定图像的色调级数，并按此级数将图像的像素映射为最接近的颜色。执行"图像"/"调整"/"色调分离"命令，弹出"色调分离"对话框，如图5-66所示。或者单击"调整"面板的"色调分离"按钮■，打开"色调分离"选项面板进行调整，如图5-67所示。

其中"色阶"选项的数值越小，单色效果越明显，数值越大则颜色的变化越细腻。

图5-66　　　　　　　　　　　　　　图5-67

（5）"去色"命令

"去色"命令可以将彩色图像中的颜色去掉，将图像转换为灰度图像，但是颜色模式并不改变。在色彩被除去的过程中，图像仍会保持原有的亮度值。执行"图像"/"调整"/"去色"命令后的图像效果如图5-68所示。

（6）"渐变映射"命令

"渐变映射"命令可以将图像的灰度范围映

图5-68

射到指定的渐变填充色上，可以将灰度或彩色图像转换成单色或几种颜色填充的状态。在转换过程中，图像中的暗调部分像素将映射到渐变色中起点的颜色，高光像素将映射到终点颜色，中间调像素映射起点和终点间的所有过渡颜色。该对话框中各选项的功能如下所示。

执行"图像"/"调整"/"渐变映射"命令，打开"渐变映射"对话框，如图5-69所示。或者单击"调整"面板的"渐变映射"按钮■，打开"渐变映射"选项面板进行调整，如图5-70所示。

灰度映射所用的渐变：用于设置要映射的渐变色，默认为"前景到背景"。单击渐变色条右侧的按钮，可以在弹出的"渐变色"面板中选择所需的渐变。也可以直接单击渐变色条，打开"渐变编辑器"自定义渐变颜色。

仿色：添加随机杂色以平滑渐变色填充的外观，从而减小带宽效果。

反向：将渐变中的颜色位置向后应用映射到图像当中。

图5-69　　　　　　　　　　　　　　图5-70

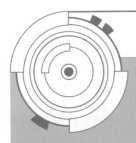

5.1.2 | 使用调色命令调整特殊颜色照片

制作说明

本例将一张逆光且雾气蒙蒙的照片，通过多次运用调色命令进行修复调整，再结合一些素材图像，制作成一种特殊颜色效果。希望读者通过本例能够体会Photoshop中的调色功能。

原始图片

最终效果

制作步骤

 ▶  ▶  ▶  ▶

step 01 打开图片。打开随书光盘中的"素材 1"图像文件，此时的图像效果和"图层"面板如图5-71所示。

图5-71

step 02 在"图层"面板中拖动"背景"到"创建新图层"按钮上，释放鼠标，得到"背景 副本"。将其混合模式改为"柔光"，得到如图5-72所示的效果。

step 03 单击"创建新的填充或调整图层"按钮，在弹出的菜单中选择"色阶"命令，此时在弹出"调整"面板的同时得到图层"色阶1"。在"调整"面板中设置"色阶"命令的参数，如图5-73所示。

图5-72

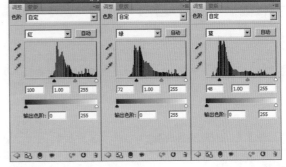
图5-73

step 04 在"调整"面板中设置完"色阶"命令的参数后，关闭"调整"面板。此时的图像效果和"图层"面板如图5-74所示。

图5-74

step 05 单击"色阶 1"的图层蒙版缩览图，设置前景色为黑色，选择"画笔工具" ✎ ，设置适当的画笔大小和透明度后，在图层蒙版中涂抹，得到如图5-75所示的效果。

图5-75

step 06 单击"创建新的填充或调整图层"按钮 ◑ ，在弹出的菜单中选择"通道混合器"命令，此时在弹出"调整"面板的同时得到图层"通道混合器 1"。在"调整"面板中设置"通道混合器"命令的参数，如图5-76所示。

图5-76

step 07 在"调整"面板中设置完"通道混合器"命令的参数后，关闭"调整"面板。此时的图像效果和"图层"面板如图5-77所示。

图5-77

step 08 单击"创建新的填充或调整图层"按钮 ◑ ，在弹出的菜单中选择"曲线"命令，此时在弹出"调整"面板的同时得到图层"曲线 1"。在"调整"面板中设置"曲线"命令的参数，如图5-78所示。

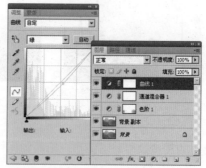

图5-78

step 09 在"调整"面板中设置完"曲线"命令的参数后，关闭"调整"面板。此时的图像效果如图5-79所示。

图5-79

step 10 单击"创建新的填充或调整图层"按钮 ，在弹出的菜单中选择"可选颜色"命令，此时在弹出"调整"面板的同时得到图层"选取颜色 1"。在"调整"面板中设置"可选颜色"命令的参数，如图5-80所示。

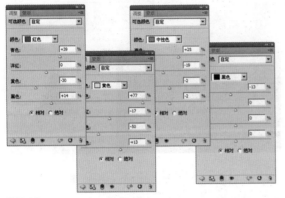

图5-80

step 11 在"调整"面板中设置完"可选颜色"命令的参数后，关闭"调整"面板。此时的图像效果和"图层"面板如图5-81所示。

图5-81

step 12 单击"选取颜色 1"的图层蒙版缩览图，设置前景色为黑色，选择"画笔工具" ，设置适当的画笔大小和透明度后，在图层蒙版中涂抹，得到如图5-82所示的效果。

图5-82

step 13 单击"创建新的填充或调整图层"按钮 ，在弹出的菜单中选择"通道混合器"命令，此时在弹出"调整"面板的同时得到图层"通道混合器 2"。在"调整"面板中设置"通道混合器"命令的参数，如图5-83所示。

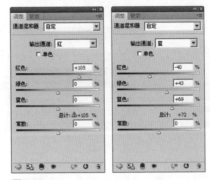

图5-83

step 14 在"调整"面板中设置完"通道混合器"命令的参数后，关闭"调整"面板。此时的图像效果和"图层"面板如图5-84所示。

图5-84

step 15 单击"通道混合器 2"的图层蒙版缩览图，设置前景色为黑色，选择"画笔工具" ，设置适当的画笔大小和透明度后，在图层蒙版中涂抹，得到如图5-85所示的效果。

图5-85

step 16 打开图片。打开随书光盘中的"素材2"图像文件，此时的图像效果和"图层"面板如图5-86所示。

图5-86

step 17 使用"移动工具" ▶✛ 将图像拖动到第1步打开的文件中，得到"图层1"。按【Ctrl+T】快捷键，调出自由变换控制框，变换图像到如图5-87所示的状态，按【Enter】键确认操作。

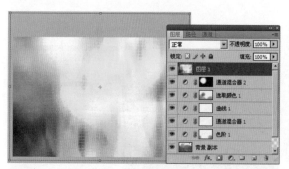

图5-87

step 18 设置"图层1"的图层混合模式为"正片叠底"，将图像融入到背景中，得到如图5-88所示的效果。

图5-88

step 19 单击"添加图层蒙版"按钮 ◙，为"图层1"添加图层蒙版，设置前景色为黑色。选择"画笔工具" ✐，设置适当的画笔大小和透明度后，在图层蒙版中涂抹，将不需要的部分隐藏起来，即可得到如图5-89所示的效果。

图5-89

step 20 新建一个图层，得到"图层2"，设置前景色为黑色。选择"矩形工具" ▢，在工具选项栏中进行设置，在画面的四周边缘绘制黑色长条，如图5-90所示。

图5-90

step 21 新建一个图层，得到"图层3"，将前景色设置为黑色，背景色设置为白色。选择"滤镜"/"渲染"/"云彩"命令，按【Ctrl+F】快捷键多次重复运用云彩命令，得到类似如图5-91所示的效果。

图5-91

step 22 执行"滤镜"/"艺术效果"/"调色刀"命令，设置弹出对话框中的参数后，单击"确定"按钮，得到如图5-92所示的效果。

图5-92

step 23 执行"滤镜"/"艺术效果"/"海报边缘"命令，设置弹出对话框中的参数后，单击"确定"按钮，得到如图5-93所示的效果。

图5-93

step 24 执行"滤镜"/"扭曲"/"玻璃"命令，设置弹出对话框中的参数后，单击"确定"按钮，得到如图5-94所示的效果。

图5-94

step 25 将文件进行保存，然后隐藏"图层3"。此时的图像效果和"图层"面板如图5-95所示。

图5-95

step 26 选择"图层2"，执行"滤镜"/"扭曲"/"置换"命令，此时会弹出"置换"对话框。在该对话框中进行参数设置，具体的设置如图5-96所示。

图5-96

step 27 设置完"置换"对话框中的参数后，单击"确定"按钮，在弹出的对话框中选择前面保存的文件，单击"打开"按钮，得到如图5-97所示的效果。

图5-97

step 28 选择"图层 2",单击"添加图层样式"按钮 *fx*,在弹出的菜单中选择"外发光"命令,设置弹出的"图层样式"对话框的"外发光"选项,如图5-98所示。

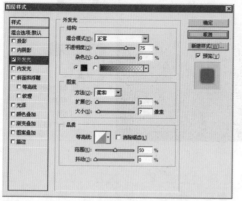

图5-98

step 29 设置完"图层样式"对话框后,单击"确定"按钮,即可得到如图5-99所示的效果。

图5-99

step 30 切换到"通道"面板,单击面板底部的"创建新通道"按钮 ,新建一个通道"Alpha 1",如图5-100所示。

图5-100

step 31 按【Ctrl+A】快捷键全选图像,选择"选择"/"修改"/"边界"命令,调出"边界选区"对话框,设置对话框中的参数后,得到如图5-101所示的选区效果。

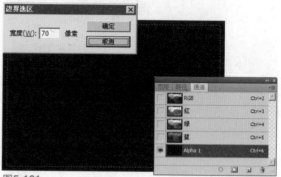

图5-101

step 32 设置前景色为白色,按【Alt+Delete】快捷键用前景色填充选区,按【Ctrl+D】快捷键取消选区,得到如图5-102所示的效果。

图5-102

step 33 执行"滤镜"/"扭曲"/"玻璃"命令,设置弹出对话框中的参数后,单击"确定"按钮,得到如图5-103所示的效果。

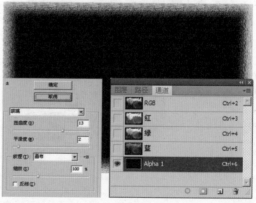

图5-103

step 34 按住【Ctrl】键单击"Alpha 1"的通道缩览图，载入其选区，切换到"图层"面板。此时的选区效果如图5-104所示。

图5-104

step 35 设置前景色为黑色，新建一个图层，得到"图层 4"。按【Alt+Delete】快捷键用前景色填充选区，按【Ctrl+D】快捷键取消选区，得到如图5-105所示的效果。

图5-105

step 36 设置前景色为白色，使用"横排文字工具"，设置适当的字体和字号，在画面右侧输入文字，得到相应的文字图层，如图5-106所示。

图5-106

step 37 设置3个文字图层的图层混合模式为"叠加"，将文字融入到背景中，得到如图5-107所示的效果。

图5-107

step 38 打开图片。打开随书光盘中的"素材3"图像文件。此时的图像效果和"图层"面板如图5-108所示。

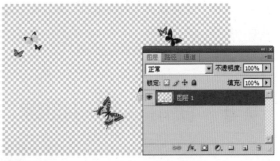

图5-108

step 39 使用"移动工具"将图像拖动到第1步打开的文件中，得到"图层 5"。按【Ctrl+T】快捷键，调出自由变换控制框，变换图像到如图5-109所示的状态，按【Enter】键确认操作。

图5-109

step 40 单击"添加图层蒙版"按钮▣,为"图层5"添加图层蒙版,设置前景色为黑色。选择"画笔工具" ✎,设置适当的画笔大小和透明度后,在图层蒙版中涂抹,将不需要的部分隐藏起来,即可得到如图5-110所示的效果。

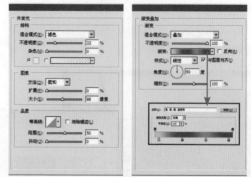

图5-111

step 42 设置完"图层样式"对话框后,单击"确定"按钮,即可得到如图5-112所示的最终效果。

图5-110

step 41 选择"图层5",单击"添加图层样式"按钮 fx,在弹出的菜单中选择"外发光"命令,设置弹出的"图层样式"对话框的"外发光"选项后,选择"渐变叠加"选项,在右侧的对话框中进行参数设置,具体设置如图5-111所示。

图5-112

5.2 使用"应用图像"命令为图像调色

"应用图像"命令可以混合不同的复合图像,使另一个文件的通道与当前图像文件执行各种计算操作,从而产生图像合成的效果。

5.2.1 "应用图像"命令概述

执行"图像"/"应用图像"命令,将弹出"应用图像"对话框,如图5-113所示。该对话框中各选项的功能如下所示。

源:可以从中选择一幅源图像与当前图像进行混合。在其下拉列表中,会列出Photoshop当前已经打开的符合条件的图像文件名称,此项的默认设置为当前编辑的图像文件。

"源"栏中的"图层"选项:用于设置使用源文件中的哪一个层或"合并图层"来进行混合运算。如果图像中只有背景图层,则只能选取背景图层;如果有多个层,则该选项的下拉列表中会列出源文件中的各个图层。此时会显示"合并图层"选项,选择该选项表示选定源文件的所有图层来作为混合图层。

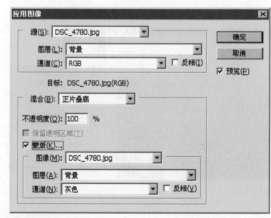

图5-113

"源"栏中的"通道"选项：设置使用源文件中的哪一个通道来进行混合运算，默认为复合通道（RGB）。选择"反相"复选项，可以将所选择的通道反相处理后再进行混合运算。

混合：该选项的的下拉列表框中列出了可以用于混合图像的运算模式，与图层混合模式的工作原理相同。该选项中增加了"相加"和"减去"混合模式，其作用分别是增加或减少不同通道中像素的亮度值。

不透明度：设置运算结果对源文件的影响程度，与"图层"面板中的"不透明度"选项功能相同，默认为100%。

保留透明区域：如果源文件中有透明图层，则该选项可用。选择该复选项后，可以保留透明区域，只对非透明区域进行合并运算。若在当前编辑图像中选择了背景层，则该选项不能使用。

蒙版：选择该复选项后，对话框中会增加蒙版设置选项。在"图像"选项中可以选择用于作为蒙版的图像文件。

"目标"栏中的"图层"选项的功能及设置与源文件的设置相同。在该栏的"通道"选项中除了可以选择文件的颜色通道外，还可以选择"灰色"选项来控制整体的亮度。

> **技巧 提示**
>
> 使用"应用图像"命令时要求两个图像文件必须具有完全相同的大小和分辨率。

5.2.2 使用"应用图像"命令制作梦幻人物特效

制作说明

本例将一张婚纱照片，通过多次运用"应用图像"命令进行颜色调整，再结合使用一些滤镜功能，制作成梦幻人物的特殊效果。希望读者通过本例能够体会"应用图像"命令这一特色功能的重要作用。

原始图片

最终效果

制作步骤

step **01** 打开图片。打开随书光盘中的"素材 1"图像文件，此时的图像效果和"图层"面板如图5-114所示。

图5-114

step **02** 在"图层"面板中拖动"背景"到"创建新图层"按钮上，释放鼠标，得到"背景 副本"，如图5-115所示。

图5-115

step **03** 切换到"通道"面板，在"通道"面板中选择"红"通道。此时的"通道"面板如图5-116所示。

图5-116

step **04** 选择"红"通道后，执行"图像"/"应用图像"命令，设置弹出的对话框，如图5-117所示。

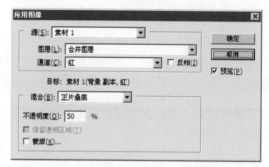

图5-117

step **05** 设置完该对话框后，单击"确定"按钮。此时的效果和"通道"面板如图5-118所示。

图5-118

step **06** 在"通道"面板中单击"绿"通道，执行"图像"/"应用图像"命令，设置弹出的对话框，如图5-119所示。

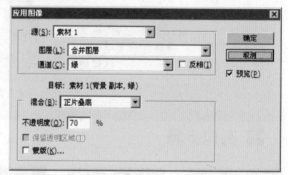

图5-119

step 07 设置完该对话框后，单击"确定"按钮。此时的效果和"通道"面板如图5-120所示。

图5-120

step 08 修改"蓝"通道。在"通道"面板中单击"蓝"通道，执行"图像"/"应用图像"命令，设置弹出的对话框，如图5-121所示。

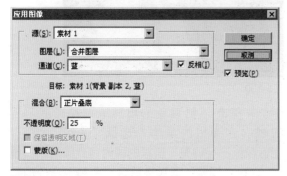

图5-121

step 09 设置完该对话框后，单击"确定"按钮。此时的效果和"通道"面板如图5-122所示。

图5-122

step 10 单击"创建新的填充或调整图层"按钮 ，在弹出的菜单中选择"曲线"命令，此时在弹出"调整"面板的同时得到图层"曲线1"。在"调整"面板中设置"曲线"命令的参数，如图5-123所示。

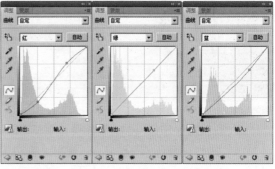

图5-123

step 11 在"调整"面板中设置完"曲线"命令的参数后，关闭"调整"面板。此时的图像效果和"图层"面板如图5-124所示。

图5-124

step 12 按【Ctrl+Shift+Alt+E】快捷键，执行"盖印"操作，得到"图层1"。执行"滤镜"/"模糊"/"高斯模糊"命令，设置弹出对话框中的参数后，单击"确定"按钮，得到如图5-125所示的效果。

图5-125

step **13** 设置"图层 1"的图层混合模式为"柔光"，得到如图5-126所示的效果。

图5-126

step **14** 按【Ctrl+Shift+Alt+E】快捷键，执行"盖印"操作，得到"图层 2"。使用"移动工具"，将图像向下拖动到如图5-127所示的位置。

图5-127

step **15** 设置前景色的颜色值为（R:37 G:0 B:0），选择"矩形工具"，在画面的上方边缘和下方边缘绘制两个黑色长条矩形，得到"形状 1"，如图5-128所示。

图5-128

step **16** 选择"图层 2"，单击"创建新的填充或调整图层"按钮，在弹出的菜单中选择"曲线"命令，此时在弹出"调整"面板的同时得到图层"曲线 2"。在"调整"面板中设置"曲线"命令的参数，如图5-129所示。

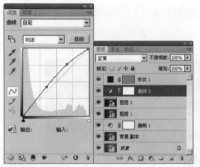

图5-129

step **17** 在"调整"面板中设置完"曲线"命令的参数后，关闭"调整"面板。此时的图像效果如图5-130所示。

图5-130

step **18** 单击"创建新的填充或调整图层"按钮，在弹出的菜单中选择"曲线"命令，此时在弹出"调整"面板的同时得到图层"曲线 3"。在"调整"面板中设置"曲线"命令的参数，如图5-131所示。

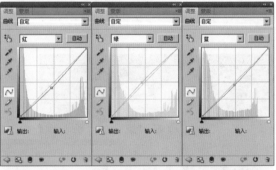

图5-131

step **19** 在"调整"面板中设置完"曲线"命令的参数后，关闭"调整"面板。此时的图像效果和"图层"面板如图5-132所示。

图5-132

step 20 单击"曲线 3"的图层蒙版缩览图，设置前景色为黑色，选择"画笔工具"，设置适当的画笔大小和透明度后，在图层蒙版中涂抹，得到如图5-133所示的效果。

图5-133

step 21 单击"创建新的填充或调整图层"按钮，在弹出的菜单中选择"通道混合器"命令，此时在弹出"调整"面板的同时得到图层"通道混合器 1"。在"调整"面板中设置"通道混合器"命令的参数，如图5-134所示。

图5-134

step 22 在"调整"面板中设置完"通道混合器"命令的参数后，关闭"调整"面板。此时的图像效果和"图层"面板如图5-135所示。

图5-135

step 23 单击"创建新的填充或调整图层"按钮，在弹出的菜单中选择"渐变"命令，设置弹出的对话框，如图5-136所示。在该对话框的编辑渐变颜色选择框中单击，可以弹出"渐变编辑器"对话框，在此可以编辑渐变的颜色。

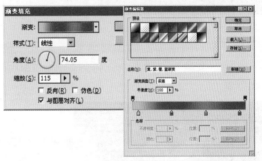

图5-136

step 24 设置完该对话框后，单击"确定"按钮，得到图层"渐变填充1"。此时的效果如图5-137所示。

图5-137

step 25 设置"渐变填充 1"的图层混合模式为"柔光"，图层的不透明度为"50%"，得到如图5-138所示的效果。

step 26 新建一个图层，得到"图层 3"，将前景色设置为黑色，背景色设置为白色。选择"滤镜"/"渲染"/"云彩"命令，按【Ctrl+F】快捷键多次重复运用云彩命令，得到类似如图5-139所示的效果。

图5-138

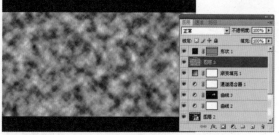

图5-139

step 27 设置"图层 3"的图层混合模式为"叠加",将图像融入到背景中,得到如图5-140所示的效果。

图5-140

step 28 单击"添加图层蒙版"按钮回,为"图层 3"添加图层蒙版,设置前景色为黑色。选择"画笔工具" ,设置适当的画笔大小和透明度后,在图层蒙版中涂抹,将不需要的部分隐藏起来,即可得到如图5-141所示的效果。

图5-141

step 29 单击"创建新的填充或调整图层"按钮 ,在弹出的菜单中选择"渐变"命令,设置弹出的对话框,如图5-142所示。在该对话框的编辑渐变颜色选择框中单击,可以弹出"渐变编辑器"对话框,在此可以编辑渐变的颜色。

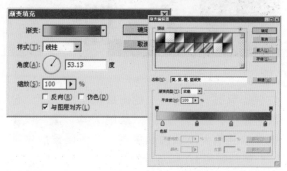

图5-142

step 30 设置完该对话框后,单击"确定"按钮,得到图层"渐变填充 2"。按【Ctrl+Alt+G】快捷键,执行"创建剪贴蒙版"操作,此时的效果如图5-143所示。

图5-143

step 31 设置"渐变填充 2"的图层混合模式为"颜色",得到如图5-144所示的最终效果。

图5-144

Chapter 06

平面到立体的神奇效果

在Photoshop中，可以模拟真实的立体对象，制作出各种独具特色的立体效果。利用图层样式、光照效果滤镜，以及专门用于制作立体效果的3D工具、面板和菜单，可以针对不同的制作要求，制作出效果丰富多样、炫丽逼真的立体效果。

6.1　使用图层样式制作立体效果

使用图层样式可以快速地为图像添加各种光线、质感、颜色、纹理以及立体感等图像外观效果，它是使用Photoshop制作图像艺术效果时应用十分频繁的功能之一。另外，Photoshop还提供了大量预置的样式效果，用户只要直接应用，或在应用后进行简单的修改，即可得到所需的立体效果。

6.1.1　图层样式概述

图层样式可以应用于普通图层、文本图层及形状图层（对背景图层无效），其在修饰图层外观效果的同时，对图层本身不会产生影响，并且可以自定义、保存，以及随时进行编辑修改。执行"图层"/"图层样式"命令，或单击"图层"面板中的"添加图层样式"按钮*fx*，能够看到可以添加的样式内容，如图6-1所示。具体设置如下所示。

1. 混合选项

单击"图层"面板中的"添加图层样式"按钮*fx*，在弹出的菜单中选择"混合选项"命令，弹出"图层样式"

图6-1

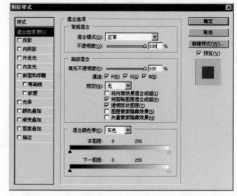
图6-2

对话框，如图6-2所示。该对话框中各选项的功能如下所示。

常规混合设置： 在"常规混合"选项组中，有"混合模式"和"不透明度"两个选项，选项的功能与设置方法，与"图层"面板的对应选项相同。

高级混合设置： "高级混合"选项可以支持用户自定义图层样式以及混合从多个图层中选中的内容，并可以分别针对图像的通道进行更详细的图层混合设置。

混合颜色带： 该选项组用于设置图层上图像像素的色阶显示范围，或是设置该图层下面的图像被覆盖像素的色阶显示范围。

2. 投影效果

"投影"样式可以给图层内容背后添加阴影，使平面的图像从视觉上产生立体感。选中图层，单击"图层"面板中的"添加图层样式"按钮*fx*，在弹出的菜单中选择"投影"命令，弹出"图层样式"对话框，如图6-3所示。在此可以进行该效果的设置。

3. 内阴影效果

"内阴影"样式用于在图像的内部添加阴影效果。其选项功能和设置方法与"投影"基本相同，只是"扩展"选项变成了"阻塞"选项。在"图层样式"对话框的左侧列表框中选择"内阴影"选项，该对话框中的选项如图6-4所示。在此可以进行该效果的设置。

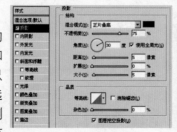
图6-3

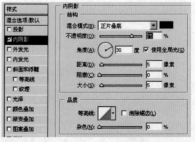
图6-4

4. 外发光效果

"外发光"样式是指在图像外缘产生的光晕效果。在"图层样式"对话框的左侧列表框中选择"外发光"选项，该对话框中的选项如图6-5所示。

在该对话框中可以分别对"外发光"颜色的"混合模式"、"不透明度"及"杂色"等各项进行设置，并可以选择光晕的颜色，以及使用单色光晕方式或是渐变光晕方式。只要单击对应的颜色块或渐变条，即可选择或编辑适合的渐变颜色。

5. 内发光效果

"内发光"样式用于在图层像素的内部产生光晕效果。其选项功能和设置方法与"外发光"基本相同，只是"扩展"选项变成了"阻塞"选项，并增加了"源"选项。在"图层样式"对话框的左侧列表框中选择"内发光"选项，该对话框中的选项如图6-6所示。在此可以进行该效果的设置。

6. 斜面和浮雕效果

"斜面和浮雕"样式用于在图层上产生多种立体的效果，以便让图像看起来更有立体感。在其选项组中还包括等高线和纹理选项的设置。选中某图层，在"图层样式"对话框的左侧列表框中选择"斜面和浮雕"选项，该对话框中的选项如图6-7所示。在此可以进行该效果的设置。

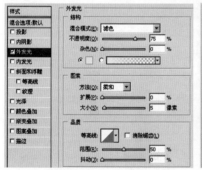

图6-5　　　　　　　　　　　图6-6　　　　　　　　　　　图6-7

（1）等高线

在"图层样式"对话框左侧的"斜面和浮雕"选项下面选择"等高线"选项后，"图层样式"对话框中将出现"等高线"选项设置，如图6-8所示。利用"等高线"选项可以进一步控制产生"斜面和浮雕"效果时的斜面形状。

（2）纹理

如果想要给"斜面和浮雕"样式产生的效果中添加一些凹凸的材质纹理效果，则可通过"图层样式"对话框的"纹理"选项进行设置。在"图层样式"对话框左侧的"斜面和浮雕"选项下面选择"纹理"选项后，"图层样式"对话框中将出现"纹理"选项设置，如图6-9所示。在此可以进行该效果的设置。

7. 光泽效果

"光泽"样式用于在图层图像的表面添加某个单色，使图像产生一种表面光泽变化或暗纹效果，用来衬托物体的质感。在"图层样式"对话框的左侧列表框中选择"光泽"选项，该对话框中的选项如图6-10所示。在此可以进行该效果的设置。

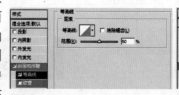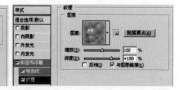

图6-8　　　　　　　　　　　图6-9

8. 颜色叠加效果

　　"颜色叠加"样式用于直接在图像上填充单一颜色。在"图层样式"对话框的左侧列表框中选择"颜色叠加"选项，该对话框中的选项如图6-11所示。在此可以进行该效果的设置。

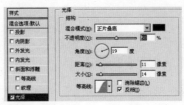

图6-10

图6-11

9. 渐变叠加效果

　　"渐变叠加"样式用于为图像添加渐变颜色效果。在"图层样式"对话框的左侧列表框中选择"渐变叠加"选项，该对话框中的选项如图6-12所示。在此可以进行该该效果的设置。

10. 图案叠加效果

　　"图案叠加"样式用于在图像上填充图案。在"图层样式"对话框的左侧列表框中选择"图案叠加"选项，该对话框中的选项如图6-13所示。在此可以进行该效果的设置。

11. 描边效果

　　"描边"样式用于给图像边缘添加边框效果，边框可以是单一的颜色、渐变色或者是图案。在"图层样式"对话框的左侧列表框中选择"描边"选项，该对话框中的选项如图6-14所示。在此可以进行该效果的设置。

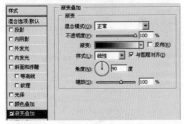

图6-12

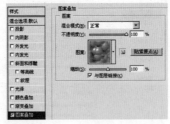

图6-13

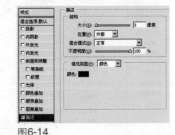

图6-14

6.1.2 | 使用图层样式制作PSP产品造型

▦ 制作说明

　　本例将通过图层样式和形状工具制作一款PSP产品造型，其中PSP产品中按钮的立体效果和产品的质感都是用图层样式表现出来的。希望读者通过本例能够体会使用图层样式制作立体效果这一特色功能的重要作用。

原始图片　　　　最终效果

🎛 制作步骤

step 01 新建文档。执行菜单"文件"/"新建"命令(或按【Ctrl+N】快捷键），设置弹出的"新建"对话框，如图6-15所示，单击"确定"按钮，即可创建一个新的空白文档。

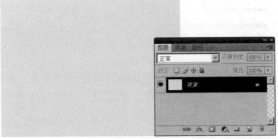

图6-15

step 02 设置前景色的颜色值为（R:239 G:239 B:239），按【Alt+Delete】快捷键用前景色填充"背景"图层，得到如图6-16所示的效果。

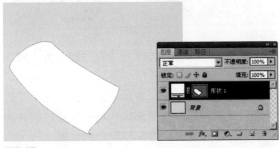

图6-16

step 03 设置前景色为白色，选择"钢笔工具"，在工具选项栏中单击"形状图层"按钮，在文件中绘制一个"PSP"外形形状，得到图层"形状 1"，如图6-17所示。

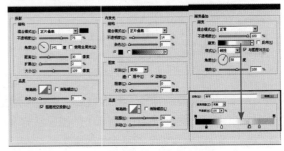

图6-17

step 04 选择图层"形状 1"，单击"添加图层样式"按钮，在弹出的菜单中选择"投影"命令，设置弹出的"图层样式"对话框的"投影"选项后，继续选择"内发光"、"渐变叠加"选项，在右侧的对话框中进行参数设置，具体设置如图6-18所示。

图6-18

step 05 设置完"图层样式"对话框后，单击"确定"按钮，即可得到如图6-19所示的效果。

图6-19

step 06 选择"形状 1"，按住【Alt】键，在"图层"面板上将选中的图层拖动到所有图层的上方，以复制图层，得到图层"形状 1 副本"，然后将其图层样式删除，如图6-20所示。

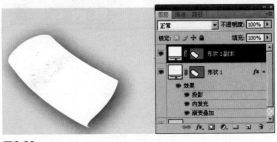

图6-20

step 07 选择图层"形状 1 副本",单击"添加图层样式"按钮 **fx**,在弹出的菜单中选择"混合选项"命令,在打开的"图层样式"对话框的"混合选项"选项中,勾选"图层蒙版隐藏效果"选项,之后单击该对话框中的"渐变叠加"选项,然后设置弹出的"渐变叠加"选项参数,具体设置如图6-21所示。

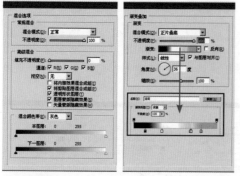

图6-21

step 08 设置完"图层样式"对话框后,单击"确定"按钮,然后设置"形状 1 副本"的图层填充值为"0%"即可得到如图6-22所示的效果。

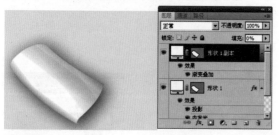

图6-22

step 09 单击"添加图层蒙版"按钮,为"形状 1 副本"添加图层蒙版,设置前景色为黑色。选择"画笔工具",设置适当的画笔大小和透明度后,在图层蒙版中涂抹,将不需要的部分隐藏起来,即可得到如图6-23所示的效果。

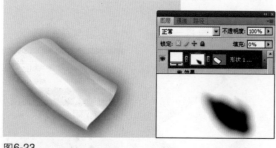

图6-23

step 10 选择"形状 1",按住【Alt】键,在"图层"面板上将选中的图层拖动到所有图层的上方,以复制图层,得到图层"形状 1 副本 2",然后将其图层样式删除,如图6-24所示。

图6-24

step 11 选择图层"形状 1 副本 2",单击"添加图层样式"按钮 **fx**,在弹出的菜单中选择"混合选项"命令,在打开的"图层样式"对话框的"混合选项"选项中,勾选"图层蒙版隐藏效果"选项,之后单击该对话框中的"内阴影"选项,然后设置弹出的"内阴影"选项参数,具体设置如图6-25所示。

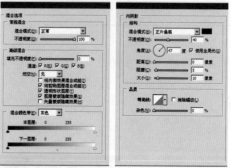

图6-25

step 12 设置完"图层样式"对话框后,单击"确定"按钮,设置"形状 1 副本 2"的图层填充值为"0%"即可得到如图6-26所示的效果。

图6-26

step 13 单击"添加图层蒙版"按钮,为"形状 1 副本 2"添加图层蒙版,设置前景色为黑色。选择"画笔工具",设置适当的画笔大小和透明度后,在图层蒙版中涂抹,将不需要的部分隐藏起来,即可得到如图6-27所示的效果。

图6-27

step 14 选择"形状 1",按住【Alt】键,在
"图层"面板上将选中的图层拖动到所有图层
的上方,以复制图层,得到图层"形状 1 副本
3",将其图层样式删除。单击"添加图层样
式"按钮 *fx*,重新添加图层样式,在弹出的菜单
中选择"混合选项"命令,在打开的"图层样
式"对话框的"混合选项"选项中,勾选"图层
蒙版隐藏效果"选项,之后单击"内阴影"选
项,然后设置弹出的"内阴影"选项参数,具体
设置如图6-28所示。

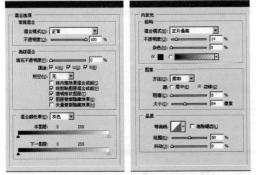

图6-28

step 15 设置完"图层样式"对话框后,单击"确
定"按钮,设置"形状 1 副本 3"的图层填充值
为"0%",即可得到如图6-29所示的效果。

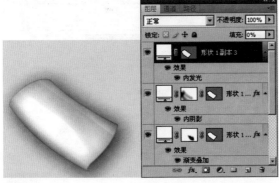

图6-29

step 16 单击"添加图层蒙版"按钮 ◻,为"形状
1 副本 3"添加图层蒙版,设置前景色为黑色。
选择"画笔工具" ✎,设置适当的画笔大小和透
明度后,在图层蒙版中涂抹,将不需要的部分隐
藏起来,即可得到如图6-30所示的效果。

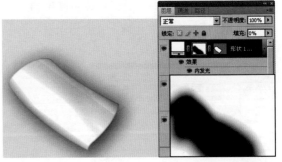

图6-30

step 17 选择"形状 1",按住【Alt】键,在
"图层"面板上将选中的图层拖动到所有图层
的上方,以复制图层,得到图层"形状 1 副本
4",将其图层样式删除。单击"添加图层样
式"按钮 *fx*,重新添加图层样式,在弹出的菜单
中选择"渐变叠加"命令,然后设置弹出的"图
层样式"对话框的"渐变叠加"选项,如图6-31
所示。

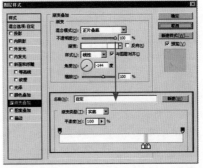

图6-31

step 18 设置完"图层样式"对话框后,单击"确
定"按钮,设置"形状 1 副本 4"的图层填充值
为"0%",即可得到如图6-32所示的效果。

图6-32

209

step 19 选择"形状 1",按住【Alt】键,在"图层"面板上将选中的图层拖动到所有图层的上方,以复制图层,得到图层"形状 1 副本5",将其图层样式删除。单击"添加图层样式"按钮*fx*,重新添加图层样式,在弹出的菜单中选择"渐变叠加"命令,然后设置弹出的"图层样式"对话框的"渐变叠加"选项参数,如图6-33所示。

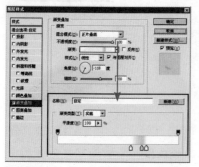

图6-33

step 20 设置完"图层样式"对话框后,单击"确定"按钮,设置"形状 1 副本5"的图层填充值为"0%",即可得到如图6-34所示的效果。

图6-34

step 21 设置前景色的颜色值为(R:248 G:139 B:0),选择"钢笔工具"，在工具选项栏中单击"形状图层"按钮，在文件中绘制4个按钮形状,得到图层"形状 2",如图6-35所示。

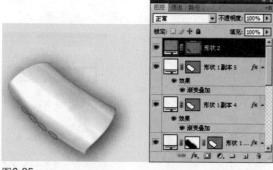

图6-35

step 22 按住【Ctrl】键单击"形状 1"的图层缩览图,载入其选区。单击"添加图层蒙版"按钮，为"形状 2"添加图层蒙版,此时选区以外的图像就被隐藏起来了,如图6-36所示。

图6-36

step 23 选择图层"形状 2",单击"添加图层样式"按钮*fx*,在弹出的菜单中选择"混合选项"命令,之后在打开的"图层样式"对话框中进行设置,继续选择"投影"、"光泽"、"内阴影"、"颜色叠加"、"斜面和浮雕"、"描边"选项,并对其进行参数设置,具体设置如图6-37所示。

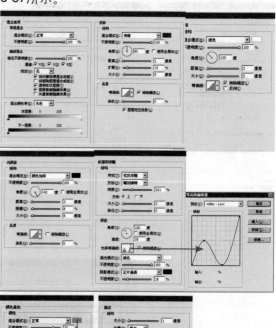

图6-37

step 24 设置完"图层样式"对话框后，单击"确定"按钮，即可得到如图6-38所示的效果。

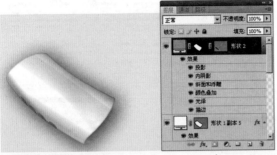

图6-38

step 25 设置前景色的颜色值为（R:248 G:139 B:0），选择"钢笔工具" ，在工具选项栏中单击"形状图层"按钮 ，绘制"PSP"侧面的形状，得到图层"形状 3"，如图6-39所示。

图6-39

step 26 选择"形状 3"上方的文字图层，单击"添加图层样式"按钮 ，在弹出的菜单中选择"斜面和浮雕"命令，设置弹出的"图层样式"对话框的"斜面和浮雕"选项，如图6-40所示。

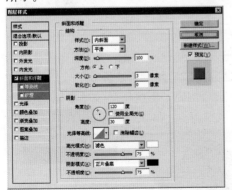

图6-40

step 27 设置完"图层样式"对话框后，单击"确定"按钮，即可得到如图6-41所示的效果。

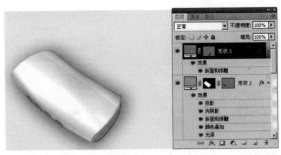

图6-41

step 28 设置前景色的颜色值为（R:206 G:206 B:206），选择"钢笔工具" ，在工具选项栏中单击"形状图层"按钮 ，绘制"PSP"侧面的形状，得到图层"形状 4"，如图6-42所示。

图6-42

step 29 选择"形状 4"上方的文字图层，单击"添加图层样式"按钮 ，在弹出的菜单中选择"投影"命令，设置弹出的"图层样式"对话框的"投影"选项，如图6-43所示。

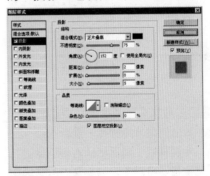

图6-43

step 30 设置完"图层样式"对话框后，单击"确定"按钮，即可得到如图6-44所示的效果。

step 31 设置前景色为黑色，新建一个图层，得到"图层 1"。按【Ctrl+Alt+G】快捷键，执行"创建剪贴蒙版"操作，选择"画笔工具" ，设置适当的画笔大小和透明度后，在"图层 1"中进行涂抹，绘制"PSP"侧面的形状暗部，如图6-45所示。

图6-44

图6-45

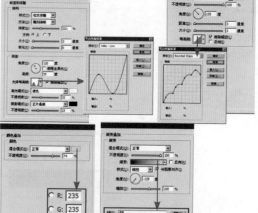

图6-47

step 32 设置前景色的颜色值为（R:161 G:161 B:161），选择"钢笔工具" ，在工具选项栏中单击"形状图层"按钮 ，绘制"PSP"侧面的按钮形状，得到图层"形状5"，如图6-46所示。

图6-46

step 33 选择图层"形状2"，单击"添加图层样式"按钮 ，在弹出的菜单中选择"混合选项"命令，在打开的"图层样式"对话框的右侧框中进行参数设置，继续选择"投影"、"光泽"、"内阴影"、"斜面和浮雕"、"颜色叠加"、"渐变叠加"选项，并在该对话框的右侧进行参数设置，具体设置如图6-47所示。

step 34 设置完"图层样式"对话框后，单击"确定"按钮，即可得到如图6-48所示的效果。

图6-48

step 35 设置前景色的颜色值为（R:69 G:69 B:68），选择"钢笔工具" ，在工具选项栏中单击"形状图层"按钮 ，绘制"PSP"上方屏幕的边缘形状，得到图层"形状6"，如图6-49所示。

图6-49

step 36 选择"形状 6"上方的文字图层，单击
"添加图层样式"按钮 fx，在弹出的菜单中选择
"斜面和浮雕"命令，设置弹出的"图层样式"
对话框的"斜面和浮雕"选项，如图6-50所示。

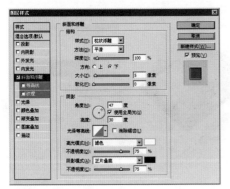

图6-50

step 37 设置完"图层样式"对话框后，单击"确
定"按钮，即可得到如图6-51所示的效果。

图6-51

step 38 设置前景色为白色，选择"钢笔工
具" ，在工具选项栏中单击"形状图层"按
钮 ，绘制"PSP"上方屏幕的形状，得到图
层"形状 7"，如图6-52所示。

图6-52

step 39 打开随书光盘中的"素材 1"图像文件，
此时的图像效果和"图层"面板如图6-53所示。

图6-53

step 40 使用"移动工具" 将图像拖动到第1步
新建的文件中，得到"图层 2"。按【Ctrl+T】
快捷键，调出自由变换控制框，变换图像到如图
6-54所示的状态，按【Enter】键确认操作。

图6-54

step 41 选择"图层 2"为当前操作图层，按
【Ctrl+Alt+G】快捷键，执行"创建剪贴蒙版"
操作，将"图层 2"中的图像限定在"形状 7"
内，如图6-55所示。

图6-55

step 42 单击"创建新的填充或调整图层"按
钮 ，在弹出的菜单中选择"曲线"命令，此
时在弹出"调整"面板的同时得到图层"曲线
1"。单击"调整"面板下方的 按钮，将调整影
响剪切到下方的图层。在"调整"面板中设置完
"曲线"命令的参数后，关闭"调整"面板。此
时的效果如图6-56所示。

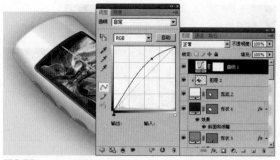

图6-56

step 43 设置前景色的颜色值为（R:253 G:253 B:253），选择"钢笔工具" ，在工具选项栏中单击"形状图层"按钮 ，绘制"PSP"屏幕下方的形状，得到图层"形状 8"，如图6-57所示。

图6-57

step 44 选择"形状 8"，单击"添加图层样式"按钮 ，在弹出的菜单中选择"投影"命令，设置弹出的"图层样式"对话框的"投影"选项，如图6-58所示。

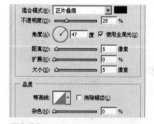

图6-58

step 45 设置完"图层样式"对话框后，单击"确定"按钮，即可得到如图6-59所示的效果。

图6-59

step 46 设置前景色的颜色值为（R:253 G:253 B:253），使用"椭圆工具" ，在工具选项栏中单击"形状图层"按钮 ，在"PSP"屏幕旁边绘制一个圆形形状，得到图层"形状 9"，如图6-60所示。

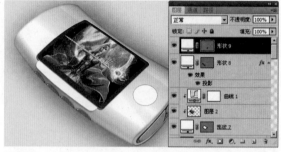

图6-60

step 47 选择"形状 9"，单击"添加图层样式"按钮 ，在弹出的菜单中选择"斜面和浮雕"命令，设置弹出的"图层样式"对话框的"斜面和浮雕"选项，如图6-61所示。

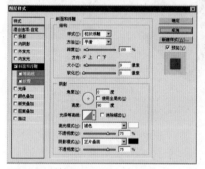

图6-61

step 48 设置完"图层样式"对话框后，单击"确定"按钮，即可得到如图6-62所示的效果。

图6-62

step 49 选择"形状 9"，按【Ctrl+J】快捷键，复制"形状 9"，得到"形状 9 副本"。设置其图层填充值为"85%"，如图6-63所示。

图6-63

step 50 选择图层"形状 9 副本",单击"添加图层样式"按钮*fx*,在弹出的菜单中选择"混合选项"命令,在打开的"图层样式"对话框的右侧进行参数设置,继续选择"内发光"、"光泽"、"内阴影"、"斜面和浮雕"、"颜色叠加"选项,并在该对话框的右侧进行参数设置,具体设置如图6-64所示。

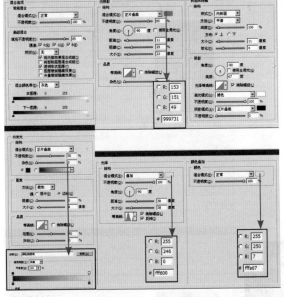

图6-64

step 51 设置完"图层样式"对话框后,单击"确定"按钮,即可得到如图6-65所示的效果。

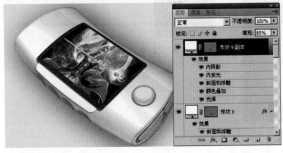

图6-65

step 52 设置前景色为黑色,选择"钢笔工具"*⬚*,在工具选项栏中单击"形状图层"按钮*⬚*,在"PSP"屏幕的下方绘制两个三角形形状,得到图层"形状 10",如图6-66所示。

图6-66

step 53 设置前景色为黑色,选择"横排文字工具"*T*,设置适当的字体和字号,在画面中输入文字,得到相应的文字图层,再结合自由变换命令,变换文字到如图6-67所示的效果。

图6-67

step 54 用前面讲述的方法,在已绘制的"PSP"的右上方再继续绘制一个"PSP"图像,即可得到本例的最终效果,如图6-68所示。

图6-68

6.2 使用"光照效果"滤镜创建立体图像

"光照效果"滤镜可以创建多种灯光照射的效果，还可以通过通道模拟三维纹理的效果。该滤镜共有17种光照样式、3种光照类型和4组光照属性，可以组合出各种各样的光照效果。

6.2.1 "光照效果"滤镜概述

利用"光照效果"对话框中的通道选项设置，可以为图像添加立体的纹理效果。打开一个图像文件，执行"滤镜"/"光照效果"命令，打开"光照效果"对话框，如图6-69所示。

在该对话框中可以通过"光照类型"、"纹理通道"和"属性"选项组的设置，来为图像添加各种光照效果，也可以在左侧预览框中手动调整光照的角度、大小以及焦点等属性设置。在"纹理通道"选项组中，可以选择图像色彩模式对应的颜色通道来作为纹理通道，从而使图像产生立体的纹理效果。当然，也可以选择已有的Alpha通道作为纹理通道，这样可以制作出具有特殊形状的立体纹理效果。

设置纹理通道后，则可在"高度"选项中设置"平滑"或"凸起"选项的值，从而控制纹理立体效果的强度。

例如，打开一个图像，如图6-70所示。执行"滤镜"/"光照效果"命令，打开"光照效果"对话框，设置"纹理通道"选项为"红"，并对其余选项进行适当的调整，单击"确定"按钮，图像效果及对话框设置如图6-71所示。

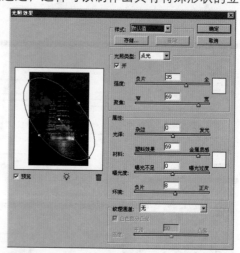

图6-69

图6-70

图6-71

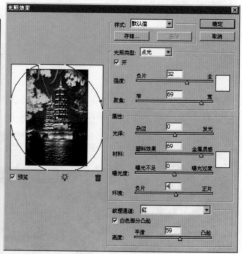

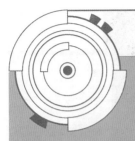

6.2.2 │ 使用"光照效果"滤镜制作立体标志

最终效果

制作说明

本例是通过"光照效果"滤镜设计的一款立体标志。其中，标志背景的凹凸立体效果都是用"光照效果"滤镜表现出来的，希望读者通过本例能够体会使用"光照效果"滤镜制作立体效果这一特色功能的重要作用。

制作步骤

step 01 新建文档。执行菜单"文件"/"新建"命令(或按【Ctrl+N】快捷键），设置弹出的"新建"对话框，如图6-72所示，单击"确定"按钮，即可创建一个新的空白文档。

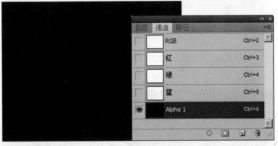

图6-73

图6-72

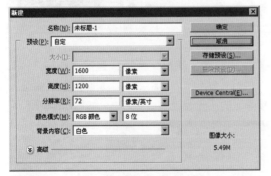

图6-74

step 02 切换到"通道"面板，单击面板底部的"创建新通道"按钮 ，新建一个通道"Alpha 1"，如图6-73所示。

step 03 执行"滤镜"/"杂色"/"添加杂色"命令，设置弹出对话框中的参数后，单击"确定"按钮，得到如图6-74所示的效果。

step 04 执行"滤镜"/"模糊"/"高斯模糊"命令，设置弹出对话框中的参数后，单击"确定"按钮，得到如图6-75所示的效果。

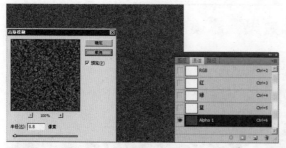

图6-75

step **05** 切换到"图层"面板，选择"背景"图层，按【Ctrl+J】快捷键，复制"背景"，得到"图层1"。执行"滤镜"/"渲染"/"光照效果"命令，设置弹出的"光照效果"对话框，如图6-76所示。

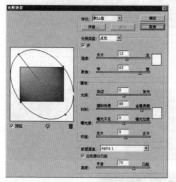

图6-76

step **06** 设置完"光照效果"对话框中的参数后，单击"确定"按钮，即可得到如图6-77所示的效果。

图6-77

step **07** 切换到"通道"面板，单击面板底部的"创建新通道"按钮 ▣，新建一个通道"Alpha 2"。选择"椭圆选框工具" ○，在画面的中间绘制椭圆形选区，如图6-78所示。

step **08** 按【Ctrl+Shift+I】快捷键执行"反选"操作，设置前景色为白色，按【Alt+Delete】快捷键用前景色填充选区，按【Ctrl+D】快捷键取消选区，得到如图6-79所示的效果。

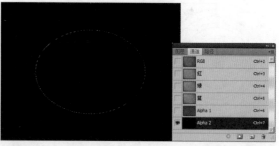

图6-78

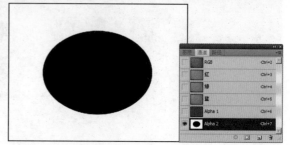

图6-79

step **09** 执行"滤镜"/"模糊"/"高斯模糊"命令，设置弹出对话框中的参数后，单击"确定"按钮，得到如图6-80所示的效果。

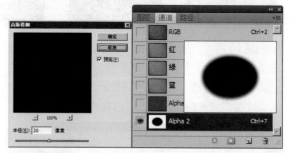

图6-80

step **10** 切换到"图层"面板，选择"图层1"图层，执行"滤镜"/"渲染"/"光照效果"命令，设置弹出的"光照效果"对话框，如图6-81所示。

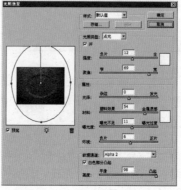

图6-81

step **11** 设置完 "光照效果" 对话框中的参数后，单击 "确定" 按钮，即可得到如图6-82所示的立体效果。

图6-82

step **12** 设置前景色的颜色值为（R:66 G:66 B:66），选择 "钢笔工具" ，在工具选项栏中单击 "形状图层" 按钮，在画面的中间绘制如图6-83所示的形状，得到图层 "形状 1"。

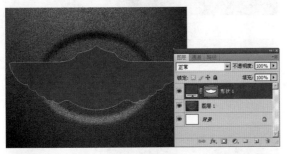

图6-83

step **13** 在 "形状 1" 的图层名称上单击鼠标右键，在弹出的菜单中选择 "栅格化图层" 命令，然后执行 "滤镜" / "纹理" / "纹理化" 命令，设置弹出对话框中的参数后，单击 "确定" 按钮，得到如图6-84所示的效果。

图6-84

step **14** 选择 "形状 1"，单击 "添加图层样式" 按钮，在弹出的菜单中选择 "投影" 命令，设置弹出的 "图层样式" 对话框的 "投影" 选项

后，继续选择 "内阴影" 选项，在该对话框的右侧进行参数设置，具体设置如图6-85所示。

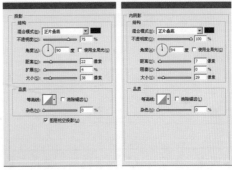

图6-85

step **15** 设置完 "图层样式" 对话框后，单击 "确定" 按钮，即可得到如图6-86所示的效果。

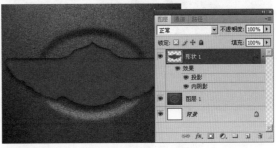

图6-86

step **16** 选择 "形状 1"，按【Ctrl+J】快捷键，复制 "形状 1"，得到 "形状 1 副本"。设置其图层填充值为 "0%"，如图6-87所示。

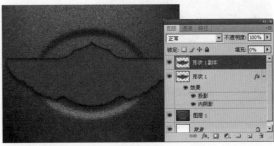

图6-87

step **17** 选择 "形状 1 副本"，单击 "添加图层样式" 按钮，在弹出的菜单中选择 "斜面和浮雕" 命令，设置弹出的 "图层样式" 对话框的 "斜面和浮雕" 选项后，继续选择 "描边" 选项，在该对话框的右侧进行参数设置，具体设置如图6-88所示。

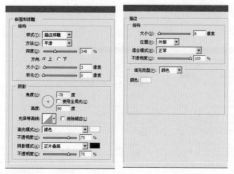

图6-88

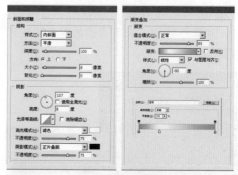

图6-91

step 18 设置完"图层样式"对话框后,单击"确定"按钮,即可得到如图6-89所示的效果。

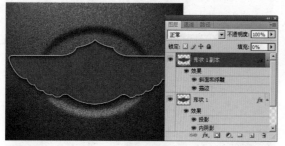

图6-89

step 19 设置前景色为白色,选择"钢笔工具",在工具选项栏中单击"形状图层"按钮,在画面的中间绘制如图6-90所示的形状,得到图层"形状 2"。

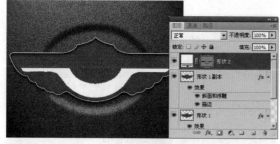

图6-90

step 20 选择"形状 2",单击"添加图层样式"按钮,在弹出的菜单中选择"斜面和浮雕"命令,设置弹出的"图层样式"对话框的"斜面和浮雕"选项后,继续选择"渐变叠加"选项,在该对话框的右侧进行参数设置,具体设置如图6-91所示。

step 21 设置完"图层样式"对话框后,单击"确定"按钮,设置图层填充值为"0%",即可得到如图6-92所示的效果。

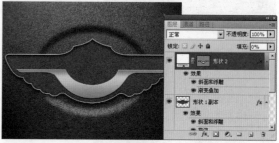

图6-92

step 22 设置前景色的颜色值为(R:166 G:166 B:166),选择"钢笔工具",在工具选项栏中单击"形状图层"按钮,在画面标志的左侧绘制如图6-93所示的形状,得到图层"形状 3"。

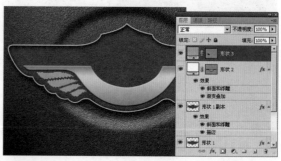

图6-93

step 23 使用"路径选择工具"选择"形状 3"矢量蒙版中的路径,按【Ctrl+Alt+T】快捷键,调出自由变换复制框,将图像水平翻转调整到如图6-94所示的位置。

图6-94

step 24 选择"形状 3"，单击"添加图层样式"按钮 fx，在弹出的菜单中选择"斜面和浮雕"命令，设置弹出的"图层样式"对话框的"斜面和浮雕"选项后，继续选择"渐变叠加"选项，在该对话框的右侧进行参数设置，具体设置如图6-95所示。

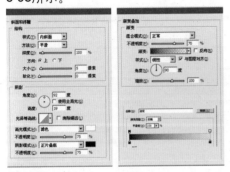

图6-95

step 25 设置完"图层样式"对话框后，单击"确定"按钮，即可得到如图6-96所示的效果。

图6-96

step 26 设置前景色的颜色值为（R:56 G:56 B:56），选择"钢笔工具"，在工具选项栏中单击"形状图层"按钮，在画面标志的中间绘制如图6-97所示的形状，得到图层"形状 4"。

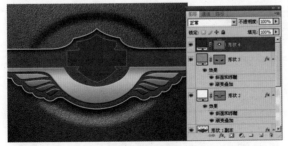

图6-97

step 27 选择"形状 4"，单击"添加图层样式"按钮 fx，在弹出的菜单中选择"斜面和浮雕"命令，设置弹出的"图层样式"对话框的"斜面和浮雕"选项，如图6-98所示。

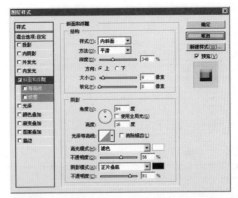

图6-98

step 28 设置完"图层样式"对话框后，单击"确定"按钮，设置图层填充值为"70%"，即可得到如图6-99所示的效果。

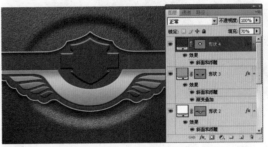

图6-99

step 29 选择"形状 4"，按【Ctrl+J】快捷键，复制"形状 4"，得到"形状 4 副本"。将其图层样式删除，设置图层填充值为"0%"，如图6-100所示。

图6-100

step 30 选择"形状 4 副本"，单击"添加图层样式"按钮 fx，在弹出的菜单中选择"斜面和浮雕"命令，设置弹出的"图层样式"对话框的"斜面和浮雕"选项后，继续选择"描边"选项，在该对话框的右侧进行参数设置，具体设置如图6-101所示。

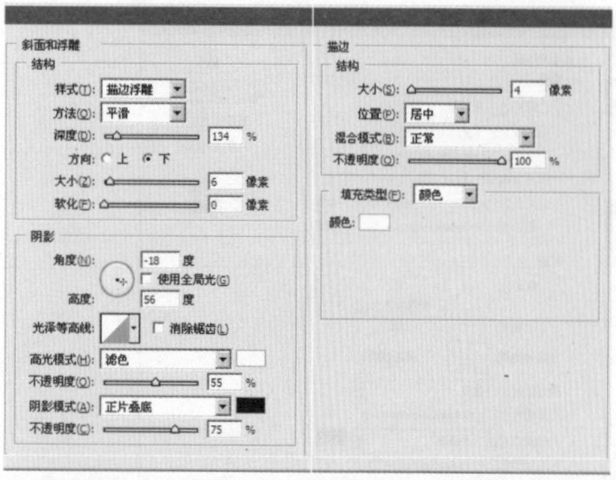

图6-101

step 31 设置完“图层样式”对话框后，单击“确定”按钮，即可得到如图6-102所示的效果。

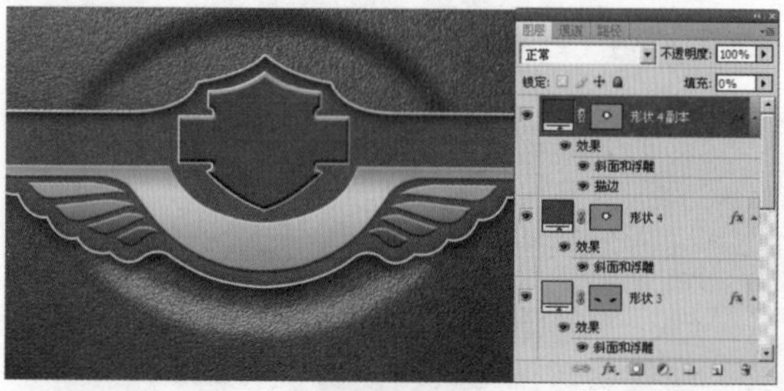

图6-102

step 32 设置前景色的颜色值为（R:236 G:236 B:236），选择“钢笔工具”，在工具选项栏中单击“形状图层”按钮，在画面中绘制如图6-103所示的形状，得到图层“形状 5”。

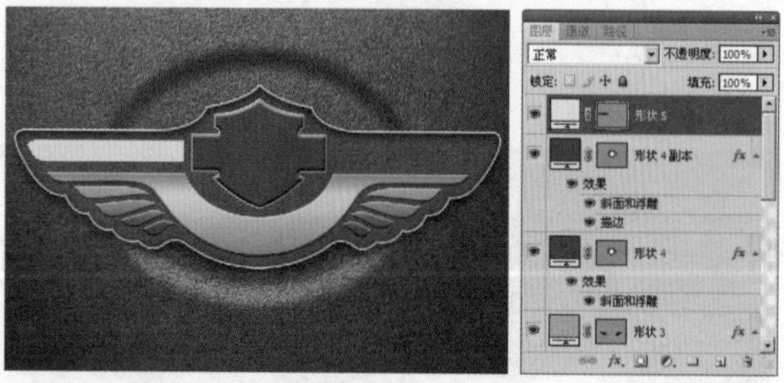

图6-103

step 33 使用“路径选择工具”选择“形状 5”矢量蒙版中的路径，按【Ctrl+Alt+T】快捷键，调出自由变换复制框，将图像水平翻转调整到如图6-104所示的位置。

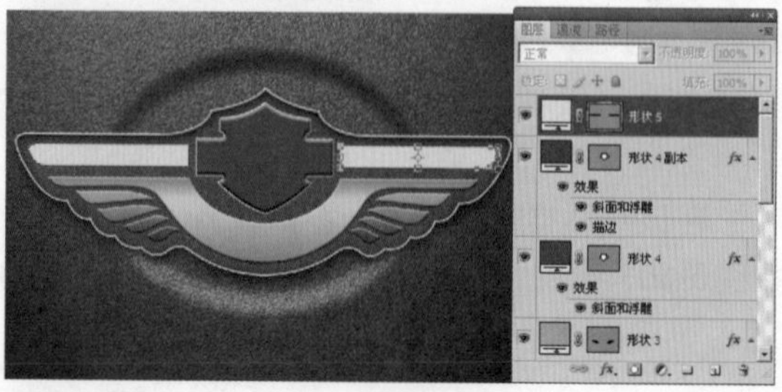

图6-104

step 34 选择“形状 5”，单击“添加图层样式”按钮，在弹出的菜单中选择“投影”命令，设置弹出的“图层样式”对话框的“投影”选项后，继续选择“斜面和浮雕”、“渐变叠加”选项，在该对话框的右侧进行参数设置，具体设置如图6-105所示。

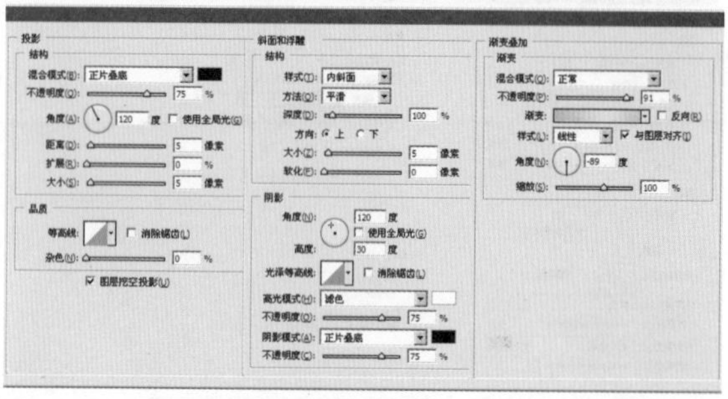

图6-105

step 35 设置完“图层样式”对话框后，单击“确定”按钮，设置图层填充值为“0%”，即可得到如图6-106所示的效果。

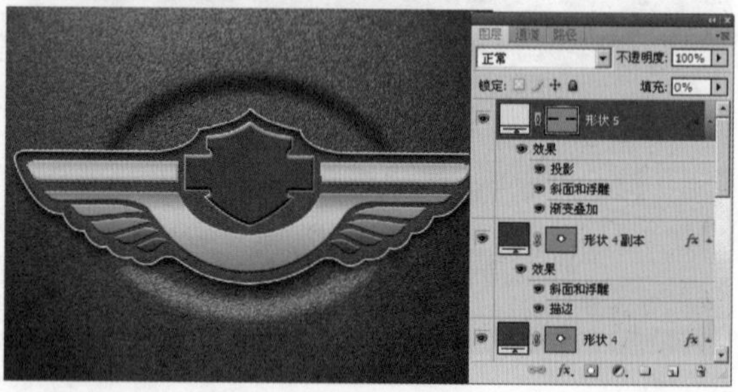

图6-106

step 36 设置前景色的颜色值为（R:227 G:138 B:38），选择“钢笔工具”，在工具选项栏中单击“形状图层”按钮，在画面中绘制如图6-107所示的形状，得到图层“形状 6”。

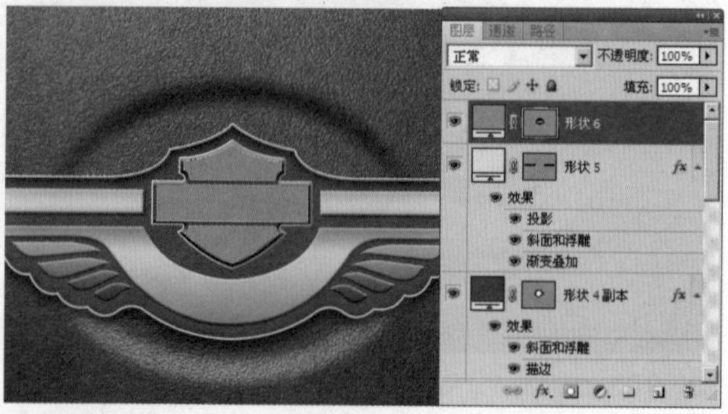

图6-107

step 37 选择“形状 6”，单击“添加图层样式”按钮，在弹出的菜单中选择“混合选项”命令，在打开的“图层样式”对话框中勾选“图层蒙版隐藏效果"选项，继续选择"斜面和浮雕"、"描边"选项，在该对话框的右侧进行参数设置，具体设置如图6-108所示。

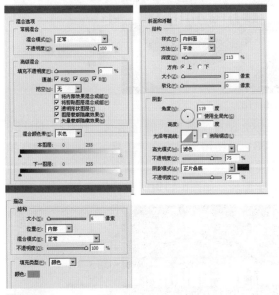

图6-108

step 38 设置完"图层样式"对话框后，单击"确定"按钮，设置图层填充值为"0%"，即可得到如图6-109所示的效果。

图6-109

step 39 选择"矩形选框工具" ，在画面中绘制两个矩形长条选框，如图6-110所示。

图6-110

step 40 按住【Alt】键单击"添加图层蒙版"按钮 ，为"形状 6"添加图层蒙版，此时选区部分的图像就被隐藏起来了，如图6-111所示。

图6-111

step 41 设置前景色为白色，使用"横排文字工具" ，设置适当的字体和字号，在"形状 6"的图像中间输入文字，得到相应的文字图层，如图6-112所示。

图6-112

step 42 选择"形状 6"，单击"添加图层样式"按钮 ，在弹出的菜单中选择"斜面和浮雕"命令，设置弹出的"图层样式"对话框的"斜面和浮雕"选项，如图6-113所示。

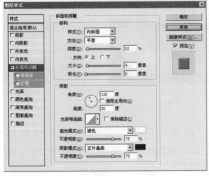

图6-113

step 43 设置完"图层样式"对话框后，单击"确定"按钮，即可得到如图6-114所示的效果。

图6-114

step 44 设置前景色的颜色值为（R:227 G:138 B:38），使用"横排文字工具" T，设置适当的字体和字号，在图像中间输入文字，得到相应的文字图层，如图6-115所示。

图6-115

step 45 在上一步输入的文字图层名称上单击鼠标右键，在弹出的菜单中选择"转换为形状"命令，按【Ctrl+T】快捷键，调出自由变换控制框，变换图像到如图6-116所示的状态，按【Enter】键确认操作。

图6-116

step 46 单击"添加图层样式"按钮 fx，在弹出的菜单中选择"斜面和浮雕"命令，设置弹出的"图层样式"对话框的"斜面和浮雕"选项，如图6-117所示。

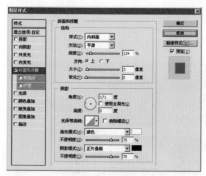

图6-117

step 47 设置完"图层样式"对话框后，单击"确定"按钮，即可得到如图6-118所示的效果。

图6-118

step 48 设置前景色的颜色值为（R:227 G:138 B:38），使用"横排文字工具" T，设置适当的字体和字号，在图像中间输入文字，得到相应的文字图层，如图6-119所示。

图6-119

step 49 在上一步输入的文字图层名称上单击鼠标右键，在弹出的菜单中选择"转换为形状"命令，按【Ctrl+T】快捷键，调出自由变换控制框，变换图像到如图6-120所示的状态，按【Enter】键确认操作。

图6-120

step 50 在"STIRRED"的图层名称上单击鼠标右键，在弹出的菜单中选择"拷贝图层样式"命令，然后用鼠标右键单击"DREAMS"的图层名称，在弹出的菜单中选择"粘贴图层样式"命令，得到如图6-121所示的效果。

图6-121

step 51 设置前景色的颜色值为（R:248 G:248
B:248），选择"椭圆工具"，在工具选项栏
中单击"形状图层"按钮，按住【Shift】键在
画面中绘制两个如图6-122所示的圆形形状，得
到图层"形状7"。

图6-122

step 52 选择"形状7"，单击"添加图层样式"
按钮，在弹出的菜单中选择"斜面和浮雕"命
令，设置弹出的"图层样式"对话框的"斜面和
浮雕"选项后，继续选择"渐变叠加"选项，在
该对话框的右侧进行参数设置，具体设置如图
6-123所示。

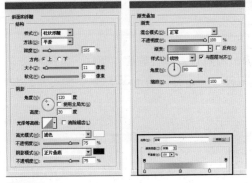

图6-123

step 53 设置完"图层样式"对话框后，单击
"确定"按钮，即可得到如图6-124所示的效
果。

图6-124

step 54 设置前景色为白色，使用"横排文字工
具"，设置适当的字体和字号，在图像中间输
入文字"100"、"1910"和"2010"，得到相
应的文字图层，如图6-125所示。

图6-125

step 55 在"100"文字图层名称上单击鼠标右
键，在弹出的菜单中选择"转换为形状"命令，
使用"路径选择工具"，对"100"矢量蒙版
中的路径进行位置的调整，如图6-126所示。

图6-126

step 56 按住【Ctrl+Shift】快捷键依次单击
图层"100"、"1910"和"2010"的图层
缩览图，载入其选区，然后隐藏"100"、
"1910"和"2010"，得到如图6-127所示的
选区效果。

图6-127

step 57 选择"图层1",按【Ctrl+J】快捷键,复制选区内的图像,得到"图层2"。然后将"图层2"调整到所有图层的最上方,如图6-128所示。

图6-128

step 58 选择"图层2",单击"添加图层样式"按钮 *fx*,在弹出的菜单中选择"内阴影"命令,在打开的"图层样式"对话框中进行参数设置,继续选择"斜面和浮雕"、"颜色叠加"选项,在该对话框的右侧进行参数设置,具体设置如图6-129所示。

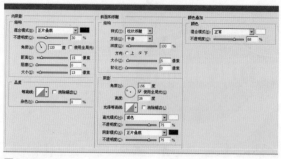

图6-129

step 59 设置完"图层样式"对话框后,单击"确定"按钮,即可得到如图6-130所示的最终效果。

图6-130

6.3 制作模拟3D效果

在 Photoshop中,可以创建一些简单的三维立体图像,例如立方体、球面、圆柱、锥形或金字塔,也可以创建 3D明信片。同时,Photoshop CS4还可以处理和合并现有的3D对象,创建新的3D对象,编辑和创建3D纹理,以及组合 3D 对象与 2D 图像。

6.3.1 使用3D工具

选定3D图层时,会激活 3D工具。使用3D对象工具可更改3D模型的位置或大小;使用3D相机工具可更改场景视图。如果系统支持OpenGL,用户还可以使用3D轴来操控3D模型。

1. 3D对象工具

可以使用 3D对象工具来旋转、缩放模型或调整模型的位置。当操作 3D模型时,相机视图保持固定。3D 对象工具组菜单如图6-131所示，其工具选项栏如图6-132所示。

工具选项栏左侧的工具按钮分别与"工具"菜单中的工具按钮相对应。读者可以通过工具选项栏来选择切换工具，也可以直接在"工具"菜单中选择，其功能完全相同。工具选项栏中各按钮的功能如下所示。

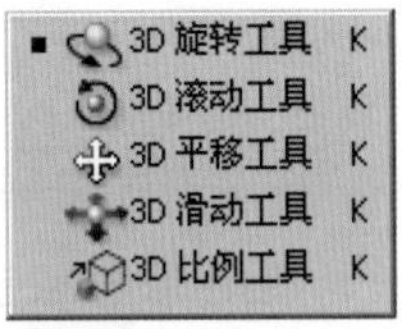

■ 🔄 3D 旋转工具	K
🔄 3D 滚动工具	K
🔄 3D 平移工具	K
✚ 3D 滑动工具	K
🔄 3D 比例工具	K

图6-131

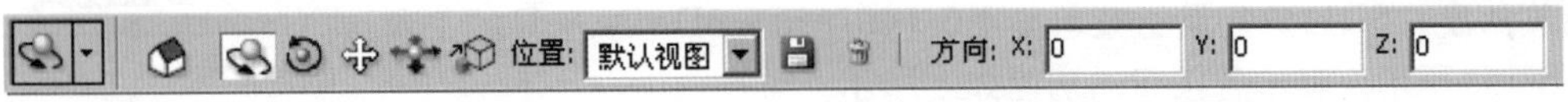

图6-132

返回到初始对象位置🔄：可返回到模型的初始对象状态，如图6-133所示。

旋转3D对象🔄：上下拖动光标可将模型围绕其*X*轴旋转；向两侧拖动可将模型围绕其*Y*轴旋转；按住【Alt】键的同时进行拖移可滚动模型，如图6-134所示。

滚动3D对象🔄：向两侧拖动鼠标可以使模型绕*Z*轴旋转，如图6-135所示。

图6-133

图6-134

图6-135

拖动3D对象✚：向两侧拖动可沿水平方向移动模型；上下拖动则可沿垂直方向移动模型；按住【Alt】键的同时进行拖移可沿*X/Z*方向移动，如图6-136所示。

滑动3D对象✚：向两侧拖动可沿水平方向移动模型；上下拖动可将模型移近或移远；按住【Alt】键的同时进行拖移可沿*X/Y*方向移动，如图6-137所示。

缩放3D对象🔄：上下拖动可将模型放大或缩小；按住【Alt】键的同时进行拖移可沿*Z*方向进行缩放，如图6-138所示。

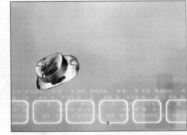

图6-136

图6-137

图6-138

位置下拉列表框：单击该选项右侧的视图名称，可以在弹出的下拉列表中选择一种视图方式，如图6-139所示。

存储当前视图🔄：使用3D对象工具将3D对象放置到所需的位置，然后单击选项栏中的"存储当前视图"按钮🔄，添加自定视图。

删除当前视图🔄：选择自定的视图状态后，单击该按钮，即可删除该视图。

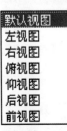

图6-139

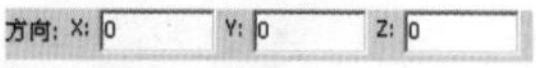

 ：显示3D对象在X、Y和Z轴上的位置，也可以手动编辑这些值。

2. 3D相机工具

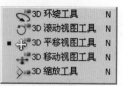

图6-140

使用3D相机工具可以移动相机视图，同时保持3D对象的位置固定不变。用户也可以在工具选项栏右侧输入精确的数值，来调整3D相机的位置，旋转或缩放角度。3D对象工具组菜单如图6-140所示，3D相机工具的工具选项栏如图6-141所示。其中各按钮的功能如下所示。

图6-141

返回到初始相机位置 ：可返回到默认的相机视图。

环绕移动3D相机 ：拖动以将相机沿X或Y方向环绕移动。按住【Ctrl】键的同时进行拖移可滚动相机，如图6-142所示。

图6-142

图6-143

滚动3D相机 ：拖动以滚动相机，如图6-143所示。

用3D相机拍摄全景 ：拖动以将相机沿X或Y方向平移。按住【Ctrl】键的同时进行拖移可沿X或Z方向平移，如图6-144所示。

与3D相机一起移动 ：拖动以步进相机（Z转换和Y旋转）。按住【Ctrl】键的同时进行拖移可沿Z/X方向步览（Z平移和X旋转），如图6-145所示。

变焦3D相机 ：拖动以更改3D相机的视角，如图6-146所示。最大视角为180°。

透视相机——使用视角 ：显示汇聚成消失点的平行线。

正交相机——使用视角 ：保持平行线不相交。在精确的缩放视图中显示模型，而不会出现任何透视扭曲。

视图下拉列表框：单击右侧的视图名称，可以在弹出的下拉列表中选择模型的预设相机视图，如图6-147所示。

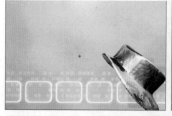

图6-144

图6-145

图6-146

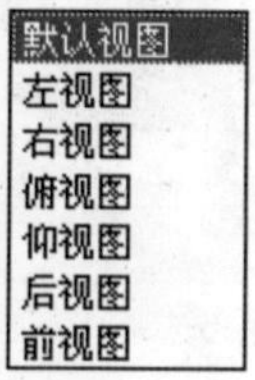

图6-147

存储当前视图 ：使用3D相机工具将3D相机放置到所需的位置，然后单击工具选项栏中的"存储当前视图"按钮 ，添加自定视图。

删除当前视图 ：选择自定的视图状态后，单击该按钮，即可删除该视图。

：显示3D相机在X、Y和Z轴上的位置。也可以手动编辑这些值，从而调整相机视图。

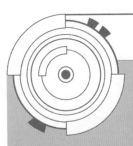

6.3.2 | 使用3D功能制作食品包装盒

制作说明

　　本例将一组包装的平面图像，通过Photoshop中的"3D"功能制作出包装的立体效果图。其中，包装立体效果图中的每一个面都是通过"3D"功能中的贴图表现出来的，希望读者通过本例能够体会使用"3D"功能制作立体效果这一特色功能的重要作用。

原始图片　　　　　最终效果

制作步骤

step 01 打开随书光盘中的"背景"图像文件，此时的图像效果和"图层"面板如图6-148所示。

图6-148

step 02 单击"创建新的填充或调整图层"按钮，在弹出的菜单中选择"曲线"命令，此时在弹出"调整"面板的同时得到图层"曲线1"。然后在"调整"面板中设置"曲线"命令的参数，如图6-149所示。

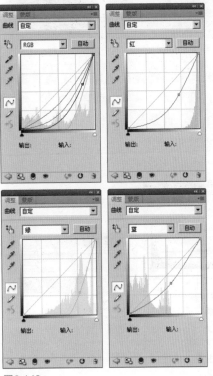

图6-149

step **03** 在"调整"面板中设置完"曲线"命令的参数后，关闭"调整"面板。此时的图像效果和"图层"面板如图6-150所示。

图6-150

step **04** 单击"曲线 1"的图层蒙版缩览图，设置前景色为黑色，选择"画笔工具" ✎，设置适当的画笔大小和透明度后，在图层蒙版中涂抹，得到如图6-151所示的效果。

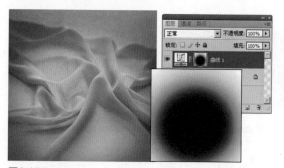

图6-151

step **05** 单击"创建新的填充或调整图层"按钮 ❍，在弹出的菜单中选择"色阶"命令，此时在弹出"调整"面板的同时得到图层"色阶1"。然后在"调整"面板中设置"色阶"命令的参数，如图6-152所示。

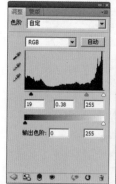

图6-152

step **06** 在"调整"面板中设置完"色阶"命令的参数后，关闭"调整"面板。此时的图像效果如图6-153所示。

图6-153

step **07** 单击"色阶 1"的图层蒙版缩览图，设置前景色为黑色，选择"画笔工具" ✎，设置适当的画笔大小和透明度后，在图层蒙版中涂抹，得到如图6-154所示的效果。

图6-154

step **08** 新建一个图层，得到"图层 1"。执行"3D"/"从图层新建形状"/"立方体"命令，得到如图6-155所示的立方体效果。

图6-155

step 9 选择"3D比例工具" ，在其工具选项栏中进行参数设置，将立方体压扁，得到如图6-156所示的效果。

图6-156

step 10 选择"3D环绕工具" ，在其工具选项栏中进行参数设置，将立方体的角度进行旋转，得到如图6-157所示的效果。

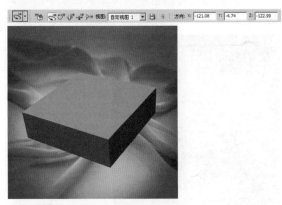

图6-157

step 11 选择"3D平移视图工具" ，在其工具选项栏中进行参数设置，调整立方体的位置，得到如图6-158所示的效果。

图6-158

step 12 双击"图层 1"的图层缩览图，调出"3D"面板，在该面板中将3个默认的"无限光"光源删除，得到如图6-159所示的效果。

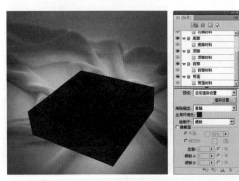

图6-159

step 13 单击"创建新光源"按钮 ，在弹出的菜单中选择"新建点光"，得到"点光 1"。在图像中调整光源的位置，即可得到如图6-160所示的效果。

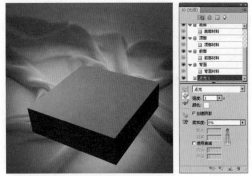

图6-160

step 14 单击"创建新光源"按钮 ，在弹出的菜单中选择"新建点光"，得到"点光 2"。在图像中调整光源的位置，即可得到如图6-161所示的效果。

图6-161

step **15** 单击"创建新光源"按钮 。，在弹出的菜单中选择"新建点光"，得到"点光 3"。在图像中调整光源的位置，即可得到如图6-162所示的效果。

图6-162

step **16** 单击"创建新光源"按钮 。，在弹出的菜单中选择"新建聚光灯"，得到"聚光灯 1"。在图像中调整光源的位置，即可得到如图6-163所示的效果。

图6-163

step **17** 用鼠标在"3D"面板中选择"背面材料"，然后设置其参数，在"漫射"名称后面的 按钮上单击，在弹出的菜单中选择"载入纹理"命令，在弹出的对话框中选择本例目录下的"素材 1"文件，即可得到如图6-164所示的效果。

图6-164

step **18** 在"3D"面板中设置完漫射纹理和其他参数后，分别在环绕和漫射后面的颜色块上单击，设置其颜色为白色，如图6-165所示。

图6-165

step **19** 用鼠标在"3D"面板中选择"右侧材料"，然后设置其参数，在"漫射"名称后面的 按钮上单击，在弹出的菜单中选择"载入纹理"命令，在弹出的对话框中选择本例目录下的"素材 2"文件，即可得到如图6-166所示的效果。

图6-166

step **20** 在"3D"面板中设置完漫射纹理和其他参数后，分别在环绕和漫射后面的颜色块上单击，设置其颜色为白色，如图6-167所示。

图6-167

step 21 用鼠标在"3D"面板中选择"底部材料",然后设置其参数,在"漫射"名称后面的按钮上单击,在弹出的菜单中选择"载入纹理"命令,在弹出的对话框中选择本例目录下的"素材3"文件,即可得到如图6-168所示的效果。

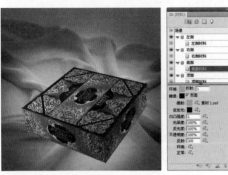

图6-168

step 22 在"3D"面板中设置完漫射纹理和其他参数后,分别在环绕和漫射后面的颜色块上单击,设置其颜色为白色,如图6-169所示。

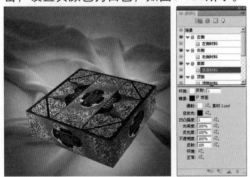

图6-169

step 23 设置前景色为黑色,新建一个图层,得到"图层 3"。按【Ctrl+Alt+G】快捷键,执行"创建剪贴蒙版"操作,选择"画笔工具",设置适当的画笔大小和透明度后,在"图层 3"中进行涂抹,绘制包装盒侧面的暗部,如图6-170所示。

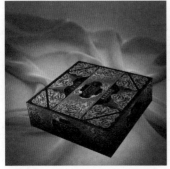

图6-170

step 24 设置"图层 3"的图层混合模式为"颜色加深",图层的不透明度为"60%",得到如图6-171所示的效果。

图6-171

step 25 设置前景色为黑色,在"色阶 1"的上方新建一个图层,得到"图层 4"。选择"画笔工具",设置适当的画笔大小和透明度后,在"图层 4"中进行涂抹,绘制包装盒下方的阴影,如图6-172所示。

图6-172

step 26 设置前景色为黑色,新建一个图层,得到"图层 5"。选择"画笔工具",设置适当的画笔大小和透明度后,在"图层 5"中继续绘制包装盒的阴影,得到如图6-173所示的最终效果。

图6-173

读书笔记

Chapter 07

特效打造超酷视觉

Photoshop具有强大的特效制作功能，利用内置的滤镜功能，可以快速实现很多特定的图像效果。同时，滤镜可以应用在通道和图层蒙版中，使滤镜的应用更加灵活，而制作的图像特效更加丰富多样。

7.1 使用滤镜直接在图层中创建特效

利用Photoshop中的滤镜功能，可以为图像添加艺术、绘画、纹理、模糊、立体等各种特殊效果。

7.1.1 常用滤镜概述

Photoshop中常用的滤镜有模糊、锐化、扭曲、杂色、风格化、纹理以及艺术效果等。下面介绍几种滤镜效果。

原图　　　　　　　　动感模糊　　　　　　高斯模糊

1. 模糊滤镜效果

"模糊"滤镜可以柔化选区或使图像中的线条降低清晰边缘的像素对比度，使图像变得柔和。该滤镜有"高斯模糊"、"镜头模糊"、"动感模糊"、"径向模糊"、"特殊模糊"等几种常用类型，各滤镜效果如图7-1所示。

径向模糊　　　　　　镜头模糊　　　　　　特殊模糊

图7-1

2. 锐化滤镜效果

"锐化"滤镜通过增加相邻像素的对比度来聚焦模糊的图像，使图像变得比较清晰。该滤镜通常用于增强扫描图像的轮廓。该滤镜有"USM锐化"和"智能锐化"两种常用类型，各滤镜效果如图7-2所示。

原图　　　　　　　　　　USM锐化　　　　　　　　　　智能锐化

图7-2

3. 扭曲滤镜效果

"扭曲"滤镜可以用来产生各种不同的扭曲效果，包括各种波纹、几何变形及坐标变换等。该滤镜有"玻璃"、"极坐标"、"波纹"、"切变"、"旋转扭曲"和"水波"等几种常用类型，各滤镜效果如图7-3所示。

原图 　　 玻璃 　　 极坐标

波纹 　　 切变 　　 旋转扭曲 　　 水波

图7-3

4. 杂色滤镜效果

"杂色"滤镜可以在图像中添加或者移去杂色或带有随机分布色阶的像素，使杂色与周围像素自然混合。该滤镜经常用于创建各种纹理效果，或移去图像中有问题的区域，如灰尘和划痕等。该滤镜有"添加杂色"和"蒙尘与划痕"两种常用类型，各滤镜效果如图7-4所示。

原图

添加杂色

蒙尘与划痕

图7-4

5. 渲染滤镜效果

"渲染"滤镜可以在图像中创建云彩图案、折射图案和模拟光线反射，以及纤维材质等效果。另外，还可以利用灰度文件创建纹理填充以及各种光照效果。该滤镜有"云彩"、"分层云彩"、"镜头光晕"和"光照效果"等几种常用类型，各滤镜效果如图7-5所示。

原图

图7-5 (a)

云彩

分层云彩

镜头光晕

光照效果

图7-5（b）

6. 风格化滤镜效果

"风格化"滤镜通过置换像素并查找和增加图像中的对比度，在图像上产生如同印象派或其他画派的艺术效果。该滤镜有"浮雕效果"和"风"两种常用类型，各滤镜效果如图7-6所示。

原图

浮雕效果

风

图7-6

7.1.2 | 使用滤镜在图层中制作水晶特效

制作说明

本例将通过滤镜对图层中的素材文件进行处理，制作出水晶苹果的特殊效果。本例中运用了多种滤镜进行处理，希望读者通过本例能够体会使用滤镜在图层中制作特殊效果这一特色功能的重要作用。

原始图片

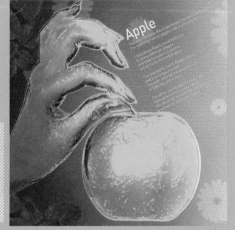
最终效果

📖 制作步骤

step 01 新建文档。执行菜单"文件"/"新建"命令（或按【Ctrl+N】快捷键），设置弹出的"新建"对话框，如图7-7所示，单击"确定"按钮，即可创建一个新的空白文档。

图7-7

step 02 设置前景色为黑色，按【Alt+Delete】快捷键，用前景色填充"背景"图层，得到如图7-8所示的效果。

图7-8

step 03 打开随书光盘中的"素材 1"图像文件，此时的图像效果和"图层"面板如图7-9所示。

图7-9

step 04 使用"移动工具" ▶ 将图像拖动到第1步新建的文件中，得到"图层 1"。按【Ctrl+T】快捷键，调出自由变换控制框，变换图像到如图7-10所示的状态，按【Enter】键确认操作。

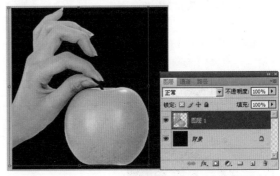

图7-10

step 05 按【Ctrl+Shift+Alt+E】快捷键，执行"盖印"操作，得到"图层 2"。选择"图像"/"调整"/"去色"命令或按【Ctrl+Shift+U】快捷键，执行"去色"命令，将图像中的色彩去除，使其变为黑白图像，如图7-11所示。

图7-11

step 06 选择"图像"/"复制"命令，在弹出的对话框中进行复制文件的设置，如图7-12所示，单击"确定"按钮，即可复制文件。然后将复制的文件进行保存，文件名为"纹理"。

图7-12

step 07 选择第1步新建的文件中的"图层 2"，按【Ctrl+J】快捷键，复制"图层 2"，得到"图层 2 副本"。执行"滤镜"/"模糊"/"高斯模糊"命令，设置弹出对话框中的参数后，单击"确定"按钮，得到如图7-13所示的效果。

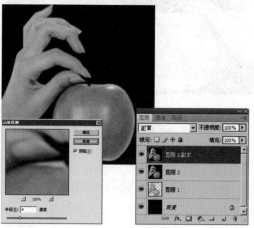

图7-13

step 08 执行"滤镜"/"扭曲"/"玻璃"命令，设置弹出对话框中的参数后，单击"确定"按钮，得到如图7-14所示的效果。

图7-14

step 09 单击"创建新的填充或调整图层"按钮 ，在弹出的菜单中选择"渐变"命令，设置弹出的对话框，如图7-15所示。在该对话框的编辑渐变颜色选择框中单击，可以弹出"渐变编辑器"对话框，在此可以编辑渐变的颜色。

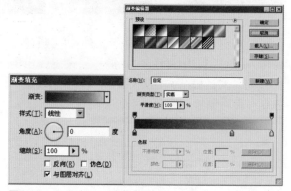

图7-15

step 10 设置完该对话框后，单击"确定"按钮，得到图层"渐变填充 1"，此时的效果如图7-16所示。

图7-16

step 11 将"图层 2 副本"调整到图层的最上方，按住【Ctrl】键单击"图层 1"的图层缩览图，载入其选区。单击"添加图层蒙版"按钮 ，为"图层 2 副本"添加图层蒙版，此时选区以外的图像就被隐藏起来了，如图7-17所示。

图7-17

step 12 设置"图层 2 副本"的图层混合模式为"叠加",将图像融入到背景中,得到如图7-18所示的效果。

图7-18

step 13 选择"图层 2 副本",按【Ctrl+J】快捷键,复制"图层 2 副本",得到"图层 2 副本2"。执行"滤镜"/"扭曲"/"玻璃"命令,设置弹出对话框中的参数后,单击"确定"按钮,得到如图7-19所示的效果。

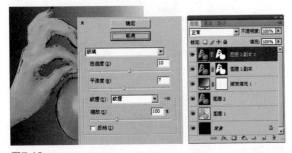

图7-19

step 14 执行"滤镜"/"艺术效果"/"塑料包装"命令,设置弹出对话框中的参数后,单击"确定"按钮,得到如图7-20所示的效果。

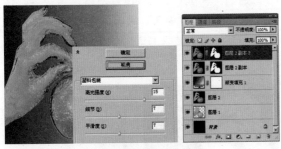

图7-20

step 15 设置"图层 2 副本 2"的图层混合模式为"颜色减淡",得到如图7-21所示的效果。

图7-21

step 16 选择"图层 1",按住【Ctrl】键单击"图层 1"的图层缩览图,载入其选区。按【Ctrl+C】快捷键,执行"复制"操作。切换到"通道"面板,单击面板底部的"创建新通道"按钮 ,新建一个通道"Alpha 1"。按【Ctrl+V】快捷键,执行"粘贴"操作,按【Ctrl+D】快捷键取消选区,如图7-22所示。

图7-22

step 17 执行"滤镜"/"风格化"/"查找边缘"命令,将图像以线的形式表现,得到如图7-23所示的效果。

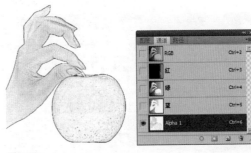

图7-23

step 18 按【Ctrl+I】快捷键,执行"反相"操作,将通道中黑白图像的颜色进行颠倒(将图像中的颜色变成该颜色的补色),如图7-24所示。

图7-24

step 19 选择"图像"/"调整"/"色阶"命令或按【Ctrl+L】快捷键,调出"色阶"对话框。设置完该对话框后,即可得到如图7-25所示的效果。

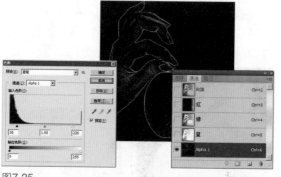

图7-25

step 20 按住【Ctrl】键单击通道"Alpha 1"的通道缩览图,载入其选区。切换到"图层"面板,在"渐变填充 1"的上方新建一个图层"图层3",设置前景色为白色。按【Alt+Delete】快捷键用前景色填充选区,按【Ctrl+D】快捷键取消选区,得到如图7-26所示的效果。

图7-26

step 21 设置"图层 3"的图层混合模式为"叠加",将图像与背景混合,得到如图7-27所示的效果。

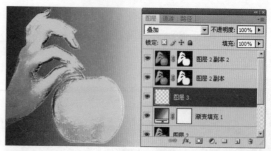

图7-27

step 22 选择"图层 3",按【Ctrl+J】快捷键,复制"图层 3",得到"图层 3 副本"。执行"滤镜"/"模糊"/"高斯模糊"命令,设置弹出对话框中的参数后,单击"确定"按钮,得到如图7-28所示的效果。

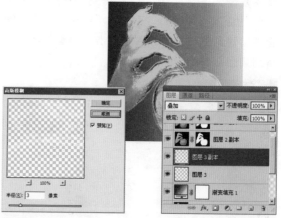

图7-28

step 23 按住【Ctrl】键单击"图层 1"的图层缩览图,载入其选区。切换到"通道"面板,单击面板底部的"创建新通道"按钮 □,新建一个通道"Alpha 2",设置前景色为白色。按【Alt+Delete】快捷键用前景色填充选区,按【Ctrl+D】快捷键取消选区,得到如图7-29所示的效果。

图7-29

step 24 执行"滤镜"/"模糊"/"高斯模糊"命令，设置弹出对话框中的参数后，单击"确定"按钮，得到如图7-30所示的效果。

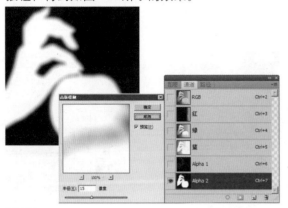

图7-30

step 25 切换到"图层"面板，按住【Ctrl】键单击"图层 1"的图层缩览图，载入其选区。切换到"通道"面板，按【Ctrl+Shift+I】快捷键执行"反选"操作，设置前景色为黑色，按【Alt+Delete】快捷键用前景色填充选区，得到如图7-31所示的效果。

图7-31

step 26 按【Ctrl+Shift+I】快捷键执行"反选"操作，按【Ctrl+I】快捷键执行"反相"操作，按【Ctrl+D】快捷键取消选区，得到如图7-32所示的效果。

图7-32

step 27 按住【Ctrl】键单击通道"Alpha 2"的通道缩览图，载入其选区。切换到"图层"面板，在"图层 3 副本"的上方新建一个图层"图层 4"，设置前景色为白色。按【Alt+Delete】快捷键用前景色填充选区，按【Ctrl+D】快捷键取消选区，得到如图7-33所示的效果。

图7-33

step 28 设置"图层 4"的图层混合模式为"叠加"，将图像与背景混合，得到如图7-34所示的效果。

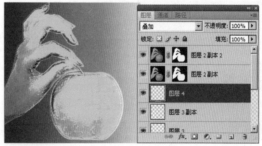

图7-34

step 29 选择"图层 2 副本 2"，单击"创建新的填充或调整图层"按钮 ，在弹出的菜单中选择"色阶"命令，此时在弹出"调整"面板的同时得到图层"色阶 1"。单击"调整"面板下方的 按钮，将调整影响剪切到下方的图层。在"调整"面板中设置完"色阶"命令的参数后，关闭"调整"面板。此时的效果如图7-35所示。

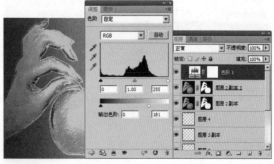

图7-35

step 30 单击"色阶 1"的图层蒙版缩览图,设置前景色为黑色,选择"画笔工具" ✐,设置适当的画笔大小和透明度后,在图层蒙版中涂抹,得到如图7-36所示的效果。

图7-36

step 31 按住【Ctrl】键单击"图层 1"的图层缩览图,载入其选区。按【Shift+Ctrl+C】快捷键,执行"合并复制"操作,按【Ctrl+V】快捷键,执行"粘贴"操作,得到"图层 5",如图7-37所示。

图7-37

step 32 选择"渐变填充 1",按【Ctrl+J】快捷键,复制"渐变填充 1",得到"渐变填充 1 副本"。在"渐变填充 1 副本"的图层名称上单击鼠标右键,在弹出的菜单中选择"栅格化图层"命令,如图7-38所示。

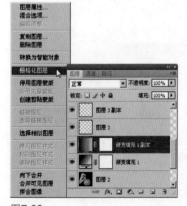

图7-38

step 33 设置前景色的颜色值为(R:5 G:27 B:171),背景色为白色。执行"滤镜"/"纹理"/"染色玻璃"命令,设置弹出对话框中的参数后,单击"确定"按钮,得到如图7-39所示的效果。

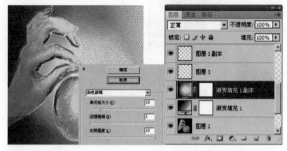

图7-39

step 34 设置"渐变填充 1 副本"的图层不透明度为"25%",得到如图7-40所示的效果。

图7-40

step 35 打开随书光盘中的"素材 2"图像文件,此时的图像效果和"图层"面板如图7-41所示。

图7-41

step 36 使用"移动工具" ▶ 将图像拖动到第1步新建的文件中,得到"图层 6"。按【Ctrl+T】快捷键,调出自由变换控制框,变换图像到如图7-42所示的状态,按【Enter】键确认操作。

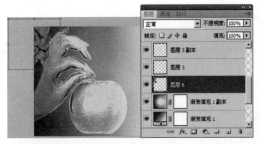

图7-42

step **37** 单击"创建新的填充或调整图层"按钮 ●.，在弹出的菜单中选择"色相/饱和度"命令，此时在弹出"调整"面板的同时得到图层"色相/饱和度 1"。单击"调整"面板下方的 ● 按钮，将调整影响剪切到下方的图层。在"调整"面板中设置完"色相/饱和度"命令的参数后，关闭"调整"面板。此时的效果如图7-43所示。

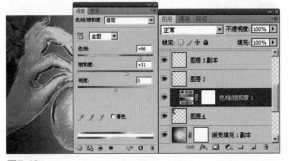

图7-43

step **38** 打开图片。打开随书光盘中的"素材 3"图像文件，此时的图像效果和"图层"面板如图7-44所示。

图7-44

step **39** 使用"移动工具" ▸+ 将图像拖动到第1步新建的文件中，得到"图层 7"。按【Ctrl+Alt+G】快捷键，执行"释放剪贴蒙版"操作，按【Ctrl+T】快捷键，调出自由变换控制框，变换图像到如图7-45所示的状态，按【Enter】键确认操作。

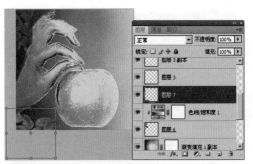

图7-45

step **40** 选择"色相/饱和度 1"，按住【Alt】键，在"图层"面板上将选中的图层拖动到"图层 7"的上方，以复制和调整图层顺序，得到图层"色相/饱和度1 副本"。按【Ctrl+Alt+G】快捷键，执行"创建剪贴蒙版"操作，如图7-46所示。

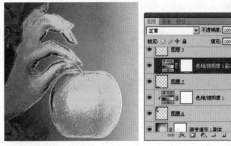

图7-46

step **41** 打开图片。打开随书光盘中的"素材 4"图像文件，此时的图像效果和"图层"面板如图7-47所示。

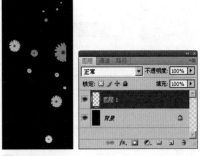

图7-47

step **42** 使用"移动工具" ▸+ 将图像拖动到第1步新建的文件中，得到"图层 8"。按【Ctrl+Alt+G】快捷键，执行"释放剪贴蒙版"操作，按【Ctrl+T】快捷键，调出自由变换控制框，变换图像到如图7-48所示的状态，按【Enter】键确认操作。

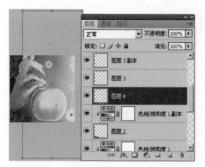

图7-48

step 43 设置"图层 8"的图层混合模式为"柔光",将图像与背景混合,得到如图7-49所示的效果。

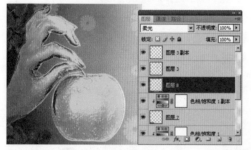

图7-49

step 44 设置前景色为白色,使用"横排文字工具" **T**,设置适当的字体和字号,在画面的右上方输入文字,得到相应的文字图层,如图7-50所示。

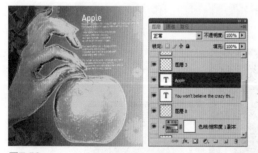

图7-50

step 45 在"图层"面板上选中输入的文字图层,按【Ctrl+T】快捷键,调出自由变换控制框,变换图像到如图7-51所示的状态,按【Enter】键确认操作。

step 46 选择"图层 8"上方的文字图层,单击"添加图层样式"按钮 **fx**,在弹出的菜单中选择"投影"命令,设置弹出的"图层样式"对话框的"投影"选项后,得到如图7-52所示的效果。

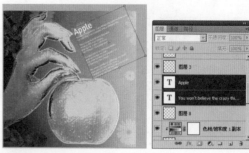

图7-51

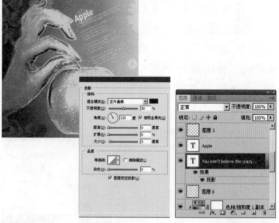

图7-52

step 47 在"图层 8"上方的文字图层的图层名称上单击鼠标右键,在弹出的菜单中选择"拷贝图层样式"命令,然后用鼠标右键单击"图层 3"下方的文字图层的图层名称,在弹出的菜单中选择"粘贴图层样式"命令,得到如图7-53所示的最终效果。

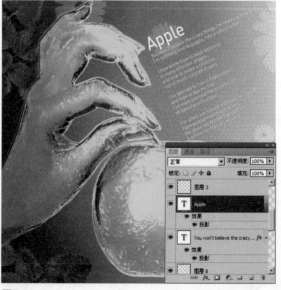

图7-53

7.2　使用滤镜在通道中创建特效选区

在Photoshop中，利用通道可以制作出各种形状和透明度特性的选区，这对于制作一些比较复杂的选区更为有用。同时，通道配合相关的命令，可以制作出很多特殊的图像效果。

7.2.1　编辑通道

在"通道"面板中，可以显示并编辑图像中的颜色通道、专色通道及Alpha通道。可执行"窗口"/"通道"命令，打开"通道"面板，如图7-54所示。单击面板右上方的 ▼≣ 按钮，即可弹出如图7-55所示的菜单。

图7-54　　　　　　　　　　　　　　　图7-55

1. 创建Alpha通道

（1）创建空白的Alpha通道

如果要创建一个新的空白的Alpha通道，可以单击"通道"面板中的"创建新通道"按钮 ，这样就会自动创建一个以"Alpha"加数字序号命名的通道，如图7-56所示。

也可按住【Alt】键再单击"通道"面板中的"创建新通道"按钮 ，或在面板弹出菜单（见图7-55）中选择"新建通道"命令，打开"新建通道"对话框以创建新通道，如图7-57所示。其中各选项的含义如下所示。

图7-56　　　　　　　　　　　　　　　图7-57

名称： 用户可以为新通道命名，默认通道名称为"Alpha"加数字序号。

色彩指示： 用于设置Alpha通道显示颜色的方式。选择"被蒙版区域"选项，表示新建通道中白色区域为选取范围，黑色区域代表被遮挡的范围；选择"所选区域"选项，表示新建通道中白色区域为未选取范围（被遮挡的部分），而黑色区域则代表选取范围。默认选择"被蒙版区域"选项。

颜色： 用于设置蒙版的颜色和不透明度。单击颜色框可以打开"拾色器"对话框，可以从中选择用于显示蒙版的颜色色值。默认为不透明度是50%的红色。蒙版颜色的设定主要是用来方便用户辨认蒙版上选取范围和非选取范围之间区别的，对图像色彩没有任何影响。

（2）将选区存储为Alpha通道

例如，在图像中已经制作了一个选取范围，如图7-58所示。单击"通道"面板下方的"将选区转换为通道"按钮 ，即可将选区转换为Alpha通道，并存储起来，该通道会被自动命名为Alpha加数字序号，如图7-59所示。如果是按住【Alt】键的同时单击"将选区转换为通道"按钮 ，则可以调出"新建通道"对话框进行设置。

在图像中制作选取范围后，也可以执行
"选择"/"存储选区"命令，在弹出的"存储
选区"对话框中，设置"名称"选项后，单击
"确定"按钮，创建出新的Alpha通道，如图
7-60所示。

图7-58

图7-59

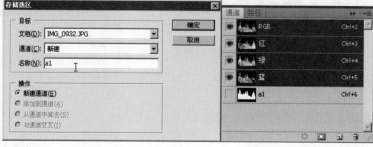

图7-60

2. 复制通道

选中要复制的通道，将
其拖到"通道"面板的"创建
新通道"按钮 上，即可复
制该通道，如图7-61所示。

也可以在选中通道后，选
择"通道"面板弹出菜单中的
"复制通道"命令，弹出"复
制通道"对话框，如图7-62所

图7-61

示。在"目标"选项组的"文档"下拉列表框中选择"新建"选项，可将所选择的通道复制到新文
件中，同时在"名称"文本框中可以为新建文件进行命名。如果选择本文件，则单击"确定"按钮
后，在"通道"面板中就会显示一个复制的通道。默认情况下，在名称后面会带有"副本"字样，
如图7-63所示。

3. 删除通道

将通道直接拖到"删除
当前通道"按钮 上，即可
删除该通道。也可以选中通道
后，选择"通道"面板弹出菜
单中的"删除通道"命令进行
删除。

图7-62

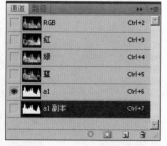

图7-63

4. 编辑Alpha通道

在Alpha通道中，可以像普通图像那样进行编辑，可以执行绘制选区、应用部分滤镜、用绘图工具进行绘制、填充颜色等操作。其操作方法与灰度图相同。例如，在Alpha通道中绘制选区，如图7-64所示。将其填充白色，如图7-65所示。应用扭曲滤镜，如图7-66所示。

图7-64

图7-65

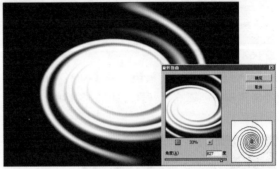

图7-66

7.2.2 | 使用滤镜在通道中制作炫光特效

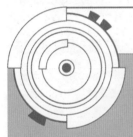

🔲 制作说明

本例将通过滤镜在通道中编辑特殊的选区效果，然后再通过"变形"命令，制作出炫光特效。希望读者通过本例能够体会使用滤镜在通道中编辑特殊的选区效果这一特色功能的重要作用。

原始图片

最终效果

🔲 制作步骤

 ▶  ▶  ▶  ▶

step 01 新建文档。执行菜单"文件"/"新建"命令（或按【Ctrl+N】快捷键），设置弹出的"新建"对话框，如图7-67所示，单击"确定"按钮，即可创建一个新的空白文档。

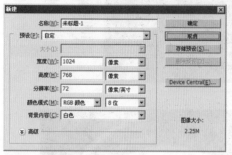

图7-67

step 02 设置前景色为黑色，按【Alt+Delete】快捷键用前景色填充"背景"图层，得到如图7-68所示的效果。

图7-68

step 03 新建一个图层，得到"图层1"。选择铅笔工具 ✐，设置适当的画笔大小和透明度后，在"图层1"中按住【Shift】键从上往下绘制一条直线，得到如图7-69所示的效果。

图7-69

step 04 选择"图层1"，按【Ctrl+J】快捷键，复制"图层1"，得到"图层1副本"。按【Ctrl+T】快捷键，调出自由变换控制框，变换图像到如图7-70所示的状态，按【Enter】键确认操作。

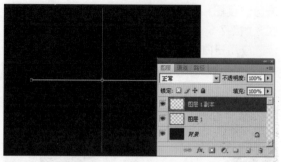

图7-70

step 05 按【Ctrl+Shift+Alt+E】快捷键，执行"盖印"操作，得到"图层2"。按【Ctrl+T】快捷键，调出自由变换控制框，变换图像到如图7-71所示的状态，按【Enter】键确认操作。

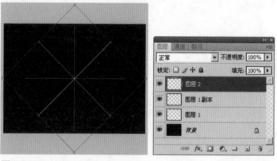

图7-71

step 06 按【Ctrl+Shift+Alt+E】快捷键，执行"盖印"操作，得到"图层3"。按【Ctrl+T】快捷键，调出自由变换控制框，变换图像到如图7-72所示的状态，按【Enter】键确认操作。

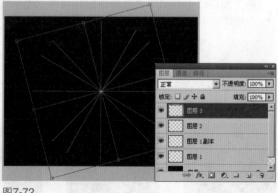

图7-72

step 07 选择"图层3"，按【Ctrl+J】快捷键，复制"图层3"，得到"图层3副本"。按【Ctrl+T】快捷键，调出自由变换控制框，变换图像到如图7-73所示的状态，按【Enter】键确认操作。

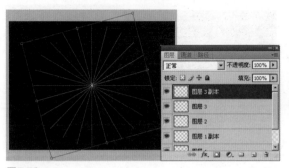

图7-73

step 08 切换到"图层"面板，按住【Ctrl+Shift】快捷键依次单击除"背景"以外的其他图层缩览图，载入选区。切换到"通道"面板，单击面板底部的"创建新通道"按钮 ，新建一个通道"Alpha 1"，按【Alt+Delete】快捷键用前景色填充选区，得到如图7-74所示的效果。

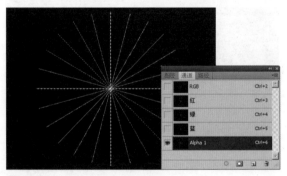

图7-74

step 09 按【Ctrl+Alt+T】快捷键，调出自由变换复制框，然后将图像调整到如图7-75所示的状态，按【Enter】键确认操作。

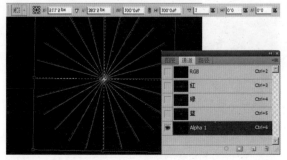

图7-75

step 10 按【Ctrl+Shift+Alt+T】快捷键多次，将线条复制并变换到如图7-76所示的状态。

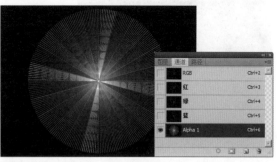

图7-76

step 11 按【Ctrl+T】快捷键，调出自由变换控制框，变换图像到如图7-77所示的状态，按【Enter】键确认操作。

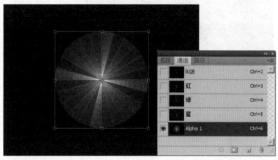

图7-77

step 12 执行"滤镜"/"模糊"/"径向模糊"命令，设置弹出对话框中的参数后，单击"确定"按钮，得到如图7-78所示的效果。

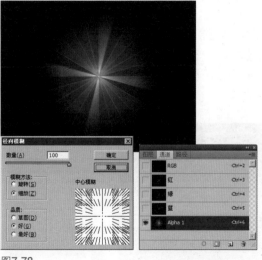

图7-78

step 13 按【Ctrl+F】快捷键两次，重复运用径向模糊命令，得到类似如图7-79所示的效果。

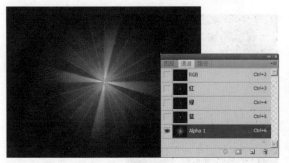

图7-79

step 14 执行"编辑"/"变换"/"变形"命令，调出变形控制框，变换图像到如图7-80所示的状态，按【Enter】键确认操作。

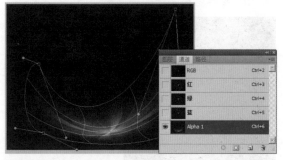

图7-80

step 15 按住【Ctrl】键单击通道"Alpha 1"的通道缩览图，载入其选区。切换到"图层"面板，在"图层 3 副本"的上方新建一个图层"图层 4"，设置前景色为白色。按【Alt+Delete】快捷键用前景色填充选区，按【Ctrl+D】快捷键取消选区，将"背景"图层和"图层 4"之间的图层隐藏起来，按【Ctrl+T】快捷键，调出自由变换控制框，变换图像到如图7-81所示的状态，按【Enter】键确认操作。

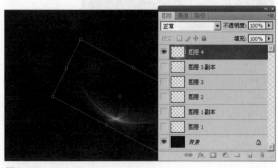

图7-81

step 16 选择"图层 4"，按【Ctrl+J】快捷键，复制"图层 4"，得到"图层 4 副本"。按【Ctrl+T】快捷键，调出自由变换控制框，变换图像到如图7-82所示的状态，按【Enter】键确认操作。

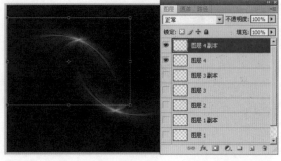

图7-82

step 17 选择"图层 4 副本"，按【Ctrl+J】快捷键，复制"图层 4 副本"，得到"图层 4 副本 2"。按【Ctrl+T】快捷键，调出自由变换控制框，变换图像到如图7-83所示的状态，按【Enter】键确认操作。

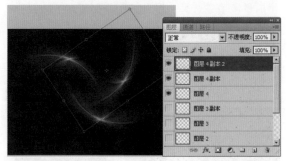

图7-83

step 18 选择"图层 4 副本2"，按【Ctrl+J】快捷键，复制"图层 4 副本 2"，得到"图层 4 副本 3"。按【Ctrl+T】快捷键，调出自由变换控制框，变换图像到如图7-84所示的状态，按【Enter】键确认操作。

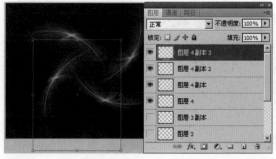

图7-84

step 19 单击"添加图层样式"按钮*fx*，在弹出的菜单中选择"外发光"命令，设置弹出的"图层样式"对话框的"外发光"选项，如图7-85所示，设置外发光的颜色值为（R:255 G:0 B:0）。

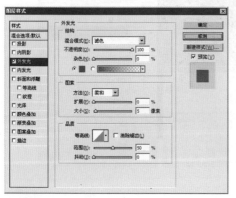

图7-85

step 20 设置完以上参数后，单击"确定"按钮，得到如图7-86所示的红色发光效果。

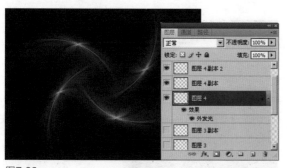

图7-86

step 21 单击"添加图层样式"按钮*fx*，在弹出的菜单中选择"外发光"命令，设置弹出的"图层样式"对话框的"外发光"选项，如图7-87所示，设置外发光的颜色值为（R:42 G:255 B:0）。

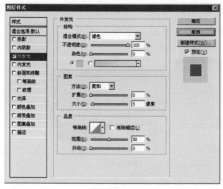

图7-87

step 22 设置完以上参数后，单击"确定"按钮，得到如图7-88所示的绿色发光效果。

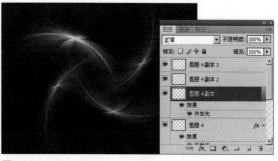

图7-88

step 23 单击"添加图层样式"按钮*fx*，在弹出的菜单中选择"外发光"命令，设置弹出的"图层样式"对话框的"外发光"选项，如图7-89所示，设置外发光的颜色值为（R:24 G:0 B:255）。

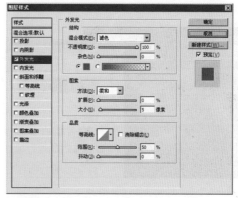

图7-89

step 24 设置完以上参数后，单击"确定"按钮，得到如图7-90所示的蓝色发光效果。

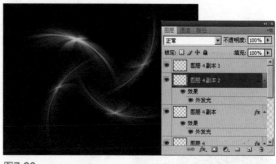

图7-90

step 25 单击"添加图层样式"按钮 *fx*，在弹出的菜单中选择"外发光"命令，设置弹出的"图层样式"对话框的"外发光"选项，如图7-91所示，设置外发光的颜色值为（R:255 G:168 B:0）。

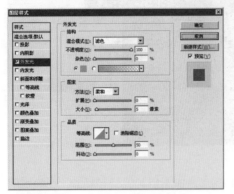

图7-91

step 26 设置完以上参数后，单击"确定"按钮，得到如图7-92所示的橙色发光效果。

图7-92

step 27 选择"图层 4"及其副本图层，按【Ctrl+Shift+Alt+E】快捷键，执行"盖印"操作，得到"图层 5"。然后隐藏"图层 4"及其副本图层，如图7-93所示。

图7-93

step 28 执行"滤镜"/"扭曲"/"旋转扭曲"命令，设置弹出对话框中的参数后，单击"确定"按钮，得到如图7-94所示的效果。

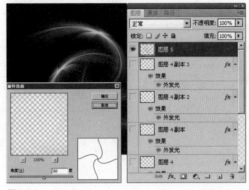

图7-94

step 29 选择"图层 5"，按【Ctrl+J】快捷键，复制"图层 5"，得到"图层 5 副本"。设置其图层混合模式为"滤色"，得到如图7-95所示的效果。

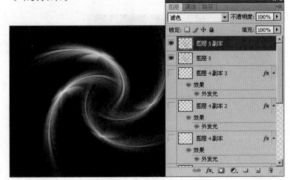

图7-95

step 30 选择"图层 5"，单击"创建新的填充或调整图层"按钮 *●*，在弹出的菜单中选择"色阶"命令，此时在弹出"调整"面板的同时得到图层"色阶 1"。单击"调整"面板下方的 ●按钮，将调整影响剪切到下方的图层。然后在"调整"面板中设置"色阶"命令的参数，如图7-96所示。

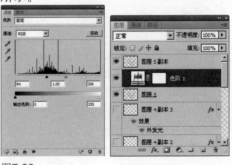

图7-96

step 31 在"调整"面板中设置完"色阶"命令的参数后，关闭"调整"面板。此时的图像效果如图7-97所示。

图7-97

step 32 切换到"路径"面板，单击面板底部的"创建新路径"按钮，新建一个路径，得到"路径 1"。选择"钢笔工具"，在工具选项栏中单击"路径"按钮，在图像中绘制3条路径，如图7-98所示。

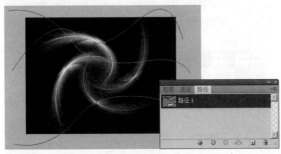

图7-98

step 33 使用"路径选择工具"选择所绘制的路径，按【Ctrl+Alt+T】快捷键，调出自由变换复制框，然后将图像调整到如图7-99所示的状态，按【Enter】键确认操作。

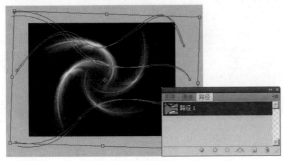

图7-99

step 34 按【Ctrl+Shift+Alt+T】快捷键多次，将路径复制并变换到如图7-100所示的状态。

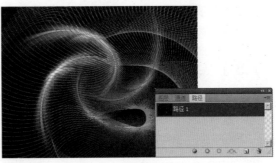

图7-100

step 35 切换到"图层"面板，在"图层 5"的下方新建一个图层"图层 6"，设置前景色的颜色值为（R:41 G:41 B:41）。选择"画笔工具"，按【Enter】键描边路径，得到如图7-101所示的效果。

图7-101

step 36 设置前景色为白色，使用"横排文字工具"，设置适当的字体和字号，在画面下方输入文字，得到相应的文字图层，如图7-102所示。

图7-102

7.3 使用滤镜在图层蒙版中创建特效选区

图层蒙版是一种通过不同的灰度颜色来控制图层不透明度的蒙版。当用户图像中创建了图层蒙版后，就可以通过绘图和编辑工具对图层蒙版的灰度进行编辑，从而得到不同的透明度效果。

7.3.1 编辑图层蒙版

在图层蒙版中，不同的灰度颜色会产生不同的透明度效果。默认情况下，图层蒙版中白色的区域为不透明部分，黑色区域为完全透明部分，灰度区域为半透明度部分。选中图层蒙版后，在"通道"面板中会产生对应的临时Alpha通道来存储图层蒙版的内容。

1. 创建和编辑图层蒙版

选中图层，单击"图层"面板中的"添加图层蒙版"按钮■，为图层添加空白的图层蒙版，如图7-103所示。也可以在选中图层后，执行"图层"/"图层蒙版"命令，弹出子菜单，进行以下相关操作，如图7-104所示。

图7-103

图7-104

例如，选择"显示全部"命令时，添加图层蒙版后，"图层1"处于完全显示状态，如图7-105所示。选择"隐藏全部"命令时，添加图层蒙版后，"图层1"处于完全隐藏状态，如图7-106所示。

当在图层中添加了图层蒙版后，可以使用绘图工具或其他图像编辑工具对图层蒙版进行编辑。选

图7-105

图7-106

择"画笔工具"，设置前景色为黑色，在"图层"面板中选中"图层1"的图层蒙版缩览图，然后在图像窗口中进行涂抹，可以看到被黑色涂抹过的图像区域变成了透明状态，如图7-107所示。如果选择的是"硬度"值较低的笔尖设置，则会看到图像中半透明的过渡状态，如图7-108所示。

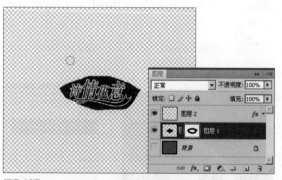
图7-107

图7-108

如果在图像中已经绘制了选区，如图7-109所示，也可以在选中图层后，执行"图层"/"图层蒙版"/"显示选区"命令，添加的图层蒙版如图7-110所示。如果选择的是"隐藏选区"命令，则添加的图层蒙版如图7-111所示。

图7-109

图7-110

图7-111

2. 删除和应用图层蒙版

如果要删除图层中的图层蒙版，则可以在"图层"面板中单击并拖动图层蒙版缩览图到"删除图层"按钮📩上，随后会弹出提示对话框，如图7-112所示，单击"删除"按钮，该图层蒙版就会被删除，而图层本身没有任何改变，如图7-113所示。单击"应用"按钮，图层蒙版也会被删除，但是图层中的图像也会随之改变，如图7-114所示。

图7-112　　　　　　　　　　　　　　　　　　　　图7-113　　　　　　图7-114

3. 停用/启用图层蒙版

如果想暂时不显示图层蒙版控制的效果，则可以在选中图层蒙版后，执行"图层"/"图层蒙版"/"停用"命令，或按【Shift】键单击图层蒙版缩览图，图层蒙版效果就会被隐藏，在"图层"面板中的图层蒙版缩览图上会出现一个红色的叉，如图7-115所示。想要显示时可执行"图层"/"图层蒙版"/"启用"命令，或直接单击图层即可。

图7-115

7.3.2 │ 使用滤镜在图层蒙版中制作宇宙空间

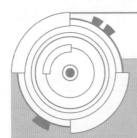

▨▨ 制作说明

本例将通过滤镜对图层蒙版进行编辑，创造出特殊的蒙版，从而制作出宇宙空间的特殊效果。希望读者通过本例能够体会使用滤镜在图层蒙版中制作特殊效果这一特色功能的重要作用。

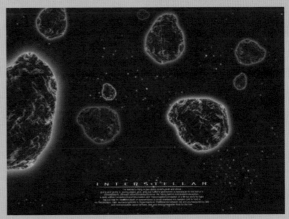
最终效果

🔡 制作步骤

 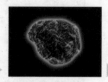 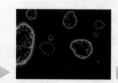 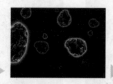 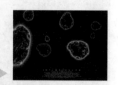

step 01 新建文档。执行菜单"文件"/"新建"命令（或按【Ctrl+N】快捷键），设置弹出的"新建"对话框，如图7-116所示，单击"确定"按钮，即可创建一个新的空白文档。

图7-116

step 02 设置前景色为黑色，按【Alt+Delete】快捷键用前景色填充"背景"图层，得到如图7-117所示的效果。

图7-117

step 03 新建一个图层，得到"图层 1"，将前景色设置为黑色，背景色设置为白色。选择"滤镜"/"渲染"/"云彩"命令，按【Ctrl+F】快捷键多次，重复运用云彩命令，得到类似如图7-118所示的效果。因为"云彩"是随机效果的滤镜，使用一次不一定能得到所需要的效果，所以需要多次重复运用。

图7-118

step 04 执行"滤镜"/"风格化"/"查找边缘"命令，设置弹出对话框中的参数后，单击"确定"按钮，得到如图7-119所示的效果。

图7-119

step 05 选择"椭圆选框工具"◯，按住【Shift】键，在画面的中央位置绘制圆形选区，如图7-120所示。

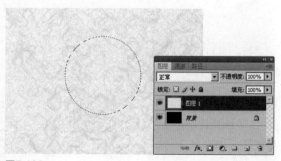

图7-120

step 06 执行 "滤镜" / "扭曲" / "球面化" 命令，设置弹出对话框中的参数后，单击 "确定" 按钮，得到如图7-121所示的效果。

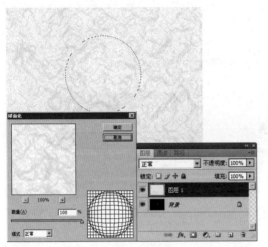

图7-121

step 07 使用 "套索工具" ，在画面的中央位置绘制类似如图7-122所示的不规则选区。

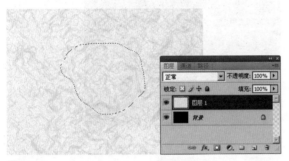

图7-122

step 08 单击 "添加图层蒙版" 按钮，为 "图层1" 添加图层蒙版，此时选区以外的图像就被隐藏起来了，如图7-123所示。

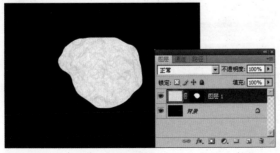

图7-123

step 09 按住【Alt】键的同时单击 "图层1" 的图层蒙版缩览图，显示 "图层1" 图层蒙版中的状态，如图7-124所示。

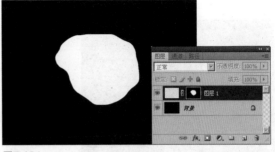

图7-124

step 10 执行 "滤镜" / "模糊" / "高斯模糊" 命令，设置弹出对话框中的参数后，单击 "确定" 按钮，得到如图7-125所示的效果。

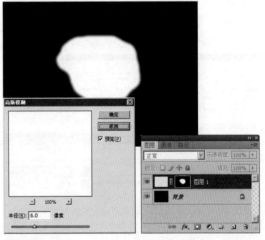

图7-125

step 11 按住【Alt】键的同时单击 "图层1" 的图层蒙版缩览图，恢复显示图像效果，如图7-126所示。

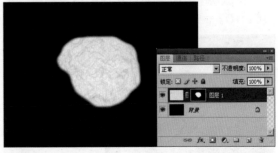

图7-126

step 12 选择"图层 1",按【Ctrl+I】快捷键,执行"反相"操作,将通道中图像的颜色进行颠倒(将图像中的颜色变成该颜色的补色),如图7-127所示。

图7-127

step 13 选择"图层 1",单击"添加图层样式"按钮 *fx*,在弹出的菜单中选择"外发光"命令,设置弹出的"图层样式"对话框的"外发光"选项后,单击"内发光"选项,然后设置弹出的"内发光"选项参数,具体设置如图7-128所示。

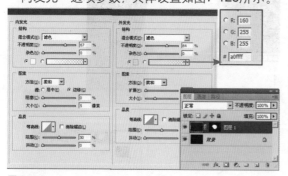

图7-128

step 14 设置完"图层样式"对话框后,单击"确定"按钮。按住【Ctrl】键的同时单击"图层 1"的图层蒙版缩览图,载入其选区。按【Ctrl+Shift+I】快捷键执行"反选"操作,按【Delete】键将选区内的图像删除,按【Ctrl+D】快捷键取消选区,如图7-129所示。

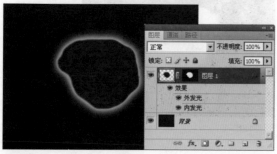

图7-129

step 15 单击"创建新的填充或调整图层"按钮 ◑,在弹出的菜单中选择"色阶"命令,此时在弹出"调整"面板的同时得到图层"色阶 1"。单击"调整"面板下方的◐按钮,将调整影响剪切到下方的图层。然后在"调整"面板中设置"色阶"命令的参数,如图7-130所示。

图7-130

step 16 在"调整"面板中设置完"色阶"命令的参数后,关闭"调整"面板。此时的图像效果如图7-131所示。

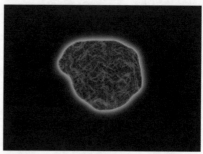

图7-131

step 17 单击"创建新的填充或调整图层"按钮 ◑,在弹出的菜单中选择"色阶"命令,此时在弹出"调整"面板的同时得到图层"色阶 2"。单击"调整"面板下方的◐按钮,将调整影响剪切到下方的图层。然后在"调整"面板中设置"色阶"命令的参数,如图7-132所示。

图7-132

step 18 在"调整"面板中设置完"色阶"命令的参数后，关闭"调整"面板。此时的图像效果如图7-133所示。

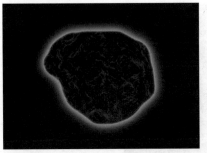

图7-133

step 19 单击"色阶 2"的图层蒙版缩览图，设置前景色为黑色，选择"画笔工具" ✐，设置适当的画笔大小和透明度后，在图层蒙版中涂抹，得到如图7-134所示的效果。

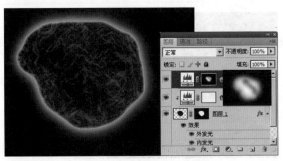

图7-134

step 20 单击"创建新的填充或调整图层"按钮 ◑，在弹出的菜单中选择"色阶"命令，此时在弹出"调整"面板的同时得到图层"色阶3"。单击"调整"面板下方的◑按钮，将调整影响剪切到下方的图层。然后在"调整"面板中设置"色阶"命令的参数，如图7-135所示。

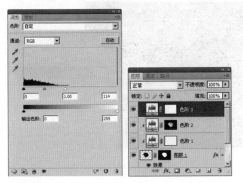

图7-135

step 21 在"调整"面板中设置完"色阶"命令的参数后，关闭"调整"面板。此时的图像效果如图7-136所示。

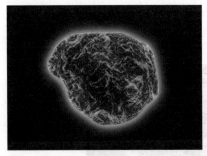

图7-136

step 22 单击"创建新的填充或调整图层"按钮 ◑，在弹出的菜单中选择"色彩平衡"命令，此时在弹出"调整"面板的同时得到图层"色彩平衡 1"。单击"调整"面板下方的◑按钮，将调整影响剪切到下方的图层。然后在"调整"面板中设置"色彩平衡"命令的参数，如图7-137所示。

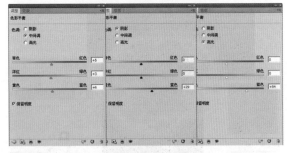

图7-137

step 23 在"调整"面板中设置完"色彩平衡 1"命令的参数后，关闭"调整"面板。此时的图像效果和"图层"面板如图7-138所示。

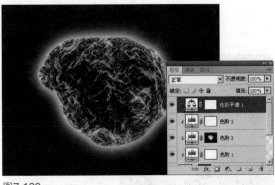

图7-138

step 24 选择"图层 1"及其上方的调整图层，按【Ctrl+Alt+E】快捷键，执行"盖印"操作，将得到的新图层重命名为"图层 2"。按【Ctrl+Alt+G】快捷键，执行"创建剪贴蒙版"操作，设置其图层混合模式为"柔光"，得到如图7-139所示的效果。

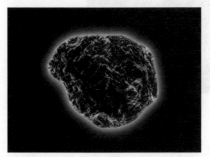

图7-139

step 25 执行"滤镜"/"模糊"/"高斯模糊"命令，设置弹出对话框中的参数后，单击"确定"按钮，得到如图7-140所示的效果。

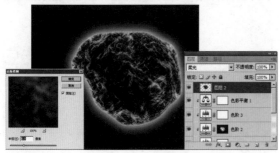

图7-140

step 26 选择除"背景"图层以外的所有图层，按【Ctrl+Alt+E】快捷键，执行"盖印"操作，将得到的新图层重命名为"图层 3"。然后只显示"背景"图层和"图层 3"，得到如图7-141所示的效果。

图7-141

step 27 按【Ctrl+T】快捷键，调出自由变换控制框，变换图像到如图7-142所示的状态，按【Enter】键确认操作。

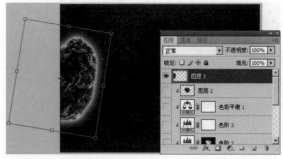

图7-142

step 28 选择"图层 3"，按【Ctrl+J】快捷键，复制"图层 3"，得到"图层 3 副本"。按【Ctrl+T】快捷键，调出自由变换控制框，变换图像到如图7-143所示的状态，按【Enter】键确认操作。

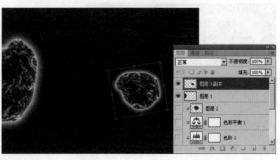

图7-143

step 29 选择"图层 3 副本"，按【Ctrl+J】快捷键，复制"图层 3 副本"，得到"图层 3 副本 2"。按【Ctrl+T】快捷键，调出自由变换控制框，变换图像到如图7-144所示的状态，按【Enter】键确认操作。

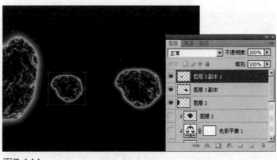

图7-144

step 30 设置"图层3副本2"的图层不透明度为"50%",得到如图7-145所示的效果。

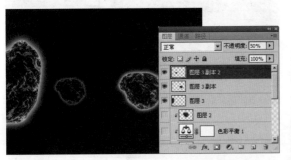

图7-145

step 31 按照上面所述的方法,继续复制图像,并对复制的图像进行自由变换,然后设置不同的图层不透明度,制作出如图7-146所示的效果。

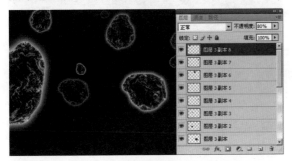

图7-146

step 32 选择"画笔工具" ,按【F5】键调出"画笔"面板,对"画笔"面板进行参数设置,如图7-147所示。

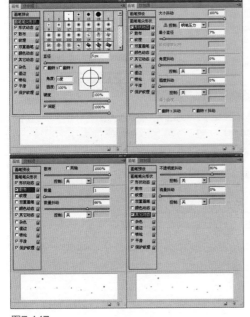

图7-147

step 33 设置完画笔参数后,设置前景色为白色,新建一个图层,得到"图层4"。使用"画笔工具" 在"图层4"中绘制星星,得到如图7-148所示的效果。

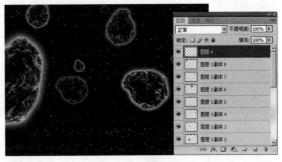

图7-148

step 34 单击"添加图层样式"按钮 ,在弹出的菜单中选择"外发光"命令,设置弹出的"图层样式"对话框的"外发光"选项,如图7-149所示。

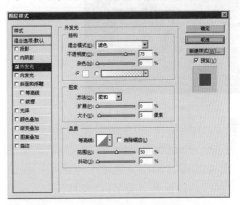

图7-149

step 35 设置完以上参数后,单击"确定"按钮,得到如图7-150所示的发光效果。

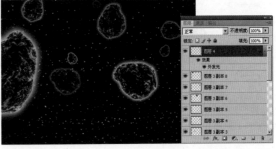

图7-150

step 36 选择"图层4",单击"添加图层蒙版"按钮 ,为"图层4"添加图层蒙版。按住【Alt】键的同时单击"形状1"的图层蒙版,使图层蒙版处于编辑状态。选择"滤镜"/"渲

染"/"云彩"命令，按【Ctrl+F】快捷键多次，
重复运用云彩命令，得到类似如图7-151所示的
效果。

图7-151

step 37 按住【Alt】键单击"图层 4"的图层蒙版
缩览图，恢复显示图像效果，如图7-152所示。

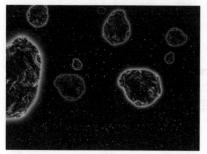

图7-152

step 38 单击"图层 4"的图层蒙版缩览图，
执行"图像"/"调整"/"色阶"命令或按
【Ctrl+L】快捷键，调出"色阶"对话框，在该
对话框中进行参数设置，如图7-153所示。

图7-153

step 39 设置完该对话框中的参数后，单击"确
定"按钮，即可得到如图7-154所示的效果。

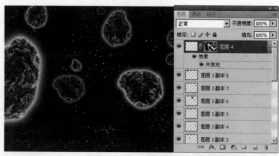

图7-154

step 40 单击"图层 4"的图层蒙版缩览图，设置
前景色为黑色，选择"画笔工具" ，设置适当
的画笔大小和透明度后，在图层蒙版中涂抹，得
到如图7-155所示的效果。

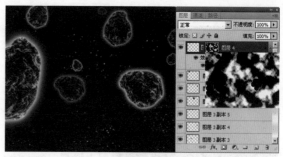

图7-155

step 41 单击"创建新的填充或调整图层"按钮
，在弹出的菜单中选择"渐变"命令，设
置弹出的对话框，如图7-156所示。在该对话
框的编辑渐变颜色选择框中单击，可以弹出
"渐变编辑器"对话框，在此可以编辑渐变的颜
色。

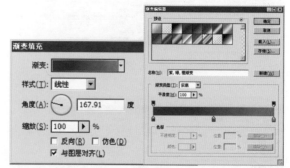

图7-156

step 42 设置完该对话框的参数后，单击"确定"
按钮，得到图层"渐变填充 1"。此时的效果如
图7-157所示。

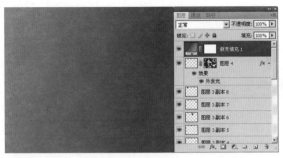

图7-157

step 43 设置"渐变填充 1"的图层混合模式为"色相",得到如图7-158所示的效果。

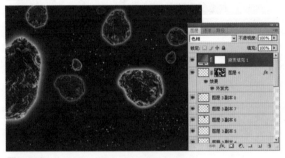

图7-158

step 44 设置前景色为白色,选择"横排文字工具"T,设置适当的字体和字号,在画面下方输入文字,得到相应的文字图层,如图7-159所示。

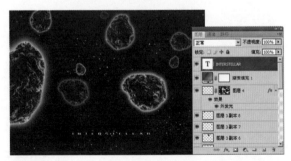

图7-159

step 45 新建一个图层,得到"图层 5",设置前景色为白色。选择铅笔工具,设置适当的画笔大小后,在文字下方按住【Shift】键绘制一条直线,得到如图7-160所示的效果。

图7-160

step 46 执行"滤镜"/"模糊"/"动感模糊"命令,设置弹出对话框中的参数后,单击"确定"按钮,得到如图7-161所示的效果。

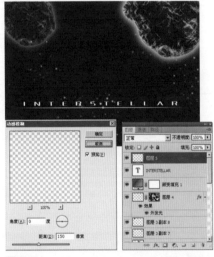

图7-161

step 46 设置前景色为白色,选择"横排文字工具"T,设置适当的字体和字号,在直线下方输入文字,得到相应的文字图层,如图7-162所示。

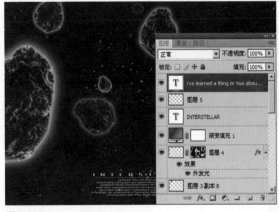

图7-162

265

读书笔记

Chapter 08

综合实例

■■■本章通过大量的影像合成实例，使读者巩固并加深前面章节所学的Photoshop特色功能知识，主要包括运动品牌宣传广告设计、圆形播放器设计、《爱情城堡》封面设计、"Flying with wind"折页设计、冲锋枪电影海报设计、时装节开幕广告设计等实例，读者可在加强软件应用的同时增强图形图像的设计能力。

8.1 │ 运动品牌户外宣传广告设计

原始图片   最终效果

❖ 制作说明

在本例户外广告的制作过程中，以画面切割的方式来制作广告的整体效果，通过多幅运动人物素材图像作为广告的主要内容，给人以强烈的运动感。本例运用了图层剪贴蒙版、调色命令、自由变换及图层混合模式等技术。

❖ 制作步骤

 ▶ ▶  ▶  ▶

step 01 新建文档。执行菜单"文件"/"新建"命令(或按【Ctrl+N】快捷键)，设置弹出的"新建"对话框，如图8-1所示，单击"确定"按钮，即可创建一个新的空白文档。

图 8-1

step 02 设置前景色为黑色，按【Alt+Delete】快捷键用前景色填充背景图层，得到如图8-2所示的效果。

图 8-2

step 03 设置前景色为白色，选择"矩形工具" ▢，在工具选项栏中单击"形状图层"按钮 ▢，在画面左侧绘制白色矩形，得到图层"形状 1"，如图8-3所示。

图 8-3

step **04** 打开图片。打开随书光盘中的"素材 1"图像文件，此时的图像效果和"图层"面板如图8-4所示。

图 8-4

step **05** 使用"移动工具" ✛ 将图像拖动到第1步新建的文件中，得到"图层 1"。按【Ctrl+Alt+G】快捷键，将"图层 1"限制在"形状 1"的图像中，按【Ctrl+T】快捷键，调出自由变换控制框，变换图像到如图8-5所示的状态，按【Enter】键确认操作。

图 8-5

step **06** 打开图片。打开随书光盘中的"素材 2"图像文件，此时的图像效果和"图层"面板如图8-6所示。

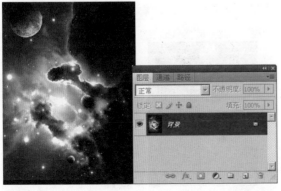

图 8-6

step **07** 使用"移动工具" ✛ 将图像拖动到第1步新建的文件中，得到"图层 2"。按【Ctrl+Alt+G】快捷键，将"图层 2"限制在"形状 1"的图像中，按【Ctrl+T】快捷键，调出自由变换控制框，变换图像到如图8-7所示的状态，按【Enter】键确认操作。

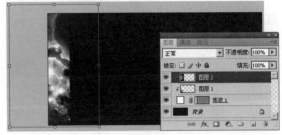

图 8-7

step **08** 设置图层属性。设置"图层 2"的图层混合模式为"正片叠底"，得到如图8-8所示的效果。

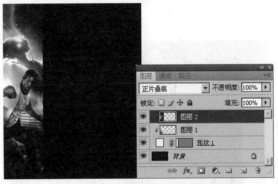

图 8-8

step **09** 单击"添加图层蒙版"按钮 ▢，为"图层 2"添加图层蒙版，设置前景色为黑色，背景色为白色。使用"渐变工具" ▮设置渐变类型为从前景色到背景色，在图层蒙版中从下往上绘制渐变，得到如图8-9所示的效果。

图 8-9

step 10 单击"创建新的填充或调整图层"按钮 ◢，在弹出的菜单中选择"渐变"命令，设置弹出的对话框，如图8-10所示。在该对话框的编辑渐变颜色选择框中单击，可以弹出"渐变编辑器"对话框，在此可以编辑渐变的颜色。

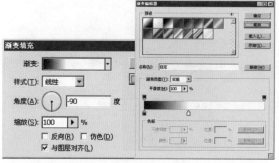

图 8-10

step 11 设置完该对话框后，单击"确定"按钮，得到图层"渐变填充 1"。按【Ctrl+Alt+G】快捷键，执行"创建剪贴蒙版"操作，此时的效果如图8-11所示。

图 8-11

step 12 设置图层属性。设置"渐变填充 1"的图层混合模式为"正片叠底"，得到如图8-12所示的效果。

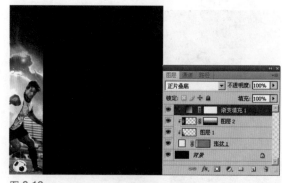

图 8-12

step 13 设置前景色为白色，选择"矩形工具" □，在工具选项栏中单击"形状图层"按钮 □，在画面中绘制白色矩形，得到图层"形状2"，如图8-13所示。

图 8-13

step 14 打开图片。打开随书光盘中的"素材 3"图像文件，此时的图像效果和"图层"面板如图8-14所示。

图 8-14

step 15 使用"移动工具" ▶⊕ 将图像拖动到第1步新建的文件中，得到"图层 3"。按【Ctrl+Alt+G】快捷键，将"图层 3"限制在"形状 2"的图像中，按【Ctrl+T】快捷键，调出自由变换控制框，变换图像到如图8-15所示的状态，按【Enter】键确认操作。

图 8-15

step 16 新建一个图层，得到"图层 4"。按
【Ctrl+Alt+G】快捷键，将"图层 4"限制在
"形状 2"的图像中，设置前景色为黑色，背景
色为白色。使用"渐变工具"  设置渐变类型为
从前景色到背景色，在"图层 4"中从下往上绘
制渐变，得到如图8-16所示的效果。

图 8-16

step 17 设置图层属性。设置"图层 4"的图层混合
模式为"正片叠底"，得到如图8-17所示的效果。

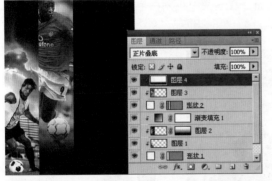

图 8-17

step 18 单击"创建新的填充或调整图层"按
钮 ，在弹出的菜单中选择"通道混合器"命
令，此时在弹出"调整"面板的同时得到图层
"通道混合器 1"。单击"调整"面板下方的
按钮，将调整影响剪切到下方的图层。然后在
"调整"面板中设置"通道混合器"命令的参
数，如图8-18所示。

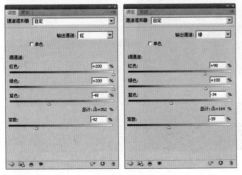

图 8-18

step 19 在"调整"面板中设置完"通道混合器"
命令的参数后，关闭"调整"面板。此时的图像
效果和"图层"面板如图8-19所示。

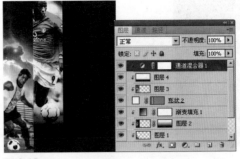

图 8-19

step 20 单击"创建新的填充或调整图层"按钮
，在弹出的菜单中选择"曲线"命令，此
时在弹出"调整"面板的同时得到图层"曲
线 1"。单击"调整"面板下方的 按钮，将
调整影响剪切到下方的图层。在"调整"面
板中设置完"曲线"命令的参数后，关闭"调
整"面板。此时的效果如图8-20所示。

图 8-20

step 21 设置前景色为白色，选择"矩形工
具" 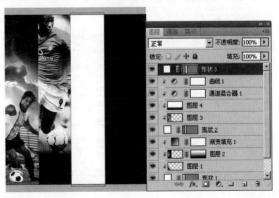，在工具选项栏中单击"形状图层"按
钮 ，在画面中绘制白色矩形，得到图层"形状
3"，如图8-21所示。

图 8-21

step 22 打开图片。打开随书光盘中的"素材 4"图像文件，此时的图像效果和"图层"面板如图8-22所示。

图 8-22

step 23 使用"移动工具" ▶₊将图像拖动到第1步新建的文件中，得到"图层 5"。按【Ctrl+Alt+G】快捷键，将"图层 5"限制在"形状 3"的图像中，按【Ctrl+T】快捷键，调出自由变换控制框，变换图像到如图8-23所示的状态，按【Enter】键确认操作。

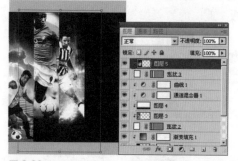

图 8-23

step 24 单击"创建新的填充或调整图层"按钮，在弹出的菜单中选择"通道混合器"命令，此时在弹出"调整"面板的同时得到图层"通道混合器 2"。单击"调整"面板下方的按钮，将调整影响剪切到下方的图层。然后在"调整"面板中设置"通道混合器"命令的参数，如图8-24所示。

图 8-24

step 25 在"调整"面板中设置完"通道混合器"命令的参数后，关闭"调整"面板。此时的图像效果和"图层"面板如图8-25所示。

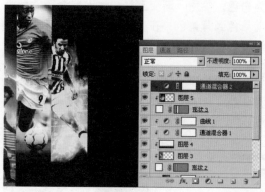

图 8-25

step 26 设置前景色为白色，选择"矩形工具" □，在工具选项栏中单击"形状图层"按钮，在画面中绘制白色矩形，得到图层"形状4"，如图8-26所示。

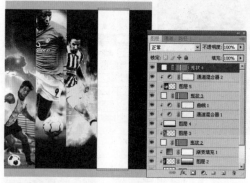

图 8-26

step 27 打开图片。打开随书光盘中的"素材 5"图像文件，此时的图像效果和"图层"面板如图8-27所示。

图 8-27

step 28 使 用 "移 动 工 具" 将图像拖动到第1步新建的文件中，得到"图层6"。按【Ctrl+Alt+G】快捷键，将"图层6"限制在"形状4"的图像中，按【Ctrl+T】快捷键，调出自由变换控制框，变换图像到如图8-28所示的状态，按【Enter】键确认操作。

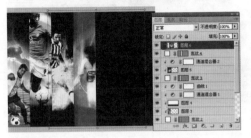

图 8-28

step 29 单击"创建新的填充或调整图层"按钮，在弹出的菜单中选择"通道混合器"命令。此时在弹出"调整"面板的同时得到图层"通道混合器3"。单击"调整"面板下方的按钮，将调整影响剪切到下方的图层。然后在"调整"面板中设置"通道混合器"命令的参数，如图8-29所示。

图 8-29

step 30 在"调整"面板中设置完"通道混合器"命令的参数后，关闭"调整"面板。此时的图像效果和"图层"面板如图8-30所示。

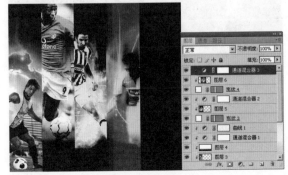

图 8-30

step 31 单击"创建新的填充或调整图层"按钮，在弹出的菜单中选择"曲线"命令，此时在弹出"调整"面板的同时得到图层"曲线2"。单击"调整"面板下方的按钮，将调整影响剪切到下方的图层。在"调整"面板中设置完"曲线"命令的参数后，关闭"调整"面板。此时的效果如图8-31所示。

图 8-31

step 32 单击"创建新的填充或调整图层"按钮，在弹出的菜单中选择"渐变"命令，设置弹出的对话框，如图8-32所示。在该对话框的编辑渐变颜色选择框中单击，可以弹出"渐变编辑器"对话框，在此可以编辑渐变的颜色。

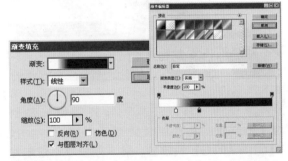

图 8-32

step 33 设置完该对话框后，单击"确定"按钮，得到图层"渐变填充2"。按【Ctrl+Alt+G】快捷键，执行"创建剪贴蒙版"操作，此时的效果如图8-33所示。

图 8-33

step 34 设置图层属性。设置"渐变填充 2"的图层混合模式为"滤色",得到如图8-34所示的效果。

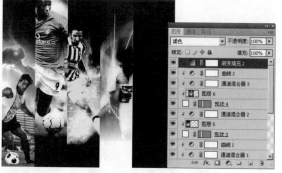

图 8-34

step 35 打开图片。打开随书光盘中的"素材 6"图像文件,此时的图像效果和"图层"面板如图8-35所示。

图 8-35

step 36 使用"移动工具"▶ 将图像拖动到第1步新建的文件中,得到"图层 7"。按【Ctrl+Alt+G】快捷键,将"图层 7"限制在"形状 4"的图像中,按【Ctrl+T】快捷键,调出自由变换控制框,变换图像到如图8-36所示的状态,按【Enter】键确认操作。

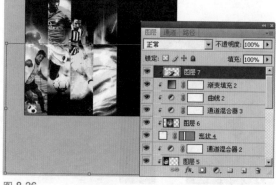

图 8-36

step 37 设置图层属性。设置"图层 7"的图层混合模式为"正片叠底",得到如图8-37所示的效果。

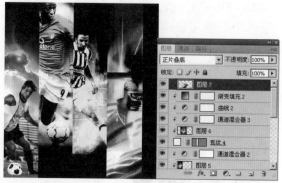

图 8-37

step 38 单击"添加图层蒙版"按钮 ◻,为"图层7"添加图层蒙版,设置前景色为黑色,背景色为白色。使用"渐变工具"◼ 设置渐变类型为从前景色到背景色,在图层蒙版中从上往下绘制渐变,得到如图8-38所示的效果。

图 8-38

step 39 设置前景色为白色,选择"矩形工具"◻,在工具选项栏中单击"形状图层"按钮 ◻,在画面中绘制白色矩形,得到图层"形状5",如图8-39所示。

图 8-39

step **40** 打开图片。打开随书光盘中的"素材 7"图像文件，此时的图像效果和"图层"面板如图8-40所示。

图 8-40

step **41** 使用"移动工具" ▶ 将图像拖动到第1步新建的文件中，得到"图层 8"。按【Ctrl+Alt+G】快捷键，将"图层 8"限制在"形状 5"的图像中，按【Ctrl+T】快捷键，调出自由变换控制框，变换图像到如图8-41所示的状态，按【Enter】键确认操作。

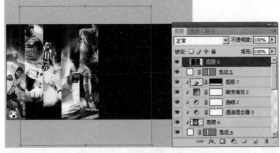

图 8-41

step **42** 单击"创建新的填充或调整图层"按钮 ❻，在弹出的菜单中选择"色相/饱和度"命令，此时在弹出"调整"面板的同时得到图层"色相/饱和度 1"。单击"调整"面板下方的 ⬤ 按钮，将调整影响剪切到下方的图层。然后在"调整"面板中设置"色相/饱和度"命令的参数，如图8-42所示。

图 8-42

step **43** 在"调整"面板中设置完"色相/饱和度"命令的参数后，关闭"调整"面板。此时的图像效果和"图层"面板如图8-43所示。

图 8-43

step **44** 单击"创建新的填充或调整图层"按钮 ❻，在弹出的菜单中选择"曲线"命令，此时在弹出"调整"面板的同时得到图层"曲线 3"。单击"调整"面板下方的 ⬤ 按钮，将调整影响剪切到下方的图层。然后在"调整"面板中设置"曲线"命令的参数，如图8-44所示。

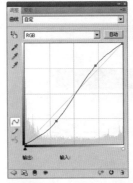

图 8-44

step **45** 在"调整"面板中设置完"曲线"命令的参数后，关闭"调整"面板。此时的图像效果和"图层"面板如图8-45所示。

图 8-45

step 46 设置前景色为白色，选择"矩形工具"▭，在工具选项栏中单击"形状图层"按钮▯，在画面中绘制白色矩形，得到图层"形状6"，如图8-46所示。

图 8-46

step 47 打开图片。打开随书光盘中的"素材8"图像文件，此时的图像效果和"图层"面板如图8-47所示。

图 8-47

step 48 使用"移动工具"▸⊕将图像拖动到第1步新建的文件中，得到"图层9"。按【Ctrl+Alt+G】快捷键，将"图层9"限制在"形状6"的图像中，按【Ctrl+T】快捷键，调出自由变换控制框，变换图像到如图8-48所示的状态，按【Enter】键确认操作。

图 8-48

step 49 单击"创建新的填充或调整图层"按钮◑.，在弹出的菜单中选择"渐变映射"命令，此时在弹出"调整"面板的同时得到图层"渐变映射1"。单击"调整"面板下方的◑按钮，将调整影响剪切到下方的图层，然后设置"渐变映射"的颜色，如图8-49所示。在"调整"面板的编辑渐变颜色选择框中单击，可以弹出"渐变编辑器"对话框，在此可以编辑渐变映射的颜色。

图 8-49

step 50 在"调整"面板中设置完"渐变映射"的颜色后，关闭"调整"面板。此时的图像效果和"图层"面板如图8-50所示。

图 8-50

step 51 设置前景色为白色，选择"矩形工具"▭，在工具选项栏中单击"形状图层"按钮▯，在画面中绘制白色矩形，得到图层"形状7"，如图8-51所示。

图 8-51

step52 打开图片。打开随书光盘中的"素材9"图像文件，此时的图像效果和"图层"面板如图8-52所示。

图 8-52

step53 使用"移动工具" 将图像拖动到第1步新建的文件中，得到"图层 10"。按【Ctrl+Alt+G】快捷键，将"图层 10"限制在"形状 7"的图像中，按【Ctrl+T】快捷键，调出自由变换控制框，变换图像到如图8-53所示的状态，按【Enter】键确认操作。

图 8-53

step54 打开图片。打开随书光盘中的"素材10"图像文件，此时的图像效果和"图层"面板如图8-54所示。

图 8-54

step55 使用"移动工具" 将图像拖动到第1步新建的文件中，得到"图层 11"。按【Ctrl+Alt+G】快捷键，将"图层 11"限制在"形状 7"的图像中，按【Ctrl+T】快捷键，调出自由变换控制框，变换图像到如图8-55所示的状态，按【Enter】键确认操作。

图 8-55

step56 单击"添加图层蒙版"按钮，为"图层11"添加图层蒙版，设置前景色为黑色。选择"画笔工具" ，设置适当的画笔大小和透明度后，在图层蒙版中涂抹，将不需要的部分隐藏起来，即可得到如图8-56所示的效果。

图 8-56

step57 单击"创建新的填充或调整图层"按钮，在弹出的菜单中选择"曲线"命令，此时在弹出"调整"面板的同时得到图层"曲线 4"。单击"调整"面板下方的按钮，将调整影响剪切到下方的图层。然后在"调整"面板中设置"曲线"命令的参数，如图8-57所示。

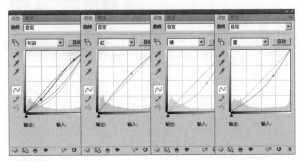

图 8-57

277

step **58** 在 "调整" 面板中设置完 "曲线" 命令的参数后，关闭 "调整" 面板。此时的图像效果和 "图层" 面板如图8-58所示。

图 8-58

step **59** 设置前景色为白色，选择 "矩形工具" ▢，在工具选项栏中单击 "形状图层" 按钮▢，在画面中绘制白色矩形，得到图层 "形状 8"，如图8-59所示。

图 8-59

step **60** 打开图片。打开随书光盘中的 "素材 11" 图像文件，此时的图像效果和 "图层" 面板如图8-60所示。

图 8-60

step **61** 使用 "移动工具" ▶⊕ 将图像拖动到第1步新建的文件中，得到 "图层 12"。按 【Ctrl+Alt+G】快捷键，将 "图层 12" 限制在 "形状 8" 的图像中，按【Ctrl+T】快捷键，调出自由变换控制框，变换图像到如图8-61所示的状态，按【Enter】键确认操作。

图 8-61

step **62** 单击 "创建新的填充或调整图层" 按钮 ◑，在弹出的菜单中选择 "曲线" 命令，此时在弹出 "调整" 面板的同时得到图层 "曲线 5"。单击 "调整" 面板下方的◑按钮，将调整影响剪切到下方的图层。在 "调整" 面板中设置完 "曲线" 命令的参数后，关闭 "调整" 面板。此时的效果如图8-62所示。

图 8-62

step **63** 打开图片。打开随书光盘中的 "素材 12" 图像文件，此时的图像效果和 "图层" 面板如图8-63所示。

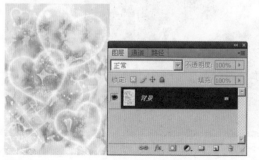

图 8-63

step 64 使用"移动工具" ⊕ 将图像拖动到第1步新建的文件中,得到"图层 13"。按【Ctrl+T】快捷键,调出自由变换控制框,变换图像到如图8-64所示的状态,按【Enter】键确认操作。

图 8-64

step 65 设置图层属性。设置"图层 13"的图层混合模式为"正片叠底",得到如图8-65所示的效果。

图 8-65

step 66 按住【Ctrl】键单击"形状 8"的矢量蒙版缩览图,载入其选区。选择"图层 13",单击"添加图层蒙版"按钮 ◘,为"图层 13"添加图层蒙版,此时的图像效果如图8-66所示。

图 8-66

step 67 选中"图层 13"的图层蒙版缩览图,设置前景色为黑色,选择"画笔工具" ✎,设置适当的画笔大小和透明度后,在图层蒙版中涂抹,将不需要的部分隐藏起来,即可得到如图8-67所示的效果。

图 8-67

step 68 单击"创建新的填充或调整图层"按钮 ◕,在弹出的菜单中选择"曲线"命令,此时在弹出"调整"面板的同时得到图层"曲线 6"。单击"调整"面板下方的 ◓按钮,将调整影响剪切到下方的图层。然后在"调整"面板中设置"曲线"命令的参数,如图8-68所示。

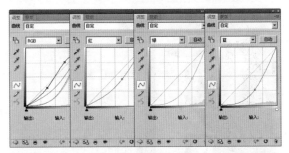

图 8-68

step 69 在"调整"面板中设置完"曲线"命令的参数后,关闭"调整"面板。此时的图像效果和"图层"面板如图8-69所示。

图 8-69

step **70** 单击"创建新的填充或调整图层"按钮
，在弹出的菜单中选择"色相/饱和度"命
令，此时在弹出"调整"面板的同时得到图
层"色相/饱和度 2"。单击"调整"面板下
方的 按钮，将调整影响剪切到下方的图层。然
后在"调整"面板中设置"色相/饱和度"命令
的参数，如图8-70所示。

图 8-70

step **71** 在"调整"面板中设置完"色相/饱和
度"命令的参数后，关闭"调整"面板。此时
的图像效果和"图层"面板如图8-71所示。

图 8-71

step **72** 设置前景色为白色，选择"矩形工
具" ，在工具选项栏中单击"形状图层"按
钮 ，在画面中绘制白色矩形，得到图层"形状
9"，如图8-72所示。

图 8-72

step **73** 打开图片。打开随书光盘中的"素材
13"图像文件，此时的图像效果和"图层"面板
如图8-73所示。

图 8-73

step **74** 使用"移动工具" 将图像拖动到
第1步新建的文件中，得到"图层 14"。按
【Ctrl+Alt+G】快捷键，将"图层 14"限制在
"形状 9"的图像中，按【Ctrl+T】快捷键，调
出自由变换控制框，变换图像到如图8-74所示的
状态，按【Enter】键确认操作。

图 8-74

step **75** 单击"创建新的填充或调整图层"按
钮 ，在弹出的菜单中选择"色相/饱和度"
命令，此时在弹出"调整"面板的同时得到
图层"色相/饱和度 3"。单击"调整"面
板下方的 按钮，将调整影响剪切到下方的
图层。然后在"调整"面板中设置"色相/饱和
度"命令的参数，如图8-75所示。

图 8-75

step 76 在"调整"面板中设置完"色相/饱和度"命令的参数后,关闭"调整"面板。此时的图像效果和"图层"面板如图8-76所示。

图 8-76

step 77 打开图片。打开随书光盘中的"素材14"图像文件,此时的图像效果和图层面板如图8-77所示。

图 8-77

step 78 使用"移动工具"将图像拖动到第1步新建的文件中,得到"图层15"。按【Ctrl+Alt+G】快捷键,将"图层15"限制在"形状9"的图像中,按【Ctrl+T】快捷键,调出自由变换控制框,变换图像到如图8-78所示的状态,按【Enter】键确认操作。

图 8-78

step 79 设置图层属性。设置"图层15"的图层混合模式为"滤色",得到如图8-79所示的效果。

图 8-79

step 80 单击"添加图层蒙版"按钮,为"图层15"添加图层蒙版,设置前景色为黑色。选择"画笔工具",设置适当的画笔大小和透明度后,在图层蒙版中涂抹,将不需要的部分隐藏起来,即可得到如图8-80所示的效果。

图 8-80

step 81 打开图片。打开随书光盘中的"素材15"图像文件,此时的图像效果和图层面板如图8-81所示。

图 8-81

step 82 使用"移动工具" ▶⁺ 将图像拖动到第1步新建的文件中，得到"图层 16"。按【Ctrl+Alt+G】快捷键，将"图层 16"限制在"形状 9"的图像中，按【Ctrl+T】快捷键，调出自由变换控制框，变换图像到如图8-82所示的状态，按【Enter】键确认操作。

图 8-82

step 83 设置图层属性。设置"图层 16"的图层混合模式为"叠加"，得到如图8-83所示的效果。

图 8-83

step 84 单击"添加图层蒙版"按钮 ◙，为"图层 16"添加图层蒙版，设置前景色为黑色。选择"画笔工具" ✐，设置适当的画笔大小和透明度后，在图层蒙版中涂抹，其涂抹状态和图层面板如图8-84所示。

图 8-84

step 85 在"图层 16"的图层蒙版中涂抹后，图像中不需要的部分就被隐藏起来，其效果如图8-85所示。

图 8-85

step 86 设置前景色为白色，选择"矩形工具" ▭，在工具选项栏中单击"形状图层"按钮 ▫，在画面中绘制白色矩形，得到图层"形状 10"，如图8-86所示。

图 8-86

step 87 打开图片。打开随书光盘中的"素材16"图像文件，此时的图像效果和图层面板如图8-87所示。

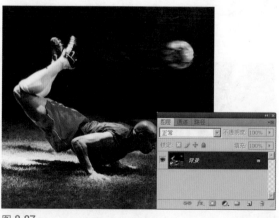

图 8-87

step 88 使用"移动工具" ▶ 将图像拖动到第1步新建的文件中，得到"图层 17"。按【Ctrl+Alt+G】快捷键，将"图层 17"限制在"形状 10"的图像中，按【Ctrl+T】快捷键，调出自由变换控制框，变换图像到如图8-88所示的状态，按【Enter】键确认操作。

图 8-88

step 89 单击"创建新的填充或调整图层"按钮 ◑.，在弹出的菜单中选择"通道混合器"命令，此时在弹出"调整"面板的同时得到图层"通道混合器 4"。单击"调整"面板下方的 ◐ 按钮，将调整影响剪切到下方的图层。然后在"调整"面板中设置"通道混合器"命令的参数，如图8-89所示。

图 8-89

step 90 在"调整"面板中设置完"通道混合器"命令的参数后，关闭"调整"面板。此时的图像效果和"图层"面板如图8-90所示。

图 8-90

step 91 设置前景色为白色，使用"横排文字工具" T，设置适当的字体和字号，在图像的左下方输入文字，得到相应的文字图层，如图8-91所示。

图 8-91

step 92 单击"添加图层样式"按钮 fx，在弹出的菜单中选择"投影"命令，设置弹出的"图层样式"对话框的"投影"选项，如图8-92所示。

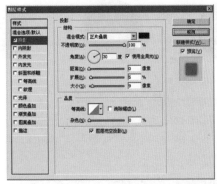

图 8-92

step 93 设置完以上参数后，单击"确定"按钮，即可得到如图8-93所示的最终效果。

图 8-93

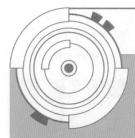

8.2 │ 圆形播放器设计

原始图片

最终效果

制作说明

本例介绍一款播放器界面的制作过程，其播放器界面的整体造型新颖时尚，具有较强的金属质感。在制作过程中，主要采用形状工具、文字工具、图层蒙版、图层样式、高斯模糊滤镜及调色命令等技术。

制作步骤

 ▶  ▶  ▶  ▶

step **01** 新建文档。执行菜单"文件"/"新建"命令(或按【Ctrl+N】快捷键)，设置弹出的"新建"对话框，如图 8-94所示，单击"确定"按钮，即可创建一个新的空白文档。

图 8-94

step **02** 设置前景色为黑色，选择"椭圆工具" ○，在工具选项栏中单击"形状图层"按钮 □，按住【Shift】键在图像的中间绘制圆形，得到图层"形状 1"，如图 8-95所示。

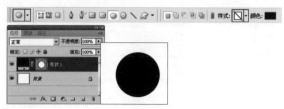

图 8-95

step **03** 选择"形状 1"为当前操作图层，按【Ctrl+J】快捷键，复制"形状 1"，得到"形状 1 副本"，设置前景色的颜色值为（R:170 G:166 B:160）。按【Alt+Delete】快捷键用前景色填充"形状 1 副本"，按【Ctrl+T】快捷键，调出自由变换控制框，放大变换图像到如图 8-96所示的状态，按【Enter】键确认操作。

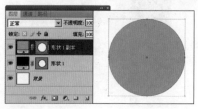

图 8-96

step 04 使用"路径选择工具" ▶选择上一步复制的圆形,按【Ctrl+Alt+T】快捷键,调出自由变换复制框,缩小变换图像到如图 8-97所示的状态,按【Enter】键确认操作。

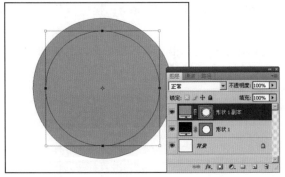

图 8-97

step 05 使用"路径选择工具" ▶,在"形状 1 副本"的矢量蒙版中选择上一步复制缩小的圆形,在工具选项栏中单击"从形状区域减去"按钮,此时的图像效果如图 8-98所示。

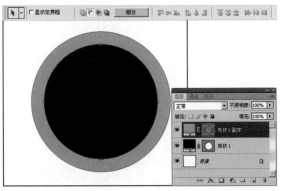

图 8-98

step 06 选择"钢笔工具" ,在工具选项栏中单击"从形状区域减去"按钮,在"形状 1 副本"的矢量蒙版中绘制如图 8-99所示的形状。

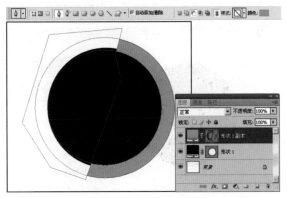

图 8-99

step 07 选择"形状 1 副本",单击"添加图层样式"按钮,在弹出的菜单中选择"斜面和浮雕"命令,设置弹出的"图层样式"对话框的"斜面和浮雕"选项后,单击"渐变叠加"选项,然后设置弹出的"渐变叠加"选项参数,具体设置如图 8-100所示。

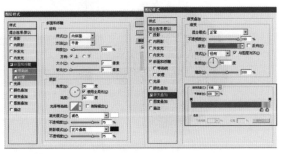

图 8-100

step 08 设置完"图层样式"对话框后,单击"确定"按钮,即可得到如图 8-101所示的效果。

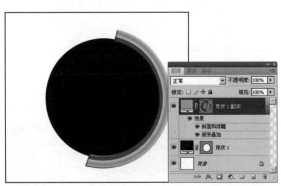

图 8-101

step 09 设置前景色为黑色,选择"直线工具" ,在工具选项栏中单击"形状图层"按钮,在图像中绘制一条斜线,得到图层"形状 2",如图 8-102所示。

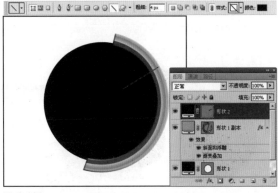

图 8-102

step 10 继续使用"直线工具" ，在工具选项栏中单击"添加到形状区域"按钮 ，在"形状2"的矢量蒙版中绘制多条线段，如图 8-103所示。

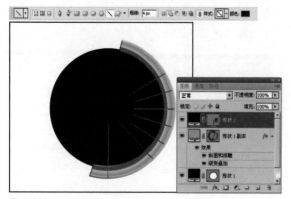

图 8-103

step 11 选择"形状 2"，单击"添加图层样式"按钮 ，在弹出的菜单中选择"斜面和浮雕"命令，设置弹出的"图层样式"对话框的"斜面和浮雕"选项后，得到如图 8-104所示的效果。

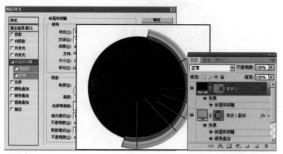

图 8-104

step 12 按住 【Ctrl】键，单击"形状 1副本"的矢量蒙版缩览图，载入其选区，单击"添加图层蒙版"按钮 ，为"形状 2"添加图层蒙版，此时的图像效果如图 8-105所示。

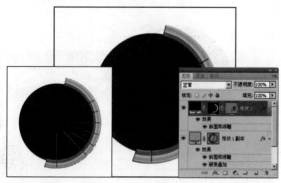

图 8-105

step 13 选择"形状 1"，按住【Alt】键，在"图层"面板上将选中的图层拖动到"形状 2"的上方，以复制和调整图层顺序，得到"形状 1副本2"，设置前景色的颜色值为 (R:255 G:255 B:249)。按【Alt+Delete】快捷键用前景色填充"形状 1 副本 2"，按【Ctrl+T】快捷键，调出自由变换控制框，放大变换图像到如图 8-106所示的状态，按【Enter】键确认操作。

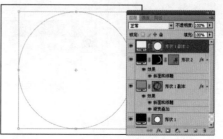

图 8-106

step 14 使用"路径选择工具" 选择上一步复制的圆形，按【Ctrl+Alt+T】快捷键，调出自由变换复制框，缩小变换图像到如图 8-107所示的状态，按【Enter】键确认操作。

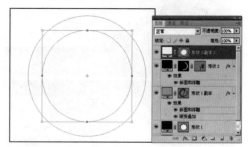

图 8-107

step 15 使用"路径选择工具" ，在"形状 1副本 2"的矢量蒙版中选择上一步复制缩小的圆形，在工具选项栏中单击"从形状区域减去"按钮 ，此时的图像效果如图 8-108所示。

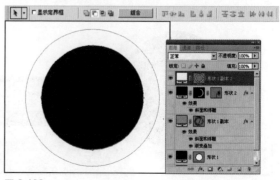

图 8-108

step 16 选择"钢笔工具" ，在工具选项栏中单击"从形状区域减去"按钮 ，在"形状 1 副本 2"的矢量蒙版中绘制如图 8-109所示的形状。

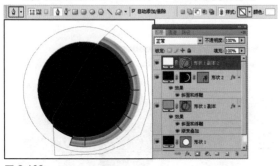

图 8-109

step 17 选择"形状 1 副本 2"，单击"添加图层样式"按钮 ，在弹出的菜单中选择"斜面和浮雕"命令，设置弹出的"图层样式"对话框的"斜面和浮雕"选项后，单击"渐变叠加"选项，然后设置弹出的"渐变叠加"选项参数，具体设置如图 8-110所示。

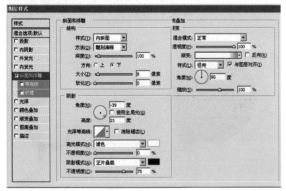

图 8-110

step 18 设置完"图层样式"对话框后，单击"确定"按钮，即可得到如图 8-111所示的效果。

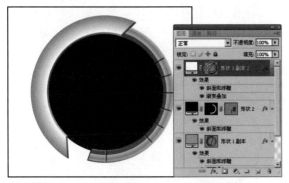

图 8-111

step 19 新建一个图层，得到"图层 1"。切换到"路径"面板，新建一个路径，得到"路径 1"。选择"椭圆工具" ，在工具选项栏中单击"路径"按钮 ，在图像中绘制两个圆形的路径，如图 8-112所示。

图 8-112

step 20 设置画笔的大小后，设置前景色为黑色，单击"用画笔描边路径"按钮 ，切换到"图层"面板，此时的图像效果和"图层"面板如图 8-113所示。

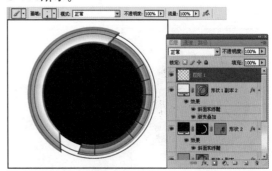

图 8-113

step 21 选择"图层 1"，单击"添加图层样式"按钮 ，在弹出的菜单中选择"斜面和浮雕"命令，设置弹出的"图层样式"对话框的"斜面和浮雕"选项后，得到如图 8-114所示的效果。

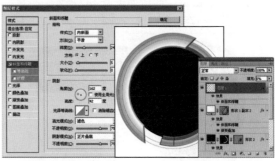

图 8-114

step 22 单击"添加图层蒙版"按钮◉，为"图层 1"添加图层蒙版，设置前景色为黑色。选择"画笔工具"✐，设置适当的画笔大小和透明度后，在图层蒙版中涂抹，将不需要的部分隐藏起来，即可得到如图 8-115所示的效果。

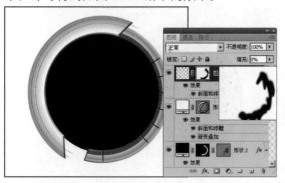

图 8-115

step 23 新建一个图层，得到"图层 2"。切换到"路径"面板，新建一个路径，得到"路径2"。选择"椭圆工具"◯，在工具选项栏中单击"路径"按钮，在图像中绘制一个圆形的路径，如图 8-116所示。

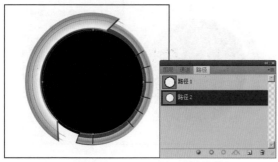

图 8-116

step 24 设置画笔的大小后，设置前景色的颜色值为（R:170 G:166 B:160），单击"用画笔描边路径"按钮◯，切换到"图层"面板，此时的图像效果和"图层"面板如图 8-117所示。

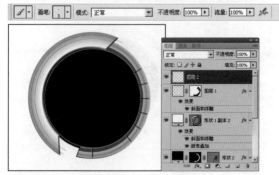

图 8-117

step 25 选择"图层 2"，单击"添加图层样式"按钮fx，在弹出的菜单中选择"斜面和浮雕"命令，设置弹出的"图层样式"对话框的"斜面和浮雕"选项后，得到如图 8-118所示的效果。

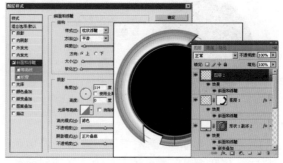

图 8-118

step 26 单击"添加图层蒙版"按钮◉，为"图层 2"添加图层蒙版，设置前景色为黑色。选择"画笔工具"✐，设置适当的画笔大小和透明度后，在图层蒙版中涂抹，将不需要的部分隐藏起来，即可得到如图 8-119所示的效果。

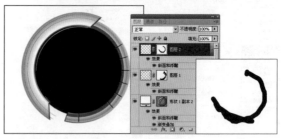

图 8-119

step 27 选择"形状 1"，按住【Alt】键，在"图层"面板上将选中的图层拖动到"图层 2"的上方，以复制和调整图层顺序，得到"形状 1副本3"，设置前景色的颜色值为（R:198 G:198 B:198）。按【Alt+Delete】快捷键用前景色填充"形状 1 副本 3"，按【Ctrl+T】快捷键，调出自由变换控制框，缩小变换图像到如图 8-120所示的状态，按【Enter】键确认操作。

图 8-120

step 28 使用"路径选择工具" 选择上一步复制的圆形,按【Ctrl+Alt+T】快捷键,调出自由变换复制框,缩小变换图像,按【Enter】键确认操作。在工具选项栏中单击"从形状区域减去"按钮 ,此时的图像效果如图 8-121 所示。

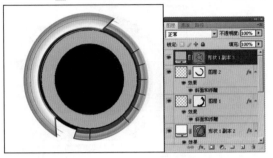

图 8-121

step 29 选择"形状 1 副本 3",单击"添加图层样式"按钮 ,在弹出的菜单中选择"斜面和浮雕"命令,设置弹出的"图层样式"的"斜面和浮雕"选项后,得到如图 8-122 所示的效果。

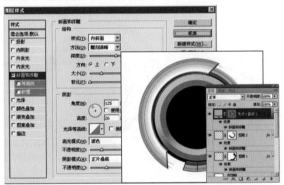

图 8-122

step 30 新建一个图层,得到"图层 3"。切换到"路径"面板,新建一个路径,得到"路径 3"。选择"椭圆工具" ,在工具选项栏中单击"路径"按钮 ,在图像中绘制一个圆形的路径,如图 8-123 所示。

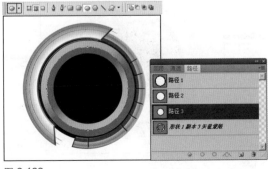

图 8-123

step 31 设置画笔的大小后,设置前景色为白色,单击"用画笔描边路径"按钮 ,切换到"图层"面板,此时的图像效果和"图层"面板如图8-124 所示。

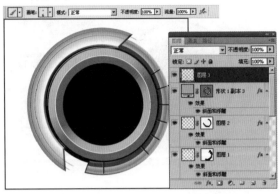

图 8-124

step 32 设置前景色为白色,选择"钢笔工具" ,在工具选项栏中单击"形状图层"按钮 ,在图像中绘制一个梯形形状,得到图层"形状 3",如图 8-125 所示。

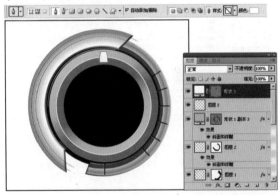

图 8-125

step 33 使用"路径选择工具" 选择梯形形状,按【Ctrl+Alt+T】快捷键,调出自由变换复制框,将变换的中心点向下移动到圆形的中心,向右旋转变换形状到如图 8-126 所示的位置,按【Enter】键确认操作。

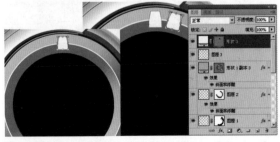

图 8-126

step 34 按【Ctrl+Shift+Alt+T】快捷键多次，将形状旋转一周，复制并变换形状到如图8-127所示的状态。

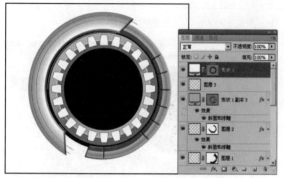

图 8-127

step 35 选择"形状3"，单击"添加图层样式"按钮 *fx*，在弹出的菜单中选择"内阴影"命令，设置弹出的"图层样式"对话框的"内阴影"选项后，单击"渐变叠加"选项，然后设置弹出的"渐变叠加"选项参数，具体设置如图8-128所示。

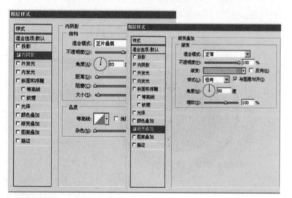

图 8-128

step 36 设置完"图层样式"对话框后，单击"确定"按钮，即可得到如图8-129所示的效果。

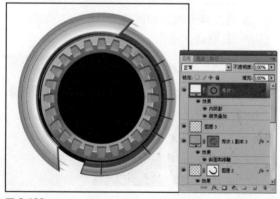

图 8-129

step 37 选择"椭圆选框工具" ⬭，按住【Shift】键在图像中绘制圆形选区，按住【Alt】键单击"添加图层蒙版"按钮 ◉，为"形状3"添加图层蒙版，此时选区部分的图像就被隐藏起来了，如图8-130所示。

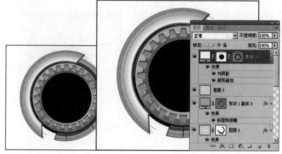

图 8-130

step 38 按住【Ctrl】键单击"形状3"的矢量蒙版缩览图，载入其选区。选择"图层3"，按住【Alt】键单击"添加图层蒙版"按钮 ◉，为"图层3"添加图层蒙版，此时的图像效果如图8-131所示。

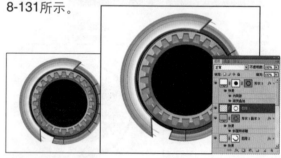

图 8-131

step 39 选择"图层3"为当前操作图层，按【Ctrl+J】快捷键，复制"图层3"，得到"图层3 副本"。选择"滤镜"/"模糊"/"高斯模糊"命令，设置弹出对话框中的参数后，单击"确定"按钮，得到如图8-132所示的效果。

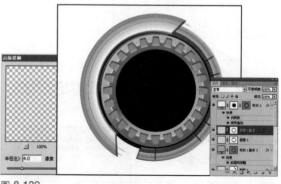

图 8-132

step40 按【Ctrl+J】快捷键两次，复制"图层3 副本"，得到其两个副本图层。选择"图层3"，设置其图层不透明度为"70%"，如图8-133所示。

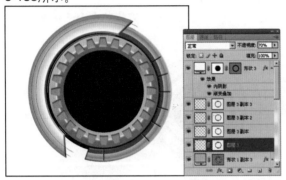

图 8-133

step41 设置前景色为黑色，选择"椭圆工具"，在工具选项栏中单击"形状图层"按钮，按住【Shift】键在图像的中间绘制圆形，得到图层"形状 4"，如图 8-134所示。

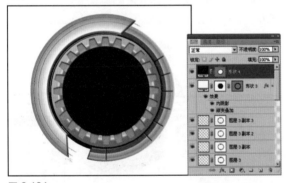

图 8-134

step42 新建一个图层，得到"图层 4"。切换到"路径"面板，新建一个路径，得到"路径4"。选择"椭圆工具"，在工具选项栏中单击"路径"按钮，在图像中绘制一个圆形的路径，如图 8-135所示。

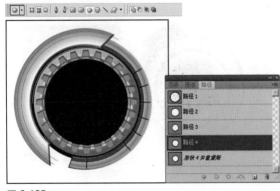

图 8-135

step43 设置画笔的大小后，设置前景色为白色，单击"用画笔描边路径"按钮，切换到"图层"面板，此时的图像效果和"图层"面板如图8-136所示。

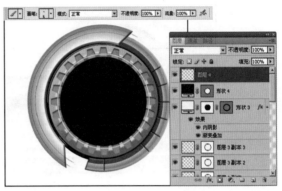

图 8-136

step44 按住【Ctrl】键单击"形状 3"的矢量蒙版缩览图，载入其选区。选择"图层 4"，单击"添加图层蒙版"按钮，为"图层 4"添加图层蒙版，此时的图像效果如图 8-137所示。

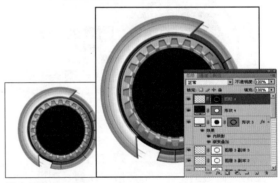

图 8-137

step45 设置图层混合模式。设置"图层 4"的图层混合模式为"叠加"，得到如图 8-138所示的效果。

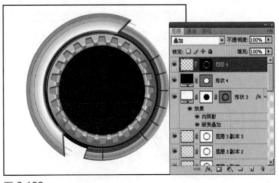

图 8-138

step 46 选择"滤镜"/"模糊"/"高斯模糊"命令，设置弹出对话框中的参数后，单击"确定"按钮，得到如图 8-139所示的效果。

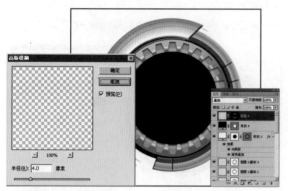

图 8-139

step 47 选择"图层 4"为当前操作图层，按【Ctrl+J】快捷键，复制"图层 4"，得到"图层 4 副本"，效果如图 8-140所示。

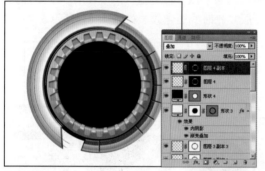

图 8-140

step 48 选择"形状 4"，按住【Alt】键，在"图层"面板上将选中的图层拖动到"图层 4 副本"的上方，以复制和调整图层顺序，得到"形状 4 副本"，设置前景色的颜色值为（R:198 G:198 B:198）。按【Alt+Delete】快捷键用前景色填充"形状 4 副本"，按【Ctrl+T】快捷键，调出自由变换控制框，缩小变换图像到如图 8-141所示的状态，按【Enter】键确认操作。

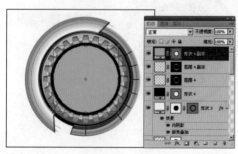

图 8-141

step 49 使用"路径选择工具"选择上一步复制的圆形，按【Ctrl+Alt+T】快捷键，调出自由变换复制框，缩小变换图像，按【Enter】键确认操作。在工具选项栏中单击"从形状区域减去"按钮，此时的图像效果如图 8-142所示。

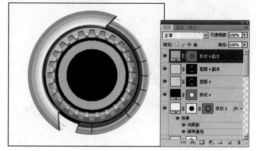

图 8-142

step 50 选择"形状 4 副本"，单击"添加图层样式"按钮，在弹出的菜单中选择"斜面和浮雕"命令，设置弹出的"图层样式"对话框的"斜面和浮雕"选项后，得到如图 8-143所示的效果。

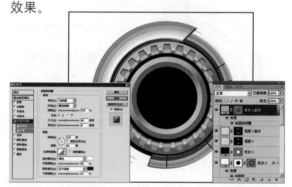

图 8-143

step 51 设置前景色的颜色值为（R:65 G:56 B:39），选择"钢笔工具"，在工具选项栏中单击"形状图层"按钮，在图像中绘制形状，得到图层"形状 5"，如图 8-144所示。

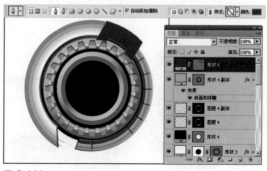

图 8-144

step 52 选择"形状 4",按住【Alt】键,在"图层"面板上将选中的图层拖动到"形状 5"的上方,以复制和调整图层顺序,得到"形状 4 副本 2"。按【Ctrl+Alt+G】快捷键,执行"创建剪贴蒙版"操作,按【Ctrl+T】快捷键,调出自由变换控制框,放大变换图像到如图 8-145 所示的状态,按【Enter】键确认操作。

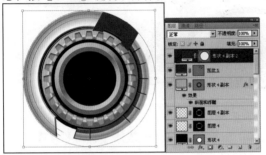

图 8-145

step 53 单击"添加图层样式"按钮 fx,在弹出的菜单中选择"渐变叠加"命令,设置弹出的"图层样式"对话框的"渐变叠加"选项,如图 8-146 所示。在该对话框的编辑渐变颜色选择框中单击,可以弹出"渐变编辑器"对话框,在此可以编辑渐变的颜色。

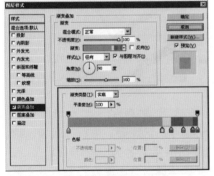

图 8-146

step 54 设置完以上参数后,单击"确定"按钮,即可得到如图 8-147 所示的效果。

图 8-147

step 55 选择"形状 5"和"形状 4 副本 2",按【Ctrl+Alt+E】快捷键,执行"盖印"操作,将得到的新图层重命名为"图层 5"。隐藏"形状 5"和"形状 4 副本 2",选择"图层 5",单击"添加图层样式"按钮 fx,在弹出的菜单中选择"投影"命令,设置弹出的"投影"选项后,得到如图 8-148 所示的效果。

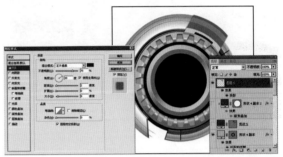

图 8-148

step 56 设置前景色的颜色值为(R:170 G:167 B:159),新建一个图层,得到"图层 6"。按【Ctrl+Alt+G】快捷键,执行"创建剪贴蒙版"操作,选择"画笔工具" ,设置适当的画笔大小和透明度后,在"图层 6"中进行涂抹,得到如图 8-149 所示的效果。

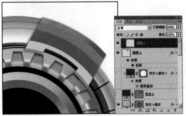

图 8-149

step 57 设置前景色的颜色值为(R:195 G:186 B:177),新建一个图层,得到"图层 7"。按【Ctrl+Alt+G】快捷键,执行"创建剪贴蒙版"操作,选择"画笔工具" ,设置适当的画笔大小和透明度后,在"图层 7"中进行涂抹,得到如图 8-150 所示的效果。

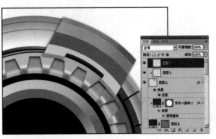

图 8-150

step 58 设置前景色的颜色值为（R:221 G:212 B:205），新建一个图层，得到"图层 8"。按【Ctrl+Alt+G】快捷键，执行"创建剪贴蒙版"操作，选择"画笔工具" ，设置适当的画笔大小和透明度后，在"图层 8"中进行涂抹，得到如图 8-151所示的效果。

图 8-151

step 59 设置前景色为白色，新建一个图层，得到"图层 9"。按【Ctrl+Alt+G】快捷键，执行"创建剪贴蒙版"操作，选择"画笔工具" ，设置适当的画笔大小和透明度后，在"图层 9"中进行涂抹，得到如图 8-152所示的效果。

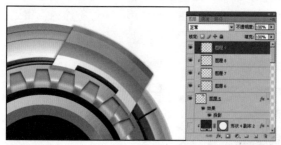

图 8-152

step 60 设置前景色的颜色值为（R:217 G:214 B:200），新建一个图层，得到"图层 10"。按【Ctrl+Alt+G】快捷键，执行"创建剪贴蒙版"操作，选择"画笔工具" ，设置适当的画笔大小和透明度后，在"图层 10"中进行涂抹，得到如图 8-153所示的效果。

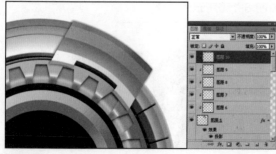

图 8-153

step 61 设置前景色为黑色，选择"钢笔工具" ，在工具选项栏中单击"形状图层"按钮 ，在图像中绘制形状，得到图层"形状 6"，如图 8-154所示。

图 8-154

step 62 选择"形状 6"，单击"添加图层样式"按钮 ，在弹出的菜单中选择"斜面和浮雕"命令，设置弹出的"图层样式"对话框的"斜面和浮雕"选项后，按【Ctrl+Alt+G】快捷键，执行"创建剪贴蒙版"操作，得到如图 8-155所示的效果。

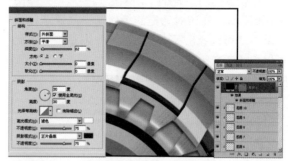

图 8-155

step 63 选择"形状 4 副本 2"上方的所有图层，按【Ctrl+Alt+E】快捷键，执行"盖印"操作，将得到的新图层重命名为"图层 11"。按【Ctrl+T】快捷键，调出自由变换控制框，变换图像到如图 8-156所示的状态，按【Enter】键确认操作。

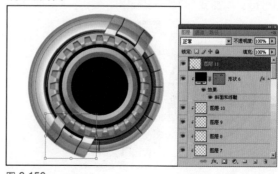

图 8-156

step 64 单击"创建新的填充或调整图层"按钮，在弹出的菜单中选择"曲线"命令，此时在弹出"调整"面板的同时得到图层"曲线1"。单击"调整"面板下方的按钮，将调整影响剪切到下方的图层。然后在"调整"面板中设置"曲线"命令的参数，如图 8-157 所示。

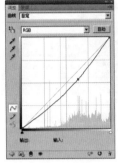

图 8-157

step 65 在"调整"面板中设置完"曲线"命令的参数后，关闭"调整"面板。此时的图像效果和"图层"面板如图 8-158 所示。

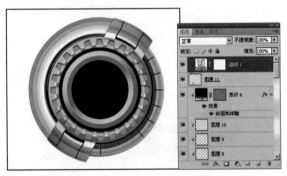

图 8-158

step 66 设置前景色的颜色值为（R:255 G:242 B:216），选择"椭圆工具"，在工具选项栏中单击"形状图层"按钮，按住【Shift】键在图像的中间绘制圆形，得到图层"形状 7"，如图 8-159 所示。

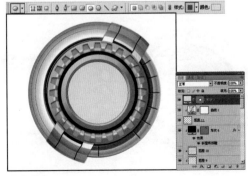

图 8-159

step 67 选择"形状 7"为当前操作图层，按【Ctrl+J】快捷键，复制"形状 7"，得到"形状 7 副本"，设置前景色的颜色值为（R:198 G:198 B:198）。按【Alt+Delete】快捷键用前景色填充"形状 7 副本"，按【Ctrl+T】快捷键，调出自由变换控制框，放大变换图像到如图 8-160 所示的状态，按【Enter】键确认操作。

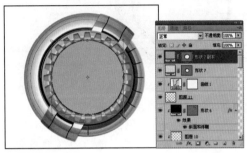

图 8-160

step 68 使用"路径选择工具"选择上一步复制的圆形，按【Ctrl+Alt+T】快捷键，调出自由变换复制框，缩小变换图像，按【Enter】键确认操作。在工具选项栏中单击"从形状区域减去"按钮，此时的图像效果如图 8-161 所示。

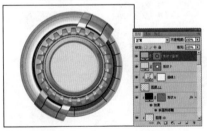

图 8-161

step 69 选择"形状 7 副本"，单击"添加图层样式"按钮，在弹出的菜单中选择"斜面和浮雕"命令，设置弹出的"图层样式"对话框的"斜面和浮雕"选项后，单击"渐变叠加"选项，然后设置弹出的"渐变叠加"选项参数，具体设置如图 8-162 所示。

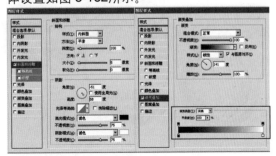

图 8-162

step 70 设置完"图层样式"对话框后，单击"确定"按钮，即可得到如图 8-163所示的效果。

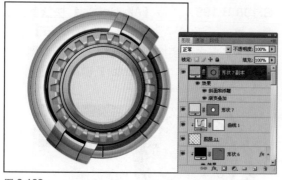

图 8-163

step 71 设置前景色的颜色值为（R:255 G:242 B:216），选择"钢笔工具" ，在工具选项栏中单击"形状图层"按钮 ，在图像中绘制形状，得到图层"形状 8"，如图 8-164所示。

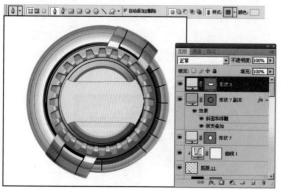

图 8-164

step 72 选择 "椭圆选框工具" ，按住【Shift】键在图像中绘制圆形选区，单击"添加图层蒙版"按钮 ，为"形状 8"添加图层蒙版，此时选区以外的图像就被隐藏起来了，如图 8-165所示。

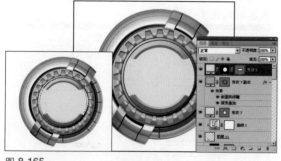

图 8-165

step 73 选择"形状 8"，单击"添加图层样式"按钮 ，在弹出的菜单中选择"混合选项"命令，在打开的"图层样式"对话框中勾选"图层蒙版隐藏效果"选项，单击"渐变叠加"选项，然后设置弹出的"渐变叠加"选项参数，具体设置如图 8-166所示。

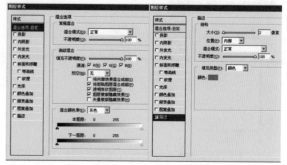

图 8-166

step 74 设置完"图层样式"对话框后，单击"确定"按钮，即可得到如图 8-167所示的效果。

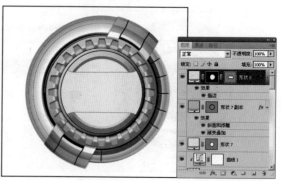

图 8-167

step 75 新建一个图层，得到"图层 12"。切换到"路径"面板，新建一个路径，得到"路径 5"。选择"钢笔工具" ，在工具选项栏中单击"路径"按钮 ，在图像中绘制多条线段路径，如图 8-168所示。

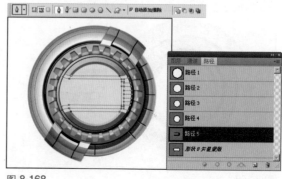

图 8-168

step76 设置画笔的大小后，设置前景色的颜色值为（R:111 G:111 B:111），单击"用画笔描边路径"按钮 ⊙ ，切换到"图层"面板，此时的图像效果和"图层"面板如图 8-169 所示。

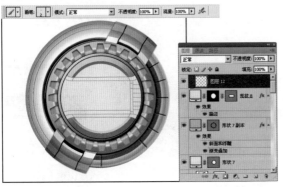

图 8-169

step77 选择"形状 4 副本"，按住【Alt】键，在"图层"面板上将选中的图层拖动到"图层 12"的上方，以复制和调整图层顺序，得到"形状 4 副本3"。使用"路径选择工具" ▶ 选择"形状 4 副本3"的矢量蒙版中的小圆，通过自由变换命令，将其放大变换到如图 8-170 所示的效果。

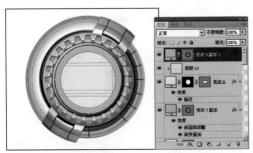

图 8-170

step78 选择"形状 4 副本 3"，单击"添加图层样式"按钮 fx，在弹出的菜单中选择"投影"命令，设置弹出的"图层样式"对话框的"投影"选项后，单击"确定"按钮，设置其图层填充值为"0%"，得到如图 8-171 所示的效果。

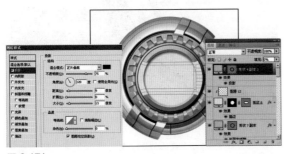

图 8-171

step79 使用"路径选择工具" ▶ 选择"形状 8"的矢量蒙版中的形状，按【Ctrl+C】快捷键，执行"复制"操作，选择"形状 4 副本 3"的矢量蒙版，按【Ctrl+V】快捷键，执行"粘贴"操作，此时的图像效果如图 8-172 所示。

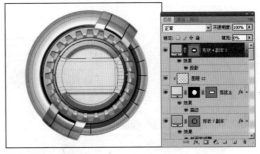

图 8-172

step80 使用"路径选择工具" ▶ 选择粘贴后的形状，在工具选项栏中单击"从形状区域减去"按钮 ◻ ，此时的图像效果如图 8-173 所示。

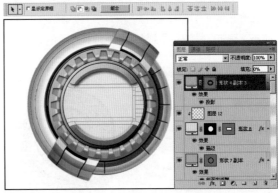

图 8-173

step81 使用"椭圆工具" ◯ ，在工具选项栏中单击"从形状区域减去"按钮 ◻ ，在"形状 4 副本 3"图层中绘制椭圆形，如图 8-174 所示。

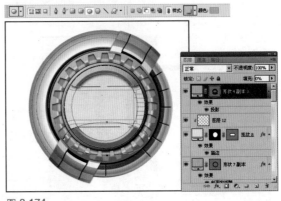

图 8-174

step 82 选择"形状 4 副本 3"为当前操作图层，按【Ctrl+J】快捷键，复制"形状 4 副本 3"，得到"形状 4 副本 4"。使用"路径选择工具" 选择"形状 4 副本 4"的矢量蒙版中的椭圆形状，将其向上移动到如图 8-175所示的位置。

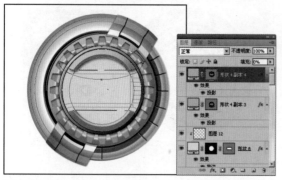

图 8-175

step 83 选择"形状 4 副本 4"，单击"添加图层样式"按钮fx，在弹出的菜单中选择"投影"命令，设置弹出的"图层样式"对话框的"投影"选项后，单击"确定"按钮，得到如图 8-176所示的效果。

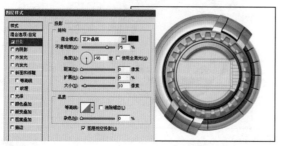

图 8-176

step 84 设置前景色为黑色，继续使用形状工具在播放器的右侧绘制一些小的调节按钮，得到图层"形状 9"，再为这些按钮添加"斜面和浮雕"图层样式，如图 8-177所示。

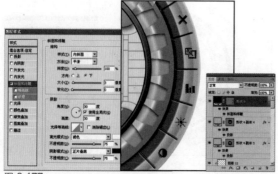

图 8-177

step 85 设置前景色的颜色值为（R:170 G:166 B:160），选择"钢笔工具" ，在工具选项栏中单击"形状图层"按钮，在图像下方绘制形状，得到图层"形状 10"，如图 8-178所示。

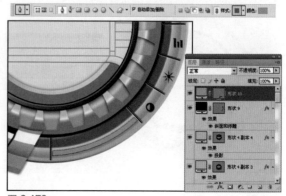

图 8-178

step 86 选择"形状 10"，单击"添加图层样式"按钮fx，在弹出的菜单中选择"投影"命令，设置弹出的"图层样式"对话框的"投影"选项后，之后单击"斜面和浮雕"选项，然后设置弹出的"斜面和浮雕"选项参数，具体设置如图 8-179所示。

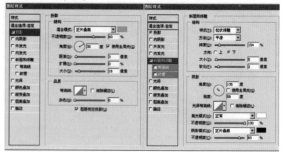

图 8-179

step 87 设置完"图层样式"对话框后，单击"确定"按钮，设置"形状 10"图层的填充值为"0%"，即可得到如图 8-180所示的效果。

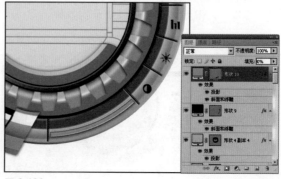

图 8-180

step 88 选择"形状 10"为当前操作图层，按【Ctrl+J】快捷键，复制"形状 10"，得到"形状 10 副本"。将其图层样式删除，设置其图层填充值为"100%"，如图 8-181所示。

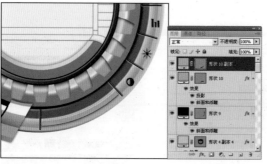

图 8-181

step 89 单击"添加图层样式"按钮 fx，在弹出的菜单中选择"混合选项"命令，设置弹出对话框中的相关参数后，再分别在该对话框左侧单击"内阴影"、"内发光"选项进行设置，具体参数设置如图 8-182所示。

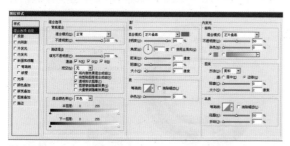

图 8-182

step 90 继续设置"斜面浮雕"、"等高线"、"光泽"、"颜色叠加"选项，如图 8-183所示。

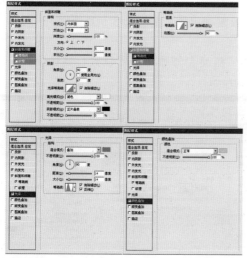

图 8-183

step 91 设置完以上参数后，单击"确定"按钮，即可得到如图 8-184所示的效果。

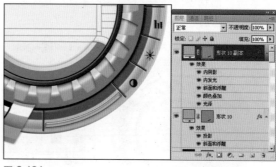

图 8-184

step 92 使用"多边形套索工具" 在长条形状上绘制不规则选区，单击"创建新的填充或调整图层"按钮 ，在弹出的菜单中选择"色相/饱和度"命令，此时在弹出"调整"面板的同时得到图层"色相/饱和度 1"。单击"调整"面板下方的 按钮，将调整影响剪切到下方的图层。然后在"调整"面板中设置"色相/饱和度"命令的参数，如图 8-185所示。

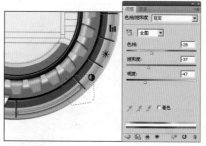

图 8-185

step 93 在"调整"面板中设置完"色相/饱和度"命令的参数后，关闭"调整"面板。此时的图像效果和"图层"面板如图 8-186所示。

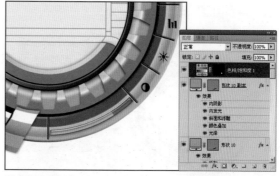

图 8-186

step 94 设置前景色的颜色值为（R:184 G:177 B:160），选择"钢笔工具" ✍，在工具选项栏中单击"形状图层"按钮 □，在图像左侧绘制形状，得到图层"形状 11"，如图 8-187所示。

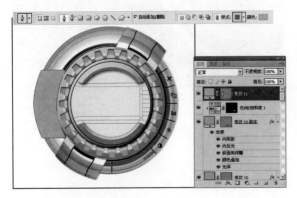

图 8-187

step 95 选择"形状 11"，单击"添加图层样式"按钮 *fx*，在弹出的菜单中选择"斜面和浮雕"命令，设置弹出的"图层样式"对话框的"斜面和浮雕"选项后，得到如图 8-188所示的效果。

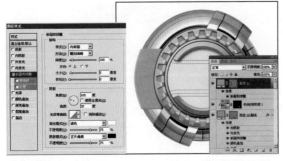

图 8-188

step 96 设置前景色的颜色值为（R:189 G:181 B:171），选择"钢笔工具" ✍，在工具选项栏中单击"形状图层"按钮 □，在图像中绘制形状，得到图层"形状 12"，如图 8-189所示。

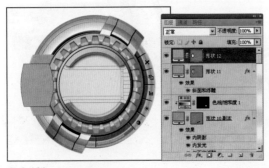

图 8-189

step 97 选择"形状 12"，单击"添加图层样式"按钮 *fx*，在弹出的菜单中选择"斜面和浮雕"命令，设置弹出的"图层样式"对话框的"斜面和浮雕"选项后，得到如图 8-190所示的效果。

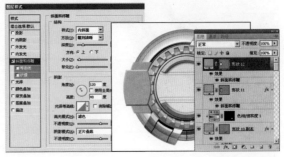

图 8-190

step 98 设置前景色的颜色值为（R:245 G:239 B:223），选择"钢笔工具" ✍，在工具选项栏中单击"形状图层"按钮 □，在图像中绘制形状，得到图层"形状 13"，如图 8-191所示。

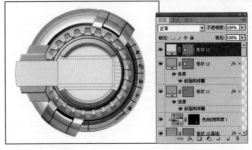

图 8-191

step 99 选择"形状 13"，单击"添加图层样式"按钮 *fx*，在弹出的菜单中选择"投影"命令，设置弹出的"图层样式"对话框的"投影"选项后，单击"斜面和浮雕"选项，然后设置弹出的"斜面和浮雕"选项参数，具体设置如图 8-192所示。

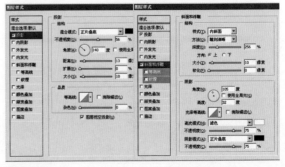

图 8-192

step 100 设置完"图层样式"对话框后，单击"确定"按钮，即可得到如图 8-193所示的效果。

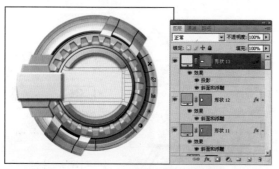

图 8-193

step 101 设置前景色为黑色，选择"钢笔工具" ，在工具选项栏中单击"形状图层"按钮 ，在图像中绘制形状，得到图层"形状 14"，如图 8-194所示。

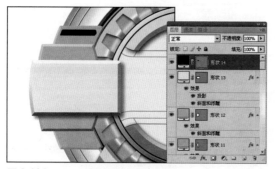

图 8-194

step 102 使用"路径选择工具" 选择"形状 14"的矢量蒙版中的形状，按住【Alt】键向下拖到选中的形状，以复制该形状，如图 8-195所示。

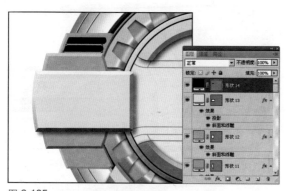

图 8-195

step 103 继续使用"路径选择工具" 选择"形状 14"的矢量蒙版中的两个形状，按【Ctrl+Alt+T】快捷键，调出自由变换复制框，将图像垂直翻转向下移动到如图 8-196所示的位置，按【Enter】键确认操作。

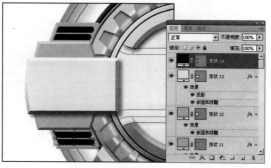

图 8-196

step 104 选择"形状 14"，单击"添加图层样式"按钮 ，在弹出的菜单中选择"斜面和浮雕"命令，设置弹出的"图层样式"对话框的"斜面和浮雕"选项后，单击"确定"按钮，设置其图层填充值为"0%"，得到如图 8-197所示的效果。

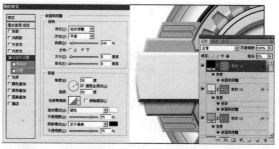

图 8-197

step 105 设置前景色为黑色，使用"横排文字工具" ，设置适当的字体和字号，在前面制作的线框内输入文字，得到相应的文字图层，如图 8-198所示。

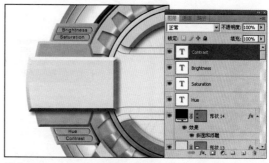

图 8-198

step 106 设置前景色的颜色值为（R:223 G:216 B:202），使用"钢笔工具" ⬤ 结合复制变换命令制作如图 8-199所示的形状，得到"形状15"。

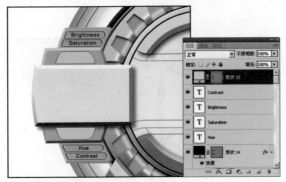

图 8-199

step 107 选择"形状 15"，单击"添加图层样式"按钮 _fx_，在弹出的菜单中选择"投影"命令，设置弹出的"图层样式"对话框的"投影"选项后，单击"斜面和浮雕"选项，然后设置弹出的"斜面和浮雕"选项参数，具体设置如图 8-200所示。

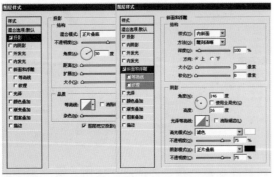

图 8-200

step 108 设置完"图层样式"对话框后，单击"确定"按钮，即可得到如图 8-201所示的效果。

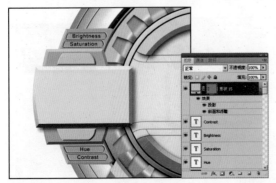

图 8-201

step 109 设置前景色的颜色值为（R:188 G:179 B:157），继续使用形状工具在播放器的左侧绘制如图 8-202所示的形状，得到图层"形状 16"。

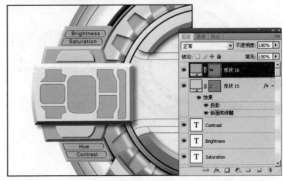

图 8- 202

step 110 选择"形状 16"，单击"添加图层样式"按钮 _fx_，在弹出的菜单中选择"斜面和浮雕"命令，设置弹出的"图层样式"对话框的"斜面和浮雕"选项后，单击"描边"选项，然后设置弹出的"描边"选项参数，具体设置如图 8-203所示。

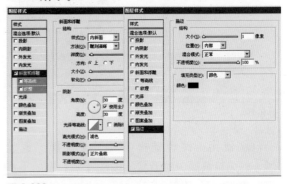

图 8-203

step 111 设置完"图层样式"对话框后，单击"确定"按钮，即可得到如图 8-204所示的效果。

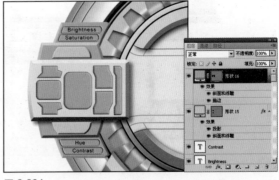

图 8-204

step 112 设置前景色为黑色，使用形状工具在播放器左侧的形状上绘制一些按钮，得到图层"形状 17"，如图 8-205所示。

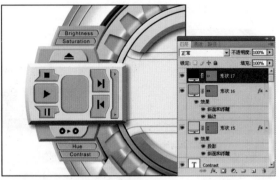

图 8-205

step 113 设置前景色的颜色值为（R:116 G:7 B:14），选择"椭圆工具" ，在工具选项栏中单击"形状图层"按钮 ，在图像中按住【Shift】键绘制圆形形状，得到图层"形状 18"，如图 8-206所示。

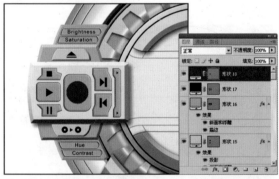

图 8-206

step 114 选择"形状 18"，单击"添加图层样式"按钮 ，在弹出的菜单中选择"斜面和浮雕"命令，设置弹出的"图层样式"对话框的"斜面和浮雕"选项后，单击"描边"选项，然后设置弹出的"描边"选项参数，具体设置如图 8-207所示。

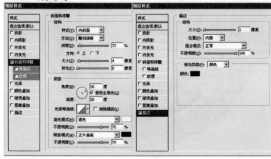

图 8-207

step 115 设置完"图层样式"对话框后，单击"确定"按钮，即可得到如图 8-208所示的效果。

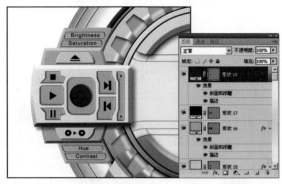

图 8-208

step 116 设置前景色为白色，使用"横排文字工具" ，设置适当的字体和字号，在圆形形状内输入文字，得到相应的文字图层，如图 8-209所示。

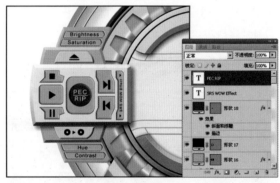

图 8-209

step 117 设置前景色为黑色，选择"矩形工具" ，在工具选项栏中单击"形状图层"按钮 ，使用形状工具在播放器的中间绘制如图 8-210所示的形状，得到图层"形状 19"。

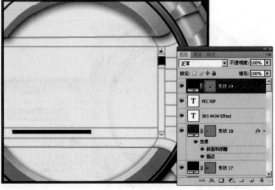

图 8-210

303

step 118 设置前景色的颜色值为（R:158 G:163 B:255），选择"矩形工具" ▭，在工具选项栏中单击"形状图层"按钮 ▫，在播放器中间的黑色矩形上绘制矩形，得到图层"形状 20"，如图 8-211所示。

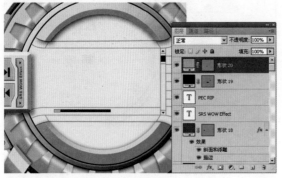

图 8-211

step 119 使用"横排文字工具" T，设置适当的字体和字号，在播放器内部最上方的线框内输入文字，得到相应的文字图层，此时的图像效果如图 8-212所示。

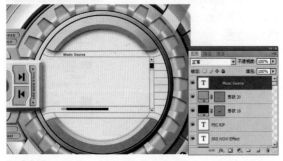

图 8-212

step 120 继续在上一步得到的文字图层上，使用"横排文字工具" T，设置适当的字体和字号，在播放器内部正中间的线框内输入一些歌曲的名称。此时的图像效果如图 8-213所示。

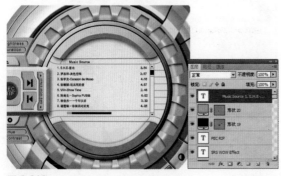

图 8-213

step 121 使用"横排文字工具" T，选中播放器内部的一个歌曲名称，将其文字的颜色更改为（R:164 G:15 B:11），代表此歌曲属于播放状态。此时的图像效果如图 8-214所示。

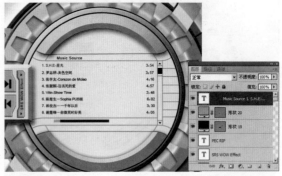

图 8-214

step 122 继续使用"横排文字工具" T，设置适当的字体和字号，在播放器内部右侧的线框和下方的线框内输入文字，得到相应的文字图层。此时的图像效果如图 8-215所示，图 8-216为本例的最终效果图。

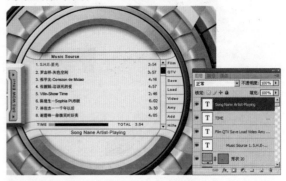

图 8-215

图 8-216

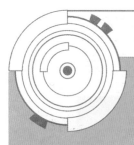

8.3 《爱情城堡》封面设计

原始图片

最终效果

制作说明

　　《爱情城堡》是一部反映现代都市爱情的小说，图书的正面以古堡作为主体图像，再结合色调的搭配和调整，将封面处理成梦幻、唯美的效果，体现出爱情的浪漫感觉。本例运用了文字工具、图层混合模式、滤镜及自由变换等技术。

制作步骤

 ▶  ▶  ▶  ▶

step 01 新建文档。执行菜单"文件"/"新建"命令(或按【Ctrl+N】快捷键)，设置弹出的"新建"对话框，如图8-217所示，单击"确定"按钮，即可创建一个新的空白文档。

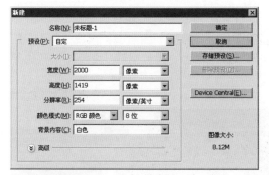

图 8-217

step 02 在新建的文档中间，设置两条垂直辅助线，作为图书的书脊，在新建的文档四周设置4条辅助线作为封面的出血线(封面印刷完成后，需要进行裁切和装订，出血线指的就是裁切刀口所在的位置)，如图8-218所示。

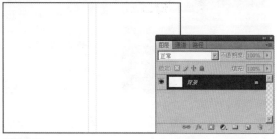

图 8-218

step 03 打开图片。打开随书光盘中的"素材 1"图像文件，此时的图像效果和"图层"面板如图8-219所示。

图 8-219

305

step 04 使用"移动工具" ▶♣将图像拖动到第1步新建的文件中，得到"图层 1"。按【Ctrl+T】快捷键，调出自由变换控制框，变换图像到如图8-220所示的状态，按【Enter】键确认操作。

图 8-220

step 05 新建一个图层，得到"图层 2"，设置前景色为黑色。使用"渐变工具" ■设置渐变类型为从前景色到透明（单击"渐变工具" ■选项栏中的渐变色条，可以调出"渐变编辑器"设置渐变的颜色），在"图层 2"中从下往上绘制渐变，此时的效果如图8-221所示。

图 8-221

step 06 单击"创建新的填充或调整图层"按钮 ●，在弹出的菜单中选择"曲线"命令，此时在弹出"调整"面板的同时得到图层"曲线 1"。在"调整"面板中设置完"曲线"命令的参数后，关闭"调整"面板。此时的效果如图8-222所示。

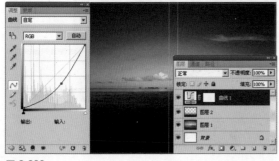

图 8-222

step 07 单击"曲线 1"的图层蒙版缩览图，设置前景色为黑色，选择"画笔工具" ✎，设置适当的画笔大小和透明度后，在图层蒙版中涂抹，得到如图8-223所示的效果。

图 8-223

step 08 打开图片。打开随书光盘中的"素材 2"图像文件，此时的图像效果和"图层"面板如图8-224所示。

图 8-224

step 09 使用"移动工具" ▶♣将图像拖动到第1步新建的文件中，得到"图层 3"。按【Ctrl+T】快捷键，调出自由变换控制框，变换图像到如图8-225所示的状态，按【Enter】键确认操作。

图 8-225

step 10 设置图层属性。设置"图层 3"的图层混合模式为"叠加",得到如图8-226所示的效果。

图 8-226

step 11 打开图片。打开随书光盘中的"素材 3"图像文件,此时的图像效果和"图层"面板如图8-227所示。

图 8-227

step 12 使用"移动工具" 将图像拖动到第1步新建的文件中,得到"图层 4"。按【Ctrl+T】快捷键,调出自由变换控制框,变换图像到如图8-228所示的状态,按【Enter】键确认操作。

图 8-228

step 13 设置图层属性。设置"图层 4"的图层混合模式为"叠加",得到如图8-229所示的效果。

图 8-229

step 14 打开图片。打开随书光盘中的"素材 4"图像文件,此时的图像效果和"图层"面板如图8-230所示。

图 8-230

step 15 使用"移动工具" 将图像拖动到第1步新建的文件中,得到"图层 5"。按【Ctrl+T】快捷键,调出自由变换控制框,变换图像到如图8-231所示的状态,按【Enter】键确认操作。

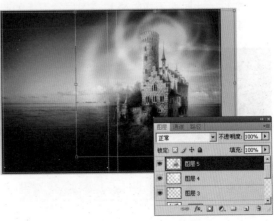

图 8-231

step 16 选择"图层 5"为当前操作图层，按
【Ctrl+J】快捷键，复制"图层 5"，得到"图层 5 副本"。选择"滤镜"/"模糊"/"径向模糊"命令，设置弹出对话框中的参数后，单击"确定"按钮，得到如图8-232所示的效果。

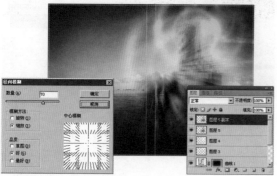

图 8-232

step 17 设置图层属性。设置"图层 5 副本"的图层混合模式为"叠加"，得到如图8-233所示的效果。

图 8-233

step 18 打开图片。打开随书光盘中的"素材 5"图像文件，此时的图像效果和"图层"面板如图8-234所示。

图 8-234

step 19 使用"移动工具" 将图像拖动到第1步新建的文件中，得到"图层 6"。按【Ctrl+T】快捷键。调出自由变换控制框，变换图像到如图8-235所示的状态，按【Enter】键确认操作。

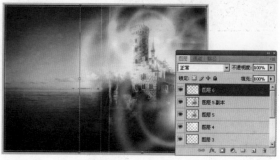

图 8-234

step 20 设置图层属性。设置"图层 6"的图层混合模式为"叠加"，得到如图8-236所示的效果。

图 8-236

step 21 设置前景色的颜色值为（R:7 G:249 B:255），新建一个图层，得到"图层 7"。选择"画笔工具" ，设置适当的画笔大小和透明度后，在"图层 7"中进行涂抹，得到如图8-237所示的效果。

图 8-237

step 22 设置图层属性。设置"图层 7"的图层混合模式为"线性加深",得到如图8-238所示的效果。

图 8-238

step 23 设置前景色为白色,新建一个图层,得到"图层 8"。选择"画笔工具" ,设置适当的画笔大小和透明度后,在"图层 8"中进行涂抹,得到如图8-239所示的效果。

图 8-239

step 24 设置图层属性。设置"图层 8"的图层混合模式为"叠加",得到如图8-240所示的效果。

图 8-240

step 25 打开图片。打开随书光盘中的"素材 6"图像文件,此时的图像效果和"图层"面板如图8-241所示。

图 8-241

step 26 使用"移动工具" 将图像拖动到第1步新建的文件中,得到"图层 9"。按【Ctrl+T】快捷键,调出自由变换控制框,变换图像到如图8-242所示的状态,按【Enter】键确认操作。

图 8-242

step 27 选择"图层 9",单击"添加图层样式"按钮 ,在弹出的菜单中选择"外发光"命令,设置弹出的"图层样式"对话框的"外发光"选项后,得到如图8-243所示的效果。

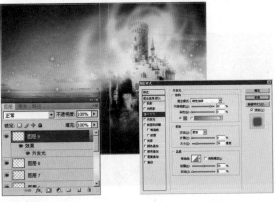

图 8-243

step 28 打开图片。打开随书光盘中的"素材7"图像文件，此时的图像效果和"图层"面板如图8-244所示。

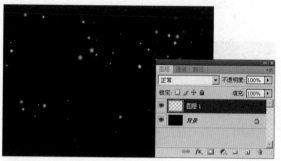

图 8-244

step 29 使用"移动工具" ▶┿ 将图像拖动到第1步新建的文件中，得到"图层10"。按【Ctrl+T】快捷键，调出自由变换控制框，变换图像到如图8-245所示的状态，按【Enter】键确认操作。

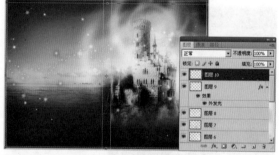

图 8-245

step 30 在"图层9"的图层名称上单击鼠标右键，在弹出的菜单中选择"复制图层样式"命令，然后用鼠标右键单击"图层10"的图层名称，在弹出的菜单中选择"粘贴图层样式"命令，得到如图8-246所示的效果。

图 8-246

step 31 设置前景色的颜色值为（R:254 G:20 B:20），使用"横排文字工具" T，设置适当的字体和字号，在画面中输入文字"爱情城堡"，得到相应的文字图层，如图8-247所示。

图 8-247

step 32 使用"横排文字工具" T，选择"城堡"两个字，然后将选中的文字颜色改为黑色，此时的效果如图8-248所示。

图 8-248

step 33 单击"添加图层样式"按钮 fx，在弹出的菜单中选择"投影"命令，设置弹出的"图层样式"对话框的"投影"选项后，单击"描边"选项，然后设置弹出的"描边"选项参数，具体设置如图8-249所示。

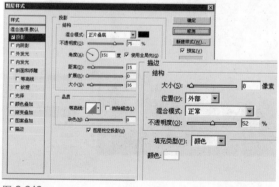

图 8-249

step 34 设置完"图层样式"对话框后，单击"确定"按钮，即可得到如图8-250所示的效果。

图 8-250

step 35 设置前景色为黑色，使用"横排文字工具" T ，设置适当的字体和字号，在画面中输入文字"love fortress"，得到相应的文字图层。继续使用"横排文字工具" T ，选择"fortress"，然后将选中的文字颜色改为红色，此时的效果如图8-251所示。

图 8-251

step 36 单击"添加图层样式"按钮 fx ，在弹出的菜单中选择"描边"命令，设置弹出的"图层样式"对话框的"描边"选项后，得到如图8-252所示的效果。

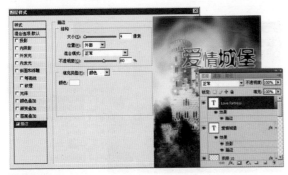

图 8-252

step 37 使用"文字工具" T ，设置适当的字体和字号，在图书的封面上输入其他信息文字，得到相应的文字图层，如图8-253所示。

图 8-253

step 38 选择封面右上方的直排文字图层，单击"添加图层样式"按钮 fx ，在弹出的菜单中选择"外发光"命令，设置弹出的"图层样式"对话框的"外发光"选项后，得到如图8-254所示的效果。

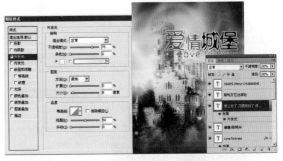

图 8-254

step 39 继续使用"文字工具"和图层样式，制作图书书脊上的文字信息，得到相应的文字图层，如图8-255所示。

图 8-255

step 40 打开图片。打开随书光盘中的"素材 8"
图像文件，此时的图像效果和"图层"面板如图
8-256所示。

图 8-256

step 41 使用"移动工具" 将图像拖动到
第1步新建的文件中，得到"图层 11"。按
【Ctrl+T】快捷键，调出自由变换控制框，变换
图像到如图8-257所示的状态，按【Enter】键确
认操作。

图 8-257

step 42 设置图层属性。设置"图层 11"的图层混
合模式为"叠加"，得到如图8-258所示的效果。

图 8-258

step 43 单击"添加图层蒙版"按钮，为"图层
11"添加图层蒙版，设置前景色为黑色。选择
"画笔工具" ，设置适当的画笔大小和透明度
后，在图层蒙版中涂抹，将不需要的部分隐藏起
来，即可得到如图8-259所示的效果。

图 8-259

step 44 选择文字图层"爱情城堡"和"love
fortress"，按【Ctrl+Alt+E】快捷键，执行"盖
印"操作，将得到的新图层重命名为"图层
12"。使用"移动工具" ，将"图层 12"中
的图像调整到图书封底中间的位置，如图8-260
所示。

图 8-260

step 45 使用"文字工具" ，设置适当的字体
和字号，在图书的封底上输入其他文字信息，得
到相应的文字图层，如图8-261所示。

图 8-261

step 46 打开图片。打开随书光盘中的"素材9"图像文件，此时的图像效果和"图层"面板如图8-262所示。

图 8-262

step 47 使用"移动工具" ▶ 将图像拖动到第1步新建的文件中，得到"图层13"。按【Ctrl+T】快捷键，调出自由变换控制框，变换图像到如图8-263所示的状态，按【Enter】键确认操作。

图 8-263

step 48 设置前景色为白色，选择"横排文字工具" T ，设置适当的字体和字号，在条形码的左侧输入图书的定价，得到相应的文字图层，如图8-264所示。

图 8-264

step 49 新建文档。执行菜单"文件"/"新建"命令(或按【Ctrl+N】快捷键)，设置弹出的"新建"对话框，如图8-265所示，单击"确定"按钮，即可创建一个新的空白文档。

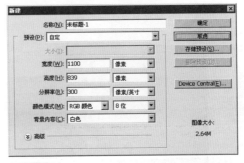

图 8-265

step 50 新建一个图层，得到"图层1"，设置前景色为白色，背景色为黑色。选择"渐变工具" ■ ，在工具选项栏中单击"径向渐变"按钮 ■ ，设置渐变类型为从前景色到背景色，在"图层1"中从左下往右上绘制渐变，此时的图像效果如图8-266所示。

图 8-266

step 51 选择"滤镜"/"杂色"/"添加杂色"命令，设置弹出对话框中的参数后，单击"确定"按钮，得到如图8-267所示的效果。

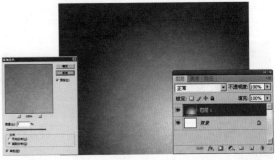

图 8-267

step 52 单击"创建新的填充或调整图层"按钮，在弹出的菜单中选择"通道混合器"命令，此时在弹出"调整"面板的同时得到图层"通道混合器 1"。在"调整"面板中设置完"通道混合器"命令的参数后，关闭"调整"面板。此时的效果如图8-268所示。

图 8-268

step 53 切换到第1步新建的文件中，使用"矩形选框工具"，框选封面图像，按【Shift+Ctrl+C】快捷键，执行"合并复制"操作，如图8-269所示。

图 8-269

step 54 切换到第49步新建的文件中，按【Ctrl+V】快捷键，执行"粘贴"操作，得到"图层 2"。按【Ctrl+J】快捷键，复制"图层 2"，得到"图层 2 副本"。隐藏"图层 2 副本"，选择"图层 2"，按【Ctrl+T】快捷键，调出自由变换控制框，变换图像到如图8-270所示的状态，按【Enter】键确认操作。

图 8-270

step 55 新建一个图层，得到"图层 3"，设置前景色为黑色，背景色为白色。使用"渐变工具"设置渐变类型为从前景色到背景色，在"图层 3"中从左上往右下绘制渐变，此时的图像效果如图8-271所示。

图 8-271

step 56 设置图层属性。设置"图层 3"的图层混合模式为"正片叠底"，得到如图8-272所示的效果。

图 8-272

step 57 切换到第1步新建的文件中，使用"矩形选框工具"，框选图书书脊部分的图像，按【Shift+Ctrl+C】快捷键，执行"合并复制"操作，如图8-273所示。

图 8-273

step 58 切换到第49步新建的文件中，选择"通道混合器 1"为当前操作图层。按【Ctrl+V】快捷键，执行"粘贴"操作，得到"图层 4"。按【Ctrl+J】快捷键两次，复制"图层 4"，得到其两个副本图层。隐藏复制的两个图层，选择"图层 4，"，按【Ctrl+T】快捷键，调出自由变换控制框，变换图像到如图8-274所示的状态，按【Enter】键确认操作。

图 8-274

step 59 单击"添加图层样式"按钮 fx，在弹出的菜单中选择"投影"命令，设置弹出的"图层样式"对话框的"投影"选项后，得到如图8-275所示的效果。

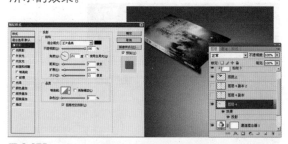

图 8-275

step 60 新建一个图层，得到"图层 5"。按【Ctrl+Alt+G】快捷键执行"创建剪贴蒙版"操作，设置前景色的颜色值为（R:156 G:156 B:156），按【Alt+Delete】快捷键用前景色填充"图层 5"，设置其图层混合模式为"正片叠底"，如图8-276所示。

图 8-276

step 61 选择"通道混合器 1"为当前操作图层，设置前景色的颜色值为（R:200 G:200 B:200），选择"钢笔工具" ，在工具选项栏中单击"形状图层"按钮 ，在图像中绘制如图8-277所示的形状，得到图层"形状 1"。

图 8-277

step 62 单击"添加图层样式"按钮 fx，在弹出的菜单中选择"投影"命令，设置弹出的"图层样式"对话框的"投影"选项后，单击"描边"选项，然后设置弹出的"描边"选项参数，具体设置如图8-278所示。

图 8-278

step 63 设置完"图层样式"对话框后，单击"确定"按钮，即可得到如图8-279所示的效果。

图 8-279

step 64 单击"创建新的填充或调整图层"按钮 ，在弹出的菜单中选择"渐变"命令，设置弹出的对话框，如图8-280所示。在该对话框的编辑渐变颜色选择框中单击，可以弹出"渐变编辑器"对话框，在此可以编辑渐变的颜色。

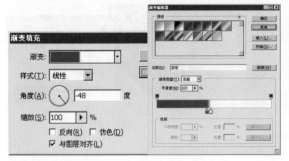

图 8-280

step 65 设置完以上参数后，单击"确定"按钮，得到图层"渐变填充 1"，此时的效果如图8-281所示。

图 8-281

step 66 选择 "渐变填充 1" 图层，按【Ctrl+Alt+G】快捷键，执行"创建剪贴蒙版"操作，设置其图层混合模式为"正片叠底"，得到如图8-282所示的效果。

图 8-282

step 67 切换到第1步新建的文件中，使用"矩形选框工具" ，框选封底图像，按【Shift+Ctrl+C】快捷键，执行"合并复制"操作，如图8-283所示。

图 8-283

step 68 切换到第49步新建的文件中，选择"图层 3"为当前操作图层，按【Ctrl+V】快捷键，执行"粘贴"操作，得到"图层 6"。按【Ctrl+T】快捷键，调出自由变换控制框，变换图像到如图8-284所示的状态，按【Enter】键确认操作。

图 8-284

step 69 显示并选择"图层 4副本"将其调整到"图层 6"的下方，按【Ctrl+T】快捷键，调出自由变换控制框，变换图像到如图8-285所示的状态，按【Enter】键确认操作。

图 8-285

step 70 新建一个图层，得到"图层 7"。按【Ctrl+Alt+G】快捷键执行"创建剪贴蒙版"操作，设置前景色的颜色值为（R:156 G:156 B:156），按【Alt+Delete】快捷键用前景色填充"图层 7"，设置其图层混合模式为"正片叠底"，如图8-286所示。

图 8-286

step 71 选择"图层 3"为当前操作图层，设置前景色的颜色值为（R:200 G:200 B:200），选择"钢笔工具"，在工具选项栏中单击"形状图层"按钮，在图像中绘制如图8-287所示的形状，得到图层"形状 2"。

图 8-287

step 72 单击"添加图层样式"按钮，在弹出的菜单中选择"投影"命令，设置弹出的"图层样式"对话框的"投影"选项后，单击"描边"选项，然后设置弹出的"描边"选项参数，具体设置如图8-288所示。

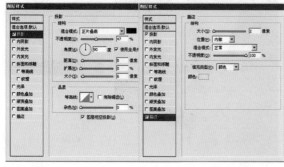

图 8-288

step 73 设置完"图层样式"对话框后，单击"确定"按钮，即可得到如图8-289所示的效果。

图 8-289

step 74 单击"创建新的填充或调整图层"按钮，在弹出的菜单中选择"渐变"命令，设置弹出的对话框，如图8-290所示。在该对话框的编辑渐变颜色选择框中单击，可以弹出"渐变编辑器"对话框，在此可以编辑渐变的颜色。

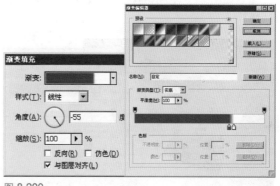

图 8-290

step 75 设置完以上参数后，单击"确定"按钮，得到图层"渐变填充 2"，此时的效果如图8-291所示。

图 8-291

317

step 76 选择"渐变填充 2",按【Ctrl+Alt+G】快捷键,执行"创建剪贴蒙版"操作,设置其图层混合模式为"正片叠底",得到如图8-292所示的效果。

图 8-292

step 77 显示并选择"图层 2 副本",按【Ctrl+T】快捷键,调出自由变换控制框,变换图像到如图8-293所示的状态,按【Enter】键确认操作。

图 8-293

step 78 显示并选择"图层 4 副本 2",将其调整到"图层 2 副本"的下方。按【Ctrl+T】快捷键,调出自由变换控制框,变换图像到如图8-294所示的状态,按【Enter】键确认操作。

图 8-294

step 79 单击"添加图层样式"按钮 *fx*,在弹出的菜单中选择"投影"命令,设置弹出的"图层样式"对话框的"投影"选项,如图8-295所示。

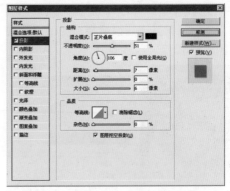

图 8-295

step 80 设置完以上参数后,单击"确定"按钮,此时的图像效果和"图层"面板如图8-296所示。

图 8-296

step 81 新建一个图层,得到"图层 8"。按【Ctrl+Alt+G】快捷键执行"创建剪贴蒙版"操作,设置前景色的颜色值为(R:167 G:167 B:167),按【Alt+Delete】快捷键用前景色填充"图层 8",设置其图层混合模式为"正片叠底",如图8-297所示。

图 8-297

step 82 选择"图层 6"为当前操作图层，设置前景色的颜色值为（R:200 G:200 B:200），选择"钢笔工具" ，在工具选项栏中单击"形状图层"按钮 ，在图像中绘制如图8-298所示的形状，得到图层"形状 3"。

图 8-298

step 83 单击"添加图层样式"按钮 ，在弹出的菜单中选择"投影"命令，设置弹出的"图层样式"对话框的"投影"选项后，单击"描边"选项，然后设置弹出的"描边"选项参数，具体设置如图8-299所示。

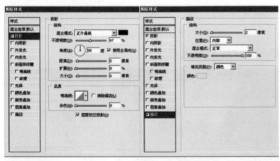

图 8-299

step 84 设置完"图层样式"对话框后，单击"确定"按钮，即可得到如图8-300所示的效果。

图 8-300

step 85 单击"创建新的填充或调整图层"按钮 ，在弹出的菜单中选择"渐变"命令，设置弹出的对话框，如图8-301所示。在该对话框的编辑渐变颜色选择框中单击，将弹出"渐变编辑器"对话框，在此可以编辑渐变的颜色。

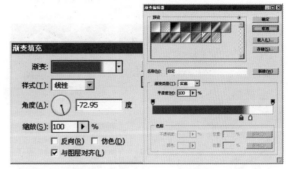

图 8-301

step 86 设置完以上参数后，单击"确定"按钮，得到图层"渐变填充 3"，此时的效果如图8-302所示。

图 8-302

step 87 选择"渐变填充 3"，按【Ctrl+Alt+G】快捷键，执行"创建剪贴蒙版"操作，设置其图层混合模式为"正片叠底"，得到如图8-303所示的效果。

图 8-303

step 88 选择"图层 3"，设置前景色为黑色，新建一个图层，得到"图层 9"。按【Ctrl+Alt+G】快捷键，执行"创建剪贴蒙版"操作。选择"画笔工具" ，设置适当的画笔大小和透明度后，在"图层 9"中绘制图书的投影，得到如图8-304所示的效果。

step 90 选择"通道混合器 1"，新建一个图层，得到"图层 11"。选择"画笔工具" ，设置适当的画笔大小和透明度后，在"图层 11"中绘制图书的投影，得到如图8-306所示的效果。

图 8-304

图 8-306

step 89 选择"渐变填充 1"，新建一个图层，得到"图层 10"。按【Ctrl+Alt+G】快捷键，执行"创建剪贴蒙版"操作。选择"画笔工具" ，设置适当的画笔大小和透明度后，在"图层 10"中绘制图书的投影，得到如图8-305所示的效果。

step 91 新建一个图层，得到"图层 12"。选择"画笔工具" ，设置适当的画笔大小和透明度后，在"图层 12"中绘制图书的投影，得到如图8-307所示的最终效果。

图 8-305

图 8-307

8.4 | "Flying with wind" 折页设计

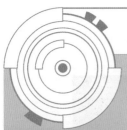

原始图片

最终效果

制作说明

本例是一个两折的宣传页设计,首先通过素材图像制作一幅梦幻、唯美的场景,然后在场景中添加折页的内容文字。本例运用了图层样式、图层混合模式、调色命令、图层蒙版、定义画笔、画笔工具及文字工具等技术。

制作步骤

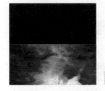    

step 01 新建文档。执行菜单"文件"/"新建"命令(或按【Ctrl+N】快捷键),设置弹出的"新建"对话框,如图8-308所示,单击"确定"按钮,即可创建一个新的空白文档。

图 8-309

step 03 设置前景色为黑色,按【Alt+Delete】快捷键用前景色填充"背景"图层,如图8-310所示。

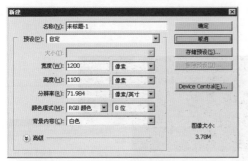

图 8-308

step 02 在新建的文档中间,设置一条水平辅助线作为折线,在新建的文档四周设置4条辅助线作为封面的出血线,如图8-309所示。

图 8-310

step 04 设置前景色的颜色值为（R:82 G:68 B:57），选择"矩形工具" ，在工具选项栏中单击"形状图层"按钮 ，在图像中绘制矩形，得到图层"形状1"，如图8-311所示。

图 8-311

step 05 打开图片。打开随书光盘中的"素材1"图像文件，此时的图像效果和"图层"面板如图8-312所示。

图 8-312

step 06 使用"移动工具" 将图像拖动到第1步新建的文件中，得到"图层1"。按【Ctrl+Alt+G】快捷键，执行"创建剪贴蒙版"操作，按【Ctrl+T】快捷键，调出自由变换控制框，变换图像到如图8-313所示的状态，按【Enter】键确认操作。

图 8-313

step 07 打开图片。打开随书光盘中的"素材2"图像文件，此时的图像效果和"图层"面板如图8-314所示。

图 8-314

step 08 使用"移动工具" 将图像拖动到第1步新建的文件中，得到"图层2"。按【Ctrl+T】快捷键，调出自由变换控制框，变换图像到如图8-315所示的状态，按【Enter】键确认操作。

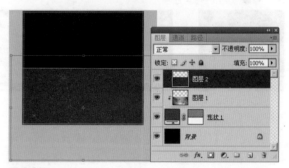

图 8-315

step 09 设置图层属性。设置"图层2"的图层混合模式为"叠加"，得到如图8-316所示的效果。

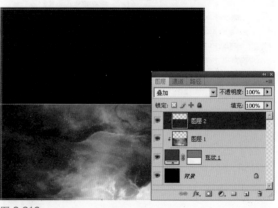

图 8-316

step 10 单击"添加图层蒙版"按钮■，为"图层2"添加图层蒙版，设置前景色为黑色。选择"画笔工具"■，设置适当的画笔大小和透明度后，在图层蒙版中涂抹，将不需要的部分隐藏起来，即可得到如图8-317所示的效果。

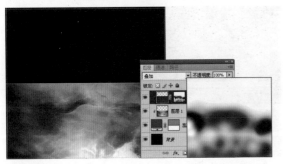

图 8-317

step 11 打开图片。打开随书光盘中的"素材3"图像文件，此时的图像效果和"图层"面板如图8-318所示。

图 8-318

step 12 使用"移动工具"■将图像拖动到第1步新建的文件中，得到"图层3"。按【Ctrl+Alt+G】快捷键，执行"释放剪贴蒙版"操作，按【Ctrl+J】快捷键，复制"图层3"，得到"图层3副本"。隐藏"图层3副本"，选择"图层3"，按【Ctrl+T】快捷键，调出自由变换控制框，变换图像到如图8-319所示的状态，按【Enter】键确认操作。

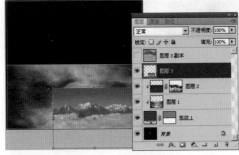

图 8-319

step 13 单击"添加图层蒙版"按钮■，为"图层3"添加图层蒙版，设置前景色为黑色。选择"画笔工具"■，设置适当的画笔大小和透明度后，在图层蒙版中涂抹，将不需要的部分隐藏起来，即可得到如图8-320所示的效果。

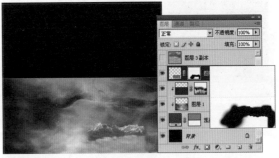

图 8-320

step 14 单击"创建新的填充或调整图层"按钮■，在弹出的菜单中选择"通道混合器"命令，此时在弹出"调整"面板的同时得到图层"通道混合器1"。单击"调整"面板下方的■按钮，将调整影响剪切到下方的图层。在"调整"面板中设置完"通道混合器"命令的参数后，关闭"调整"面板。此时的效果如图8-321所示。

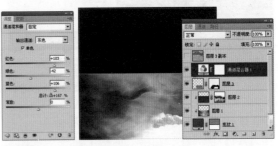

图 8-321

step 15 单击"创建新的填充或调整图层"按钮■，在弹出的菜单中选择"反向"命令，此时在弹出"调整"面板的同时得到图层"反相1"。单击"调整"面板下方的■按钮，将调整影响剪切到下方的图层，关闭"调整"面板。此时的效果如图8-322所示。

图 8-322

step 16 显示并选择"图层 3 副本",按
【Ctrl+T】快捷键,调出自由变换控制框,变换
图像到如图8-323所示的状态,按【Enter】键确
认操作。

图 8-323

step 17 单击"添加图层蒙版"按钮 ■,为"图层
3 副本"添加图层蒙版,设置前景色为黑色。选
择"画笔工具" ✐,设置适当的画笔大小和透明
度后,在图层蒙版中涂抹,将不需要的部分隐藏
起来,即可得到如图8-324所示的效果。

图 8-324

step 18 选择"通道混合器 1"和"反相 1",按
住【Alt】键,在"图层"面板上将选中的图层
拖动到"图层 3 副本"的上方,以复制和调整图
层顺序,得到图层"通道混合器 1 副本"和"反
相 1 副本"。按【Ctrl+Alt+G】快捷键,执行"创
建剪贴蒙版"操作,得到如图8-325所示的效果。

图 8-325

step 19 选择"反相 1"上方的所有图层,按
【Ctrl+Alt+E】快捷键,执行"盖印"操作,将
得到的新图层重命名为"图层 4",隐藏"图层
3 副本"、"通道混合器 1 副本"和"反相 1 副
本",如图8-326所示。

图 8-326

step 20 单击"添加图层蒙版"按钮 ■,为"图
层 4"添加图层蒙版,设置前景色为黑色。选择
"画笔工具" ✐,设置适当的画笔大小和透明度
后,在图层蒙版中涂抹,将不需要的部分隐藏起
来,即可得到如图8-327所示的效果。

图 8-327

step 21 选择"图层 4"为当前操作图层,按
【Ctrl+J】快捷键,复制"图层 4",得到"图
层 4 副本"。按【Ctrl+T】快捷键,调出自由变
换控制框,变换图像到如图8-328所示的状态,
按【Enter】键确认操作。

图 8-328

step 22 打开图片。打开随书光盘中的"素材 4"图像文件，此时的图像效果和"图层"面板如图8-329所示。

图 8-329

step 23 使用"移动工具" ▶将图像拖动到第1步新建的文件中，得到"图层 5"。按【Ctrl+T】快捷键，调出自由变换控制框，变换图像到如图8-330所示的状态，按【Enter】键确认操作。

图 8-330

step 24 单击"添加图层蒙版"按钮◻，为"图层 5"添加图层蒙版，设置前景色为黑色。选择"画笔工具" ✐，设置适当的画笔大小和透明度后，在图层蒙版中涂抹，将不需要的部分隐藏起来，即可得到如图8-331所示的效果。

图 8-331

step 25 选择"通道混合器 1"和"反相 1"，按住【Alt】键，在"图层"面板上将选中的图层拖动到"图层 5"的上方，以复制和调整图层顺序，得到图层"通道混合器 1 副本 2"和"反相 1 副本 2"。按【Ctrl+Alt+G】快捷键，执行"创建剪贴蒙版"操作，得到如图8-332所示的效果。

图 8-332

step 26 打开图片。选择"图层 2"为当前操作图层，打开随书光盘中的"素材 5"图像文件，此时的图像效果和"图层"面板如图8-333所示。

图 8-333

step 27 使用"移动工具" ▶将图像拖动到第1步新建的文件中，得到"图层 6"。按【Ctrl+T】快捷键，调出自由变换控制框，变换图像到如图8-334所示的状态，按【Enter】键确认操作。

图 8-334

step 28 单击"添加图层样式"按钮 *fx*，在弹出的菜单中选择"渐变叠加"命令，设置弹出的"图层样式"对话框的"渐变叠加"选项，如图8-335所示，在该对话框的编辑渐变颜色选择框中单击，可以弹出"渐变编辑器"对话框，在此可以编辑渐变的颜色。

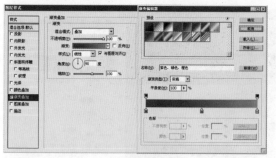

图 8-335

step 29 设置完以上参数后，单击"确定"按钮，即可得到如图8-336所示的效果。

图 8-336

step 30 单击"创建新的填充或调整图层"按钮，在弹出的菜单中选择"渐变映射"命令，此时在弹出"调整"面板的同时得到图层"渐变映射1"。单击"调整"面板下方的 按钮，将调整影响剪切到下方的图层，然后设置"渐变映射"的颜色，如图8-337所示。在该对话框的编辑渐变颜色选择框中单击，可以弹出"渐变编辑器"对话框，在此可以编辑渐变映射的颜色。

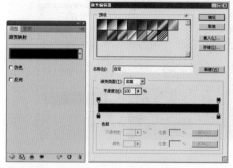

图 8-337

step 31 在"调整"面板中设置完"渐变映射"的颜色后，关闭"调整"面板。此时的图像效果和"图层"面板如图8-338所示。

图 8-338

step 32 设置图层属性。设置"渐变映射1"的图层不透明度为"21%"，得到如图8-339所示的效果。

图 8-339

step 33 在"反相1"的上方新建一个图层，得到"图层7"。选择"画笔工具" ，设置适当的画笔大小和透明度后，在"图层7"中进行涂抹，得到如图8-340所示的效果。

图 8-340

step 34 打开图片。打开随书光盘中的"素材 6"图像文件，此时的图像效果和"图层"面板如图8-341所示。

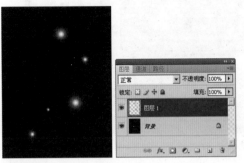

图 8-341

step 35 使用"移动工具" 将图像拖动到第1步新建的文件中，得到"图层 8"。按【Ctrl+T】快捷键，调出自由变换控制框，变换图像到如图8-342所示的状态，按【Enter】键确认操作。

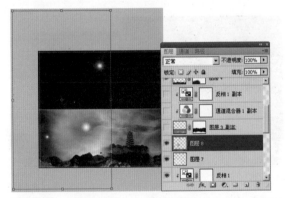

图 8-342

step 36 设置图层属性。设置"图层 8"的图层混合模式为"滤色"，得到如图8-343所示的效果。

图 8-343

step 37 单击"添加图层蒙版"按钮，为"图层 8"添加图层蒙版，设置前景色为黑色。选择"画笔工具" ，设置适当的画笔大小和透明度后，在图层蒙版中涂抹，将不需要的部分隐藏起来，即可得到如图8-344所示的效果。

图 8-344

step 38 打开图片。打开随书光盘中的"素材 7"图像文件，此时的图像效果和"图层"面板如图8-345所示。

图 8-345

step 39 使用"移动工具" 将图像拖动到第1步新建的文件中，得到"图层 9"。按【Ctrl+T】快捷键，调出自由变换控制框，变换图像到如图8-346所示的状态，按【Enter】键确认操作。

图 8-346

step 40 设置图层属性。设置"图层 9"的图层混合模式为"滤色",得到如图8-347所示的效果。

图 8-347

step 41 打开图片。打开随书光盘中的"素材 8"图像文件,此时的图像效果和"图层"面板如图8-348所示。

图 8-348

step 42 使用"移动工具" ▶ 将图像拖动到第1步新建的文件中,得到"图层 10"。按【Ctrl+T】快捷键,调出自由变换控制框,变换图像到如图8-349所示的状态,按【Enter】键确认操作。

图 8-349

step 43 设置图层属性。设置"图层 10"的图层混合模式为"滤色",得到如图8-350所示的效果。

图 8-350

step 44 单击"添加图层蒙版"按钮 ◙,为"图层 10"添加图层蒙版,设置前景色为黑色。选择"画笔工具" ✎,设置适当的画笔大小和透明度后,在图层蒙版中涂抹,将不需要的部分隐藏起来,即可得到如图8-351所示的效果。

图 8-351

step 45 单击"创建新的填充或调整图层"按钮 ◑,在弹出的菜单中选择"色相/饱和度"命令,此时在弹出"调整"面板的同时得到图层"色相/饱和度 1"。单击"调整"面板下方的 ◐ 按钮,将调整影响剪切到下方的图层。在"调整"面板中设置完"色相/饱和度"命令的参数后,关闭"调整"面板。此时的效果如图8-352所示。

图 8-352

step 46 打开图片。打开随书光盘中的"素材 9"图像文件,此时的图像效果和"图层"面板如图8-353所示。

图 8-353

step 47 使用"移动工具" 将图像拖动到第1步新建的文件中,得到"图层 11"。按【Ctrl+T】快捷键,调出自由变换控制框,变换图像到如图8-354所示的状态,按【Enter】键确认操作。

图 8-354

step 48 打开图片。打开随书光盘中的"素材 10"图像文件,此时的图像效果和"图层"面板如图8-355所示。

图 8-355

step 49 使用"移动工具" 将素材中的"图层 1"图像拖动到第1步新建的文件中,得到"图层 12"。按【Ctrl+T】快捷键,调出自由变换控制框,变换图像到如图8-356所示的状态,按【Enter】键确认操作。

图 8-356

step 50 单击"锁定透明像素"按钮,设置前景色为黑色,按【Alt+Delete】快捷键用前景色填充"图层 12",如图8-357所示。

图 8-357

step 51 继续使用"移动工具" ,将素材中其他两个图层的图像拖动到第1步新建的文件中,得到"图层 13"、"图层 14",锁定其透明像素,用黑色填充图层并使用自由变换命令将其调整到如图8-358所示的效果。

图 8-358

step 52 打开图片。打开随书光盘中的"素材11"图像文件,此时的图像效果和"图层"面板如图8-359所示。

图 8-359

step 53 使用"移动工具" ▶⊕ 将图像拖动到第1步新建的文件中,得到"图层15"。按【Ctrl+J】快捷键两次,复制"图层15",得到其两个副本图层。隐藏"图层15"的两个副本图层,选择"图层15",按【Ctrl+T】快捷键,调出自由变换控制框,变换图像到如图8-360所示的状态,按【Enter】键确认操作。

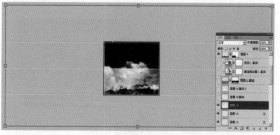

图 8-360

step 54 单击"添加图层蒙版"按钮 ▢,为"图层15"添加图层蒙版,设置前景色为黑色。选择"画笔工具" ✎,设置适当的画笔大小和透明度后,在图层蒙版中涂抹,将不需要的部分隐藏起来,即可得到如图8-361所示的效果。

图 8-361

step 55 显示并选择"图层15副本",按【Ctrl+T】快捷键,调出自由变换控制框,变换图像到如图8-362所示的状态,按【Enter】键确认操作。

图 8-362

step 56 单击"添加图层蒙版"按钮 ▢,为"图层15副本"添加图层蒙版,设置前景色为黑色。选择"画笔工具" ✎,设置适当的画笔大小和透明度后,在图层蒙版中涂抹,将不需要的部分隐藏起来,即可得到如图8-363所示的效果。

图 8-363

step 57 显示并选择"图层15副本2",将其调整到"反相1副本2"的上方。按【Ctrl+T】快捷键,调出自由变换控制框,变换图像到如图8-364所示的状态,按【Enter】键确认操作。

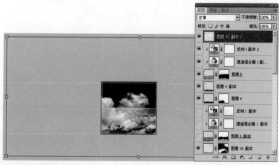

图 8-364

step 58 单击"添加图层蒙版"按钮◙，为"图层 15 副本 2"添加图层蒙版，设置前景色为黑色。选择"画笔工具" ✐，设置适当的画笔大小和透明度后，在图层蒙版中涂抹，将不需要的部分隐藏起来，即可得到如图8-365所示的效果。

图 8-365

step 59 打开图片。选择"图层 15 副本"为当前操作图层，打开随书光盘中的"素材 12"图像文件，此时的图像效果和"图层"面板如图8-366所示。

图 8-366

step 60 使用"移动工具" ⊕将图像拖动到第1步新建的文件中，得到"图层 16"。按【Ctrl+T】快捷键，调出自由变换控制框，变换图像到如图8-367所示的状态，按【Enter】键确认操作。

图 8-367

step 61 打开图片。选择"图层 4 副本"为当前操作图层，打开随书光盘中的"素材 13"图像文件，此时的图像效果和"图层"面板如图8-368所示。

图 8-368

step 62 使用"移动工具" ⊕ 将图像拖动到第1步新建的文件中，得到"图层 17"。按【Ctrl+T】快捷键，调出自由变换控制框，变换图像到如图8-369所示的状态，按【Enter】键确认操作。

图 8-369

step 63 设置图层属性。设置"图层 17"的图层混合模式为"滤色"，得到如图8-370所示的效果。

图 8-370

step 64 选择"图层 15 副本 2"为当前操作图层，设置前景色的颜色值为（R:255 G:48 B:0），选择"矩形工具"▢，在工具选项栏中单击"形状图层"按钮▢，在图像中绘制矩形，得到图层"形状 2"，如图8-371所示。

图 8-371

step 65 设置图层属性。设置"形状 2"的图层混合模式为"颜色"，得到如图8-372所示的效果。

图 8-372

step 66 单击"添加图层样式"按钮*fx*，在弹出的菜单中选择"渐变叠加"命令，设置弹出的"图层样式"对话框的"渐变叠加"选项，如图8-373所示。在该对话框的编辑渐变颜色选择框中单击，可以弹出"渐变编辑器"对话框，在此可以编辑渐变的颜色。

图 8-373

step 67 设置完以上参数后，单击"确定"按钮，即可得到如图8-374所示的效果。

图 8-374

step 68 单击"添加图层蒙版"按钮▢，为"形状 2"添加图层蒙版，设置前景色为黑色。选择"画笔工具"✐，设置适当的画笔大小和透明度后，在图层蒙版中涂抹，将不需要的部分隐藏起来，即可得到如图8-375所示的效果。

图 8-375

step 69 设置前景色的颜色值为（R:61 G:0 B:201），新建一个图层，得到"图层 18"，设置其图层混合模式为"颜色"。选择"画笔工具"✐，设置适当的画笔大小和透明度后，在"图层 18"中进行涂抹，得到如图8-376所示的效果。

图 8-376

step 70 设置前景色的颜色值为（R:250 G:0 B:135），新建一个图层，得到"图层 19"，设置其图层混合模式为"颜色"。选择"画笔工具" ，设置适当的画笔大小和透明度后，在"图层 19"中进行涂抹，得到如图8-377所示的效果。

图 8-377

step 71 使用"矩形选框工具" ，框选水平辅助线下方的图像，按【Shift+Ctrl+C】快捷键，执行"合并复制"操作，按【Ctrl+V】快捷键，执行"粘贴"操作，得到"图层 20"。隐藏"图层 20"，选择"图层 19"，如图8-378所示。

图 8-378

step 72 打开图片。打开随书光盘中的"素材 14"图像文件，此时的图像效果和"图层"面板如图8-379所示。

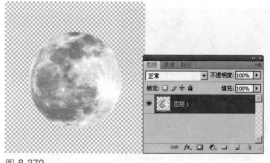

图 8-379

step 73 使用"移动工具" 将图像拖动到第1步新建的文件中，得到"图层 21"。按【Ctrl+T】快捷键，调出自由变换控制框，变换图像到如图8-380所示的状态，按【Enter】键确认操作。

图 8-380

step 74 设置图层属性。设置"图层 21"的图层混合模式为"明度"，得到如图8-381所示的效果。

图 8-381

step 75 单击"添加图层蒙版"按钮 ，为"图层 21"添加图层蒙版，设置前景色为黑色。选择"画笔工具" ，设置适当的画笔大小和透明度后，在图层蒙版中涂抹，将不需要的部分隐藏起来，即可得到如图8-382所示的效果。

图 8-382

step 76 设置前景色的颜色值为（R:33 G:36 B:91），新建一个图层，得到"图层 22"。按【Ctrl+Alt+G】快捷键，执行"创建剪贴蒙版"操作，选择"画笔工具" ，设置适当的画笔大小和透明度后，在"图层 22"中进行涂抹，得到如图8-383所示的效果。

图 8-383

step 77 设置图层属性。设置"图层 22"的图层混合模式为"叠加"，得到如图8-384所示的效果。

图 8-384

step 78 打开图片。打开随书光盘中的"素材15"图像文件，此时的图像效果和"图层"面板如图8-385所示。

图 8-385

step 79 使用"移动工具" 将图像拖动到第1步新建的文件中，得到"图层 23"。按【Ctrl+Alt+G】快捷键，执行"释放剪贴蒙版"操作，设置其图层混合模式为"滤色"，按【Ctrl+T】快捷键，调出自由变换控制框，变换图像到如图8-386所示的状态，按【Enter】键确认操作。

图 8-386

step 80 打开图片。打开随书光盘中的"素材16"图像文件，此时的图像效果和"图层"面板如图8-387所示。

图 8-387

step 81 使用"移动工具" 将图像拖动到第1步新建的文件中，得到"图层 24"。按【Ctrl+T】快捷键，调出自由变换控制框，变换图像到如图8-388所示的状态，按【Enter】键确认操作。

图 8-388

step 82 设置图层属性。设置"图层24"的图层混合模式为"滤色",得到如图8-389所示的效果。

图 8-389

step 83 打开图片。打开随书光盘中的"素材17"图像文件,此时的图像效果和"图层"面板如图8-390所示。

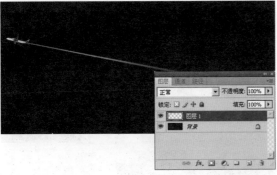

图 8-390

step 84 使用"移动工具" ▶️ 将图像拖动到第1步新建的文件中,得到"图层25"。按【Ctrl+T】快捷键,调出自由变换控制框,变换图像到如图8-391所示的状态,按【Enter】键确认操作。

图 8-391

step 85 选择"图层 25"为当前操作图层,按【Ctrl+J】快捷键,复制"图层25",得到"图层 25 副本"。使用"移动工具" ▶️,将"图层25 副本"中的图像向下移动到如图8-392所示的位置。

图 8-392

step 86 设置前景色为白色,使用"横排文字工具" T,设置适当的字体和字号,在图像中输入文字"Art",得到相应的文字图层,如图8-393所示。

图 8-393

step 87 设置图层属性。设置文字图层"Art"的图层不透明度为"20%",得到如图8-394所示的效果。

图 8-394

step 88 设置前景色为黑色，使用"横排文字工具" T ，设置适当的字体和字号，在图像中输入文字，得到相应的文字图层，如图8-395所示。

图 8-395

step 89 选择文字图层"Flying with wind"，单击"添加图层样式"按钮 fx ，在弹出的菜单中选择"外发光"命令，重新设置弹出的"图层样式"对话框的"外发光"选项后，得到如图8-396所示的效果。

图 8-396

step 90 选择"图层 1"，按住【Alt】键，在"图层"面板上将选中的图层拖动到"图层 20"的下方，以复制和调整图层顺序，得到"图层 1 副本"。按【Ctrl+T】快捷键，调出自由变换控制框，变换图像到如图8-397所示的状态，按【Enter】键确认操作。

图 8-397

step 91 显示并选择"图层 20"，按【Ctrl+T】快捷键，调出自由变换控制框，变换图像到如图8-398所示的状态，按【Enter】键确认操作。

图 8-398

step 92 单击"添加图层蒙版"按钮 ，为"图层 20"添加图层蒙版，设置前景色为黑色，背景色为白色。使用"渐变工具" 设置渐变类型为从前景色到背景色，在图层蒙版中从下往上绘制渐变，得到如图8-399所示的效果。

图 8-399

step 93 单击"创建新的填充或调整图层"按钮 ，在弹出的菜单中选择"曲线"命令，此时在弹出"调整"面板的同时得到图层"曲线 1"。单击"调整"面板下方的 按钮，将调整影响剪切到下方的图层。在"调整"面板中设置完"曲线"命令的参数后，关闭"调整"面板。此时的效果如图8-400所示。

图 8-400

step 94 选择"图像"/"图像旋转"/"180度"命令，旋转图像，选择"图层 21"、"图层 22"、"图层 23"，按住【Alt】键，在"图层"面板上将选中的图层拖动到"曲线 1"的上方，以复制和调整图层顺序，得到其副本图层。按【Ctrl+T】快捷键，调出自由变换控制框，变换图像到如图8-401所示的状态，按【Enter】键确认操作。

图 8-401

step 95 选择"图层 25"、"图层 25 副本"，按住【Alt】键，在"图层"面板上将选中的图层拖动到"图层 23 副本"的上方，以复制和调整图层顺序，得到其副本图层。按【Ctrl+T】快捷键，调出自由变换控制框，变换图像到如图8-402所示的状态，按【Enter】键确认操作。

图 8-402

step 96 选择"图层 24"，按住【Alt】键，在"图层"面板上将选中的图层拖动到"图层 25 副本 3"的上方，以复制和调整图层顺序，得到"图层 24 副本"。按【Ctrl+T】快捷键，调出自由变换控制框，变换图像到如图8-403所示的状态，按【Enter】键确认操作。

图 8-403

step 97 选择"图层 24 副本"为当前操作图层，按【Ctrl+J】快捷键3次，复制"图层 24 副本"，得到其3个副本图层。使用"移动工具"，将复制的图像调整到如图8-404所示的位置。

图 8-404

step 98 选择"图层 24 副本 2"，按住【Shift】键单击"图层 24 副本 4"，将两个图层中间的所有图层选中，按【Ctrl+Alt+E】快捷键，执行"盖印"操作，将得到的新图层重命名为"图层 26"。隐藏"图层 24 副本 2"、"图层 24 副本 3"、"图层 24 副本 4"，设置"图层 26"的图层混合模式为"滤色"，得到如图8-405所示的效果。

图 8-405

step 99 选择"滤镜"/"模糊"/"高斯模糊"命令，设置弹出对话框中的参数后，单击"确定"按钮，得到如图8-406所示的效果。

图 8-406

step **100** 单击"添加图层样式"按钮 *fx*，在弹出的菜单中选择"外发光"命令，重新设置弹出的"图层样式"对话框的"外发光"选项后，得到如图8-407所示的效果。

图 8-407

step **101** 选择"图层 26"为当前操作图层，按【Ctrl+J】快捷键两次，复制"图层 26"，得到其两个副本图层。将它们的图层样式删除，隐藏"图层 26 副本 2"，选择"图层 26 副本"，设置其图层不透明度为"50%"，得到如图8-408所示的效果。

图 8-408

step **102** 显示并选择"图层 26 副本 2"，执行"滤镜"/"模糊"/"高斯模糊"命令，设置弹出对话框中的参数后，单击"确定"按钮，得到如图8-409所示的效果。

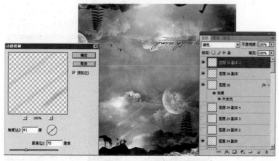

图 8-409

step **103** 打开图片。打开随书光盘中的"素材18"图像文件，此时的图像效果和"图层"面板如图8-410所示。

图 8-410

step **104** 使用"移动工具" ▶⊕ 将图像拖动到第1步新建的文件中，得到"图层 27"。按【Ctrl+T】快捷键，调出自由变换控制框，变换图像到如图8-411所示的状态，按【Enter】键确认操作。

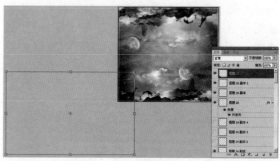

图 8-411

step **105** 打开图片。打开随书光盘中的"素材19"图像文件，此时的图像效果和"图层"面板如图8-412所示。

图 8-412

step 106 执行菜单"编辑"/"定义画笔预设"命令，弹出"画笔名称"对话框，设置好画笔的名称后，单击"确定"按钮，将形状定义为画笔。按【F5】键调出"画笔"面板，分别在"画笔"面板中设置"画笔笔尖形状"、"形状动态"、"散布"选项，如图8-413所示。

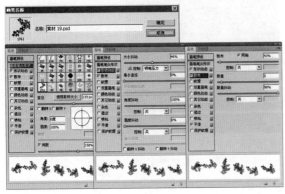

图 8-413

step 107 新建一个图层，得到"图层 28"。选择"画笔工具" ✎，设置前景色为黑色，在画面中绘制如图8-414所示的树叶图像。

图 8-414

step 108 使用"矩形选框工具" ▢，框选水平辅助线下方的图像，单击"添加图层蒙版"按钮 ▢，为"图层 28"添加图层蒙版，此时选区以外的图像就被隐藏起来了，如图8-415所示。

图 8-415

step 109 设置前景色为白色，使用"横排文字工具" T，设置适当的字体和字号，在图像中输入文字，得到相应的文字图层，如图8-416所示。

图 8-416

step 110 打开图片。打开随书光盘中的"素材20"图像文件，此时的图像效果和"图层"面板如图8-417所示。

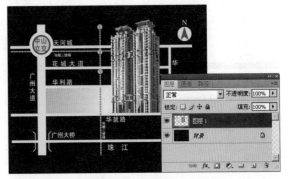

图 8-417

step 111 使用"移动工具" ▸⊕ 将图像拖动到第1步新建的文件中，得到"图层 29"。按【Ctrl+T】快捷键，调出自由变换控制框，变换图像到如图8-418所示的状态，按【Enter】键确认操作。

图 8-418

step 112 设置前景色为白色，使用"横排文字工具" T ，设置适当的字体和字号，在图像的右侧输入两行文字，得到相应的文字图层，如图8-419所示。

图 8-419

step 113 单击"添加图层样式"按钮 fx ，在弹出的菜单中选择"渐变叠加"命令，设置弹出的"图层样式"对话框的"渐变叠加"选项，如图8-420所示，在该对话框的编辑渐变颜色选择框中单击，可以弹出"渐变编辑器"对话框，在此可以编辑渐变的颜色。

图 8-420

step 114 设置完以上参数后，单击"确定"按钮，即可得到如图8-421所示的效果。

图 8-421

step 115 在最上方文字图层的图层名称上单击鼠标右键，在弹出的菜单中选择"复制图层样式"命令，然后用鼠标右键单击"图层 29"上方文字图层的图层名称，在弹出的菜单中选择"粘贴图层样式"命令，得到如图8-422所示的效果。

图 8-422

step 116 设置前景色为白色，使用"横排文字工具" T ，设置适当的字体和字号，在图像的右侧输入一些其他文字信息，得到相应的文字图层，如图8-423所示。图8-424为本例的最终效果图。

图 8-423

图 8-424

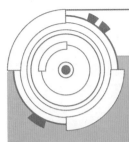

8.5 | 冲锋枪电影海报设计

原始图片

最终效果

制作说明

在本例的制作过程中，使用图层混合模式、图层蒙版及调色命令等技术制作斑驳的背景效果，使用文字工具、图层剪贴蒙版、通道、滤镜等技术制作海报的文字部分，使用通道、滤镜技术制作云彩的效果。

制作步骤

 ▶  ▶  ▶  ▶

step 01 新建文档。执行菜单"文件"/"新建"命令(或按【Ctrl+N】快捷键)，设置弹出的"新建"对话框，如图8-425所示，单击"确定"按钮，即可创建一个新的空白文档。

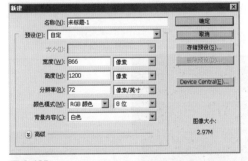
图 8-425

step 02 新建一个图层，得到"图层 1"，设置前景色的颜色值为（R:120 G:0 B:0），按【Alt+Delete】快捷键用前景色填充"图层1"，得到如图8-426所示的效果。

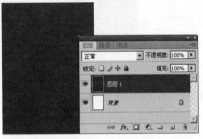
图 8-426

step 03 选择"滤镜"/"杂色"/"添加杂色"命令，设置弹出对话框中的参数后，单击"确定"按钮，得到如图8-427所示的效果。

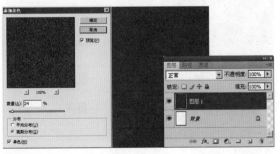
图 8-427

341

step 04 选择 "图层 1" 为当前操作图层，按【Ctrl+J】快捷键，复制 "图层 1"，得到 "图层 1 副本"。设置其图层混合模式为 "正片叠底"，得到如图8-428所示的效果。

图 8-428

step 05 单击 "添加图层样式" 按钮 fx，在弹出的菜单中选择 "斜面和浮雕" 命令，设置弹出的 "图层样式" 对话框的 "斜面和浮雕" 选项后，得到如图8-429所示的效果。

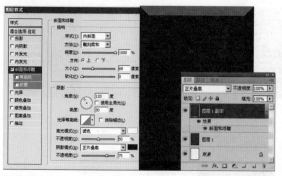

图 8-429

step 06 单击 "添加图层蒙版" 按钮◻，为 "图层 1 副本" 添加图层蒙版，将前景色设置为黑色，背景色设置为白色。选择 "滤镜" / "渲染" / "云彩" 命令，按【Ctrl+F】快捷键多次，重复运用云彩命令，得到类似如图8-430所示的效果。

图 8-430

step 07 打开图片。打开随书光盘中的 "素材 1" 图像文件，此时的图像效果和 "图层" 面板如图8-431所示。

图 8-431

step 08 使用 "移动工具" ▶+ 将图像拖动到第1步新建的文件中，得到 "图层 2"。按【Ctrl+T】快捷键，调出自由变换控制框，变换图像到如图8-432所示的状态，按【Enter】键确认操作。

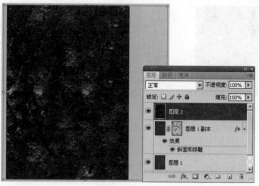

图 8-432

step 09 设置图层属性。设置 "图层 2" 的图层混合模式为 "滤色"，得到如图8-433所示的效果。

图 8-433

step 10 新建一个图层，得到"图层 3"，将前景色设置为黑色，背景色设置为白色。选择"滤镜"/"渲染"/"云彩"命令，按【Ctrl+F】快捷键多次，重复运用云彩命令，得到类似如图8-434所示的效果。因为"云彩"是随机效果的滤镜，使用一次不一定能得到所需要的效果，所以需要多次重复运用。

图 8-434

step 11 设置图层属性。设置"图层 3"的图层混合模式为"正片叠底"，得到如图8-435所示的效果。

图 8-435

step 12 打开图片。打开随书光盘中的"素材 2"图像文件，此时的图像效果和"图层"面板如图8-436所示。

图 8-436

step 13 使用"移动工具"将图像拖动到第1步新建的文件中，得到"图层 4"。按【Ctrl+J】快捷键，复制"图层 4"，得到"图层 4 副本"。隐藏"图层 4 副本"，选择"图层 4"，按【Ctrl+T】快捷键，调出自由变换控制框，变换图像到如图8-437所示的状态，按【Enter】键确认操作。

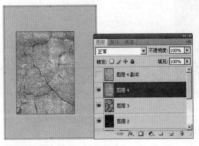

图 8-437

step 14 设置图层属性。设置"图层 4"的图层混合模式为"叠加"，得到如图8-438所示的效果。

图 8-438

step 15 单击"创建新的填充或调整图层"按钮，在弹出的菜单中选择"色相/饱和度"命令，此时在弹出"调整"面板的同时得到图层"色相/饱和度 1"。然后在"调整"面板中设置"色相/饱和度"命令的参数，如图8-439所示。

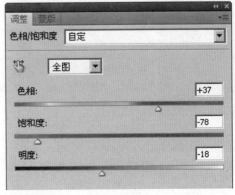

图 8-439

step 16 在"调整"面板中设置完"色相/饱和度"命令的参数后，关闭"调整"面板。此时的图像效果和"图层"面板如图8-440所示。

图 8-440

step 17 显示并选择"图层 4 副本"，按【Ctrl+T】快捷键，调出自由变换控制框，变换图像到如图8-441所示的状态，按【Enter】键确认操作。

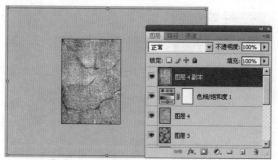

图 8-441

step 18 设置图层属性。设置"图层 4 副本"的图层填充值为"53%"，得到如图8-442所示的效果。

图 8-442

step 19 单击"添加图层蒙版"按钮，为"图层4 副本"添加图层蒙版，设置前景色为黑色。选择"画笔工具"，设置适当的画笔大小和透明度后，在图层蒙版中涂抹，将不需要的部分隐藏起来，即可得到如图8-443所示的效果。

图 8-443

step 20 单击"创建新的填充或调整图层"按钮，在弹出的菜单中选择"曲线"命令，此时在弹出"调整"面板的同时得到图层"曲线 1"。在"调整"面板中设置完"曲线"命令的参数后，关闭"调整"面板。此时的效果如图8-444所示。

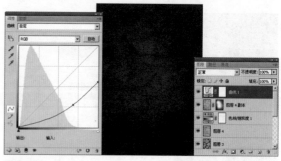

图 8-444

step 21 单击"曲线 1"的图层蒙版缩览图，将前景色设置为黑色，背景色设置为白色。选择"滤镜"/"渲染"/"云彩"命令，按【Ctrl+F】快捷键多次，重复运用云彩命令，得到类似如图8-445所示的效果。

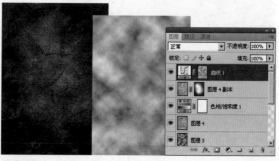

图 8-445

step 22 打开图片。打开随书光盘中的"素材3"图像文件,此时的图像效果和"图层"面板如图8-446所示。

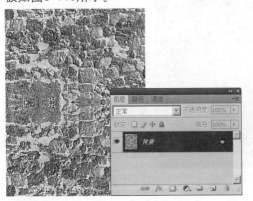

图 8-446

step 23 使用"移动工具" ▶⊕将图像拖动到第1步新建的文件中,得到"图层5"。按【Ctrl+T】快捷键,调出自由变换控制框,变换图像到如图8-447所示的状态,按【Enter】键确认操作。

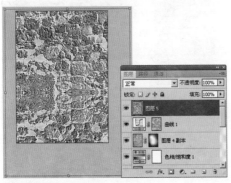

图 8-447

step 24 设置图层属性。设置"图层 5"的图层混合模式为"叠加",得到如图8-448所示的效果。

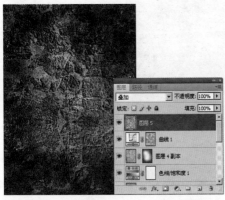

图 8-448

step 25 单击"添加图层蒙版"按钮◙,为"图层 5"添加图层蒙版,设置前景色为黑色。选择"画笔工具" ✎,设置适当的画笔大小和透明度后,在图层蒙版中涂抹,将不需要的部分隐藏起来,即可得到如图8-449所示的效果。

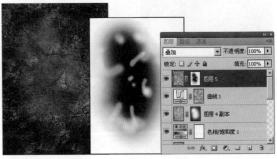

图 8-449

step 26 打开图片。打开随书光盘中的"素材 4"图像文件,此时的图像效果和"图层"面板如图8-450所示。

图 8-450

step 27 使用"移动工具" ▶⊕将图像拖动到第1步新建的文件中,得到"图层 6"。按【Ctrl+T】快捷键,调出自由变换控制框,变换图像到如图8-451所示的状态,按【Enter】键确认操作。

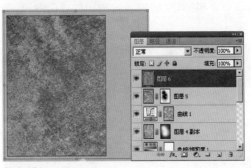

图 8-451

step 28 设置图层属性。设置"图层 6"的图层混合模式为"叠加"，得到如图8-452所示的效果。

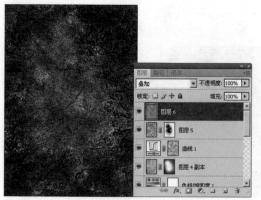

图 8-452

step 29 打开图片。打开随书光盘中的"素材5"图像文件，此时的图像效果和"图层"面板如图8-453所示。

图 8-453

step 30 使用"移动工具" ▶+ 将图像拖动到第1步新建的文件中，得到"图层 7"。按【Ctrl+J】快捷键，复制"图层 7"，得到"图层 7 副本"。隐藏"图层 7 副本"，选择"图层7"，按【Ctrl+T】快捷键，调出自由变换控制框，变换图像到如图8-454所示的状态，按【Enter】键确认操作。

图 8-454

step 31 设置图层属性。设置"图层 7"的图层混合模式为"叠加"，得到如图8-455所示的效果。

图 8-455

step 32 显示并选择"图层 7 副本"，按【Ctrl+T】快捷键，调出自由变换控制框，变换图像到如图8-456所示的状态，按【Enter】键确认操作。

图 8-456

step 33 设置图层属性。设置"图层 7 副本"的图层混合模式为"叠加"，得到如图8-457所示的效果。

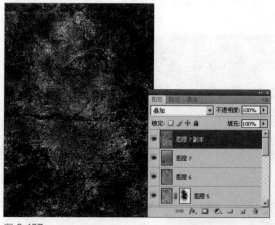

图 8-457

step 34 打开图片。打开随书光盘中的"素材 6"图像文件,此时的图像效果和"图层"面板如图8-458所示。

图 8-458

step 35 使用"移动工具" 将图像拖动到第1步新建的文件中,得到"图层 8"。按【Ctrl+T】快捷键,调出自由变换控制框,变换图像到如图8-459所示的状态,按【Enter】键确认操作。

图 8-459

step 36 设置图层属性。设置"图层 8"的图层混合模式为"正片叠底",得到如图8-460所示的效果。

图 8-460

step 37 单击"添加图层蒙版"按钮 ,为"图层 8"添加图层蒙版,设置前景色为黑色。选择"画笔工具" ,设置适当的画笔大小和透明度后,在图层蒙版中涂抹,将不需要的部分隐藏起来,即可得到如图8-461所示的效果。

图 8-461

step 38 单击"创建新的填充或调整图层"按钮 ,在弹出的菜单中选择"色相/饱和度"命令,此时在弹出"调整"面板的同时得到图层"色相/饱和度 2"。在"调整"面板中设置"色相/饱和度"命令的参数,如图8-462所示。

图 8-462

step 39 在"调整"面板中设置完"色相/饱和度"命令的参数后,关闭"调整"面板。此时的图像效果和"图层"面板如图8-463所示。

图 8-463

step40 设置前景色为深红色，使用"直排文字工具" [T]，设置适当的字体和字号，在图像中输入文字"冲锋枪"，得到相应的文字图层，如图8-464所示。

图 8-464

step41 在文字图层名称上单击鼠标右键，在弹出的菜单中选择"转换为形状"命令，之后使用"路径选择工具" ▶ 逐个选择转换为形状的文字，再结合自由变换命令对其进行编辑，得到如图8-465所示的效果。

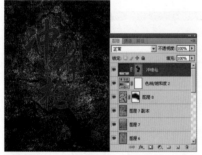

图 8-465

step42 选择图层"冲锋枪"，单击"添加图层样式"按钮 fx，在弹出的菜单中选择"投影"命令，设置弹出的"图层样式"对话框的"投影"选项后，分别单击"外发光"、"斜面和浮雕"选项，然后设置相关参数，具体设置如图8-466所示。

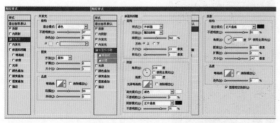

图 8-466

step43 设置完"图层样式"对话框后，单击"确定"按钮，即可得到如图8-467所示的效果。

图 8-467

step44 打开图片。打开随书光盘中的"素材7"图像文件，此时的图像效果和"图层"面板如图8-468所示。

图 8-468

step45 使用"移动工具" ▶+ 将图像拖动到第1步新建的文件中，得到"图层9"。按【Ctrl+Alt+G】快捷键，执行"创建剪贴蒙版"操作，按【Ctrl+T】快捷键，调出自由变换控制框，变换图像到如图8-469所示的状态，按【Enter】键确认操作。

图 8-469

step 46 打开图片。打开随书光盘中的"素材 8"图像文件，此时的图像效果和"图层"面板如图8-470所示。

图 8-470

step 47 使用"移动工具" 将图像拖动到第1步新建的文件中，得到"图层 10"。按【Ctrl+T】快捷键，调出自由变换控制框，变换图像到如图8-471所示的状态，按【Enter】键确认操作。

图 8-471

step 48 选择"图层 10"，按【Ctrl+I】快捷键，执行"反相"操作，将图像中的颜色变成该颜色的补色，如图8-472所示。

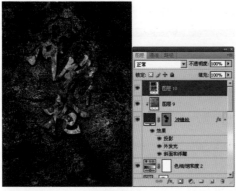

图 8-472

step 49 设置图层属性。设置"图层 10"的图层混合模式为"叠加"，得到如图8-473所示的效果。

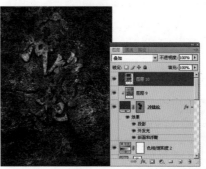

图 8-473

step 50 单击"创建新的填充或调整图层"按钮，在弹出的菜单中选择"色彩平衡"命令，此时在弹出"调整"面板的同时得到图层"色彩平衡1"。单击"调整"面板下方的 按钮，将调整影响剪切到下方的图层。然后在"调整"面板中设置"色彩平衡"命令的参数，如图8-474所示。

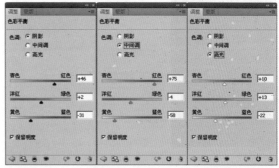

图 8-474

step 51 在"调整"面板中设置完"色彩平衡"命令的参数后，关闭"调整"面板。此时的图像效果和"图层"面板如图8-475所示。

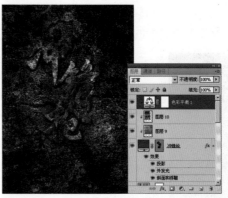

图 8-475

step 52 单击"创建新的填充或调整图层"按钮 ◯，在弹出的菜单中选择"色相/饱和度"命令，此时在弹出"调整"面板的同时得到图层"色相/饱和度 3"。单击"调整"面板下方的 ◉ 按钮，将调整影响剪切到下方的图层，然后在"调整"面板中设置"色相/饱和度"命令的参数，如图8-476所示。

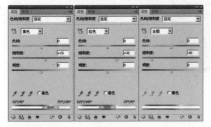

图 8-476

step 53 在"调整"面板中设置完"色相/饱和度"命令的参数后，关闭"调整"面板。此时的图像效果和"图层"面板如图8-477所示。

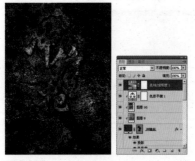

图 8-477

step 54 选中图层"冲锋枪"，按住【Shift】键单击"色相/饱和度 3"，将两个图层中间的所有图层选中，按【Ctrl+Alt+E】快捷键，执行"盖印"操作，将得到的新图层重命名为"图层11"。按【Ctrl+Alt+G】快捷键，执行"创建剪贴蒙版"操作，得到如图8-478所示的效果。

图 8-478

step 55 选择"滤镜"/"模糊"/"高斯模糊"命令，设置弹出对话框中的参数后，单击"确定"按钮，得到如图8-479所示的效果。

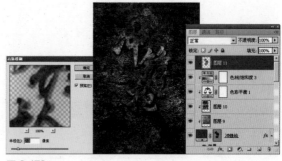

图 8-479

step 56 设置图层属性。设置"图层 11"的图层混合模式为"柔光"，得到如图8-480所示的效果。

图 8-480

step 57 单击"创建新的填充或调整图层"按钮 ◯，在弹出的菜单中选择"色相/饱和度"命令，此时在弹出"调整"面板的同时得到图层"色相/饱和度 4"。单击"调整"面板下方的 ◉ 按钮，将调整影响剪切到下方的图层，然后在"调整"面板中设置"色相/饱和度"命令的参数，如图8-481所示。

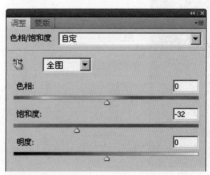

图 8-481

step 58 在"调整"面板中设置完"色相/饱和度"命令的参数后，关闭"调整"面板。此时的图像效果和"图层"面板如图8-482所示。

图 8-482

step 59 打开图片。打开随书光盘中的"素材9"图像文件，此时的图像效果和"图层"面板如图8-483所示。

图 8-483

step 60 使用"移动工具" 将图像拖动到第1步新建的文件中，得到"图层12"。按【Ctrl+T】快捷键，调出自由变换控制框，变换图像到如图8-484所示的状态，按【Enter】键确认操作。

图 8-484

step 61 设置图层属性。设置"图层12"的图层混合模式为"叠加"，得到如图8-485所示的效果。

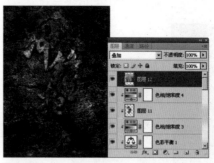

图 8-485

step 62 选择"滤镜"/"杂色"/"添加杂色"命令，设置弹出对话框中的参数后，单击"确定"按钮，得到如图8-486所示的效果。

图 8-486

step 63 单击"创建新的填充或调整图层"按钮 ，在弹出的菜单中选择"色相/饱和度"命令，此时在弹出"调整"面板的同时得到图层"色相/饱和度5"。单击"调整"面板下方的 按钮，将调整影响剪切到下方的图层，然后在"调整"面板中设置"色相/饱和度"命令的参数，如图8-487所示。

图 8-487

step **64** 在〝调整〞面板中设置完〝色相/饱和度〞命令的参数后，关闭〝调整〞面板。此时的图像效果和〝图层〞面板如图8-488所示。

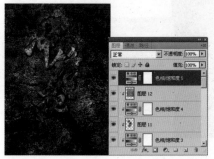

图 8-488

step **65** 选中图层〝冲锋枪〞，按住【Shift】键单击〝色相/饱和度 5〞，将两个图层中间的所有图层选中，按【Ctrl+Alt+E】快捷键，执行〝盖印〞操作，将得到的新图层重命名为〝图层13〞。按【Ctrl+Alt+G】快捷键，执行〝创建剪贴蒙版〞操作，得到如图8-489所示的效果。

图 8-489

step **66** 选择〝滤镜〞/〝模糊〞/〝高斯模糊〞命令，设置弹出对话框中的参数后，单击〝确定〞按钮，得到如图8-490所示的效果。

图 8-490

step **67** 设置图层属性。设置〝图层 13〞的图层混合模式为〝叠加〞，得到如图8-491所示的效果。

图 8-491

step **68** 单击〝创建新的填充或调整图层〞按钮，在弹出的菜单中选择〝通道混合器〞命令，此时在弹出〝调整〞面板的同时得到图层〝通道混合器 1〞。单击〝调整〞面板下方的按钮，将调整影响剪切到下方的图层，然后在〝调整〞面板中设置〝通道混合器〞命令的参数，如图8-492所示。

图 8-492

step **69** 在〝调整〞面板中设置完〝通道混合器〞命令的参数后，关闭〝调整〞面板。此时的图像效果和〝图层〞面板如图8-493所示。

图 8-493

step 70 设置图层属性。设置"通道混合器 1"的图层不透明度为"75%"，得到如图8-494所示的效果。

图 8-494

step 71 打开图片。打开随书光盘中的"素材10"图像文件，此时的图像效果和"图层"面板如图8-495所示。

图 8-495

step 72 使用"移动工具" 将图像拖动到第1步新建的文件中，得到"图层 14"。按【Ctrl+T】快捷键，调出自由变换控制框，变换图像到如图8-496所示的状态，按【Enter】键确认操作。

图 8-496

step 73 设置图层属性。设置"图层 14"的图层混合模式为"叠加"，图层的不透明度为"25%"，得到如图8-497所示的效果。

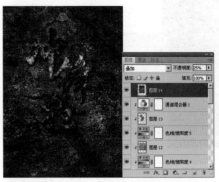

图 8-497

step 74 打开图片。打开随书光盘中的"素材11"图像文件，此时的图像效果和"图层"面板如图8-498所示。

图 8-498

step 75 使用"移动工具" 将图像拖动到第1步新建的文件中，得到"图层 15"。按【Ctrl+Alt+G】快捷键，执行"释放剪贴蒙版"操作，按【Ctrl+T】快捷键，调出自由变换控制框，变换图像到如图8-499所示的状态，按【Enter】键确认操作。

图 8-499

step 76 设置图层属性。设置"图层15"的图层混合模式为"强光"，得到如图8-500所示的效果。

图 8-500

step 77 单击"添加图层蒙版"按钮◻，为"图层15"添加图层蒙版，设置前景色为黑色。选择"画笔工具" ，设置适当的画笔大小和透明度后，在图层蒙版中涂抹，将不需要的部分隐藏起来，即可得到如图8-501所示的效果。

图 8-501

step 78 单击"创建新的填充或调整图层"按钮◻，在弹出的菜单中选择"色相/饱和度"命令，此时在弹出"调整"面板的同时得到图层"色相/饱和度6"。单击"调整"面板下方的●按钮，将调整影响剪切到下方的图层，然后在"调整"面板中设置"色相/饱和度"命令的参数，如图8-502所示。

图 8-502

step 79 在"调整"面板中设置完"色相/饱和度"命令的参数后，关闭"调整"面板。此时的图像效果和"图层"面板如图8-503所示。

图 8-503

step 80 切换到"通道"面板，单击面板底部的"创建新通道"按钮 ，新建一个通道"Alpha 1"，将前景色设置为黑色，背景色设置为白色。选择"滤镜"/"渲染"/"云彩"命令，按【Ctrl+F】快捷键多次，重复运用云彩命令，得到类似如图8-504所示的效果。

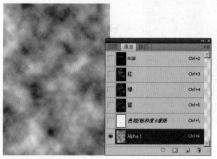

图 8-504

step 81 选择"滤镜"/"模糊"/"高斯模糊"命令，设置弹出对话框中的参数后，单击"确定"按钮，得到如图8-505所示的效果。

图 8-505

step 82 按住【Ctrl】键单击通道"Alpha 1"，载入其选区。切换到"图层"面板，单击"图层"面板底部的"创建新图层"按钮，新建一个图层，得到"图层 16"，如图8-506所示。

图 8-506

step 83 设置前景色的颜色值为（R:86 G:85 B:80），按【Alt+Delete】快捷键用前景色填充选区，按【Ctrl+D】快捷键取消选区，得到如图8-507所示的效果。

图 8-507

step 84 设置图层属性。设置"图层 16"的图层混合模式为"变亮"，得到如图8-508所示的效果。

图 8-508

step 85 单击"添加图层蒙版"按钮，为"图层 16"添加图层蒙版，设置前景色为黑色。选择"画笔工具"，设置适当的画笔大小和透明度后，在图层蒙版中涂抹，将不需要的部分隐藏起来，即可得到如图8-509所示的效果。

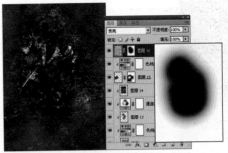

图 8-509

step 86 选择"图层 16"为当前操作图层，按【Ctrl+J】快捷键，复制"图层 16"，得到"图层 16 副本"。按【Ctrl+Alt+G】快捷键，执行"创建剪贴蒙版"操作，得到如图8-510所示的效果。

图 8-510

step 87 单击"锁定透明像素"按钮，设置前景色的颜色值为（R:114 G:106 B:106），按【Alt+Delete】快捷键用前景色填充"图层 16 副本"，如图8-511所示。

图 8-511

step 88 设置前景色的颜色值为（R:189 G:190 B:160），选择"横排文字工具"，设置适当的字体和字号，在图像的下方输入文字，得到相应的文字图层，如图8-512所示。

图 8-512

step 89 单击"添加图层样式"按钮 *fx*，在弹出的菜单中选择"外发光"命令，设置弹出的"图层样式"对话框的"外发光"选项后，得到如图8-513所示的效果。

图 8-513

step 90 切换到"通道"面板，单击面板底部的"创建新通道"按钮 ，新建一个通道"Alpha 2"，如图8-514所示。

图 8-514

step 91 将前景色设置为黑色，背景色设置为白色，选择"滤镜"/"渲染"/"云彩"命令，按【Ctrl+F】快捷键多次，重复运用云彩命令，得到类似如图8-515所示的效果。

图 8-515

step 92 选择"滤镜"/"风格化"/"查找边缘"命令，运用"查找边缘"命令后，得到如图8-516所示的效果。

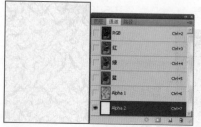

图 8-516

step 93 选择"图像"/"调整"/"色阶"命令或按【Ctrl+L】快捷键，调出"色阶"命令对话框，设置完该对话框后，即可得到如图8-517所示的效果。

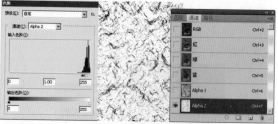

图 8-517

step 94 按住【Ctrl】键单击通道"Alpha 2"，载入其选区。切换到"图层"面板，选择最上方的文字图层，单击"添加图层蒙版"按钮 ，此时选区以外的图像就被隐藏起来了，如图8-518所示。

图 8-518

step 95 选择"横排文字工具" ，设置适当的字体、颜色和字号，在图像中输入其他一些信息文字，得到本例的最终效果，如图8-519所示。

图 8-519

8.6 | 时装节开幕广告设计

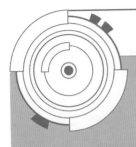

原始图片

最终效果

制作说明

本例运用图层混合模式、画笔工具及图层蒙版等技术，将立体文字图像和人物图像结合起来，制作广告的主体图像，使广告图像给人以新颖的感觉，从而吸引人们的眼球；最后使用文字工具来制作海报的文字部分。

制作步骤

 ▶  ▶  ▶  ▶

step 01 新建文档。执行菜单"文件"/"新建"命令(或按【Ctrl+N】快捷键)，设置弹出的"新建"对话框，如图8-520所示，单击"确定"按钮，即可创建一个新的空白文档。

图8-521

step 03 设置前景色的颜色值为（R:13 G:163 B:152），新建一个图层，得到"图层1"。选择"画笔工具" ，设置适当的画笔大小和透明度后，在"图层1"中进行涂抹，得到如图8-522所示的效果。

图8-520

step 02 设置前景色的颜色值为（R:7 G:68 B:53），按【Alt+Delete】快捷键用前景色填充"背景"图层，如图8-521所示。

图8-522

357

step 04 设置前景色的颜色值为（R:192 G:192 B:192），选择"椭圆工具" ◯，在工具选项栏中单击"形状图层"按钮 □，按住【Shift】键在图像的中间绘制圆形，得到图层"形状 1"，如图8-523所示。

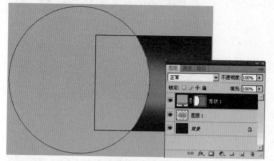

图8-523

step 05 使用"路径选择工具" ▶ 选择"形状 1"的矢量蒙版中的圆形路径，按【Ctrl+Alt+T】快捷键，调出自由变换复制框，缩小变换图像到如图8-524所示的状态，按【Enter】键确认操作。

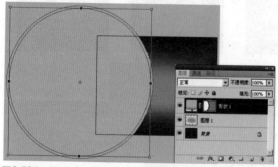

图8-524

step 06 使用"路径选择工具" ▶，在"形状 1"的矢量蒙版中选择上一步复制缩小的圆形，在工具选项栏中单击"从形状区域减去"按钮 ◌，此时的图像效果如图8-525所示。

图8-525

step 07 使用"路径选择工具" ▶ 选择"形状 1"的矢量蒙版中的最小圆形路径，按【Ctrl+Alt+T】快捷键，调出自由变换复制框，缩小变换图像到如图8-526所示的状态，按【Enter】键确认操作。

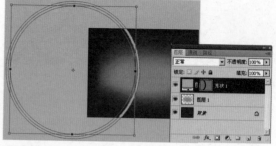

图8-526

step 08 使用"路径选择工具" ▶，在"形状 1"的矢量蒙版中选择上一步复制缩小的圆形，在工具选项栏中单击"添加到形状区域"按钮 ◌，此时的图像效果如图8-527所示。

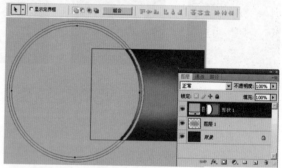

图8-527

step 09 使用"路径选择工具" ▶ 选择"形状 1"的矢量蒙版中的最小圆形路径，按【Ctrl+Alt+T】快捷键，调出自由变换复制框，缩小变换图像到如图8-528所示的状态，按【Enter】键确认操作。

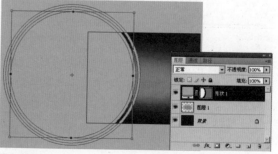

图8-528

step 10 使用"路径选择工具" ，在"形状 1"的矢量蒙版中选择上一步复制缩小的圆形，在工具选项栏中单击"从形状区域减去"按钮 ，此时的图像效果如图8-529所示。

图8-529

step 11 继续运用复制变换命令和形状运算命令，制作圆环形状，得到如图8-530所示的效果。

图8-530

step 12 选择"形状 1"，设置其图层填充值为"0%"，单击"添加图层样式"按钮 ，在弹出的菜单中选择"描边"命令，重新设置弹出的"图层样式"对话框的"描边"选项后，得到如图8-531所示的效果。

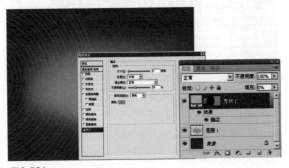

图8-531

step 13 选择"形状 1"为当前操作图层，按【Ctrl+J】快捷键，复制"形状 1"，得到"形状 1 副本"。使用"移动工具" 将"形状 1 副本"中的图像，向右上方移动到如图8-532所示的位置。

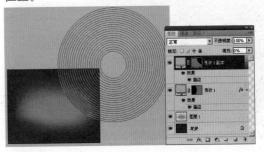

图8-532

step 14 打开图片。打开随书光盘中的"素材 1"图像文件，此时的图像效果和"图层"面板如图8-533所示。

图8-533

step 15 使用"移动工具" 将图像拖动到第1步新建的文件中，得到"图层 2"。按【Ctrl+T】快捷键，调出自由变换控制框，变换图像到如图8-534所示的状态，按【Enter】键确认操作。

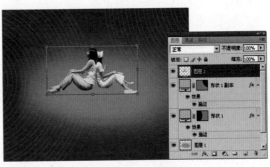

图8-534

step 16 设置前景色为白色，选择"横排文字工具" **T**，设置适当的字体和字号，在图像中输入文字"O"，得到相应的文字图层，如图8-535所示。

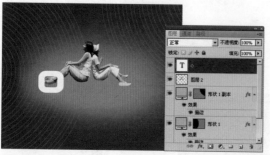

图8-535

step 17 在文字图层的图层名称上单击鼠标右键，在弹出的菜单中选择"转换为形状"命令，之后按【Ctrl+T】快捷键，调出自由变换控制框，变换图像到如图8-536所示的状态，按【Enter】键确认操作。

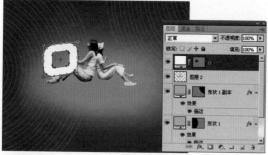

图8-536

step 18 单击"添加图层样式"按钮 **fx.**，在弹出的菜单中选择"渐变叠加"命令，设置弹出的"图层样式"对话框的"渐变叠加"选项，如图8-537所示。在该对话框的编辑渐变颜色选择框中单击，可以弹出"渐变编辑器"对话框，在此可以编辑渐变的颜色。

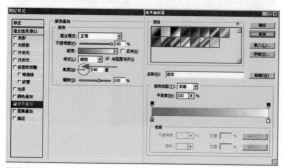

图8-537

step 19 设置完以上参数后，单击"确定"按钮，即可得到如图8-538所示的效果。

图8-538

step 20 选择图层"O"，按住【Alt】键，在"图层"面板上将选中的图层拖动到"图层2"的上方，以复制和调整图层顺序，得到图层"O 副本"。新建一个图层，得到"图层3"，如图8-539所示。

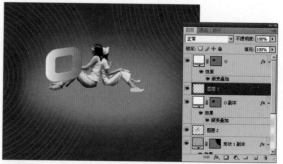

图8-539

step 21 选中"O 副本"和"图层3"，按【Ctrl+E】快捷键，将选中的图层合并为"图层3"，按住【Ctrl】键单击"图层3"的图层缩览图，载入其选区，如图8-540所示。

图8-540

step 22 选择"移动工具" ，按住【Alt】键，在键盘的上和右方向键上单击，复制和移动像素，得到如图8-541所示的效果，按【Ctrl+D】快捷键取消选区。

图8-541

step 23 设置前景色为黑色，选择"钢笔工具" ，在工具选项栏中单击"形状图层"按钮 ，在图像中绘制一个如图8-542所示的形状，得到图层"形状2"。

图8-542

step 24 单击"添加图层样式"按钮 ，在弹出的菜单中选择"渐变叠加"命令，设置弹出的"图层样式"对话框的"渐变叠加"选项，如图8-543所示。在该对话框的编辑渐变颜色选择框中单击，可以弹出"渐变编辑器"对话框，在此可以编辑渐变的颜色。

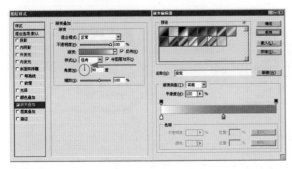

图8-543

step 25 设置完以上参数后，单击"确定"按钮，按【Ctrl+Alt+G】快捷键，执行"创建剪贴蒙版"操作，即可得到如图8-544所示的效果。

图8-544

step 26 选择"形状2"为当前操作图层，使用"多边形套索工具" ，在图像中绘制类似如图8-545所示的不规则选区。

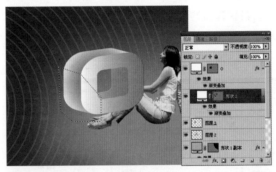

图8-545

step 27 设置前景色的颜色值为（R:250 G:110 B:31），新建一个图层，得到"图层4"。按【Ctrl+Alt+G】快捷键，执行"创建剪贴蒙版"操作，选择"画笔工具" ，设置适当的画笔大小和透明度后，在"图层4"中进行涂抹，按【Ctrl+D】快捷键取消选区，得到如图8-546所示的效果。

图8-546

step 28 设置前景色为白色，新建一个图层，得到"图层 5"。按【Ctrl+Alt+G】快捷键，执行"创建剪贴蒙版"操作，选择"画笔工具"，设置适当的画笔大小和透明度后，在"图层 5"中进行涂抹，得到如图8-547所示的效果。

图8-547

step 29 选择图层"O"，单击"添加图层样式"按钮，在弹出的菜单中选择"斜面和浮雕"命令，设置弹出的"图层样式"对话框的"斜面和浮雕"选项后，单击"描边"选项，然后设置弹出的"描边"选项参数，具体设置如图8-548所示。

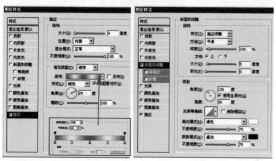

图8-548

step 30 设置完以上参数后，单击"确定"按钮，即可得到如图8-549所示的效果。

图8-549

step 31 设置前景色为白色，选择"横排文字工具"，设置适当的字体和字号，在图像中输入文字"P"，得到相应的文字图层，如图8-550所示。

图8-550

step 32 在文字图层的图层名称上单击鼠标右键，在弹出的菜单中选择"转换为形状"命令，之后按【Ctrl+T】快捷键，调出自由变换控制框，变换图像到如图8-551所示的状态，按【Enter】键确认操作。

图8-551

step 33 单击"添加图层样式"按钮，在弹出的菜单中选择"渐变叠加"命令，设置弹出的"图层样式"对话框的"渐变叠加"选项，如图8-552所示。在该对话框的编辑渐变颜色选择框中单击，可以弹出"渐变编辑器"对话框，在此可以编辑渐变的颜色。

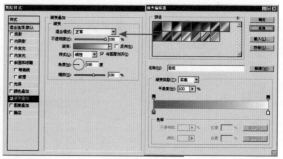

图8-552

step 34 设置完以上参数后，单击"确定"按钮，即可得到如图8-553所示的效果。

图8-553

step 35 选择图层"P"，按住【Alt】键，在"图层"面板上将选中的图层拖动到"O"的上方，以复制和调整图层顺序，得到图层"P副本"。新建一个图层，得到"图层6"，如图8-554所示。

图8-554

step 36 选中"P副本"和"图层6"，按【Ctrl+E】快捷键，将选中的图层合并为"图层6"。按住【Ctrl】键单击"图层6"的图层缩览图，载入其选区，如图8-555所示。

图8-555

step 37 选择"移动工具" ，按住【Alt】键，在键盘的上和左方向键上单击，复制和移动像素，得到如图8-556所示的效果，按【Ctrl+D】快捷键取消选区。

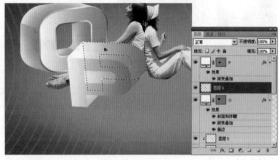

图8-556

step 38 选择"图层6"为当前操作图层，使用"多边形套索工具" ，在图像中绘制类似如图8-557所示的不规则选区。

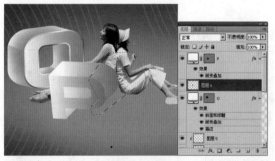

图8-557

step 39 设置前景色为白色，新建一个图层，得到"图层7"。按【Ctrl+Alt+G】快捷键，执行"创建剪贴蒙版"操作，选择"画笔工具" ，设置适当的画笔大小和透明度后，在"图层7"中进行涂抹，按【Ctrl+D】快捷键取消选区，得到如图8-558所示的效果。

图8-558

step 40 选择"图层 7"为当前操作图层，使用
"多边形套索工具" ，在图像中绘制类似如图
8-559所示的不规则选区。

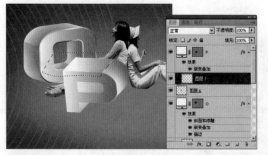

图8-559

step 41 设置前景色的颜色值为（R:73 G:152
B:108），新建一个图层，得到"图层 8"。按
【Ctrl+Alt+G】快捷键，执行"创建剪贴蒙版"
操作，选择"画笔工具" ，设置适当的画笔
大小和透明度后，在"图层 8"中进行涂抹，按
【Ctrl+D】快捷键取消选区，得到如图8-560所
示的效果。

图8-560

step 42 新建一个图层，得到"图层 9"。按
【Ctrl+Alt+G】快捷键，执行"创建剪贴蒙版"
操作，先设置前景色的颜色值为（R:254 G:254
B:254），选择"画笔工具" ，设置适当的
画笔大小和透明度后，在"图层 9"中进行涂
抹，再设置前景色的颜色值为（R:58 G:144
B:96），使用"画笔工具" 在"图层 9"中进
行涂抹，得到如图8-561所示的效果。

图8-561

step 43 选择"图层 9"为当前操作图层，使用
"多边形套索工具" ，在图像中绘制类似如图
8-562所示的不规则选区。

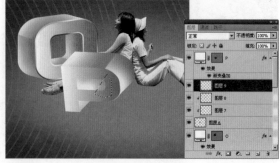

图8-562

step 44 设置前景色的颜色值为（R:60 G:145
B:98），新建一个图层，得到"图层 10"。按
【Ctrl+Alt+G】快捷键，执行"创建剪贴蒙版"
操作，选择"画笔工具" ，设置适当的画笔大
小和透明度后，在"图层 10"中进行涂抹，按
【Ctrl+D】快捷键取消选区，得到如图8-563所
示的效果。

图8-563

step 45 选择"图层 10"为当前操作图层，使用
"多边形套索工具" ，在图像中绘制类似如图
8-564所示的不规则选区。

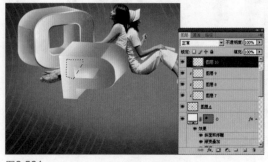

图8-564

step 46 设置前景色的颜色值为（R:73 G:153 B:109），新建一个图层，得到"图层11"。按【Ctrl+Alt+G】快捷键，执行"创建剪贴蒙版"操作，选择"画笔工具" ✐，设置适当的画笔大小和透明度后，在"图层11"中进行涂抹，按【Ctrl+D】快捷键取消选区，得到如图8-565所示的效果。

图8-565

step 47 选择图层"P"，单击"添加图层样式"按钮 fx，在弹出的菜单中选择"斜面和浮雕"命令，设置弹出的"图层样式"对话框的"斜面和浮雕"选项后，单击"描边"选项，然后设置弹出的"描边"选项参数，具体设置如图8-566所示。

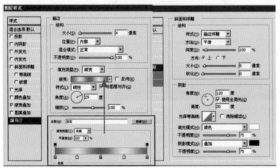

图8-566

step 48 设置完"图层样式"对话框后，单击"确定"按钮，即可得到如图8-567所示的效果。

图8-567

step 49 设置前景色为白色，选择"横排文字工具" T，设置适当的字体和字号，在图像中输入文字"n"，得到相应的文字图层，如图8-568所示。

图8-568

step 50 在文字图层的图层名称上单击鼠标右键，在弹出的菜单中选择"转换为形状"命令，之后按【Ctrl+T】快捷键，调出自由变换控制框，变换图像到如图8-569所示的状态，按【Enter】键确认操作。

图8-569

step 51 单击"添加图层样式"按钮 fx，在弹出的菜单中选择"渐变叠加"命令，设置弹出的"图层样式"对话框的"渐变叠加"选项，如图8-570所示。在该对话框的编辑渐变颜色选择框中单击，可以弹出"渐变编辑器"对话框，在此可以编辑渐变的颜色。

图8-570

step 52 设置完以上参数后，单击"确定"按钮，即可得到如图8-571所示的效果。

图8-571

step 53 选择图层"n"，按住【Alt】键，在"图层"面板上将选中的图层拖动到"P"的上方，以复制和调整图层顺序，得到图层"n 副本"。新建一个图层，得到"图层 12"。选中"n 副本"和"图层 12"，按【Ctrl+E】快捷键，将选中的图层合并为"图层 12"，按住【Ctrl】键单击"图层 12"的图层缩览图，载入其选区，如图8-572所示。

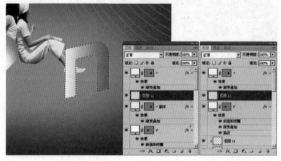

图8-572

step 54 选择"移动工具"，按住【Alt】键，在键盘的上和左方向键上单击，复制和移动像素，得到如图8-573所示的效果，按【Ctrl+D】快捷键取消选区。

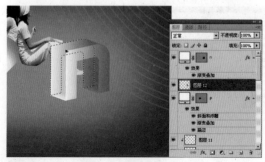

图8-573

step 55 选择"图层 12"为当前操作图层，使用"多边形套索工具"，在图像中绘制类似如图8-574所示的不规则选区。

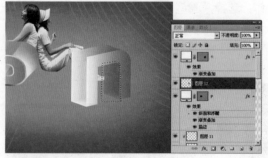

图8-574

step 56 设置前景色为白色，新建一个图层，得到"图层 13"。按【Ctrl+Alt+G】快捷键，执行"创建剪贴蒙版"操作，选择"画笔工具"，设置适当的画笔大小和透明度后，在"图层 13"中进行涂抹，按【Ctrl+D】快捷键取消选区，得到如图8-575所示的效果。

图8-575

step 57 选择"图层 13"为当前操作图层，使用"多边形套索工具"，在图像中绘制类似如图8-576所示的不规则选区。

图8-576

step 58 设置前景色的颜色值为（R:8 G:104 B:176），新建一个图层，得到"图层 14"。按【Ctrl+Alt+G】快捷键，执行"创建剪贴蒙版"操作，选择"画笔工具" ，设置适当的画笔大小和透明度后，在"图层 14"中进行涂抹，按【Ctrl+D】快捷键取消选区，得到如图8-577所示的效果。

图8-577

step 59 选择"图层 14"为当前操作图层，使用"多边形套索工具" ，在图像中绘制类似如图8-578所示的不规则选区。

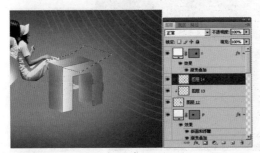

图8-578

step 60 设置前景色的颜色值为（R:1 G:100 B:174），新建一个图层，得到"图层 15"。按【Ctrl+Alt+G】快捷键，执行"创建剪贴蒙版"操作，选择"画笔工具" ，设置适当的画笔大小和透明度后，在"图层 15"中进行涂抹，按【Ctrl+D】快捷键取消选区，得到如图8-579所示的效果。

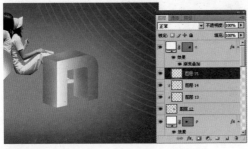

图8-579

step 61 选择图层"n"，单击"添加图层样式"按钮 ，在弹出的菜单中选择"斜面和浮雕"命令，设置弹出的"图层样式"对话框的"斜面和浮雕"选项后，分别单击"渐变叠加"、"描边"选项，然后设置相关参数，具体设置如图8-580所示。

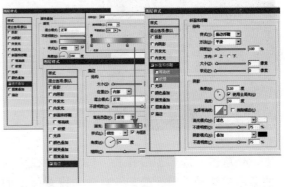

图8-580

step 62 设置完"图层样式"对话框后，单击"确定"按钮，即可得到如图8-581所示的效果。

图8-581

step 63 设置前景色为白色，选择"横排文字工具" ，设置适当的字体和字号，在图像中输入文字"E"，得到相应的文字图层，如图8-582所示。

图8-582

step 64 在文字图层的图层名称上单击鼠标右键，在弹出的菜单中选择"转换为形状"命令，之后按【Ctrl+T】快捷键，调出自由变换控制框，变换图像到如图8-583所示的状态，按【Enter】键确认操作。

图8-583

step 65 单击"添加图层样式"按钮 *fx*，在弹出的菜单中选择"渐变叠加"命令，设置弹出的"图层样式"对话框的"渐变叠加"选项，如图8-584所示。在该对话框的编辑渐变颜色选择框中单击，可以弹出"渐变编辑器"对话框，在此可以编辑渐变的颜色。

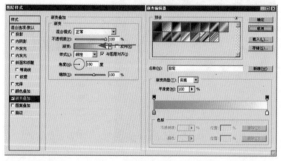

图8-584

step 66 设置完以上参数后，单击"确定"按钮，即可得到如图8-585所示的效果。

图8-585

step 67 选择图层"E"，按住【Alt】键，在"图层"面板上将选中的图层拖动到"n"的上方，以复制和调整图层顺序，得到图层"E 副本"。新建一个图层，得到"图层16"，如图8-586所示。

图8-586

step 68 选中"E 副本"和"图层 16"，按【Ctrl+E】快捷键，将选中的图层合并为"图层16"。按住【Ctrl】键单击"图层 16"的图层缩览图，载入其选区，如图8-587所示。

图8-587

step 69 选择"移动工具" ▶₊，按住【Alt】键，在键盘的下和右方向键上单击，复制和移动像素，得到如图8-588所示的效果，按【Ctrl+D】快捷键取消选区。

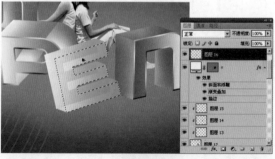

图8-588

step 70 选择"图层 16"为当前操作图层，使用"多边形套索工具"，在图像中绘制类似如图8-589所示的不规则选区。

图8-589

step 71 设置前景色的颜色值为（R:252 G:162 B:44），新建一个图层，得到"图层 17"。按【Ctrl+Alt+G】快捷键，执行"创建剪贴蒙版"操作，选择"画笔工具"，设置适当的画笔大小和透明度后，在"图层 17"中进行涂抹，按【Ctrl+D】快捷键取消选区，得到如图8-590所示的效果。

图8-590

step 72 选择"图层 17"为当前操作图层，使用"多边形套索工具"，在图像中绘制类似如图8-591所示的不规则选区。

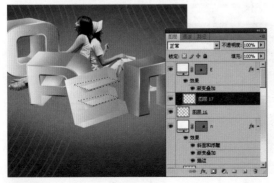

图8-591

step 73 设置前景色的颜色值为（R:252 G:162 B:44），新建一个图层，得到"图层 18"。按【Ctrl+Alt+G】快捷键，执行"创建剪贴蒙版"操作，选择"画笔工具"，设置适当的画笔大小和透明度后，在"图层 18"中进行涂抹，按【Ctrl+D】快捷键取消选区，得到如图8-592所示的效果。

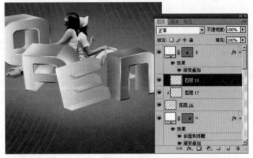

图8-592

step 74 选择"图层 18"为当前操作图层，使用"多边形套索工具"，在图像中绘制类似如图8-593所示的不规则选区。

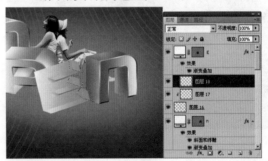

图8-593

step 75 设置前景色为白色，新建一个图层，得到"图层 19"。按【Ctrl+Alt+G】快捷键，执行"创建剪贴蒙版"操作，选择"画笔工具"，设置适当的画笔大小和透明度后，在"图层 19"中进行涂抹，按【Ctrl+D】快捷键取消选区，得到如图8-594所示的效果。

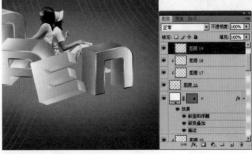

图8-594

step 76 选择图层 "E"，单击 "添加图层样式" 按钮 fx，在弹出的菜单中选择 "斜面和浮雕" 命令，设置弹出的 "图层样式" 对话框的 "斜面和浮雕" 选项后，单击 "描边" 选项，然后设置弹出的 "描边" 选项参数，具体设置如图8-595所示。

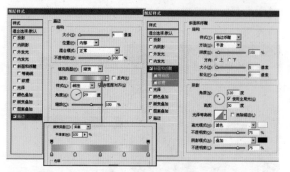

图8-595

step 77 设置完 "图层样式" 对话框后，单击 "确定" 按钮，即可得到如图8-596所示的效果。

图8-596

step 78 设置前景色为黑色，在 "图层 2" 的上方新建一个图层，得到 "图层 20"。按 【Ctrl+Alt+G】快捷键，执行 "创建剪贴蒙版" 操作，选择 "画笔工具" ，设置适当的画笔大小和透明度后，在 "图层 20" 中进行涂抹来绘制投影效果，如图8-597所示。

图8-597

step 79 打开图片。选择 "形状 1 副本" 为当前操作图层，打开随书光盘中的 "素材 2" 图像文件，此时的图像效果和 "图层" 面板如图8-598所示。

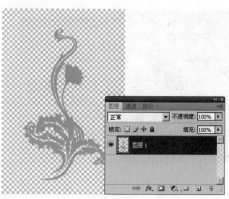

图8-598

step 80 使用 "移动工具" 将图像拖动到第1步新建的文件中，得到 "图层 21"。按 【Ctrl+T】快捷键，调出自由变换控制框，变换图像到如图8-599所示的状态，按 【Enter】键确认操作。

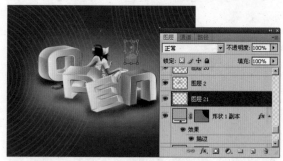

图8-599

step 81 选择 "图层 21" 为当前操作图层，按 【Ctrl+J】快捷键，复制 "图层 21"，得到 "图层 21 副本"。按 【Ctrl+T】快捷键，调出自由变换控制框，变换图像到如图8-600所示的状态，按 【Enter】键确认操作。

图8-600

step 82 打开图片。打开随书光盘中的"素材 3" 图像文件，此时的图像效果和"图层"面板如图 8-601所示。

图8-601

step 83 使用"移动工具"将图像拖动到第1步 新建的文件中，得到"图层 22"。按【Ctrl+T】 快捷键，调出自由变换控制框，变换图像到如图 8-602所示的状态，按【Enter】键确认操作。

图8-602

step 84 打开图片。打开随书光盘中的"素材 4" 图像文件，此时的图像效果和"图层"面板如图 8-603所示。

图8-603

step 85 使用"移动工具"将图像拖动到第1步 新建的文件中，得到"图层 23"。按【Ctrl+T】 快捷键，调出自由变换控制框，变换图像到如图 8-604所示的状态，按【Enter】键确认操作。

图8-604

step 86 单击"添加图层蒙版"按钮，为"图层 23"添加图层蒙版，设置前景色为黑色。选择 "画笔工具"，设置适当的画笔大小和透明度 后，在图层蒙版中涂抹，将不需要的部分隐藏起 来，即可得到如图8-605所示的效果。

图8-605

step 87 选择"图层 2"，单击"添加图层蒙版" 按钮，为"图层 2"添加图层蒙版，设置前景色 为黑色。选择"画笔工具"，设置适当的画笔大 小和透明度后，在图层蒙版中涂抹，将不需要的部 分隐藏起来，即可得到如图8-606所示的效果。

图8-606

step 88 打开图片。选择图层"O"为当前操作图层，打开随书光盘中的"素材5"图像文件，此时的图像效果和"图层"面板如图8-607所示。

图8-607

step 89 使用"移动工具" ▶+ 将图像拖动到第1步新建的文件中，得到"图层24"。按【Ctrl+T】快捷键，调出自由变换控制框，变换图像到如图8-608所示的状态，按【Enter】键确认操作。

图8-608

step 90 单击"添加图层蒙版"按钮 ◻，为"图层24"添加图层蒙版，设置前景色为黑色。选择"画笔工具" ✐，设置适当的画笔大小和透明度后，在图层蒙版中涂抹，将不需要的部分隐藏起来，即可得到如图8-609所示的效果。

图8-609

step 91 单击"添加图层样式"按钮 *fx.*，在弹出的菜单中选择"渐变叠加"命令，设置弹出的"图层样式"对话框的"渐变叠加"选项，如图8-610所示。在该对话框的编辑渐变颜色选择框中单击，可以弹出"渐变编辑器"对话框，在此可以编辑渐变的颜色。

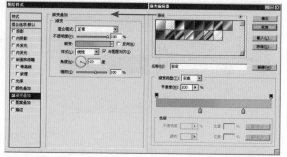

图8-610

step 92 设置完以上参数后，单击"确定"按钮，即可得到如图8-611所示的效果。

图8-611

step 93 打开图片。选择图层"E"为当前操作图层，打开随书光盘中的"素材6"图像文件，此时的图像效果和"图层"面板如图8-612所示。

图8-612

step 94 使 用 "移 动 工 具" ⊕ 将 图 像 拖 动 到 第1步新建的文件中，得到 "图层 25"。按 【Ctrl+T】快捷键，调出自由变换控制框，变换 图像到如图8-613所示的状态，按【Enter】键确 认操作。

图8-613

step 95 单击 "添加图层蒙版" 按钮 ⊙，为 "图层 25" 添加图层蒙版，设置前景色为黑色。选择 "画笔工具" ✎，设置适当的画笔大小和透明度 后，在图层蒙版中涂抹，将不需要的部分隐藏起 来，即可得到如图8-614所示的效果。

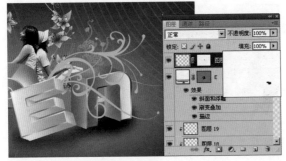

图8-614

step 96 单击 "添加图层样式" 按钮 fx，在弹出 的菜单中选择 "渐变叠加" 命令，设置弹出的 "图层样式" 对话框的 "渐变叠加" 选项，如图 8-615所示。在该对话框的编辑渐变颜色选择框 中单击，可以弹出 "渐变编辑器" 对话框，在此 可以编辑渐变的颜色。

图8-615

step 97 设置完以上参数后，单击 "确定" 按钮， 即可得到如图8-616所示的效果。

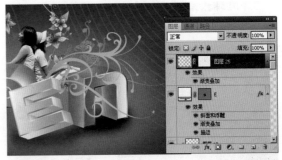

图8-616

step 98 打开图片。打开随书光盘中的 "素材 7" 图像文件，此时的图像效果和 "图层" 面板如图 8-617所示。

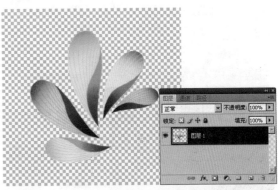

图8-617

step 99 使用 "移动工具" ⊕ 将图像拖动到第1步 新建的文件中，得到 "图层 26"。按【Ctrl+T】 快捷键，调出自由变换控制框，变换图像到如图 8-618所示的状态，按【Enter】键确认操作。

图8-618

step 100 设置前景色为白色，使用"横排文字工具" ，设置适当的字体和字号，在标志图像的右下角输入文字，得到相应的文字图层，如图8-619所示。

图8-619

step 101 设置前景色为白色，选择"直线工具" ，在工具选项栏中单击"形状图层"按钮 ，在文字的右侧绘制线条，得到图层"形状3"，如图8-620所示。

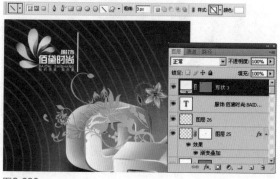

图8-620

step 102 设置前景色的颜色值为（R:200 G:232 B:7），选择"横排文字工具" ，设置适当的字体和字号，在线条的右侧输入文字，得到相应的文字图层，如图8-621所示。

图8-621

step 103 设置前景色的颜色值为（R:200 G:232 B:7），选择"椭圆工具" ，在工具选项栏中单击"形状图层"按钮 ，按住【Shift】键在主体文字的下方绘制圆形，得到图层"形状4"，如图8-622所示。

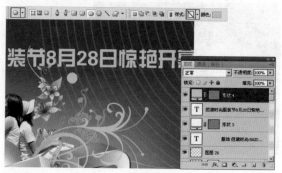

图8-622

step 104 设置前景色为白色，选择"自定形状工具" ，在工具选项栏中单击"形状图层"按钮 ，在图像中绘制箭头形状，得到图层"形状5"，如图8-623所示。

图8-623

step 105 选择"横排文字工具" ，设置适当的字体和字号，分别在主体文字的上方和下方输入文字信息，得到相应的文字图层，如图8-624所示。

图8-624

step 106 设置前景色为黑色，选择"横排文字工具" T，设置适当的字体和字号，在图像的左下角输入文字"三重豪礼欢乐送！"，得到相应的文字图层，如图8-625所示。

图8-625

step 107 单击"添加图层样式"按钮 fx，在弹出的菜单中选择"渐变叠加"命令，设置弹出的"图层样式"对话框的"渐变叠加"选项后，单击"描边"选项，然后设置弹出的"描边"选项参数，具体设置如图8-626所示。

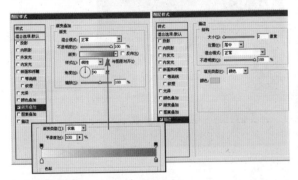

图8-626

step 108 设置完"图层样式"对话框后，单击"确定"按钮，即可得到如图8-627所示的效果。

图8-627

step 109 使用"文字工具" T 选中文字图层"三重豪礼欢乐送！"，单击工具选项栏中的"创建变形文字"按钮，设置弹出的对话框后，得到如图8-628所示的效果。

图8-628

step 110 设置前景色的颜色值为（R:255 G:254 B:210），选择"横排文字工具" T，设置适当的字体和字号，在文字"三重豪礼欢乐送！"的上方输入文字，得到相应的文字图层，如图8-629所示。

图8-629

step 111 设置前景色的颜色值为（R:200 G:232 B:7），选择"圆角矩形工具"，设置工具选项栏后，在文字"三重豪礼欢乐送！"的右侧绘制圆角矩形，得到图层"形状 6"，如图8-630所示。

图8-630

step 112 设置前景色为黑色，选择"横排文字工具" T ，设置适当的字体和字号，在圆角矩形内输入文字信息，得到相应的文字图层，如图8-631所示。

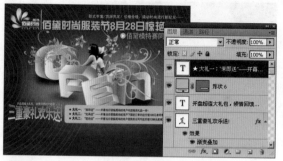

图8-631

step 113 设置前景色的颜色值为（R:200 G:232 B:10），选择"横排文字工具" T ，设置适当的字体和字号，在图像中输入"----"符号，得到相应的文字图层，如图8-632所示。

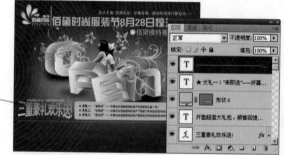

图8-632

step 114 打开图片。打开随书光盘中的"素材8"图像文件，此时的图像效果和"图层"面板如图8-633所示。

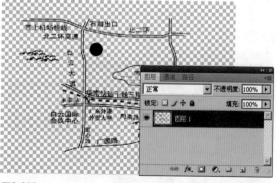

图8-633

step 115 使用"移动工具" ▸♦ 将图像拖动到第1步新建的文件中，得到"图层27"。按【Ctrl+T】快捷键，调出自由变换控制框，变换图像到如图8-634所示的状态，按【Enter】键确认操作。

图8-634

step 116 单击"锁定透明像素"按钮 ◫ ，设置前景色的颜色值为（R:200 G:232 B:10），按【Alt+Delete】快捷键用前景色填充"图层27"，如图8-635所示。

图8-635

step 117 设置前景色的颜色值为（R:200 G:232 B:10），选择"直线工具" ＼，在工具选项栏中单击"形状图层"按钮 ◻，在地图图像的右侧绘制线条，得到图层"形状7"，如图8-636所示。

图8-636

step 118 选择"横排文字工具" T., 设置适当的字体和字号, 在绿色线条的右侧和下方输入一些其他信息文字, 得到相应的文字图层, 如图8-637所示。

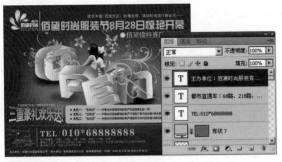

图8-637

step 119 打开图片。打开随书光盘中的"素材9"图像文件, 此时的图像效果和"图层"面板如图8-638所示。

图8-638

step 120 使用"移动工具" ▶将图像拖动到第1步新建的文件中, 得到"图层 28"。按【Ctrl+T】快捷键, 调出自由变换控制框, 变换图像到如图8-639所示的状态, 按【Enter】键确认操作。

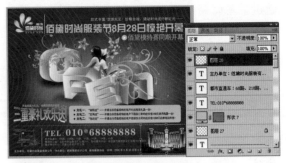

图8-639

step 121 单击"添加图层蒙版"按钮 □, 为"图层 28"添加图层蒙版, 设置前景色为黑色。选择"画笔工具" ✓., 设置适当的画笔大小和透明度后, 在图层蒙版中涂抹, 将不需要的部分隐藏起来, 即可得到如图8-640所示的最终效果。

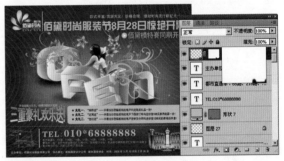

图8-640

反侵权盗版声明

　　电子工业出版社依法对本作品享有专有出版权。任何未经权利人书面许可，复制、销售或通过信息网络传播本作品的行为；歪曲、篡改、剽窃本作品的行为，均违反《中华人民共和国著作权法》，其行为人应承担相应的民事责任和行政责任，构成犯罪的，将被依法追究刑事责任。

　　为了维护市场秩序，保护权利人的合法权益，我社将依法查处和打击侵权盗版的单位和个人。欢迎社会各界人士积极举报侵权盗版行为，本社将奖励举报有功人员，并保证举报人的信息不被泄露。

举报电话：(010)88254396；（010）88258888

传　　真：(010)88254397

E－mail： dbqq@phei.com.cn

通信地址：北京市万寿路173信箱

　　　　　电子工业出版社总编办公室

邮　　编：100036